KNAUR

*Von Andreas Franz und Daniel Holbe
sind bereits im Knaur Taschenbuch erschienen:*
Todesmelodie
Tödlicher Absturz
Teufelsbande
Die Hyäne
Der Fänger
Kalter Schnitt
Blutwette
Der Panther

Über den Autor:
Andreas Franz' große Leidenschaft war von jeher das Schreiben. Bereits mit seinem ersten Erfolgsroman *Jung, blond, tot* gelang es ihm, unzählige Krimileser in seinen Bann zu ziehen. Seitdem folgte Bestseller auf Bestseller, die ihn zu Deutschlands erfolgreichstem Krimiautor machten. Seinen ausgezeichneten Kontakten zu Polizei und anderen Dienststellen ist die große Authentizität seiner Kriminalromane zu verdanken. Andreas Franz starb im März 2011.
Daniel Holbe, Jahrgang 1976, lebt mit seiner Familie im oberhessischen Vogelsbergkreis. Insbesondere Krimis rund um Frankfurt und Hessen faszinieren den lesebegeisterten Daniel Holbe schon seit geraumer Zeit. So wurde er Andreas-Franz-Fan – und schließlich selbst Autor. Als er einen Krimi bei Droemer Knaur anbot, war Daniel Holbe überrascht von der Reaktion des Verlags: Ob er sich auch vorstellen könne, ein Projekt von Andreas Franz zu übernehmen? Daraus entstand die *Todesmelodie*, die zu einem Bestseller wurde. Es folgten *Tödlicher Absturz, Teufelsbande, Die Hyäne* und *Der Fänger, Kalter Schnitt, Blutwette* und *Der Panther,* die allesamt die vorderen Plätze der Sellerlisten eroberten.

Der Flüsterer

JULIA DURANTS NEUER FALL

Besuchen Sie uns im Internet:
www.knaur.de

Aus Verantwortung für die Umwelt hat sich die Verlagsgruppe
Droemer Knaur zu einer nachhaltigen Buchproduktion verpflichtet.
Der bewusste Umgang mit unseren Ressourcen, der Schutz unseres Klimas
und der Natur gehören zu unseren obersten Unternehmenszielen.
Gemeinsam mit unseren Partnern und Lieferanten setzen wir uns für eine
klimaneutrale Buchproduktion ein, die den Erwerb von Klimazertifikaten
zur Kompensation des CO_2-Ausstoßes einschließt.
Weitere Informationen finden Sie unter: www.klimaneutralerverlag.de

Originalausgabe August 2020
Knaur Taschenbuch
© 2020 Knaur Verlag
Ein Imprint der Verlagsgruppe Droemer Knaur GmbH & Co. KG, München
Alle Rechte vorbehalten. Das Werk darf – auch teilweise – nur mit
Genehmigung des Verlags wiedergegeben werden.
Redaktion: Regine Weisbrod
Covergestaltung: ZERO Werbeagentur, München
Coverabbildung: Denis Belitsky / shutterstock.com
Zahnillustration im Innenteil: Lilia03 / Shutterstock.com
Satz: Adobe InDesign im Verlag
Druck und Bindung: CPI Books GmbH, Leck
ISBN 978-3-426-52086-4

5 4 3 2 1

PROLOG

Der kalte Abendwind trieb ihn vor sich her. Von überall drang Sprühregen zwischen seine Kleidungsstücke. Er zog die Nase hoch und rückte sich die Schirmmütze mit dem Logo der San Francisco 49ers tiefer in die Stirn.
Im Dämmerlicht der Straßenlaternen erreichte er die Hans-Sachs-Straße. Unauffällige Fassaden, herabgelassene Rollläden. Hinter den Fenstern und Türen der Mehrfamilienhäuser blieb man für sich. Hier und da flimmerte hinter Gardinen das Licht eines Fernsehers.
Er nestelte den Schlüsselbund aus der Manteltasche, fluchend, weil er um ein Haar an einen breiten Wagen gerempelt wäre, der viel zu weit auf dem engen Gehweg stand. Sein Ziel hatte er nicht erreicht. Nicht vollständig. Er hatte sich beruhigen wollen. Ein Tapetenwechsel, eine Brise Sauerstoff. Etwas anderes sehen als die ausgeblichene cremefarbene Tapete mit dem Blumendekor, dem traurigen Mief seiner Wände entkommen, der ihm gleich wieder entgegenschwappen würde.
Er trat sich die Füße ab, energisch, wie immer. Der Schmutz spritzte auf die Kacheln des Treppenhauses. Sollte er doch. Das gesamte Haus war heruntergekommen. Der Eigentümer interessierte sich mehr für die Fassade als für das Innenleben. Hauptsache, er konnte den Bewohnern auch noch das Letzte aus den Rippen pressen. Das Leben in der Stadt war teuer, und es war deprimierend.
Der schwere, süßliche Duft und das Radio, aus dem Schlagermusik an sein Ohr drang, erinnerte ihn, weshalb er das Weite gesucht hatte. Er reihte die Schuhe ins Regal und tappte in die Küche. Griff in die

Manteltasche, förderte eine Flasche Bacardi zutage und stellte diese auf den Küchentisch. Breitete den Mantel zum Trocknen über den Lehnen zweier Stühle aus und öffnete den Rum. Der kräftige Geruch schreckte ihn ab, übertünchte aber wenigstens die andere Süße, die sich während seiner Abwesenheit durch die gesamte Wohnung verbreitet hatte. Er nahm eine Flasche Cola aus dem Kühlschrank, ebenso zwei Gläser aus dem Hängeschrank über der Spüle.
Ein Teil Bacardi, vier Teile Cola. Sein Gesicht verzog sich nach dem ersten Schluck. Mehr Rum, entschied er. Und nachdem er beide Gläser gefüllt hatte – hohe, schlanke Longdrinkgläser –, begab er sich in Richtung Wohnzimmer. Eben wurde eine leiernde Schnulze von Truck Stop abgelöst, und der Mann mit den Drinks in beiden Händen musste lächeln. Manche Songs würde man vermutlich bis zum letzten aller Tage spielen.
Wobei dieser letzte Tag schneller kommen konnte, als es manch einem Menschen lieb war. Doch darüber entschied man ja gottlob nicht selbst.

Die Malerfolie auf dem Sofa waberte unter jeder ihrer Bewegungen. Kalter Schweiß, der in ihren Kleidern saß, machte alles glitschig. Verlaufenes Make-up und Lidschatten verwandelten ihr Gesicht zu einer traurigen Karikatur ihrer selbst.
Sie hatten sich vor drei Stunden kennengelernt. In einer Bar, gar nicht weit von seiner Wohnung entfernt. Er hatte hinter einem grellblauen Cocktail gesessen und das Publikum taxiert. Hauptsächlich Stammgäste, wenige unbekannte Gesichter. Typisch für einen Werktag. Schließlich hatte sie den Raum betreten. Und auch wenn er es überhaupt nicht geplant hatte, stand sie plötzlich, einen Kir Royal in der Hand, vor ihm.
Der Rest war ganz schnell gegangen.
»Ich habe eine Wohnung in der Nähe«, lockte sie.
»Wo denn?«, raunte er zurück, sein Interesse nicht verbergend.

Sie nannte einen Straßennamen. Daraufhin gab er ihr zu verstehen, dass seine deutlich näher läge.

Zwei Drinks später bezahlte er, und die beiden verließen den Keller über die enge Treppe. Ein paar Schritte in der Abendluft, bestimmt fror sie unter ihrem dünnen Mantel. Die langen Beine nur in Strumpfhosen, die Füße in wackelnden Stöckelschuhen. Viel zu wenig Textil für einen kühlen Oktoberabend.

Viele Worte wechselten sie nicht mehr. Er schob sie in das dunkle Stiegenhaus, die Beleuchtung war seit Monaten defekt. Erste Etage, in die Wohnung. Blickte sich kurz um, ob auch niemand ihn gesehen hatte. Dann drückte er die Tür zu und hängte die Kette ein.

Er griff in die Garderobe, wo sein Nudelholz lag.

Bevor sie etwas sagen konnte – eben noch stolperte sie bei dem Versuch, sich halbwegs erotisch aus ihrem Mantel zu schälen –, traf sie die Walze am Hinterkopf. Sie taumelte, benommen nach dem Türrahmen greifend, er stieß mit einem gezielten Handgriff nach, sodass sie der Länge nach auf den Flurteppich fiel.

Der sensible Moment war damit überwunden. Wenn sie erst einmal bewusstlos waren, spielte er stets dasselbe Programm mit ihnen ab. Einzig die Sekunden zwischen Treppenhaus und Wohnungsflur waren von einer unberechenbaren Dynamik.

Der Rest war Routine. Er schleifte den Körper in Richtung Wohnzimmer, wo ein Dreisitzer aus schwarz glänzendem Kunstleder wartete. Er hob sie an. Der Körper wirkte massiver, als man es bei einer schlanken Frau erwartet hätte. Bald waren seine Hände überall, auch *dort unten*. Ein heißkalter Schauer überlief ihn, dann ließ er von ihr ab.

Die Routine, mahnte er sich.

»Spürst du den Feuersturm?«

Sie wollte schreien. Oh, wie musste es sich in ihrem Inneren wohl anfühlen? Als brächen Lavaströme durch ihren Leib? Als würden Magen und Darm von tausend Glassplittern durchbohrt?

Seine medizinischen Kenntnisse reichten aus, um zu wissen, was das Gift in ihrem Körper anrichtete. Als er es zum ersten Mal erlebt hatte, war er schockiert gewesen. Hatte nicht mit den übermenschlichen Kräften gerechnet, die ein Körper im Todeskampf freisetzen konnte. Ob die Einnahme psychedelischer Drogen das Erlebnis verstärkte? Er neigte den Kopf und dachte kurz nach. Dann leerte er das erste der beiden Gläser, stellte es neben sich auf den Boden, griff das zweite Glas und lehnte sich zurück.
Sie blickte ihn panisch an. Das Klebeband, welches ihr mehrfach um den Kopf geschlungen war, hielt den Gummiball zuverlässig in der Mundhöhle gefangen. Erstickte Schreie, manchmal schrill, manchmal wimmernd, mischten sich unter Michael Holms *Mendocino*.
Er stand kurz auf, um das Radio ein wenig lauter zu drehen.
Dabei mochte er keine Schlager.
»Bald wirst du die Engel singen hören.« Er schmatzte zufrieden, als er wieder saß.
Und dann lachte er.
Es klang wie der Teufel höchstpersönlich.

MONTAG

MONTAG, 9. SEPTEMBER
Frankfurt

Die Sonne stand in ihrem Nacken, aber die Strahlen wärmten sie nicht mehr. Julia Durant ließ das Smartphone sinken und war heilfroh darüber, dass sie ein paar Meter abseits stand.
Sie ließ den Blick streifen. Wenige Meter entfernt kroch die Nidda an ihr vorbei. Auf einer abgeflachten Böschung, im Ufergestrüpp vom Weg aus praktisch nicht zu sehen, lag die Leiche einer jungen Frau. Einen Arm über den Oberkörper gelegt, als wolle sie ihre Nacktheit verbergen oder sich vor der Kälte schützen. Der zweite war hinabgerutscht. Ein junger, makelloser Körper. Lange, blonde Haare. Die Augen aufgerissen. Sie schienen voller Entsetzen in den Himmel zu starren. Warum, Gott, lässt du das mit mir geschehen? Warum muss ich auf diese Weise sterben?
Doch statt einer Antwort war das leibhaftige Böse über das arme Ding hereingebrochen. Durant schätzte das Mädchen auf höchstens siebzehn, auch wenn dieser erste Eindruck natürlich täuschen konnte. Noch wusste sie kaum etwas, denn sie war erst vor wenigen Minuten eingetroffen.
Durant hatte ihren Wagen in der Denzerstraße abgestellt, die Fahrstrecke von ihrer Wohnung im Nordend hatte über zehn Kilometer betragen. Vorbei am Palmengarten, am Messegelände, ein Stück Autobahn und dann über die Oeserstraße nach Nied, wo sich ein Siedlungshaus ans andere reihte. Noch vor zweihundert Jahren, wusste

die Kommissarin, war hier nichts als Wiesen und Felder gewesen. Heute lebten in diesem Frankfurter Stadtteil an die zwanzigtausend Menschen. Viele von ihnen gern. Und es wurden immer mehr. Mit einer Ausnahme.

Kaum dass sie den knallroten Roadster abgeschlossen hatte, erreichte Julia Durant den Radweg am östlichen Nidda-Ufer. Für einige Sekunden schmeckte die Luft nicht nach Abgasen, und die Ohren nahmen das Plätschern des Flusses wahr. Dann überlagerte das monotone Rauschen der Fahrzeuge das Idyll.

Durant hatte den aus rotem Sandstein gemauerten Brückenbogen durchquert, kurz innegehalten und die karminrote Plakette gelesen. Der Text wies darauf hin, dass es sich mit gut hundertsiebzig Betriebsjahren um Hessens älteste noch genutzte Eisenbahnbrücke handelte. Dann tauchte bereits das Flatterband auf, die ersten Markierungen der Spurensicherung und jede Menge Kollegen in Schutzkleidung. In diesem Augenblick hatte die Kommissarin feststellen müssen, dass sie sich auf der verkehrten Uferseite befand.

»Hey, hier rüber!« Ihr Kollege Frank Hellmer war mal wieder als Erster an Ort und Stelle gewesen. Dabei hatte er von Okriftel aus eine deutlich längere Strecke zurückzulegen. Doch er fuhr einen Porsche 911 und hatte, im Gegensatz zu ihr, nur einen Bruchteil an Ampeln gehabt. Hellmer winkte ihr lächelnd zu, und sie hatte sich wieder umgewandt und den Weg über die Brücke genommen. Nun stand sie hier. Und das Lächeln war ihr vergangen. Es war, als habe der Tod mit seiner kalten Hand danach gegriffen und es für immer in die dunkle, eisige Nacht gezogen. Dorthin, wohin so viele Seelen bereits gegangen waren. Angefangen mit ihrer Mutter, Julia Durant war gerade fünfundzwanzig Jahre alt gewesen. Dann, kürzlich, ihr Vater. Und jetzt …

»Was ist denn mit dir los?«, erklang eine Stimme wie aus dem Nichts. Julia fuhr herum. Andrea Sievers, die Rechtsmedizinerin, war lautlos an sie herangetreten. Den Mundschutz unters Kinn gezogen, strahl-

ten ihre wachsamen Augen und ein von Lachfältchen geziertes Gesicht. »Ist doch schön hier. So ein Picknick im Grünen …«
»Bitte. Jetzt nicht.« Durant kannte Andreas schwarzen Humor. Diese drahtige Frau, der man ihre viereinhalb Lebensjahrzehnte wahrlich nicht ansah, begegnete dem Leben mit einem Lächeln, obgleich sie tagtäglich mit den finstersten Varianten des Todes konfrontiert war.
»Hast ja recht«, kam es zurück, und in der nächsten Sekunde war Sievers' Gesicht wieder unter dem Mundschutz verschwunden. Sie seufzte: »Armes Ding. Sie dürfte kaum achtzehn sein. Na ja, ich sehe mal zu, was sich rausfinden lässt.«
Die Rechtsmedizinerin stapfte davon, den schweren Lederkoffer in der Linken.
Mach das, dachte Julia Durant. Und schließ ihr bitte die Augen. Sie wusste nicht, weshalb ihr dieser Umstand ausgerechnet heute so zu schaffen machte. Doch was auch immer dieses Mädchen in ihren letzten Lebensstunden durchgemacht hatte, es war an der Zeit, dass sie ein wenig Würde bekam. Und ihren Frieden.
Im selben Moment flatterte auch schon die Decke zur Seite, die den nackten Körper bedeckt hatte. So viel zum Thema Würde.
Erst in diesem Augenblick begriff Julia, dass sie noch immer das Smartphone umklammerte. Als sei es ein Goldbarren und sie Dagobert Duck. Als wäre sie die Erste, die nach dem Verkaufsstart das neueste Modell eines iPhones in den Händen hielt. Dabei hätte sie das Gerät am liebsten im Fluss versenkt. Sie fragte sich, ob das nicht alles ein Traum war. Ob sie im nächsten Augenblick aufwachen würde, den Geruch von Toastbrot und Kaffee in der Nase, ahnend, dass ihr Liebster sie mit einem Frühstück verwöhnen würde.
Doch kein Erwachen, kein Frühstücksduft. Nur der modrige Geruch von Uferschlamm und eine drückende Schwüle, die ihr die Schweißperlen auf die Stirn trieb.
Es war ein Alptraum. Denn abgesehen davon, dass Julia Durant schon viel zu viele Fundorte wie diesen erlebt hatte, war da noch et-

was anderes. Etwas Altes, etwas längst Vergangenes. Etwas, das schon so lange her war und ihr doch den Atem raubte.
Wie konnte es sein, dass es noch immer eine solche Kraft auf sie ausübte?
Wie konnte es sein, dass es sie nach all den Jahren noch immer derart aus der Bahn warf?
Der Anruf war von einer unbekannten Nummer eingegangen. Eine Vorwahl, die Julia immer vertraut bleiben würde, aber mit der sie immer weniger verband. München.
Seit dem Tod ihres Vaters und der Vermietung ihres Elternhauses gab es kaum mehr Kontakte in die alte Heimat. Immerhin war es dreißig Jahre her, dass sie der Stadt den Rücken gekehrt hatte. Anfang der Neunzigerjahre, nachdem sie hatte herausfinden müssen, dass ihr Ehemann Stephan, die große Liebe ihres Lebens, sie immer und immer wieder betrogen hatte. Und zwar derart dreist, dass sie sich als Kriminalbeamtin fast schämen musste, es nicht längst bemerkt zu haben. Und derart oft, dass sie jahrelang unter Komplexen gelitten hatte. Dabei war Julia Durant eine attraktive Frau, auch heute noch. Ihr kastanienbraunes Haar, ihr fester Busen, ihre Augen und Lippen – sie war nur wenigen Männern begegnet, denen kein Interesse anzusehen war, und sei es auch noch so unterschwellig. Trotzdem hatte das ihrem Mann nicht gereicht. Vielleicht hatte er ein krankhaftes sexuelles Verlangen? Wie oft hatte sie sich darüber den Kopf zerbrochen. Wie viele Nächte hatte sie geheult oder sich betrunken.
Doch in einer Sache war Julia Durant konsequent gewesen. Sie hatte unmittelbar darauf ihre Koffer gepackt und war nie wieder zu ihm zurückgekehrt. Hatte nie wieder etwas von ihm gehört.
Bis man sie, ausgerechnet am Einsatzort, zu den Füßen eines toten Mädchens, über Stephans Ableben informiert hatte.

MITTWOCH

MITTWOCH, 11. SEPTEMBER, 14 UHR
München

Julia Durant fühlte sich verloren.
Sie stand neben Pastor Aumüller, einem Kollegen und Freund ihres Vaters, auf einem der kleineren Friedhöfe in einem Außenbezirk.
»Julia!« So hatte der alte Mann sie begrüßt. Das knappe Dutzend Trauergäste, die sich hier offenbar kaum weniger unwohl fühlten, waren ihm mit den Blicken gefolgt. Der alte Pastor wankte auf sie zu, sichtlich unter Schmerzen. Durant kannte ihn als guten Freund ihres Vaters schon das ganze Leben. Er musste die achtzig längst hinter sich gelassen haben.
»Schön, dass du gekommen bist!« Er fasste nach ihren Händen. »Es ist ein Jammer. Aber trotzdem schön. Niemand sollte allein vor unseren Schöpfer treten.«
Allein war er ja nun nicht, dachte die Kommissarin.
Und sie konnte es immer noch nicht fassen, dass sie tatsächlich hier war.
Die Glocke der Friedhofskapelle schlug, ein heller, unangenehmer Klang. Fast so, als wolle er dem Gehirn noch einmal mit aller Deutlichkeit einbläuen, dass es einen Menschen weniger gab. Jemanden, dem man nachtrauerte. Den man geliebt hatte.
Ja, verdammt noch mal, sie hatte ihn geliebt! Er war ihre erste große Liebe gewesen. Sie hatten eine wundervolle Zeit miteinander gehabt, sie hatten eine Traumhochzeit gefeiert. Doch in Julia Durant regten

sich weder Trauer noch Liebe, zumindest nicht an erster Stelle. Alles, was sie spürte, wurde überlagert von einem lähmenden Gefühl von Enttäuschung. Und Wut.

Über viele Jahre hatte sie ihn nicht vergessen können, sosehr sie es sich auch gewünscht hatte. Sein Schatten schien über jeder Beziehung zu liegen, die sie eingegangen war. Schien sie zu vergiften, als wolle er noch immer die Kontrolle über sie ausüben. Auch wenn er es gewesen war, der alles vor die Wand gefahren hatte.

Jemand zupfte an ihrem Ärmel. Es ging los.

Pastor Aumüller nahm sie mit ins Innere der Kapelle. Von den wenigen Anwesenden hoben manche den Kopf. Vereinzelt nickte man Aumüller zu. Vorne, auf einem flachen Podest, wartete eine schlichte Urne. Zwei Blumensträuße, weiße Gerbera und rote Chrysanthemen, aufgelockert durch ein paar Efeuranken. Die Gebinde glichen sich bis ins Detail, ein goldener Aufkleber ließ auf die Blumenhandlung schließen. Allem Anschein nach hatte man nicht das teuerste Bestattungsunternehmen gewählt. Während ein junger, fremder Pastor sich eine gestelzte Totenrede abrang, hing die Kommissarin ihren Gedanken nach.

Ihr Gespräch mit Claus Hochgräbe vor ihrer Abreise lag ihr noch im Ohr.

»Ich kann doch jetzt nicht nach München fahren!«, hatte sie gerufen.

»Wenn es wichtig ist ...«

»Wir haben ein unidentifiziertes totes Mädchen, so jung, dass da irgendwo verzweifelte Eltern sein müssen. Wahrscheinlich bangen sie seit Tagen. *Das* ist wichtig!«

Hochgräbe war der neue Leiter des Kommissariats 11, Gewalt-, Brand- und Waffendelikte. Auch er stammte aus München, hatte dort Karriere gemacht und wäre Julia, wenn sie der Stadt nicht vor langer Zeit den Rücken gekehrt hätte, ganz sicher auch begegnet. Stattdessen war sie vor Ewigkeiten fortgegangen, und trotzdem hatte das Schicksal sie zusammengeführt – vor einigen Jahren, im Zuge einer übergreifenden Ermittlung. Die beiden hatten sich danach mehrmals getroffen und waren einander nähergekommen. Hochgräbes Versetzung nach Frankfurt war also aus gegensätzlichen Gründen erfolgt als Durants Flucht aus der Bayernmetropole. Beides aber waren Beziehungstaten: Er war um der Liebe willen gegangen, sie war aus enttäuschter, verletzter Liebe geflohen. Es hatte Jahre gebraucht, bis Julia ihre Heimatstadt wieder halbwegs entspannt besuchen konnte, ohne hinter jeder Straßenecke *ihn* zu sehen. Oder, was noch schlimmer war, eine seiner dutzendfachen Eroberungen.

Julias Ex-Mann Stephan hatte so ziemlich jede Frau ins Bett bekommen, die er wollte. Und er wollte viele. Zuerst nahezu die gesamte weibliche Belegschaft seiner Firma. Und dann wahrscheinlich noch deren Schwestern und Cousinen, ja, und am besten auch noch deren Mütter.

»Wenn es doch sein letzter Wunsch gewesen ist.« Claus Hochgräbe war ruhig geblieben, während sie ihre Wut an einem Korb mit getrockneter Wäsche ausließ.

»*Sein* Wunsch!«, bellte sie verächtlich. Natürlich. Sein Leben schien ihr mal wieder diktieren zu wollen, was sie zu tun hatte.

Eine halbe Stunde später – sie hatte es aufgegeben, in dieser Rage T-Shirts zusammenzulegen – kauerte sie mit Claus auf der Couch. Er hatte einen Wein entkorkt und sie mehr oder weniger dazu genötigt, ein bisschen runterzukommen. In seinen Arm geschmiegt, saß sie da, dankbar, dass er ihr Verständnis und Geborgenheit schenkte. Etwas, wonach Julia Durant so viele Jahre vergeblich gesucht hatte. Doch nachdem sie das Vertrauen in Männer schmerzhaft verloren hatte, war Claus in ihr Leben getreten.

Natürlich wusste er über ihre Vergangenheit Bescheid.

Über die Hochzeit, die Pastor Aumüller gemeinsam mit ihrem eigenen Vater abgehalten hatte. Denn so gerne Pastor Durant den Gottesdienst alleine gehalten hätte, er wollte es sich nicht nehmen lassen, seine einzige Tochter zum Altar zu führen. So kitschig es auch war. Es war einer der schönsten Tage seines Lebens gewesen, und das galt

genauso für Julia. Bald aber hatte er sich den ersten Frust anhören müssen. Sorgen einer Ehefrau, die sich einsam fühlte. Die ihren dreißigsten Geburtstag nahen sah und sich Kinder wünschte. Die enttäuscht war über die endlosen Überstunden, die Wochenenden, die Geschäftsreisen ihres Mannes. Bot der Dienst bei der Münchner Mordkommission schon undankbare Arbeitszeiten – die ihres Mannes, der eine steile Karriere in einer Werbefirma hingelegt hatte, waren noch schlimmer. Insgeheim fragte sich Julia, ob man mit zwei solchen Jobs überhaupt an Kinder denken durfte. Denn sie hatte sich nichts mehr gewünscht als das. Irgendwann stellte sie diese Frage dann ihrem Mann. Der lachte nur, umgarnte sie mit seinem Charme und hielt sie mit einer Menge schillernder Versprechen über ihre gemeinsame Zukunft bei Laune. Und vögelte am selben Abend mit Karin, seiner Sekretärin.
Karin war eine seiner Langzeit-Affären gewesen, während er sich hier und da auch noch mit anderen vergnügte. Aber all das hatte Durant erst hinterher erfahren.
Aus der Traum, dass diese Ehe bis in alle Ewigkeit halten würde. An dem Abend, als Julia durch Zufall von allem erfuhr, hatte sie ihm rechts und links eine runtergehauen. Er wollte zurückschlagen, doch da trat sie ihm so kräftig zwischen die Beine, dass er sein bestes Stück danach mindestens einen Monat lang bloß zum Pinkeln benutzen konnte. Die weibliche Belegschaft seiner Werbefirma musste wohl eine Weile ohne ihn auskommen. Dann war sie eine Nacht lang durch die Kneipenwelt Münchens gezogen und hatte sich volllaufen lassen, bis sie nichts mehr spürte. Danach zwei Tage lang nur gekotzt und neben sich gestanden. Irgendwie schaffte sie es, ein paar Sachen zu holen und zurück in ihr Elternhaus zu ziehen. Dort heulte sie weiter – bis sie sich nach einer Woche aufrappelte und Bewerbungen an verschiedene Polizeidienststellen in ganz Deutschland schickte.
Das vernünftigste Angebot war aus Frankfurt gekommen.
Dorthin war sie geflohen. Und dort war sie geblieben.

All das wusste Claus Hochgräbe. Die beiden hatten keine Geheimnisse aus ihrer jeweiligen Vergangenheit gemacht; wieso auch? Und dennoch drängte er förmlich darauf, dass sie zu Stephans Bestattung nach München fuhr.
»Er ist tot«, sagte er. »Was soll dir schon passieren?«
»Da fällt mir so manches ein. Zum Beispiel, dass ich einem Dutzend seiner Betthäschen begegne.«
»Quatsch. Und wenn schon. Die erkennen dich doch gar nicht.«
»Claus. Das alles bringt mir doch gar nichts. Ich bin ihm zu nichts verpflichtet, verstehst du? Das ist ein halbes Leben her. Uns verbindet nichts mehr.«
Claus drückte den Arm noch fester um sie. »Ich verstehe das. Aber ich möchte nicht, dass du es irgendwann bereust. Fahr da hin und nimm Abschied. Sag ihm am Grab noch einmal alles, was du willst. Oder auch nicht. Aber es ist wichtig, dass du hingehst. Danach ist es vorbei. Endgültig und für immer. Glaub mir, es ist besser so.«
Julia Durant hatte nichts mehr gesagt. Sie wusste, dass Claus Hochgräbe seine Frau zu Grabe getragen hatte. Ein Schicksalsschlag, den er lange vor ihrem Kennenlernen erlitten hatte. Hochgräbe ging schon lange nicht mehr zum Grab. Er brauche das nicht, meinte er. Aber er hätte es sich niemals verziehen, eine Beerdigung zu versäumen.
Trotzdem hatte Julia Durant sich nicht überwinden können, die Reise anzutreten. Aber sie führte einige Telefonate. Zuerst noch einmal mit Aumüller, der sie über Stephans Ableben informiert hatte, als sie gerade am Ufer der Nidda stand und das tote Mädchen in Augenschein nahm. Sie hatte ihn abgewürgt, weil die Nachricht sie übermannt hatte. Hatte es auf den Tatort geschoben, doch tatsächlich wogte da viel mehr. Mittlerweile hatte sie sich gefangen, doch schon nahte der nächste Einschlag. Im Verlauf des Gesprächs verriet der Pastor Durant etwas, was ihr den Atem raubte.
Stephan war nicht auf natürliche Weise zu Tode gekommen.

»Wie genau ist er denn gestorben? Und warum ist die Leiche überhaupt zur Einäscherung freigegeben worden?«, wollte die Kommissarin jetzt wissen, während sie neben dem alten Mann hertrottete. Die Urnenwand kam bereits in Sicht, es waren nur noch ein paar Dutzend Schritte.

»Die Ermittlungen haben wohl ins Leere geführt«, antwortete Pastor Aumüller und hob die Schultern. »Mehr weiß ich auch nicht.«

Er hatte ihr am Telefon nur wenige Fragen beantworten können. Das Sterbedatum lag fast zwei Monate zurück. Ein Raubmord, möglicherweise ein Beschaffungsdelikt. In Stephans Wohnung fehlten das Portemonnaie, einige Wertgegenstände, die Schränke waren durchsucht worden. Der Spülkasten der Toilette war geöffnet, Klebereste unter der Küchenspüle deuteten darauf hin, dass dort etwas versteckt gewesen sein könnte. Kokain? Durant erinnerte sich, dass das unter Stephans Kollegen ein Thema gewesen war. Er selbst hatte ihr stets geschworen, dass er die Finger davon lasse. Aber was von seinen Gelübden zu halten war …

Doch all das lag Ewigkeiten zurück.

Zwei Telefonate mit den Kollegen der Münchner Kriminalpolizei hatten sie nur wenig weitergebracht. Der Fall war längst zu den Akten gewandert, auch wenn das natürlich keiner offiziell zugab.

»Aber was hatten Sie denn mit ihm zu tun?«, fragte die Kommissarin weiter.

Pastor Aumüller blickte sie aus friedfertigen Augen an. Er war einer der gütigsten Menschen, die sie jemals kennengelernt hatte. Julias plötzliche Trennung hatte auch ihn damals schwer getroffen. Noch immer schien Enttäuschung in seinem Blick zu liegen. Vielleicht aber auch nur darüber, dass sie und Stephan es nicht geschafft hatten, irgendwann wieder vernünftig miteinander zu reden. Oder bildete sie sich das ein? Längst bereute sie es, hier zu sein. Es war alles so anstrengend.

»Ich habe von seinem Tod auch erst vor ein paar Tagen erfahren«, verriet Aumüller. »Er hat mir Briefe zukommen lassen. Die Polizei hat sie mir zugestellt, aber das geschah mit gehöriger Verzögerung. Sie befanden sich vorher wohl bei der Spurensicherung. Ich vermute, man hat sie dort vergessen, aber das ist nur meine persönliche Theorie.« Er blieb stehen und atmete schwer. »Jedenfalls kam das für mich genauso überraschend wie für dich. Stephan bat mich darum, dass ich dich, wenn er einmal nicht mehr sei, zu seiner Beisetzung bitte. Er bat mich äußerst eindringlich. Diesen Wunsch konnte ich nicht übergehen, ich hoffe, du verstehst das.«

Sie schritten weiter. In wenigen Augenblicken würde die Beisetzung der Urne beginnen.

»Natürlich verstehe ich das«, versicherte Julia, auch wenn sie sich dadurch nicht wohler fühlte. Denn sie verstand Stephan nicht. Was brachte es ihm, wenn sie heute hier war? War es ein Machtspiel? Sie erreichten die Urnenwand und blieben abseits der anderen stehen. Sie fasste den Pastor an den Arm. »Hören Sie. Ich weiß noch sehr gut, wie Sie und Paps damals für mich da waren. Ihr habt nie etwas gesagt, aber ich habe es immer gespürt. Keinen Vorwurf vielleicht, aber diesen Gedanken: Was Gott verbunden hat, das soll der Mensch nicht trennen. Aber Stephan hat diese Verbindung zerbrochen, nicht ich. Ich finde nicht, dass ich ihm noch etwas schulde.«

Pastor Aumüller lächelte. Es war genauso warm und herzlich wie damals im Mai, als sie und Stephan einander die Ringe an die Finger gesteckt hatten.

»Er hat seinen Weg gewählt und du deinen. Ich hätte euch trotzdem gewünscht, dass das Ganze anders verlaufen wäre. Weniger schmerzhaft.«

Durant lachte bitter. »Er hat sich's ja nicht allzu schwer gemacht.«
»Bist du dir da sicher?«

Die Kommissarin erinnerte sich noch gut. Es waren die Jahre nach der Wiedervereinigung gewesen, eine euphorische Zeit. Aber auch die Zeit neu aufkeimender Konflikte. Kuwait zum Beispiel. Und dann kam der Krieg in Jugoslawien. Angesichts einer aus den Fugen geratenen Welt und einer abscheulichen Mordserie in Frankfurt hatten die Briefwechsel mit dem Scheidungsanwalt beinahe schon banal gewirkt. Man redete nicht miteinander, daran hatte Julia kein Interesse gehabt, und offenbar war es ihrem Mann nicht anders ergangen. Das Trennungsjahr hatte unmittelbar nach dem Bekanntwerden seiner Fremdvögelei begonnen und war durch ihre Rückkehr ins Elternhaus und den folgenden Wechsel nach Frankfurt unstrittig. So nüchtern, wie das alles abgelaufen war, stach ihr nun dieselbe alte Frage, die ihr schon damals die Sinne geraubt hatte, mit feinen Nadeln in die Seele: Wie konnte das sein, nachdem man sich einmal derart innig geliebt hatte? Waren all die guten Zeiten, all die Gefühle, am Ende nur eine Illusion gewesen? Aber warum stand sie dann heute hier und heulte sich die Augen aus?

Hinter dem Tränenschleier nahm Julia Durant wahr, wie Pastor Aumüller nach vorne trat an das grauporige Schachbrett, in dessen Mitte ein offenes Fach mit der Urne ihres Ex-Manns wartete. Kurz darauf stand sie davor. Sie hatte keine Blumen, um sie hineinzulegen, sondern war aus dem Gruppenzwang heraus nach vorn getreten, unsicher, was sie sagen oder denken sollte.

»Mach's gut«, war alles, was sie hervorbrachte.

Nach und nach löste sich die Versammlung auf. Kein Wort über einen Leichenschmaus, keine Belegschaft, keine trauernde Familie, keine Kinder.

»Wer sind diese Leute?«, raunte sie Aumüller zu. Als dieser sie nicht verstand, stellte sie ihre Frage lauter. Niemand war mehr in ihrer Nähe, der sie hören konnte.

»Ich weiß es selbst nicht«, gestand der Pfarrer mit trauriger Miene. »Stephans Eltern leben schon lange nicht mehr. Keine Familie, keine alten Freunde. Aber möchte man so seinen letzten Weg gehen?« Er hob die Schultern. »Ich habe mich im Ort umgehört, Zeit war ja genug. Ein paar Schulkollegen, ein paar Fußballer. Menschen, die seit dreißig Jahren nichts mehr mit ihm zu tun hatten, aber trotzdem …«

»Danke«, sagte die Kommissarin leise und unterdrückte ein Schluchzen. Offenbar war Stephan allein geblieben. Und ihr wurde bewusst, dass sie praktisch nichts mehr von ihm wusste. Wie lange das alles zurücklag ... Ob es seine Werbeagentur überhaupt noch gab? Es hatte sie nie interessiert, und da sie sich schon von Berufs wegen der Nutzung von sozialen Medien verweigerte, hatte sie ihm auch nie im Internet nachspioniert. Zu tief saßen außerdem die Verletzungen, die er ihr zugefügt hatte.
»Ich würde gerne gehen«, gestand sie und wischte sich mit dem Handrücken die Augenwinkel aus.
Pastor Aumüller nickte. Gemeinsam schlenderten sie über den Friedhof, irgendwann hakte er sich bei ihr ein. Nur noch ein einziges Mal blieb Julia Durant stehen, hielt für einige Sekunden inne und drehte den Kopf in Richtung Wand. Zum letzten Mal. Danach atmete sie tief durch und entschied, das Thema Stephan genauso zu behandeln wie die hiesige Polizei. Sie würde es zu den Akten legen, schon allein, um sich selbst zu schützen. Die Geister der Vergangenheit waren viel zu mächtig, und wenn die Kripo München einen zwei Monate alten Raubmord nicht aufklären konnte, was sollte sie dann tun?
Stephan war längst ein Fremder für sie, und sie würde nicht zulassen, dass er sich wieder in ihr Leben drängte.
Doch damit irrte Julia Durant ganz gewaltig.

14:30 UHR
Frankfurt

Das rechtsmedizinische Institut befand sich in einem charmanten Sandsteinbau, dem man nicht ansah, wie düster es zuweilen in den unteren Geschossen zuging, dass dort die Leichen missbrauchter Kinder obduziert wurden, darunter auch totgeschlagene Säuglinge – mit Abstand das Schlimmste, was man als Ärztin zu sehen bekommen konnte. Alles in einer Wohlstandsgesellschaft, in der sich keiner mehr für seine Mitmenschen zu interessieren schien. Anders war kaum zu erklären, dass die Kindeswohlgefährdungen jedes Jahr zunahmen und die Nachbarn und Angehörigen meist aus allen Wolken fielen, wenn es zu Verhaftungen kam. Wenn es überhaupt so weit kam.

Dr. Andrea Sievers stand, die Arme in die Hüften gestützt, vor dem Metalltisch, der inmitten des gekachelten Bodens aufragte. Dort aufgebahrt war jene nackte Schönheit, die man am Flussufer in Nied aufgefunden hatte. Die Leichenschau war praktisch beendet, es gab nur noch ein paar Handgriffe zu erledigen. Auf der anderen Seite des Tisches trat Kommissar Frank Hellmer von einem Bein aufs andere. »Können wir vielleicht hochgehen?«, drängte er. Sievers lächelte schmal. Sie wusste, was in seinem Kopf vorging. Frank dachte daran, dass es auch seine Tochter einmal treffen könnte. Jeder Vater hatte diese Ängste. Und er wollte außerdem eine Zigarette. Ein Bedürfnis, das Andrea ihm nachempfinden konnte.

»Klar«, sagte sie deshalb und ging Richtung Glaskasten, in dem sich ihr Büro befand. Sie wippte mit einer frischen Packung Lucky Strike und hob das Kinn in Richtung Treppe. »Unterhalten können wir uns auch in angenehmerer Gesellschaft.«

»Nichts gegen dich«, murmelte sie im Hinausgehen der Toten zu.

Noch am Vorabend hatte man anhand einer Aufnahme, die mit den hessenweiten Vermisstenmeldungen abgeglichen wurde, einen Treffer erzielt. Das Mädchen hieß Laura Schrieber. Neunzehn Jahre alt, Friseurin im zweiten Lehrjahr. Sie war am Sonntagabend nicht wie vereinbart nach Hause gekommen, wo sie noch lebte, denn für eine eigene Wohnung reichte das spartanische Gehalt bei Weitem nicht. Peter Kullmer und Doris Seidel, das frisch verheiratete Dream-Team der Mordkommission, hatten die undankbare Aufgabe übernommen, Lauras Eltern zu befragen. Die wichtigsten Erkenntnisse dieses Gesprächs schienen zu sein, dass die Mutter ein Alkoholproblem habe, der Vater nur Lauras Stiefvater sei und die junge Frau sich hauptsächlich bei einer Freundin aufhalte. Schon über deren Namen war das Paar sich nicht einig. Kendra. Kira. Die Kommissare hatten daraufhin beschlossen, die Vernehmung am Tag darauf fortzusetzen. Hellmer und Sievers erreichten den Vorplatz, der von der mehrspurigen Autotrasse, an der das Gebäude lag, kaum einzusehen war. Schotter knirschte unter ihren Sohlen. Andrea bot Frank ihre Zigaretten an, dieser lächelte schmal und schob sich einen der Filter zwischen die Lippen. Er revanchierte sich mit dem Feuerzeug, *ladies first,* dann nahmen sie auf einer niedrigen Mauer Platz.

»Ich habe sie von oben bis unten untersucht«, begann die Rechtsmedizinerin, und etwas ungewohnt Trauriges lag in ihrer Stimme. »Es ist ein Jammer.«

»Was genau?«

»So jung. So gesund. Das ist einfach nicht fair.«

»Hm.« Hellmer stieß eine weiße Wolke aus dem Mund. »Musste sie sehr leiden?«

»Ich glaube nicht. Sie hat schwere Schädelfrakturen, vermutlich schlug der Täter sie k. o., bevor er sie erwürgte. Was ich nicht beantworten kann«, Sievers stockte, »ist, ob sie es vorher gewusst hat. Ob sie Todesangst hatte, ob er es ihr gesagt hat.«

»Gibt es Fesselspuren?«

»Fehlanzeige. Keine Handschellen, keine Kabelbinder. Wenn überhaupt, kann er nur ein weiches Tuch verwendet haben. Es gibt keinerlei Blutergüsse, nichts, was darauf hindeutet.«

»Aber sie wurde nicht am Nidda-Ufer ermordet, oder?«

»Nein. Die Leichenflecken deuten darauf hin, dass sie bewegt wurde.«

»Was ist mit Transportspuren? Teppichfusseln, Textilfäden, irgendwas?«

»Bedaure. Wenn es etwas gäbe, hätten wir es gefunden.«

»Verdammt! Wir wissen so gut wie nichts über den Tathergang.«

»Das stimmt ja so auch nicht«, widersprach Andrea, und Frank drehte fragend den Kopf in ihre Richtung.
»Jetzt bin ich aber neugierig.«
»Die Kleine hatte kurz vor ihrem Tod Geschlechtsverkehr.«
»Freiwillig?«
»Sieht so aus. Es gibt zwar ein paar kleinere Risse und Verletzungen«, Andrea zog kräftig an ihrer Zigarette und pustete den Rauch mit demselben Elan wieder aus, »aber das muss nichts heißen. Schau dir diese jungen Dinger von heute doch mal an. Spargeldürr. So ein Becken hatte ich, als ich zwölf war! Ich frag mich, wie diese Generation mal Kinder gebären will.«
»Und deshalb muss der Sex freiwillig gewesen sein?« Hellmer kräuselte die Stirn.
»Na ja. Bei solch einem Becken ist es schnell passiert, dass es zu kleineren Verletzungen kommt. Es muss nur etwas wilder zugehen.« Sie stockte und verzog den Mund. »Mensch, Frank. Hast du gar keine Phantasie mehr?
Hastig winkte der Kommissar ab. »Ja. Danke. Schon kapiert. Gibt es Spuren?«
»Allerdings. Der Typ scheint nicht einmal versucht zu haben, sich zu schützen. Samenflüssigkeit, Hautschuppen und, soweit ich es überblicke, keine Spuren von Vaseline oder anderen Gleitmitteln. Das alles sieht mir nach sehr leidenschaftlichem, aber auch einvernehmlichem Sex aus.« Andrea Sievers legte den Arm um Frank Hellmer. »Ach, Frank«, sagte sie mit aufgesetzter Dramatik, »so viel Leidenschaft.«
»Hör doch auf!« Hellmer löste sich aus der Umarmung. Er wusste zwar, dass es nicht ungewöhnlich war, wenn sich Menschen, die sich tagein, tagaus mit dem Tod befassten, ein dickes Fell aus Sarkasmus zulegten. Doch Andreas Bewältigungsstrategien gingen ihm manchmal zu weit. Womöglich war er diesmal auch empfindlich, weil er in einem toten Teenager sofort seine Tochter sah. Das Los eines Vaters, vermutete er. Steffi mochte klug, unabhängig und tough sein, aber

wer wusste schon, ob das sie gegen all die perversen Schweine dieser Welt schützen konnte. Er seufzte schwer und steckte sich eine weitere Zigarette an, obwohl er die erste kaum in den Sand des Aschers gedreht hatte.

Eine Weile verstrich, in der beide schwiegen.

»Sie wurde drapiert«, durchbrach Andrea schließlich die Stille.

Hellmer wusste, worauf sie anspielte, er hatte es mit eigenen Augen gesehen. Die Leiche war nackt gewesen, lediglich ihr Schambereich von einem Höschen bedeckt. Über den straffen, jugendlichen Brüsten lag ihr rechter Arm. Der andere war entweder hinabgefallen oder absichtlich zur Seite gestreckt worden. Als spielten die Finger mit den Uferwellen.

»Der Nagellack, an Fingern und Zehen, war frisch. Makellos. Entweder sie hat ihn selbst aufgebracht, das spricht für ein geplantes Rendezvous. Oder er hat es getan.«

»Er«, wiederholte Hellmer tonlos.

Sievers lachte trocken. »Na ja. Das Sperma in ihrem Unterleib stammt wohl kaum von einer Freundin.«

Doch Frank Hellmer ging nicht darauf ein. In seinem Kopf formte sich ein ganz anderer Gedanke, doch er musste ihn erst zu Ende denken. Es mochte eine Berufskrankheit sein, aber die vielen Dienstjahre und finsteren Abgründe, die diese Jahre mit sich gebracht hatten, waren nicht spurlos an ihm vorübergegangen.

Welche Rolle spielte der Stiefvater? Gab es einen Grund, weshalb Lauras Mutter sich dem Alkohol ergeben hatte? War diese Kendra oder Kira womöglich eine Erfindung der Tochter, um von jemandem abzulenken? Vielleicht hatte sie einen heimlichen Freund. Warum auch nicht, mit neunzehn Jahren? Und mit ihrem hübschen Aussehen? Doch vielleicht war das ihren Eltern aus irgendeinem Grund nicht recht. Oder zumindest dem Stiefvater.

Hellmer wusste, dass er den Mann nicht vorverurteilen durfte. Er wollte diese Gedanken auch überhaupt nicht denken. Vor allem jetzt

noch nicht, denn er hatte ihn weder persönlich gesehen noch befragt. Aber es war schon verdammt schwer, sich die vergangenen Jahre aus dem Gedächtnis zu zwingen. Die vielen Missbräuche, die verbrannten Kinderseelen. Und schlussendlich seine eigene Rolle als Vater.
»Frank?«
Er zuckte derart zusammen, als habe man ihn mit dem Finger im Nutellaglas erwischt. Doch dann waren da bloß Andreas strahlende Augen. Beneidenswert, wie diese Augen leuchten konnten, nach all dem, was sie bereits sehen mussten.
»Kommt mir gerade so vor, als wärst du kilometerweit weg«, sagte sie verständnisvoll. »Wäre ja auch nicht das Schlechteste. Darf ich erfahren, wo genau du warst?«
Hellmer schob seine Gedanken beiseite, bis auf einen. »Doris und Peter haben die Eltern der Kleinen befragt. Es war die Rede von einer ominösen Freundin. Was, wenn sie überhaupt nicht vorgehabt hatte, nach Hause zu kommen? Was, wenn sie sich stattdessen mit einem Jungen getroffen hat?«
Andrea schlug sich die Hand vors Gesicht, was ziemlich komisch aussah, denn die Zigarette steckte noch zwischen Zeige- und Mittelfinger. »Skandalös!«, rief sie aus. »Und das ohne Trauschein?«
»Bleib doch mal ernst«, rügte der Kommissar, und die Rechtsmedizinerin signalisierte ihm, dass sie nicht weiter ulken würde.
»Wenn wir davon ausgehen, dass sie sich mit einem Freund getroffen hat«, fuhr er fort, »*ihrem* Freund also, dann könnte es doch sein …«
»… dass der Mörder und das Rendezvous zwei verschiedene Personen sind?«, vollendete Andrea Sievers seine Ausführungen. »Guter Gedanke! Das würde den einvernehmlichen Sex erklären und auch, weshalb er keine Vorkehrungen getroffen hat, damit sein Ejakulat nicht in ihrem Körper verbleibt. Jeder noch so Perverse weiß doch heutzutage, wie gefährlich ein DNA-Profil ist.«
Frank Hellmer nickte langsam. »Unser Problem ist nur, wie wir das Ganze beweisen.«

17 UHR
München

Julia Durant kickte mit dem Fuß die Hotelzimmertür zu. Die Türkante schabte über den Teppichboden, den man offenbar erst vor Kurzem erneuert hatte. Unter den Arm geklemmt eine Papiertüte, in der sich eine Tüte Chips, eine Flasche Wein, zwei Brezeln und ein Stück Salami befanden. Es hatte zu regnen begonnen, auch wenn das sämtlichen Vorhersagen widersprach. Der Biergarten fiel daher aus. Und Julia verspürte nur wenig Lust, alleine in einem Wirtshaus zu sitzen. Die Blicke auf sich zu ziehen, von denen die meisten mitleidig wirkten, weil sie aussah wie eine vereinsamte Frau, die zum Essen ausging, um in ihrer Wohnung nicht depressiv zu werden. Dabei hatte sie schon unzählige Male in ihrem Leben genauso dagesessen. Bemitleidenswert. Aber gerade heute konnte sie das nicht gebrauchen, und das, obwohl sie in Wirklichkeit alles andere als einsam war. Im Gegenteil: Julia wurde geliebt, hatte einen erfüllenden Job (ja, sie fand ihn tatsächlich erfüllend, wie schrecklich er auch manchmal sein mochte), sie hatte Freunde und ein schönes Zuhause.
Depressiv allerdings wurde sie trotzdem. All der Ballast, der sich mit ihrer Vergangenheit an sie gehängt hatte. Dazu das triste Regengrau über der Stadt. Das Trommeln der Tropfen auf der Fensterscheibe. Zuletzt, als sie hinter einem Münchner Fenster gestanden und in das trübe Wetter gestarrt hatte, war ihr Vater gestorben. Wie sollte man da *nicht* depressiv werden?
Julia griff sich eines der Weingläser, die auf dem Schreibtisch ihres Zimmers bereitstanden. Das Hotel verfügte über wenige Einzelzimmer, sie hatte ein Doppelzimmer zur Einzelnutzung ergattert (und das auch noch mit Badewanne!). Auf einer Seite des Doppelbetts hatte sie die Einkäufe ausgebreitet, eine Minute später hatte sie den Wein entkorkt. Der Korkenzieher hatte sieben Euro gekostet, einen Euro weniger als der Rotwein. Rijo Vega, 2014, aus Navarra in

Nordspanien. Nie gehört. Hoffentlich hielt der Tropfen das, was das Etikett versprach.

Das Badewasser schoss mit kräftigem Strahl in die Wanne. Julia Durant verteilte ihre Kleidung auf der Betthälfte mit den Einkäufen und nippte an ihrem Glas. Für 13,5 % Alkoholgehalt schmeckte der Wein erstaunlich fruchtig. Mitsamt Glas und Flasche verzog sie sich ins Badezimmer. Dann fiel ihr etwas ein. Der Hauptgrund, weshalb ihre Stimmung so abgesackt war. Sie kehrte zum Schreibtisch zurück, wo ihre Handtasche über der Stuhllehne hing. Unentschlossen fingerte sie hinein, bis sie das Papier spürte. Ein Kuvert. Pastor Aumüller hatte es ihr in die Hand gedrückt, als sie sich am Friedhofsausgang Lebewohl sagten. Und damit ihren Vorsatz zunichtegemacht, die Vergangenheit endgültig hinter sich zu lassen.

»Er ist von ihm«, hatte er gesagt.

»Tatsächlich.« Etwas Besseres war ihr nicht eingefallen.

Sie hätte es ahnen müssen. Aumüller hatte im Plural gesprochen, von mehreren Briefen. Tatsächlich, so hatte er ihr auf dem Rückweg in behäbigem Tempo erklärt, waren es zwei gewesen. Und neben der Bitte, Julia über die Beisetzung in Kenntnis zu setzen, gab es eine weitere Anweisung. Nach der Beisetzung, unabhängig davon, ob sie nun anwesend sei oder nicht, sollte er ihr den Brief zustellen.

»Wie genau waren seine Anweisungen denn? Und gibt es irgendein Datum?« In ihrem Hinterkopf ratterten eine Menge Fragen. Hatte Stephan gewusst, dass Pastor Aumüller noch lebte? Es hätte ja durchaus die Möglichkeit bestanden, dass die Biologie ihm hier einen Strich durch die Rechnung machte. War er selbst schwer krank gewesen? Hatte er gar mit seinem eigenen Ableben gerechnet? Doch wie passte es dann ins Bild, dass er Opfer eines Raubmords geworden sein sollte? Und war die Polizei nicht längst all jenen Fragen nachgegangen? Julia verdrängte diese Stimmen, denn vieles in ihr wehrte sich dagegen, Stephan einen derart großen Raum einnehmen zu lassen.

»Glaub mir, es war sein Herzenswunsch«, bekräftigte der alte Pastor. »In seinen Zeilen war nichts als Reue. Was auch immer er dir damals angetan hat, er wollte sich dafür entschuldigen. Bei dir und bei mir. Und bei deinem Vater, aber dafür ist es ja leider zu spät.«
Julias Fäuste ballten sich. Dieses Arschloch! Sie hatte seine Entschuldigung damals genauso wenig gebraucht wie heute. Er hätte so vieles machen können, mit ihr reden, mit ihr streiten oder sich wieder scheiden lassen. Stattdessen vögelte er sich kreuz und quer durch die Firma. Und jetzt stand sie da. Genauso blöd wie damals. Und er war tot. Keine Chance, ihm seine Entschuldigung um die Ohren zu hauen.
Warum hatte er überhaupt schon ans Sterben gedacht? Stephan war gerade mal drei Jahre älter als Julia. Da rechnete man doch nicht mit seinem Tod! Andererseits: Was bedeutete schon das Alter in Zeiten, in denen der Krebs schon unter den jüngsten und gesündesten Menschen um sich griff. Dieser verdammte Teufel. Julia ertappte sich selbst auch hin und wieder bei düsteren Gedankenspielen um ihre eigene Sterblichkeit. Doch diese verpufften wieder. Stephan dagegen hatte sich an Aumüller gewandt. Passte das zu ihm? Vor allem, wenn er vorgehabt hatte, sein exzessives Leben ungebrochen fortzusetzen? Rauchend, trinkend und wer weiß was noch … Julia versuchte, die konkreten Vorstellungen zu unterdrücken. Es gelang ihr nur teilweise.
Sie trank einen weiteren großen Schluck Wein, bevor sie mit zitternden Händen den Brief entfaltete. Behutsam, damit der Schaumberg auf dem Badewasser das Papier nicht berührte.

Schon bei der Anrede stockte ihr der Atem.
Er verwendete ihren Kosenamen!
Eine Anrede, die Julia nie wieder jemandem gestattet hätte, nicht einmal in Gedanken. Vieles zwischen den Zeilen wirkte, als habe er den Brief schon vor Jahrzehnten geschrieben. Direkt nach dem großen Bruch.

Julia überflog den Brief (es handelte sich eindeutig um Stephans bogenreiche Handschrift), hielt kurz inne und las ihn dann ein zweites Mal.

Du wunderst Dich vielleicht, warum ich Dir schreibe. Warum ausgerechnet jetzt, warum überhaupt. Und ich hoffe und bete, dass Du den Brief nicht direkt zerrissen hast.
Was ich Dir jetzt sage, klingt vermutlich nach einem schlechten Film. Aber trotzdem: Wenn Du diese Zeilen liest, dann bin ich tot. Vielleicht hast Du mich längst vergessen – ich könnte es Dir nicht verdenken. Aber ich habe Dich nie vergessen. Auch wenn ich das Recht darauf verspielt habe, was wir hätten haben können.
Weißt Du noch, als wir »Zurück in die Zukunft« angeschaut haben? Ich bin wohl das, was man dort als »feige Sau« bezeichnet. Das hilft Dir jetzt nichts mehr, das weiß ich. Aber ich hatte nie die Chance (und nie den Mut), es Dir zu sagen. Ich wollte nicht, dass es so mit uns endet. Du musst mir das nicht glauben, denn dafür habe ich Dir durch mein Verhalten sicher keinen Grund gegeben. Aber ich weiß es trotzdem. Ich habe Dich mehr geliebt als jemals eine andere. Weder vor Dir noch danach. Ich habe ein paar einsame Jahre hinter mir. Mein Aussehen (Du hast mir immer gesagt, ich sei ein toller Hecht) ist im Laufe der Jahre nicht unbedingt besser geworden. Meine Firma wurde von der Konkurrenz geschluckt. Keine der Frauen – und ich schäme mich heute für jede einzelne – ist an meiner Seite geblieben. Das wollte ich auch nicht. Ich war von einer krankhaften Sexsucht besessen, anders kann ich es mir nicht erklären, warum ich eine Frau wie Dich verprellt habe.
Julia, ich liebe Dich. Ich habe damit niemals aufgehört. Und auch wenn ich es nicht verdient habe, so wünsche ich mir nur eines: Behalte mich so in Erinnerung, wie ich vorher war.

Wenigstens einen Moment, und wenn es nur ein Augenblick ist, in dem wir beide glücklich waren. Es gab davon eine Menge, und ich zehre, wenn ich auf mein Leben zurückblicke, nur von diesen Erinnerungen. Seit unserer Trennung ist mir wenig Gutes widerfahren. Mein Herz ist kaputt, vielleicht hat der liebe Gott das absichtlich gemacht, weil ich Deines gebrochen habe. Ich werde bald vor ihn treten. Und ich habe Angst davor. Nicht, weil ich besonders gläubig bin. Im Gegenteil. Weil ich allein bin. Und auch wenn ich nicht wiedergutmachen kann, was ich damals getan habe, so möchte ich Dir wenigstens gesagt haben, dass es mir aus tiefster Seele leidtut. Dass ich begriffen habe, wie bescheuert ich war. Was ich verloren habe. Und dass es einzig und allein meine eigene Schuld ist. Damit musste ich leben, und es ist nur fair, wenn Du von uns beiden das bessere Leben geführt hast.
Ich liebe Dich.
Vielleicht sehen wir uns eines Tages wieder.
Dein Stephan

Eine Sturmbö trieb dicke Tropfen an die Fensterscheibe.
Julia Durant bebte. Ihr Tränen strömten in Richtung Badewasser. Sie konnte sich nicht bewegen, nichts sagen, nirgendwohin.
Dieser verdammte Scheißkerl. Dieses arme Schwein.
Sie hatte ihn so sehr geliebt.

DONNERSTAG

DONNERSTAG, 12. SEPTEMBER, 7:20 UHR

Am nächsten Morgen checkte die Kommissarin noch vor dem Frühstück aus.
»Aber Sie haben dafür bezahlt«, entgegnete die Asiatin an der Rezeption. »Ich kann das jetzt nicht mehr zurückbuchen.«
»Brauchen Sie auch nicht«, erwiderte Durant mit belegter Stimme. »Ich muss nach Frankfurt. Es eilt.«
Die junge Frau musterte sie mit Argwohn, nickte und nahm die Schlüsselkarte entgegen.
»Ein Snickers und eine Cola«, erklärte Durant, um der Frage nach der Minibar zuvorzukommen. Schob eine Zehneuronote über den blank polierten Stein und zwang sich zu einem Lächeln. »Stimmt so.«
»Danke. Und gute Heimreise.«
Die werde ich brauchen, dachte sie. Spätestens ab Würzburg würde der Verkehr unerträglich dicht werden, im Pendelverkehr ersticken. Ein Grund mehr, München so schnell wie möglich hinter sich zu lassen.
Fast so überstürzt wie damals. Als sie zum ersten Mal nach Frankfurt geflohen war.
Weg von Stephan.
Etwas stieß säuerlich in Julias Kehle auf.
Bloß weg.
Und dabei wusste die Kommissarin ganz genau, dass sie sich mit dem Ableben ihres Ex-Manns noch beschäftigen würde. Denn die

Kripo München hatte die Sache mit dem kaputten Herzen entweder nicht gelesen oder nicht richtig beachtet.
Stephan schien krank gewesen zu sein. Er wusste, dass er in absehbarer Zeit sterben würde. Konnte sein Tod nicht doch ein Selbstmord gewesen sein? Oder war alles eine Verkettung unglücklicher Umstände? Waren ein paar Junkies der Natur zuvorgekommen?
Irgendwer musste das alles doch herausfinden.
Julia Durant hätte am liebsten geschrien und ins Lenkrad gebissen. Sie hasste den Gedanken daran, dass sie diese Person sein würde. Ob sie nun wollte oder nicht.

9:42 UHR
Frankfurt

Claus Hochgräbe saß an seinem Schreibtisch im vierten Stock des Polizeipräsidiums. Hinter ihm eine fensterlose Wand mit dem Foto des alten Präsidiums in der Friedrich-Ebert-Anlage, zwischen Messe und Hauptbahnhof. Der alte Prunkbau, gelber Sandstein mit Dutzenden Sprossenfenstern und einer Menge Ornamenten, sorgte seit Jahren für Streit. Mal ging es um die U-Bahn, die darunter verlaufen sollte. Mal um neue Hochhäuser, die an dessen Stelle errichtet werden sollten. Hochhäuser, die so massiv waren, dass sie keine Untertunnelung erlaubten. Und wieder einmal stritt man über die Notwendigkeit von noch mehr übertuertem Mietraum. Angeblich wollten die Stadt und der Investor, der sich den Gebäudekomplex gesichert hatte, behutsam mit dem großen Erbe umgehen. Was auch immer das heißen mochte. Julia Durant hatte ihren Lebensgefährten einmal hineingeführt, auf den Spuren ihrer ersten Dienstjahre in Frankfurt. Die Vergangenheit schien hier hinter jeder Tür weiterzuleben, auch wenn die Jahre des Leerstands und mancher illegaler Nutzung deutliche Spuren hinterlassen hatten.

Aus dem Fenster zu seiner Rechten konnte Hochgräbe die Eschersheimer Landstraße sehen. Eine zentrale Verkehrsader, umrahmt von Supermärkten und öffentlichem Nahverkehr. Zumindest strategisch hatte die Lage des neuen Präsidiums nichts eingebüßt. Hochgräbe blickte auf die Wanduhr, die oberhalb des verstaubten Gummibaums hing. Beides hatte sein Vorgänger ihm hinterlassen. Noch eine Viertelstunde bis zur Dienstbesprechung. Zeit genug für ein Telefonat mit Julia. Wenn sie es tatsächlich so früh auf die Autobahn geschafft hatte, dürfte sie mittlerweile schon irgendwo bei Nürnberg sein.

»Wo bist du?«, erkundigte er sich Sekunden später, nachdem sie Begrüßungsfloskeln ausgetauscht hatten. Im Hintergrund rauschte es.
»Nähe Aalen. Ich fahre die A7 hoch.«
»Ach so. In Ordnung. Wie geht's dir denn?«
»Reden wir nicht drüber. Ich musste einfach nur raus aus der Stadt, auch wenn ich tausend Fragen im Kopf habe.«
»Fragen wegen des Mordes?«
Julia bestätigte. »Wie kann es sein, dass man das schon ad acta legt? Warum wurde ich nicht früher verständigt? Wer ist dafür verantwortlich ...«
Claus wollte etwas sagen, doch Julia lieferte die Antworten allesamt selbst. Ihre Scheidung lag eine halbe Ewigkeit zurück. Wer war denn noch auf dem Revier, der sich an sie erinnerte? Die meisten Kollegen gab es nicht mehr. Außerdem hatte sie den Kontakt damals weitgehend abgebrochen. Wenn überhaupt, dann war es Claus, der noch Verbindungen zu einigen Köpfen der Mordkommission hatte.
»Komm du mir erst einmal heil in Frankfurt an«, mahnte er. »Dann reden wir noch mal.« Vielsagend kichernd fügte er hinzu: »Du brauchst nicht in München nach Antworten zu fischen, wenn der beste Angler in Frankfurt sitzt und zufällig auch noch dein Chef ist.«

Zwanzig Minuten später, die Dienstbesprechung hatte gerade erst begonnen, ereilte die Mordkommission eine wichtige Nachricht. Auf einem der Ohrringe des getöteten Mädchens war ein Teilabdruck gefunden worden. Dieser hatte zu einem weiteren Treffer geführt. Niclas Kornmann, dreiundzwanzig Jahre alt. Gemeldet in einer Reihenhauswohnung in Griesheim, dem östlich angrenzenden Stadtteil von Nied. Eine Adresse, die jeder Polizeibeamte als Zentrum eines sozialen Brennpunkts kannte, auch wenn die Stadtväter alles versuchten, solche Stigmata loszuwerden. Es gab sie trotzdem. Und hatte man erst einmal ein solches Etikett, wurde man es nur schwer wieder los.

Frank Hellmer erklärte sich bereit, den ersten Kontakt zu Kornmann zu knüpfen.

War er die Person, die sich hinter Kendra oder Kira verbarg?

»Okay.« Claus Hochgräbe nickte. »Wen nimmst du mit?«

»Ich wollte es allein durchziehen.« Es war kein Geheimnis, dass Hellmer lieber alleine arbeitete, wenn seine enge Freundin Julia Durant nicht verfügbar war.

»Kommt nicht infrage«, widersprach Hochgräbe. »Du musst Fingerabdrücke und eine Speichelprobe nehmen, damit wir absolute Gewissheit haben. Entweder wir laden Kornmann erkennungsdienstlich vor, oder ihr übernehmt das zu zweit.«

»Ist ja schon gut.«

»Außerdem könnt ihr euch gleich noch den Friseur vorknöpfen. Da wird doch sicher eine Menge geredet.«

Hellmer wählte Peter Kullmer als seinen Partner.

Niclas Kornmanns Abdrücke waren wegen Raub mit Körperverletzung im System. Sein Konterfei deutete darauf hin, dass er ein Mann voller Testosteron war. Ein sehniger, muskelbepackter Schlägertyp, ohne Schulabschluss. War es die Perspektivlosigkeit, die Aussicht auf ein Leben, in dem er um alles und jedes kämpfen musste, die ihn dazu gemacht hatten?

Insgeheim fand Hellmer es nun gar nicht so verkehrt, einen Partner an seiner Seite zu wissen.
Einen Mann.

Im Lauf der Besprechung war das Gespräch auch auf Julia gekommen. Ihre Kollegen kannten den Grund, weshalb sie einst nach Frankfurt gewechselt war. Doris Seidel konnte es ihr aus eigener Erfahrung nachempfinden. Auch sie war einmal mit den Scherben ihrer Beziehung im Gepäck in die Stadt gekommen. Aus Köln. All ihre Stärke, ihre Durchsetzungskraft und ihr schwarzer Kampfsport-Gürtel hatten ihr nichts genützt. Das eigene Fell mochte noch so dick sein: Wenn eine Seele blutete, dann tat sie es auf unerträgliche Weise.
Doch Hellmer, Kullmer und Seidel wussten noch mehr: Julia Durant hatte ihre Vergangenheit hinter sich gelassen. München konnte ihr nichts mehr anhaben. Und selbst von dieser – schweren, unerwarteten – Reise würde sie zurückkehren. Stärker als zuvor. Und dann wäre das Thema für immer vorbei.
Dachten sie zumindest.

11:05 UHR

Schon im Treppenhaus roch es nach kaltem Rauch. Beiden Kommissaren war klar, dass hier nicht nur herkömmlicher Tabak konsumiert wurde. Die Wände waren fleckig, überall Schmierereien und angeklebte Zettel. Einer davon, schon etwas verblichen, zeigte das Foto einer vermissten Katze. Der gelbstreifige Tintendruck bot einen gewissen Spielraum bei der Phantasie, wie das Tier in Wirklichkeit wohl aussehen dürfte. Und so verzweifelt der Text auch klang: Hellmer schätzte, niemand in diesem Haus würde sich ernsthaft an der Suche beteiligt haben. Denjenigen, die keine Tiere hatten, war es

vermutlich gleichgültig. Und dann gab es die vielen Katzenhasser, die sich vielleicht insgeheim ins Fäustchen lachten, dass es nun ein Exemplar weniger gab. Denn spätestens, wenn man vor dem Haus in eines der Geschäfte trat, wuchsen Aggressionen. Hellmer dachte an Giftköder, die immer wieder auch die Polizei beschäftigten. Nicht die Mordkommission allerdings, denn bei Haustieren sprach man nur von Sachbeschädigung. Es war eine seltsame Welt.
Hellmer atmete schwer und beschloss, seine Gedanken zurück auf die menschlichen Abgründe zu richten.
»Ist alles klar bei dir?«, wollte Kullmer wissen, während sie langsam die Stufen hinaufschritten.
»Ist deprimierend hier«, antwortete Hellmer.
»Gib's zu. Du machst dir Sorgen um den Porsche.« Kullmer lachte. Immer wieder zog er seinen Kollegen damit auf, dass er seinen 911er als Dienstwagen benutzte. Dennoch stieg er sehr gerne bei ihm ein.
»Blödmann«, konterte Hellmer. »Aber ich will ihn ohnehin loswerden.«
»Echt? Ein Grund mehr, dass es besser wäre, wenn nachher noch alle vier Räder dran sind.«
Hellmer bereute, sich auf das Thema eingelassen zu haben. »Wir sind da«, sagte er schnell und deutete auf eine mattschwarze Tür. Es sah so aus, als hätte sie jemand mit einer Farbrolle bearbeitet. Genau wie den umliegenden Türrahmen, allerdings ohne die umgebende Wand vernünftig abzukleben. Überall waren Kleckser und Streifen zu sehen. Auf Augenhöhe zogen bunte Aufkleber einer sogenannten Stickerbomb die Blicke auf sich, die den Türspion umringten, als wollten sie ihn in all ihrer Farbenpracht tarnen. Rauchende Skelette, Bikinifrauen, Superhelden und zwei eiserne Kreuze. Mit letzteren Symbolen ging die junge Generation nach Hellmers Erfahrung erschreckend arglos um.
Er fand den Klingeldrücker, umrahmt von Klebeband, offenbar war die gesamte Mechanik darunter lose. Etwas mulmig, weil er keine

Lust auf einen elektrischen Schlag verspürte, drückte er behutsam mit dem Daumennagel auf den Knopf.
Im Moment, als die Türklingel ertönte, brach eine Orgie von Hundegebell los, die alles andere überlagerte. Dann eine wütende Männerstimme und der Einschlag eines Wurfgeschosses. Winseln. Stille.
Sekunden später wurde die Tür aufgerissen. Zweifelsfrei handelte es sich um Niclas Kornmann. Barfuß, schwarze Trainingshose, fleckiges T-Shirt. In der Rechten hielt er einen Baseballschläger.
»Was wollen Sie?«
Wenigstens konnte er sprechen. Siezte sie sogar.
Hellmer und Kullmer hielten ihre Ausweise hoch. »Kriminalpolizei Frankfurt.«
Hellmer richtete den Zeigefinger in Richtung Schläger: »Was soll das denn?«
Kornmann kniff die Augen zusammen. Graue Schatten deuteten auf einen Mangel an Schlaf und eine Überdosis an Videospielen hin.
»Man weiß ja nie«, presste er hervor und bugsierte den Schläger in die Ecke neben der Tür. Der vordere Bereich war fleckig. Hellmer fragte sich gerade, ob etwas davon menschlichen Ursprungs sein könnte, als Kornmann erneut fragte: »Was wollen Sie von mir?«
»Wir wollen zu Ihnen, das stimmt schon mal«, meldete sich Kullmer zu Wort.
Hellmer ergänzte: »Dürfen wir reinkommen?«
Zuckte der Mann zusammen? Falls ja, überspielte er jede Unsicherheit sehr gut.
»Was gibt es denn?« Noch machte Kornmann keine Anstalten, die Tür freizugeben.
»Wie gesagt, wir würden gerne rein«, wiederholte Hellmer.
»Wollen Sie das wirklich?« Kornmann bleckte die Zähne. »Mein Pitbull mag keine Cops.«
»Klang ja eben so, als hätten Sie ihn k. o. geschlagen.« Kullmer reckte betont neugierig den Hals. »Wo ist er denn?«

»Das war eine Flasche mit Kronkorken. Wirkt besser als Elektroschocks und Ultraschall.«

Wie ein Mann, der kürzlich seine Freundin umgebracht hatte, wirkte Kornmann nicht gerade, dachte Hellmer, bevor er sich räusperte. »Herr Kornmann, wir sind nicht wegen irgendwelcher alter Geschichten hier …«

»Ach nein? Weshalb denn dann?«

»… wir interessieren uns auch nicht für Ihren Kampfhund oder den Geruch nach Gras, der einem hier entgegenschlägt«, griff Kullmer den Faden auf.

»Es geht um Ihre Freundin«, schloss Hellmer.

»Meine Freundin.«

Dieser Typ war eine Wand. Er ließ alles an sich abprallen, vermutlich eine Überlebensstrategie. Wer nichts preisgab, machte sich nicht angreifbar.

»Kommen Sie.« Hellmers Ton wurde schärfer. »Sie sind doch kein Papagei. Ihre Freundin. Laura. Oder haben Sie mehrere?«

»Wie? Nein!« Kornmann schien allmählich zu begreifen, dass es nichts Gutes bedeuten konnte, wenn die Kripo zu ihm kam, um sich nach seiner Freundin zu erkundigen. Auf der Stirn bildete sich ein glänzender Film. »Was ist denn mit Laura?«

Hellmer atmete schwer. Gab es im Leben eines Polizisten etwas Schwierigeres, als diese Frage zu beantworten? Überbringer einer Nachricht zu sein, die selbst das unnahbarste, dominanteste Gegenüber in ein Häufchen Elend verwandelte?

Und war es, taktisch betrachtet, wirklich eine gute Idee, schon zwischen Tür und Angel mit dieser Information rauszurücken? »Vielleicht sollten wir doch besser reingehen.«

Kornmann verschränkte die Arme. »Ich weiß doch, wie das läuft. Bin schon mal in so eine Sache reingeraten. Schickt Lauras Mutter Sie? Oder dieser andere Wichser?«

»Nein. Bedaure«, sagte Hellmer.

Kullmer gab sich einfältig: »Wollen Sie etwa behaupten, jemand anders habe damals diese alte Frau niedergeschlagen und ihr Geld und Schmuck gestohlen?«
Kornmann winkte ab und wandte sich an Hellmer: »Also. Es geht um Laura. Was ist mit ihr?«
»Es tut uns leid«, antwortete Hellmer, und er musste schlucken. »Laura ist tot aufgefunden worden.«
Der Boden unter den Füßen des Jungen schien nachzugeben. Er taumelte, griff nach dem Türrahmen, und sämtliche Reste von Farbe wichen aus seinem Gesicht.
Hellmer führte ihn ins Wohnungsinnere, Kullmer schloss die Tür. Ein wütendes Knurren ließ die Männer in ihren Bewegungen erstarren.
»Ist gut. Platz!«, befahl Kornmann mit einem Zittern in der Stimme. Sichtlich widerwillig gehorchte das Tier und ließ sich auf einer zerbissenen Decke nieder. Sein Herrchen befreite sich von Hellmer, räumte zwei Arme voll Kleidung von der Couch und ließ sich darauf sinken. Die Kommissare hockten sich neben ihn. Sessel gab es keine. Ein gigantischer Monitor an der gegenüberliegenden Wand war auf Standbild gestellt. Auf dem Tisch ein Controller. Kornmann musste bis zu ihrem Eintreffen gezockt haben.
Das Verhalten eines Mörders? Nein. Hellmer wusste nicht, was er von dem Jungen halten sollte. Doch andererseits, sagte er immer, hatte man auch schon Pferde kotzen sehen.
»Laura wurde am Nidda-Ufer gefunden. Nicht weit von zu Hause. Sie wurde ermordet«, fasste Hellmer das Nötigste zusammen und hielt kurz inne, bevor er fragte: »Waren Sie beide ein Paar?«
Kornmann zuckte mit den Schultern. »Und wenn?«
»Wir haben ... Hinweise darauf gefunden, dass Laura ...«
»... Geschlechtsverkehr hatte«, vollendete Kullmer den Satz. Hellmer sah ihn dankbar an und fragte sich, weshalb er sich heute so schwertat.

»Aha.« Niclas Kornmann schien wieder seinen Schutzpanzer aus Arroganz und Härte zu tragen. Sein Augenblick der Schwäche war vorbei.

»Ach, kommen Sie.« Kullmer sah ihn forschend an. »Eben wären Sie fast in die Knie gegangen, und jetzt tun Sie so, als wäre das alles scheißegal! Mensch. Laura war fast noch ein Kind!«

Seine Worte verfehlten nicht ihre beabsichtigte Wirkung.

»Was wissen Sie denn schon?«, fauchte Kornmann. »Laura ist … sie war … das Beste, was mir in meinem Leben passiert ist. Seit dieser Sache damals« – zweifelsohne meinte er damit den Raub und die Körperverletzung – »hat es nicht mehr viel Gutes gegeben. Diese Gegend hier ist Dreck. Die Cops haben sie abgeschrieben. Und die Leute hier gehen jedem am Arsch vorbei. Laura war anders. Trotz ihrer *Eltern*.« Das letzte Wort sprach Kornmann derart verächtlich aus, als sei es pures Gift in seinem Mund. »Wir haben uns geliebt, begreifen Sie das? Geliebt!«

»Auch in der Nacht von Sonntag auf Montag?«, platzte es aus Kullmer heraus.

Kornmanns Kopf flog herum. »Was soll das denn jetzt? Sie …« Er nahm die Hand vor den Mund und riss die Augen auf. »Soll das heißen, ich bin verdächtig?«

»Zum aktuellen Zeitpunkt ist das wohl jeder«, erklärte Kullmer, doch Hellmer signalisierte ihm, etwas anderes sagen zu wollen.

»Folgendes: Wir wissen, dass Laura Sonntagnacht Geschlechtsverkehr gehabt haben muss. Forensik. Das ist nicht das, was man hören will, wenn man gerade vom Tod seiner Freundin erfahren hat, aber wir können leider nicht so tun, als wäre nichts geschehen.«

Kornmann schwieg.

Frank Hellmer neigte sich zur Seite, griff in seine Tasche und reichte den Plastikbeutel mit Lauras Ohrring dem jungen Mann: »Kennen Sie diesen Schmuck?«

»Das ist Lauras.«

»Wir haben einen Teilabdruck von Ihnen darauf gefunden«, erklärte der Kommissar. »Der hat uns hierhergeführt. Sie waren schon im System, so läuft das nun mal. Was wir von Ihnen wissen möchten, ist, wo Sie in der Nacht von Sonntag auf Montag waren. Wann Sie Laura zuletzt gesehen haben und was Sie damit meinten, ob ihre Eltern uns zu Ihnen geschickt haben. Immerhin sind Sie beide volljährig«, schloss Frank, auch wenn er als Vater von zwei jugendlichen Töchtern natürlich wusste, dass das ein schwaches Argument war. Die Kinder aus seiner ersten Ehe waren längst erwachsen. Seine damalige Frau hatte den Kontakt zu ihnen unterbunden, und irgendwann hatte er keinen Sinn mehr darin gesehen, einen Kampf gegen Windmühlen zu führen. Seine neue Frau hatte ihm zwei weitere Mädchen geschenkt. Marie-Therese war schwerstmehrfachbehindert und lebte in einer anthroposophischen Einrichtung, wo sie die bestmögliche Förderung erfuhr. Stephanie ging auf ein Internat, hatte eine aufregende Pubertät hinter sich, war aber zu einem selbstbewussten, verantwortungsvollen Menschen herangewachsen. Trotzdem würde sie immer seine kleine Tochter bleiben, selbst wenn sie Frank irgendwann einmal Enkel bescheren würde. Allein der Gedanke, was man dafür tun musste, bereitete ihrem Vater höchstes Unbehagen.
»Ich habe ihr die Ohrringe geschenkt«, sagte Niclas Kornmann leise. Er rieb sich verstohlen die Augenwinkel.
»Und was war am Sonntag?«
»Wir waren zusammen. Aber nur bis mittags. Laura hat hier übernachtet.«
»Kann das jemand bezeugen?«
»Nö.« Kornmann schüttelte den Kopf, dann hellte sein Blick sich auf. »Oder doch, klar. Aber ich weiß nicht …«
»Einfach raus damit«, drängte Hellmer.
»Ich habe einen Mitbewohner. Das heißt, der hängt hier ab und zu rum, weil ihm zu Hause die Decke auf den Kopf fällt. Am Samstag

haben wir gezockt, ich glaube, er hat dann auch hier gepennt. So genau weiß ich das aber nicht. Wir waren ja … na ja …«
Er verstummte.
Hellmer fragte nach dem Namen und der Adresse. Kornmann gab ihm beides, und der Kommissar notierte es sich.
»Tut mir leid, wenn ich darauf herumreiten muss«, sagte er anschließend, »aber haben Sie und Laura miteinander geschlafen?«
Kornmann rollte die Augen, dann nickte er. »Kann ich rauchen?«, fragte er unvermittelt.
»Ist Ihre Wohnung.« Hellmer lächelte.
»Ist Ihre Gesundheit«, sagte Kullmer praktisch zeitgleich.
»Sie beide sollten Comedy machen«, kam es nach dem Knistern von frisch entzündetem Tabak und einem ersten tiefen Zug. Dann, wieder mit einem resignierten Ausdruck in den Augen, fragte Kornmann: »Warum ist es wichtig, was Laura und ich am Sonntag miteinander hatten?«
»Es wurde Sperma gefunden«, erklärte Kullmer. »Haben Sie ein Kondom benutzt?«
»Nein. Laura hatte so ein Implantat.« Unangenehm berührt, tippte der Junge sich auf die Haut des Oberarms. Und schien erst dann zu begreifen, worum es hier ging. »Moment. Wurde Laura etwa vergewaltigt?« Seine Fäuste ballten sich.
Die Kommissare schüttelten beide den Kopf, Hellmer war der Erste, der es aussprach: »Wir gehen nicht davon aus. Es gibt keine entsprechenden Verletzungen. Und wir müssen die Spermaspuren mit Ihrer DNA abgleichen, dann wissen wir es genau.«
»Hmm.«
»Haben Sie Bedenken, dass Sie wieder ›irgendwo hineingeraten‹?«, fragte Kullmer, der bereits das Plastikröhrchen mit dem Wattestab bereithielt. Er hob es auffordernd in Kornmanns Richtung.
Dieser wollte danach greifen, doch Kullmer zog es zurück. »Nicht so hastig. Wir machen das.« Er erklärte das Prozedere. Mund auf,

ein paarmal durch die Backentasche streichen, zurückstecken und versiegeln. Allein deshalb mussten sie zu zweit sein, damit keiner den Vorgang rechtlich anzweifeln konnte. »Noch irgendwelche Fragen?«
Kornmann verneinte.
»Na, dann mal bitte A sagen.«
Der junge Mann ließ es über sich ergehen, würgte nur leicht, als Hellmer das Stäbchen etwas zu tief über seine Zunge zog. Unabsichtlich. Der Kommissar entschuldigte sich, verschloss das Röhrchen und räusperte sich dann.
»Das wäre es. Vorläufig.«
»Und was jetzt?«
»Wir überprüfen die DNA, das nimmt ein wenig Zeit in Anspruch. Wir würden uns dann gerne noch mal mit Ihnen unterhalten, wenn Sie den Schock verdaut haben.«
Kornmann gab sich wieder unnahbar. »Der einzige Schock ist, dass gleich ich wieder verdächtigt werde. Einmal Straftäter, immer Straftäter. Ein beschissenes System, wenn Sie mich fragen. Aber jeder Kinderficker wird nach ein paar Jahren wieder auf die Gesellschaft losgelassen.«
»Daran ändern wir nichts«, murrte Kullmer. »Aber Lauras Mörder wird mehr als nur ein paar Jahre in den Bau wandern.«
Hellmer war sich nicht sicher, ob er das als versteckte Drohung in Kornmanns Richtung meinte. Glaubte Kullmer an Niclas Kornmanns Schuld? Er hatte da größte Zweifel, auch wenn der Junge sich nun ganz anders gab, als sie es von trauernden Angehörigen kannten. Vermutlich hatte das Leben ihn eine ganz eigene Art von Bewältigungsstrategien gelehrt.
»Eins noch.« Kullmer wandte sich ihm zu. »Es war die Rede von einer Kendra oder Kira, mit der sich Laura getroffen haben soll. Ich schätze mal, das sind in Wirklichkeit Sie?«
»Wie kommen Sie denn darauf?«

»Lauras Eltern schienen überhaupt nichts von Ihrer beider Beziehung zu wissen. Es war bloß von dieser Freundin die Rede.«
»Kendra. Natürlich.« Kornmann kratzte sich am Ohr. »Was hat sie damit zu tun?«
»Offiziell hatte Laura angegeben, sich bei ihr aufzuhalten.«
Kornmann nickte. War es ihm gar peinlich? »Lauras Stief ist der totale Kontrollfreak. Ich glaube, sie hat es sich da so einfach wie möglich gemacht.«
»War das nicht komisch für Sie? Wie lange waren Sie denn zusammen?«
»Eineinhalb Jahre.«
Hellmer schluckte.

11:55 UHR

Doris Seidel lauschte den Ausführungen ihres Mannes. Kullmer hatte sie direkt nach dem Gespräch mit Kornmann angerufen und die wichtigsten Punkte zusammengefasst, während Hellmer erleichtert feststellen durfte, dass seinem Porsche 911 kein Haar gekrümmt worden war.
»Das klingt alles ziemlich seltsam«, sagte sie nachdenklich. »Warum ist Laura nicht von zu Hause ausgezogen? Warum hat sie ihren Eltern nicht die Stirn geboten? Sie ist ja schließlich keine fünfzehn mehr.«
Peter Kullmer musste lächeln. Würde sie ebenso reden, wenn ihre gemeinsame Tochter Elisa eines Tages so weit war? Ein Seufzer entfuhr ihm. Gott sei Dank war Elisa noch viele Jahre davon entfernt. Doch andererseits: Die Zeit raste.
»Es wäre gut, Kendras Meinung dazu zu hören. Wenn sie wirklich so eng mit Laura befreundet war, dass sie seit eineinhalb Jahren als ihr Alibi fungiert …«
»Ich bin so gut wie unterwegs«, antwortete Doris.

Peter Kullmer liebte diese Frau über alles. Er wollte, dass sie mit Kendra sprach, weil er wusste, wie einfühlsam sie sein konnte. Wie vertraut sie mit Menschen umging, ohne dabei den Blick fürs Detail zu verlieren. Manchmal beneidete er sie, auch wenn er ihr das nie gestehen würde. Peter war lange Zeit ein ungebremster Heißsporn gewesen, dem erst das Familienleben etwas den Wind aus den Segeln genommen hatte. Doch vermutlich wusste Doris das auch so.

Zwanzig Minuten später parkte die Kommissarin ihren Ford Kuga vor Kendras Adresse. Auch diese war noch bei ihren Eltern gemeldet, allerdings in einer deutlich angeseheneren Gegend. Und anscheinend war es heutzutage normal, auch mit Anfang zwanzig noch zu Hause zu wohnen. Kein Wunder, dachte Doris. Bei den Preisen …

12:15 UHR

Julia Durant rangierte ihren Opel GT Roadster in eine Parklücke direkt vor ihrer Haustür. Glück gehabt, dachte sie. Manchmal musste sie derart weitab vom Schuss parken, dass sie näher am Präsidium stand als zu Hause. Ein Grund mehr, fand Claus Hochgräbe, das Auto abzuschaffen. Doch derlei Gedanken lagen der Kommissarin fern. Es gab in ihren Augen kaum Schöneres, als mit offenem Verdeck durch den Sommerwind zu brausen …
Ein Stich in der Magengrube erinnerte sie daran, wie es vor unsagbar langer Zeit einmal gewesen war. Stephans Golf Cabriolet, Baujahr 1980. Er hatte es mit einem Unfallschaden erstanden und zusammen mit einem Freund und eimerweise Spachtelmasse und Farbsprühdosen wieder halbwegs instand gesetzt. Sie waren damit in die Alpen gefahren, einmal sogar bis Italien.
Julias Blick fiel auf ihre Beine. Auf der Jeans ruhten beide Fäuste, so verkrampft, dass die Knöchel weiß hervorstachen. *Er darf dich nicht*

mehr kontrollieren, dachte sie verbissen, während sie das Blut zurück in die Finger schüttelte. Stephan hatte seine Macht über sie vor vielen Jahren verloren. Sie hatte ihn mit ihrem Wegzug hinter sich gelassen und nur selten an ihn gedacht. Und seit es Claus gab, hatte sie keinen einzigen Gedanken mehr an ihn vergeudet. Warum jetzt damit anfangen?

Vierhundert Kilometer lang hatte sie sich das immer wieder gefragt. Es war keine Liebe mehr, keine unterbewusste Sehnsucht nach vergangenen Zeiten. Und doch: Die ersten Erinnerungen an ihre große Liebe zeichneten eine fast perfekte Welt. Julia, ihre Mutter, ihr Vater. Das Haus auf dem Land bei München. Ein unbeschwertes Leben, dazu ein überaus attraktiver Mann, der nur Augen für sie zu haben schien. Heute war keiner mehr da. Nur noch sie.

Bevor sich ihre Fäuste aufs Neue ballen konnten, schnallte sie sich ab und öffnete die Tür. Nahm das Gepäck aus dem Kofferraum, überprüfte, ob alle Fenster oben waren, und verriegelte den Wagen. Ein paar Atemzüge. Stadtluft.

Du bist zu Hause. Hier wohnt dein Herz, hier wohnt deine Liebe.

Doch so einfach sollte ihr der Übergang nicht gelingen.

Claus Hochgräbe verbrachte die Mittagszeit, wann immer es ging, zu Hause. Erstens, weil er auf dem Fußweg vom Präsidium und zurück den Kopf freibekam, und zweitens, weil er kein Freund von Kantinenessen war. Julia Durant profitierte von seiner Lust am Kochen, denn so gab es weniger Junkfood, das sie sich von den Hüften joggen musste. Allerdings würde auch Hochgräbe es nicht erreichen, dass sie ihre Vorliebe für Salamibrot mit Gurken und Tomatensuppe über Bord warf. Vielleicht hatte er ja sogar ... Sie öffnete den Briefkasten, ärgerte sich wieder einmal darüber, wie lieblos alles hineingestopft worden war, und rollte die Papiere zu einem Bündel. Danach stapfte sie die Stufen nach oben und versuchte, die Essensgerüche im Flur zu analysieren. Es gelang ihr nicht.

Bis vor ein paar Monaten hatte die alte Frau Holdschick in der Erdgeschosswohnung noch selbst gekocht. Doch sie war weit jenseits der achtzig und zunehmend dement. Mittlerweile wurde das Essen in Warmhalteboxen angeliefert. Die Gerüche nach Braten, Rotkohl und geschmortem Gemüse waren verschwunden. Julia Durant konnte sich nicht erinnern, wann sie die drahtige alte Dame zum letzten Mal gesehen hatte.

Vor einer halben Stunde, bei Aschaffenburg, hatte die Kommissarin ihr Eintreffen angekündigt. Ein Date daheim also, wie Claus es kommentiert hatte. Genau wegen solcher Kleinigkeiten liebte sie ihn.

Sie erreichte die Wohnungstür, schloss sie mit dem gewohnten Rasseln des Schlüsselbunds auf, trat in den Flur und stellte die Tasche ab. Kickte die Tür mit dem Absatz zu, die Post unter den Arm klemmend, und dann trat auch schon Claus auf sie zu.

»Da bist du ja.«

Sie begrüßten einander mit einem Kuss und einer langen Umarmung. Es tat gut, gehalten zu werden. Und tatsächlich roch es nach Omelett. Julia ließ den Papierstapel, hauptsächlich Werbung, zwischen der ein, zwei Briefumschläge steckten, auf den Wohnzimmertisch fallen. Sie hielt sich ganz nah an ihrem Liebsten, folgte ihm in die Küche, sie unterhielten sich über die Fahrt und darüber, wie sie sich fühlte. Natürlich hatte Durant ihm spätabends, nach der Badewanne und der Flasche Wein, von dem Brief erzählt. Hochgräbe hatte gesagt, es sei ein feiger Akt.

»Wenn er sich wirklich entschuldigen wollte, hätte er das direkt damals tun können. Aber dazu fehlten ihm ja offenbar ...«

Die Eier. Er hatte es nicht ausgesprochen. Aber Julia hatte es, und dann hatte sie, vom Alkohol beseelt, hämisch gelacht. Sie erinnerte sich an damals. So potent Stephan auch gewesen sein musste, den Tritt in seine Kronjuwelen, den sie ihm am Abend, als alles aufflog, verabreichte, hatte er sicher wochenlang gespürt.

Beim Essen gelang es der Kommissarin allmählich, sich von München zu lösen. Sie fragte Hochgräbe über die laufende Ermittlung aus. Und auch, wenn das Thema Stephan immer noch präsent war, ließ es sich ganz gut mit Arbeit überdecken. Bald würde er dorthin verschwinden, wo er hingehörte.

»Ich finde es komisch, dass die beiden so lange heimlich liiert waren«, sagte sie, als sie eine halbe Stunde später in Richtung Präsidium schlenderten.
»Kornmann?« Hochgräbe zuckte mit den Achseln. »Na ja. Wie fändest du es, wenn deine Tochter mit einem Kriminellen zusammen wäre?«
Durant verzog den Mund. »Er war doch rehabilitiert.« Ganz ernst meinte sie das nicht. Dafür spuckte der Jugendarrest viel zu viele Wiederholungstäter aus. Doch es war das System, was nicht funktionierte, nicht der Strafvollzug. Und das System, in das Kornmann zurückgekehrt war, war dasselbe geblieben.
»Gut, dann andersherum. Wie fändest du es als Mädchen, wenn deine Eltern dir jeden Tag Vorwürfe machen, dass dein Freund der letzte Abschaum ist?«
Durant überlegte kurz und nickte dann. »So herum schon eher. Was mich beschäftigt, ist die Sache mit dem Stiefvater. Ich weiß auch nicht, aber dominante Stiefväter machen mir Probleme …«
»Du redest von Missbrauch?«
»Das wäre auch eine Möglichkeit, aber ich meine es anders. Mal angenommen, der Stiefvater hat Laura nachgestellt und sie mit Kornmann erwischt. Einem Typen, auf den er eifersüchtig ist, der ihm im Wege steht, was auch immer. Dann hätte er Kornmann erschlagen und Laura für sich gehabt.«
Hochgräbe schien nicht überzeugt. »Nun ja. Sie wäre ihm daraufhin garantiert nicht in die Arme gefallen. Aber ich spinne das mal weiter: Was, wenn sie längst in seinen Armen gelegen hätte? Also, im Klartext, wenn Kornmann seine Freundin mit ihm erwischt hätte. Verstehst du?«

»Verdammt, Claus.« Julia Durant blieb stehen. Sie legte ihm die Hand auf den Unterarm. »Das ist ziemlich schräg. Aber trotzdem. Wenn das wahr ist, würde Kornmann vermutlich keinen Mucks sagen! Er ist schon einmal verurteilt worden. Kein Richter würde ihm glauben.«
»Stimmt wahrscheinlich gar nicht, aber Kornmann würde genau das befürchten. Und zur selben Erkenntnis könnte Lauras Stiefvater gelangt sein.«

12:25 UHR

Etwa zur selben Zeit, während Durant und Hochgräbe sich austauschten, saß Doris Seidel in einem hell gekachelten Wohnbereich. Hohe Decken, eine aufwendige, indirekte LED-Beleuchtung, die über eine App gesteuert werden konnte. Teure Designermöbel in Pastelltönen, die einen Hauch von Fünfzigerjahren aufkommen ließen, ohne klobig zu wirken. Die Kommissarin hatte sich von der Hausherrin empfangen lassen, einer aufgetakelten Mittvierzigerin, die in engen Jeans und einem viel zu engen T-Shirt herumstöckelte. Allein das Zeigen des Dienstausweises schien ihr die Fassung zu rauben, als Doris sich dann auch noch nach Kendra erkundigte, begann Frau Bröhl nach Luft zu japsen.
»Frau Bröhl«, hatte die Kommissarin hinzugefügt, »ich bin wegen Laura hier. Laura Schrieber.«
Natürlich war die Nachricht längst bei Familie Bröhl angekommen.
»Aber ... was wollen Sie denn dann von Kendra?«
»Kendra und Laura waren doch befreundet«, antwortete Doris Seidel und klang dabei extra ein bisschen einfältig.
»Mhm.«
»Wir müssen herausfinden, was mit Laura passiert ist. Wer das getan haben könnte. Die Aussage Ihrer Tochter ...«

»Ist ja schon in Ordnung.« Frau Bröhl bat die Kommissarin herein. Wies ihr einen Platz im Wohnzimmer zu und versprach, ihre Tochter zu holen.

Minutenlang hatte sich nicht das geringste Geräusch vernehmen lassen, außer dem Gluckern eines Wasserspiels, das sich auf dem überdachten Bereich einer Terrasse befand, die in ein endloses Grün überzugehen schien. Hier wohnt eine Menge Geld, schloss Doris Seidel im Stillen. Norbert Bröhl verdingte sich als Börsenmakler im großen Stil, wie sie wusste, und seine Frau saß im Aufsichtsrat einer großen Bank. Und das alles mit unter fünfzig. Dabei gefielen der Kommissarin weder die Lage noch die Inneneinrichtung der Immobilie. Es gab im Umkreis keinen Spielplatz, Kindergarten oder Schule. Da war ihr Riedberg kindgerechter. Doch dort wie hier herrschte das Problem, wohin man als Jugendlicher sollte. Wo hatte Kendra ihre erste Zigarette geraucht? Heimlich. Wo den ersten, scheuen Kuss …

Doris' Gedanken wurden unterbrochen, als ein sichtlich nervöses Wesen den Raum betrat. Sie war barfuß, und jeder Schritt war ein leises Patschen auf dem glänzenden Marmor.

»Guten Tag«, kam es scheu. Kendra war heiser und leichenblass. Um die Augen lagen Ringe, die an eine Schleiereule erinnerten. Dazu kam ein leicht hakenförmiges Näschen, nicht unansehnlich, aber doch ein Makel. Unter dem weiten Shirt war kein BH zu erkennen. Die schlanken Beine steckten in Baumwollleggins. Kendra war nur noch wenige Schritte entfernt, also stemmte sich die Kommissarin aus dem Lederpolster und hielt ihr die Hand entgegen.

»Hallo, Kendra. Mein Name ist Doris Seidel, ich bin von der Kriminalpolizei.«

Noch während sie über die Notwendigkeit nachdachte, ihren Dienstausweis hervorzuholen, trappelten auch schon die Absätze der Mutter herbei.

In Kendras Augen loderte ein Anflug von Panik. Seidel trat neben das Mädchen und faltete die Hände über dem Oberbauch. »Frau

Bröhl«, sagte sie mit fester Stimme, »ich würde mich gerne allein mit Ihrer Tochter unterhalten. Ist das in Ordnung?«
»Wie? Allein?« Das klang geradezu hysterisch. »Warum denn das?«
»Ihre Tochter ist volljährig«, erklärte Seidel ruhig. »Daher würde ich das Gespräch gerne unter vier Augen führen. Sie haben ja nichts zu befürchten, es sind lediglich ein paar Fragen zu Laura.«
»Ach herrje, dieses arme Ding.« Frau Bröhl zog eine vielsagende Grimasse und schüttelte dann den Kopf. »Aber ich weiß nicht ...«
»Mama, bitte!«
»Na gut, na gut.« Frau Bröhl wedelte mit den Händen. »Wenn ich in meinem eigenen Haus nicht erwünscht bin.«
Mit diesen Worten stakste sie davon, so voller Elan, dass Doris sich ernsthafte Sorgen machte, sie könne umknicken und sich einen Knöchel brechen. Man sollte besser nicht mit hochhackigen Schuhen laufen, wenn man es nicht beherrscht. Doch etwas in Frau Bröhls Atem hatte verraten, woher ihr ungelenkes Auftreten kam.
Ein Geruch, den die Kommissarin nur allzu gut kannte. Auch von Kollegen. Doch sie würde es nie verstehen, wie man schon am frühen Mittag dem Alkohol frönen konnte. Wie verzweifelt konnte eine Erfolgsfrau wie die Bröhl schon sein?

Kendra schlug vor, auf die Terrasse zu gehen. Sie öffnete die Glastür, hinter der sich die plätschernde Geräuschquelle verbarg. Drei hüfthohe Basaltstelen, aus deren daumendicken Bohrungen Wasser in ein Becken lief. Ein Pumpenmotor summte. Es war warm und roch nach gemähtem Gras und Spätsommer.
»Tut mir leid«, begann Doris Seidel, nachdem sie auf zwei Korbstühlen Platz genommen hatten. »Ich meine, der Verlust Ihrer Freundin.«
»Danke.« Das Mädchen lächelte matt. »Sie dürfen mich ruhig duzen.«
»Gerne. Wann hast du davon erfahren?«

»Montagabend. Aber Lauras Mom hatte schon Sonntagabend hier angerufen. Normalerweise ist der alles scheißegal, aber wenn sie ihre Anwandlungen kriegt, wird sie hysterisch. Dann tut sie so, als wäre Laura noch ein Kind. Na ja. Diesmal ...« Sie brach ab und schniefte.
»Ihr wart eng befreundet, ja?«
Kendra nickte.
»Und du kanntest die Eltern von ihr gut?«
»Nein. Fast gar nicht«, wehrte Laura ab.
»Das verstehe ich nicht. Wenn ihr so eng befreundet wart?«
»Lauras Mutter hat ein Drogenproblem. Sie darf niemanden mit nach Hause bringen. Und der Stief... Na ja.«
»Was ist mit ihm?«
»Hat alle Hände voll zu tun mit ihr. Er kümmert sich um nichts anderes. Laura sagte mal, sie lebe nur noch zu Hause, weil man ohne ihr Einkommen aus der Wohnung rausmüsse. Und das vom Lehrgehalt einer Friseurin!«
Die Kommissarin überlegte. »Keiner der beiden hat uns deinen Namen genannt. Wie kann das sein, wenn man doch schon Sonntag hier angerufen hat?«
Kendra hob die Schultern und schob die Unterlippe hervor. »Keine Ahnung.«
»Na ja. Fragen wir besser *sie*.« Doris Seidel machte sich eine Notiz. »Ihr habt euch aber am Wochenende gesehen?«
Kendra bejahte.
»Okay. Wo und bis wann?«
»Samstag, nachdem Laura Feierabend hatte. Abends waren wir bei einem Freund. Und ich bin gegen Mitternacht nach Hause gefahren.«
»Kann das jemand bezeugen?«
Kendra lachte bitter. »Vermutlich die halbe Nachbarschaft.«
»Warum das?«
»Weil die Alarmanlage gesponnen hat. Ich bin mit dem Taxi gekommen. Sie haben ja gerade meine Mutter erlebt, sie ist, hm, etwas

speziell. Kann vor lauter Angst um mich nicht schlafen und sitzt vermutlich jeden Abend am Fenster, bis ich nach Hause komme. Ich darf nach Einbruch der Dunkelheit nicht mit den Öffentlichen fahren.«

»Aha. Und daran hältst du dich auch?« Doris ertappte sich bei dem Gedanken daran, wie sie es wohl einmal handhaben würde, wenn Elisa flügge wurde. Sie verdrängte es, so gut es ging.

Kendra bestätigte. »Ich will studieren, vielleicht im Ausland. Das kostet eine Menge Geld.« Sie zwinkerte verstohlen. »Da verscherze ich es mir doch nicht mit meinen Erzeugern.«

»In Ordnung. Und die Alarmanlage?«

»Ach so. Die geht, wenn's dunkel wird, automatisch auf scharf, und man hat wenig Zeit, den Code einzugeben.« Kendra hob die Hand vor den Mund. »Ich würde es Ihnen ja mal vorführen, aber dann kriegen wir Probleme mit den Nachbarn. Sie ist sehr grell und laut.«

»Aber die Gegend hier ist doch gar nicht so schlecht«, dachte Seidel laut.

»Mag sein.« Kendras Miene verdüsterte sich. »Aber die Menschen. Keiner gönnt dem anderen auch nur einen Krümel mehr. Neid und Missgunst, das ist alles, was sich hinter den teuren Gardinen verbirgt.« Sie schluckte hart. »Laura war da so anders ...« Sie versenkte den Kopf zwischen den Händen. Ihr Schluchzen klang verzweifelt.

Seidel presste die Lippen aufeinander. Sollte eine Frau Anfang zwanzig schon so sprechen? Andererseits, man musste nur einen Blick in die Medien werfen, um zu erkennen, wie es um die Menschheit stand. Vielleicht hatte ihr die Freundschaft zu Laura gerade deshalb so viel bedeutet. Weil sie aus einer anderen Welt stammte. Ob diese allerdings viel besser war ...

»Gut.« Die Kommissarin nickte, denn sowohl die Taxifahrt als auch die Sache mit dem Alarm sollten sich problemlos nachprüfen lassen. »Sprechen wir über Niclas Kornmann.«

Kendra streifte sich eine Haarsträhne aus der Stirn. Zweimal, dreimal, auch wenn die Strähne längst nicht mehr dort war. »Was ist mit ihm?«

»Kornmann ist wohl das, was einem Hauptverdächtigen am nächsten kommt.« Seidel drückte es absichtlich so aus, denn sie wollte das Mädchen nicht anlügen. Und doch wurde sie das Gefühl nicht los, dass zwischen den dreien etwas im Verborgenen lag.

Kendras Reaktion hätte kaum heftiger ausfallen können. »Was? Wieso das denn?«

»Er ist ein verurteilter Gewaltverbrecher. Stand meinem Mann mit einem Baseballschläger gegenüber. Wenn er derjenige ist, der Laura zuletzt gesehen hat – und vieles spricht dafür –, müssen wir davon ausgehen ...«

»Nein! Hören Sie auf!« Kendra Bröhl vergrub das Gesicht in den Händen und wimmerte. »Lassen Sie ihn endlich in Ruhe.«

Die Kommissarin wartete einige Sekunden, dann legte sie die Hand auf Kendras Schulter. Das Mädchen bebte spürbar.

»Erklärst du es mir?«, fragte sie leise.

»Ich hab Angst«, kam es nach langen Sekunden mit belegter Stimme.

»Ich bin alleine hier. Ohne meine Kollegen. Wenn du mir helfen kannst, dann helfe ich auch dir. Versprochen.« Doris Seidel meinte es genau so, wie sie es sagte, auch wenn sie nicht die leiseste Ahnung hatte, was als Nächstes kommen würde.

Hatten Kendra, Laura und Niclas eine Dreiecksbeziehung gehabt? Schämte sie sich? Und gehörte sie, noch viel mehr als Laura, zu denjenigen, die ihre Beziehung zu einem Typen wie Kornmann geheim halten mussten?

14:05 UHR
Polizeipräsidium Frankfurt. Dienstbesprechung.

Julia Durant hatte nacheinander all ihre Kollegen umarmt. Hellmer, Kullmer, Seidel. Jeder von ihnen fand ein paar warme Worte, keiner erwähnte dabei ihren Ex oder verwendete Begriffe wie Abschied, Tod oder Beerdigung. Sie war froh, als der emotionale Spießrutenlauf vorüber war, und schenkte sich einen Becher Kaffee ein. Dazu zweimal Sahne und zwei Würfel Zucker. Sie brauchte das jetzt.
Zunächst brachte der Chef sie auf den Stand, was die Obduktion der Leiche anging. Laura Schrieber war am Schlag auf den Hinterkopf gestorben. Hirnblutungen, eine Fraktur, Absplitterungen – Julia Durant wollte aufmerksam zuhören, aber ihre Gedanken entgleisten immer wieder. Sie dachte daran, was das Mädchen in den Stunden zuvor durchlebt haben mochte. Und sie ärgerte sich, dass sie die Ermittlung nur am Rande mitbekommen hatte. Eine hartnäckige Stimme in ihr warf ihr vor, dass sie, anstatt den Gespenstern der Vergangenheit nachzujagen, besser hiergeblieben wäre. Laura hätte es verdient.
»Andrea schließt aber nicht aus, dass der Täter nachgeholfen hat.« Damit schloss Hochgräbe seine Ausführungen und legte den ausgedruckten Bericht auf die Tischplatte, auf deren Kante er saß.
»Nachgeholfen inwiefern?« Hellmer hatte den Mund voll mit Keksen, ein paar Krümel rieselten auf sein Hemd. Kullmer kicherte und bekam daraufhin einen Ellbogenstüber in die Seite.
»Es kann sein, dass ihr die Hand auf den Mund gedrückt wurde«, antwortete Hochgräbe mit nüchternem Ton. »Aber es gibt weder Textil- noch Latexspuren.«
»Ist doch erst mal gut.« Seidel wirkte unruhig, hatte sich aber genug unter Kontrolle, um zu warten, bis sie an der Reihe war. »Dann müsste er die bloßen Hände benutzt haben, und es gibt vielleicht Hautpartikel. Oder sogar Bissspuren.«

»Das Problem ist nur, dass die Rechtsmedizin nichts gefunden hat. Absolut nichts«, betonte Hochgräbe. »Und selbst wenn. Mit wem sollten wir es vergleichen?«

»Was ist mit Kornmanns Baseballschläger?«, fragte Julia Durant.

»Warte«, drängte Doris. »Dazu habe ich was zu sagen.«

»Moment.« Hochgräbe hob die Hand. »Einer nach dem anderen. Ich wollte nur betonen, dass die Obduktion endgültig beendet ist. Was sich bis jetzt nicht gefunden hat, finden wir auch nicht mehr.«

»Trotzdem«, bohrte Durant. »Was ist mit dem Schläger?«

»Nichts. Farbreste und vergammeltes Holz«, erklärte er. »Schätzungsweise soll der Schläger benutzt wirken. Shabby, oder wie man das nennt. Vermutlich hat der noch nie etwas anderes gesehen als den Teppichboden, auf dem er steht.«

Doris Seidel schnellte nach oben. »Darf ich jetzt endlich? Ist ja nicht zum Aushalten hier!«

Hochgräbe signalisierte Zustimmung und zog sich auf seinen Platz zurück.

»Jetzt könnt ihr lernen«, die Kommissarin grinste, »wie gute Polizeiarbeit geht. Ich war bei dieser Kendra. Und – haltet euch fest – die hat mir von einem wohl gehüteten Geheimnis erzählt. Es geht um Kornmann und den Jugendknast.«

»Wir sind ganz Ohr«, kam es von Kullmer.

»Niclas Kornmann wurde damals verurteilt, weil er einer alten Frau die Handtasche gestohlen hatte. Ein Klassiker, eine Mutprobe, was auch immer. Als sie sich unerwartet wehrte, bekam sie eins über den Kopf gezogen. Platzwunde, mehrfach genäht, Kornmann ließ sie liegen, und irgendwer rief den Notarzt.«

»Das wissen wir doch alles«, unterbrach Durant sie.

Seidel ließ sich nicht beirren. »Mhm, aber was wir nicht wissen, ist, wer der zweite Täter war. Die Frau sprach von zwei Gestalten. Und erst als der erste keinen Erfolg mit der Tasche hatte, weil das Opfer sie eng mit einem Lederriemen am Körper trug, kam der zweite

dazu. Kornmann kann entweder nur die Tasche genommen *oder* den Schlag ausgeführt haben. Oder …«
»Ist das denn so wichtig?«, wollte Hochgräbe wissen. »Wie man es auch dreht: Kornmann hat den Diebstahl und auch die schwere Verletzung bewusst in Kauf genommen. Das macht seine Tat nicht unbedingt besser.«
»Vielleicht darf ich jetzt mal ausreden! Immerhin musste ich das Puzzle auch erst mal zusammensetzen.«
Von irgendwoher kam eine Entschuldigung durch den Raum gemurmelt. Die Kommissarin nahm ihren Gedanken wieder auf. »Die dritte Option ist jedenfalls, dass Kornmann weder das eine noch das andere getan hat. Denn in Wirklichkeit waren es keine zwei Personen, sondern drei. Wobei er lediglich den Rettungswagen gerufen hat. Mit unterdrückter Nummer von seinem Handy, was schließlich auch zu ihm geführt hat. Der Rest war eine Mutprobe von zwei gelangweilten Teenagern, die ziemlich entgleist ist. Und ihr dürft jetzt dreimal raten, welche zwei Personen ich damit meine.«
»Kendra und Laura?« Durant atmete schwer. Sie bereute, dass sie vorhin so ungeduldig gewesen war.
»Hundert Punkte.« Seidel lächelte. »Kendra hat mir alles erzählt. Ich hatte das Gefühl, sie verschweigt mir etwas in puncto Kornmann. Ist doch auffällig, wie sehr die beiden Mädchen ihre Beziehung zu ihm verheimlicht hatten. Kendras Familie hat eine Menge Geld. Angeblich hat eine nach der Tasche gegriffen, und die andere hat zugeschlagen. Genauer wollte sie es nicht sagen. Als die Polizei auf Kornmann aufmerksam wurde, checkten sie sein Handy und kamen auch auf die Mädchen. Kornmann schwieg zwar, aber die beiden wurden panisch. Herr Bröhl hat ihm Geld angeboten, wenn er das Ganze auf sich nehmen würde.«
Kullmer schnaubte. »Und das hat er angenommen? Dem hätte ich sonst was erzählt!«
»Es war viel Geld. Und es gab ein paar Bedingungen, die auch in Kornmanns Interesse lagen. Zum Beispiel, dass auch Laura eine wei-

ße Weste behielt. Außerdem sollte er den Kontakt zu Kendra abbrechen. Nun ja. Zumindest teilweise hat er sich daran gehalten.«
»Geld regiert eben die Welt. Dasselbe Spiel wie immer.«
»Na ja. Mitgefangen, mitgehangen, oder?«, wandte Durant ein. »Es ist unfair, aber Kornmann wusste sicher von der Mutprobe. Er hat sie ihnen nicht ausgeredet.«
»Trotzdem sehe ich nicht, was das Ganze mit dem Mord an Laura zu tun haben soll«, sagte Hochgräbe. »Die drei hatten nach wie vor Kontakt. Gut. Laura und Kornmann waren ein Paar. Aber wer hat sie nun umgebracht? Die alte Dame mit der Handtasche wird's ja wohl nicht gewesen sein.«
»Wir knöpfen uns erst mal den Stiefvater vor«, murmelte Durant und nippte an ihrem Kaffee. Es schmeckte ihr überhaupt nicht, dass sie in den vergangenen Tagen nicht in Frankfurt gewesen war und der Fall einfach so an ihr vorbeizuplätschern schien.
Wie das Wasser der Nidda.
Wer, dachte sie weiter, geht denn so ein Risiko ein? Wer legt eine Leiche an einem solchen Ort ab, wo doch im Grunde klar ist, dass man dabei irgendwem auffallen muss. Aber andererseits: Wäre es jemandem aufgefallen, hätten sich doch längst Zeugen gemeldet. Aber andererseits: Wer interessierte sich heutzutage schon dafür, was links und rechts der eigenen Scheuklappen passierte?

Etwas später fand Julia Claus Hochgräbe an seinem Schreibtisch sitzend vor. Er lehnte auf den Ellbogen und stierte in den Computermonitor. »Du kommst genau richtig.« Lächelnd stand er auf.
»Du hast ja auch nach mir gerufen.« Sie lächelte ebenfalls. »Was gibt's denn?«
»Hier.« Hochgräbe deutete auf den Bildschirm und trat dann hinter dem Tisch hervor. »Die Ermittlungsakte und der Bericht aus der Rechtsmedizin. Ich hab mich darum gekümmert.«
»Danke.«

Unschlüssig nahm sie auf der angewärmten Sitzfläche Platz, rückte näher an die Tischplatte und griff nach der Maus. Erst dann begriff die Kommissarin, dass Claus nicht die Unterlagen von Laura Schrieber gemeint hatte. Es waren Dateien aus München.
»Du ... hast ...«
»Na klar. Ich hab's dir doch versprochen. Es gibt noch ein paar Gefallen, die ich bei den Münchner Kollegen einfordern kann. Ein paar davon werden jetzt allerdings wohl aufgebraucht sein.«
Durant bedankte sich mit einem Kussmund, sie hatte den Zeigefinger längst auf den Mausknopf gedrückt, um das erste Dokument zu öffnen. Aus den Augenwinkeln nahm sie wahr, wie Hochgräbe den Raum verließ und die Tür fast geräuschlos anlehnte.
Sie las ein paar Zeilen und scrollte durch einige Fotografien. Wonach suchte sie? Sie wusste es nicht. Nichts Bestimmtes, so viel war sicher. Doch dann durchzuckte es die Kommissarin wie ein Stromschlag.
Sie klickte zwei Aufnahmen zurück. Zoomte über die Schulter des Toten, der einmal ihr Mann gewesen war. Was war das dort, an der hinteren Kante seines Schreibtischs? Ein lackierter Holzrahmen, neun mal dreizehn Zentimeter. Zum Aufstellen. Und in dem Rahmen befand sich *ihr* Bild.

15:35 UHR

Auf dem Herd köchelte es. Julia Durant hob den Topfdeckel an, ein weißer Nebel, der süßlich nach Tomate roch, wallte ihr entgegen. Links neben der Kochfläche stand ein Teller, auf dem die Überbleibsel eines Salamibrots lagen. Außerdem die Stiele einiger saurer Gurken, bei denen sie sich oft fragte, warum man diese nicht richtig abschnitt, bevor man das Gemüse einlegte. Im Grunde war sie längst satt, doch als sie vor einer knappen Viertelstunde die Wohnung betreten hatte, wurde sie von blindem Aktionismus befallen. Hunger.

Durst. Bloß nicht untätig sein. Und so hatte die Kommissarin während des Zubereitens ihrer Tomatensuppe zwei Scheiben Brot verdrückt, nur, um etwas zu tun zu haben. Etwas, was sie vom Nachdenken abhielt.

In den Unterlagen, die Claus sich aus München hatte schicken lassen, waren einige Aufnahmen gewesen. Von Stephan, dessen Kopf sie aber nur von hinten und aus einer seitlichen Perspektive zu sehen bekam. Von seiner Wohnung. Sie konnte es immer noch nicht glauben. Es war die Wohnung, in der sie damals schon gelebt hatten. Dieselbe antike Kommode – es war ein Familienerbstück und eines seiner Heiligtümer gewesen –, dieselbe Stehlampe neben der Eckcouch. Dieselbe Couch? Nein. Bestimmt nicht. Leider waren immer nur Bruchteile der Möblierung auf den Bildern zu sehen, deren Fokus ja auf den Toten oder mögliche Beweismittel gerichtet war.

Sie wusste nicht, wie viel Zeit verstrichen war, als Claus Hochgräbe das Büro wieder betrat. In der einen Hand einen Schokoriegel und in der anderen ein paar Papiere. Nach einem kurzen Wortwechsel hatte er Julia nach Hause geschickt. Zuerst wehrte sie sich dagegen, dann sah sie ein, dass es keinen Zweck hatte, im Präsidium zu bleiben. Kullmer, Seidel und Hellmer waren gemeinsam nach Nied aufgebrochen, um gleichzeitig Frau Schrieber und den Stiefvater von Laura zu vernehmen. So gerne sie dabei gewesen wäre ... es ging einfach nicht.

Sie schaltete den Herd aus und schob den Topf von der Platte. Schöpfte sich zwei Kellen Tomatensuppe in eine Müslischale und schlurfte zur Couch, wo sie die Füße mit einer Decke umschlang. Es dauerte nicht mehr lange, dann würden die Nächte kalt werden. Der erste Raureif. Das Absterben der Sommerpflanzen.

Julia Durant löffelte ein paar Mundvoll, aber ihr Appetit war längst vergangen. Sie hievte den Laptop auf ihre Beine und steckte den Datenstick in den USB-Port. Dann öffnete sie den Ordner mit den Unterlagen, die sie sich daraufgezogen hatte.

Entgegen Claus' Einwand, dass sie sich ein bisschen Zeit damit lassen sollte. Bis zum Wochenende oder wenigstens, bis er am Abend zu Hause wäre. Sie hatte ihm versprechen müssen, den Stick im Präsidium zu lassen, und tatsächlich hatte Julia ihn zuerst auf dem Schreibtisch abgelegt. Doch der Impuls, beim Hinausgehen danach zu greifen, war stärker gewesen.
Stephan war kahl geworden. Und er hatte abgenommen, eine ganze Menge sogar. Nicht, dass er jemals dick gewesen wäre, aber sie erinnerte sich an einen stattlichen, muskulösen Mann. Dieses Exemplar, das da vornübergebeugt auf der Tischplatte lag, wirkte in jeder Hinsicht schmächtiger. Ob es daran lag, dass er sich tagelang in dieser Position befunden hatte, bevor ihn endlich jemand auffand? Hatte die Verwesung bereits ihren Tribut gefordert? Und überhaupt. Sprachen diese Umstände dafür, dass er ein einsames Leben geführt hatte? Solche und andere Gedanken wanderten durch Durants Kopf, sosehr sie sich auch auf den Bericht konzentrieren wollte. Doch was mussten sie die Umstände von Stephans Ableben interessieren? Die Notiz, dass er kürzlich eine Zahn-OP gehabt haben musste, und die Anmerkung, dass seine Leber auf einen äußerst ungesunden Lebenswandel hinwies. *Seine Sache, nicht meine.*
Man hatte Stephan, so stand es im Obduktionsbericht, von hinten bewusstlos geschlagen. Ein stumpfer Gegenstand, von dem jede Spur fehlte. Natürlich musste die Kommissarin unwillkürlich an einen Baseballschläger denken, doch schon im nächsten Gedanken empfand sie es als absurd. Es konnte sich genauso gut um einen gezielten Faustschlag handeln. Oder mit dem Ellbogen. Wobei das nicht zu einem kraftlosen Fixer passte, der sich verzweifelt ein paar Wertsachen für den nächsten Schuss beschaffen wollte. Laut Rechtsmedizin war Stephan so unglücklich nach vorne gekippt, dass die Schreibtischkante ihm den Brustkorb abdrückte und seine Halsmuskulatur sich derart verkrampfte, dass der Körper einen akuten Sauerstoffmangel erfuhr. Todesursache Ersticken. Sozusagen. Man könne es

beinahe als Kollateralschaden bezeichnen, den der Täter nicht beabsichtigt habe. Das stand natürlich so nicht im Bericht, aber der Gedanke drängte sich auf.
»Mein Gott«, hörte Julia Durant sich sagen. Sie legte sich die Hand auf den Brustkorb und holte tief Luft.
Erneut rief sie die Bilddatei auf, welche den Toten in seiner unnatürlich wirkenden Sitzposition zeigte. Eins war sicher: Jemand, der vor Erschöpfung am Schreibtisch eingeschlafen wäre, würde anders dasitzen. Es gab so manchen Erinnerungsfetzen an damals, der in Durants Gedächtnis ploppte. All die Anrufe von ihm, dass er mit irgendeiner Präsentation fertig werden müsse. Dass er sich mit Kaffee und Plätzchen wach halten würde. Koffein und Zucker. Wie hatte er immer wieder beteuert: »Das Kokain derjenigen, die sich nichts Härteres einwerfen.«
Dass Stephan außer Alkohol und Tabak keine Drogen zu sich nahm, hatte sie ihm bis zuletzt geglaubt. Genau wie seine Treue. Jedes Mal eine Enttäuschung, aber monatelang nicht der leiseste Verdacht, dass da noch etwas anderes dahinterstecken könnte als wichtige Kunden mit dicken Scheckbüchern. Dass Stephan auf seinem Schreibtisch keine weißen Lines zog und nicht dort nächtigte, sondern dass er ganz andere Dinge darauf trieb.
Rigoros schob Durant diese Erinnerungen beiseite. Er war tot. All das gehörte zu einem Kapitel in ihrem Leben, das keine Rolle mehr spielte. Spielen durfte. Das bis vor ein paar Tagen auch keine Rolle gespielt hatte.
Doch da war es wieder!
Durants Finger schien auf dem Trackpad des Notebooks festgefroren. Noch immer das Foto, auf dem das rechte Ohr und der vorwiegend graue Haaransatz ihres Ex den Bildausschnitt dominierten. Warum in drei Teufels Namen hatte er ihr Foto auf dem Schreibtisch stehen? Und warum hatte die Spurensicherung es ablichten müssen? Nur ein paar Grad weiter rechts, ein wenig mehr Zoom …

»Dir bleibt echt nichts erspart«, murmelte sie selbstmitleidig. Julia Durant klappte den Laptop zu und schob ihn etwas ungelenk auf die Platte des Wohnzimmertischs. Dabei kamen ihr die am Mittag dort abgelegten Prospekte in die Quere. Papier raschelte an der Unterseite des Geräts entlang, und in der nächsten Sekunde segelte der halbe Stapel zu Boden.

Einen stummen Fluch auf den Lippen, schwang die Kommissarin die Beine über die Polsterkante und fischte die Bescherung auf. Ein weißes Kuvert in Postkartengröße fiel ihr ins Auge. Es musste zwischen die Prospekte gerutscht sein. Ein Einwurfeinschreiben an Frau Julia Durant. Der Poststempel war verwaschen, der Absender unleserlich. Ohne den Umschlag zu untersuchen, riss sie ihn auf. Erst als sie das innen liegende Papier bereits zur Hälfte herausgezogen hatte, hielt sie inne. Behutsam, ohne Daumen und Zeigefinger, die den kartonierten Bogen im Pinzettengriff hatten, zu lockern, beförderte sie den Inhalt ins Freie. *Handschuhe!*, dachte sie. Die Kriminalbeamtin in ihr schalt sie, dass sie nicht viel eher daran gedacht hatte. Andererseits verschicken auch windige Firmen immer wieder Briefe, die wie wichtige Dokumente aussahen. Allerdings sah dieses nicht nach Werbung aus.

Julia Durant eilte ins Badezimmer und öffnete den Eckschrank. Hinter Gästehandtüchern, die sie nie benutzte, befand sich ein Erste-Hilfe-Set aus der Drogerie. Neunzig Prozent überflüssiger Inhalt, aber, wie sie wusste, auch ein Paar Latexhandschuhe in Universalgröße. Schnalzend zog sie sich einen davon über die rechte Hand. Dann die linke. Zurück ins Wohnzimmer. Was würde Claus wohl denken, wenn er sie so sah? Es musste so wirken, als fürchte sie sich vor einem Kontaktgift auf dem Papier. Ein eingebildetes Gift noch dazu. Das Einzige, was man auf das dicke Papier geträufelt hatte, war vermutlich Rosenwasser. Was, wenn es eine Einladung zu einer Hochzeit war? Oder eine Dankeskarte? Im erweiterten Bekanntenkreis hatte es unlängst Nachwuchs gegeben.

Die Gewissheit kam wie ein Schlag mit der Keule. Keine Hochzeit, keine Geburt. Es handelte sich um eine Trauerkarte, jedoch war das schneeweiße Innere nach außen geklappt. Dafür kam nach dem Aufklappen das Impressum des Herstellers zum Vorschein und rechts daneben die betenden Hände von Albrecht Dürer mit dem Untertitel »In stillem Gedenken«. Doch am allermeisten traf sie der einzige Satz, der, offensichtlich mit Füller, auf die linke Seite der Karte geschrieben war:

Chérie,
warum warst Du nicht bei mir?

Durants Knie fühlten sich an, als wären sie aus zimmerwarmer Butter. Der Rest ihres Körpers wurde von einer Art Schüttelfrost überfallen, der nicht nur von den Worten auf der Karte herrührte, denn da war noch mehr. Auf dem Umschlag stand ihre Privatadresse. Eine Anschrift, die nicht im Telefonbuch zu finden war. Sie konnte von Glück reden, dass sich hinter ihr die Couch befand, auf die sie in diesem Augenblick rücklings sackte.

15:50 UHR

Peter Kullmer schaltete den Motor des Ford Kuga aus und löste den Anschnallgurt. Er beugte sich zu seiner Frau, küsste sie und öffnete anschließend seine Tür.
»Was war das denn?«
»Ich liebe dich. Manchmal überkommt mich das einfach.« Der Kommissar zwinkerte ihr zu.
Doris erwiderte die Worte mit einem warmen Lächeln.
Wer hätte das seinerzeit gedacht, als sie einander zum ersten Mal begegnet waren? Er, der Heißsporn, der Don Juan der Kriminalpo-

lizei, und sie, eine junge Frau, die von der Männerwelt die Nase gestrichen voll hatte. Besonders von Männern, wie Kullmer einer gewesen war. Mittlerweile hatten die beiden ihr erstes Ehejahr hinter sich, vor dem sie bereits jahrelang liiert gewesen waren. Aus ihrer Beziehung war eine Tochter hervorgegangen, Elisa, die seit Kurzem in die fünfte Klasse ging. Ein Schulwechsel, der ihr nicht leichtgefallen war, aber diese Phase durchlebten wohl alle Kinder im Laufe ihrer Schulzeit.

Die beiden näherten sich dem Reihenhaus, in dem Lauras Familie lebte. Eine von mehreren Wohneinheiten, die sich höchstens durch die Wahl der Gardinen unterschieden. Selbst die Briefkästen waren gleich. Nur einer davon, links neben der Haustür, vor der die beiden nun standen, war mit grellen Farben geschmückt. Vier bunte Handabdrücke. Darunter ein Name. Aus dem Haus drang gedämpftes Kinderlachen, ein rosafarbenes Fahrrad lehnte an einem Terrakottatopf. Hier scheint die Welt in Ordnung zu sein, dachte die Kommissarin, und ein bleiernes Band schlang sich um ihr Herz. Dort, wo ihr Mann in dieser Sekunde klingelte, war das leider nicht mehr so. Würde es nie mehr so sein.

Stille. Nichts regte sich.

Kullmer reckte den Hals, er deutete auf das Fenster nahe der Haustür. Hatte er eine Bewegung gesehen? Er drückte noch einmal auf die Klingeltaste. Wartete einige Sekunden, die beiden lauschten angestrengt. Wieder nichts. Doris schenkte ihm einen unschlüssigen Blick. Lauras Stiefvater arbeitete bei einem großen Karosseriebetrieb. Bis Feierabend war noch eine Weile hin, andererseits durfte man davon ausgehen, dass er freimachte, krank gemeldet war oder zumindest um Sonderurlaub gebeten hatte. Es sei denn, er wollte sich in Arbeit stürzen. Oder aber er trauerte nicht. Doch was war mit Lauras Mutter? Wenn sie tatsächlich ein Drogenproblem hatte, wie Kendra ausgesagt hatte, bräuchte sie dann nicht seine Unterstützung? Wo waren die beiden?

Wieder das gedämpfte Kinderlachen. Dann rumpelte etwas. Und sowohl Seidel als auch Kullmer waren sich sicher, dass es nicht aus der Nachbarwohnung kam.

»Gehen wir rein?«, wollte Peter wissen. Es war kein Geheimnis, dass er noch immer ziemlich impulsiv war. Ab und zu eine raue Geste, eine eingetretene Tür, das entsprach seinem Naturell. Doch Doris deutete auffordernd auf die Klingel.

»Drück bitte noch mal.«

Kullmer zuckte mit den Achseln und klingelte. Gleichzeitig trommelte seine Frau mit der Faust gegen die Tür. »Hallo! Ist jemand da?«

Nach Sekunden der Stille erklang ein lang gezogenes »Jaaa«. Dann wieder nichts.

»Können Sie aufmachen?«

»Jaaa.« Etwas schleifte über den Boden. »Moment.«

Der Moment wurde zu einer halben Ewigkeit. Mittlerweile hatte sich die Nachbartür geöffnet, und ein strubbeliger Rotschopf erschien. Vermutlich die Urheberin des roten Handabdrucks. Die Mutter der beiden lachenden Kinder. Sie trug bequeme Schlabberkleidung, die sie dennoch beneidenswert weiblich erscheinen ließ. Wache, von Lachfältchen eingerahmte Augen, die sich mit einem Blick auf die Haustür nebenan eintrübten.

»Da haben Sie kaum eine Chance«, erklärte sie. »Können Sie nicht später wiederkommen?«

»Wir sind von der Kripo«, antwortete Seidel und zog ihren Dienstausweis hervor.

»Ach so. Hätte ich mir ja denken können.« Nun trübte sich auch der Rest des Gesichts ein. »Es ist schrecklich. Laura war so …«

»Wo ist Laura?« Eine helle Stimme erklang, und schon tauchte ein weiterer Kopf, ebenfalls feuerrot, im Türrahmen auf.

»Laura ist nicht da, Elias«, raunte die Mutter und schob das Kind zurück in den Hausflur. »Entschuldigung. Ich muss wieder rein.«

»Moment noch«, rief Seidel und machte einen großen Schritt in ihre Richtung. »Was meinen Sie mit ›kaum eine Chance‹?«
»Sie ist betrunken, denke ich. Seit Tagen hören wir nur Weinen, Lallen und dann wieder stundenlang nichts.« Die Frau stockte. »Na ja, und Streit«, setzte sie leise nach.
»Mit ihrem Mann?«
»Er ist nicht ihr Mann … aber ja.«
»Wo ist er?«
»Arbeiten. Er kommt nicht vor fünf. Dann ist erst eine Weile Ruhe, dann schreien sie sich an, dann heult sie, und irgendwann ist es wieder still. Manchmal ruft sie nachts nach ihrer Tochter …«
»Ma-ma!«, kam es wie auf Kommando aus gleich zwei Kinderkehlen.
»Ja-ha!« Die Frau machte eine hilflose Miene. »Entschuldigen Sie bitte.«
Und schon fiel die Haustür ins Schloss.
Seidel kehrte zurück zu Kullmer.
»Wenn sie schon getankt hat …«, begann sie, und Kullmer beendete den Satz: »Dann liegt sie vielleicht halb besinnungslos im Flur. Wir müssen da rein.«
Er untersuchte die Haustür, schätzte seine Chancen ab, sie allein mit Körperkraft zu öffnen, ohne sich das Schlüsselbein zu brechen. Derweil entdeckte Seidel hinter einem unförmigen Buchsbaumbusch, von denen je einer links und rechts des Eingangs stand, einen auffälligen Stein. Sie hob ihn an, es war eine Attrappe. Hohl. Im Inneren ein silberner Bartschlüssel.
»Spar dir deine Kraft.« Doris wedelte triumphierend mit dem Schlüssel vor Peters Nase.

Silvia Schrieber war in einem erbärmlichen Zustand. Nur mit Mühe konnte sie sich auf zwei Beinen halten, als die beiden Kommissare sie in Richtung Schlafzimmer führten. Doch bevor sie ihre erste Frage stellen konnten, brach die Frau zusammen, und anhand der leeren

Flaschen und des Geruchs stand außer Frage, dass sie sich bewusstlos gesoffen hatte. Womöglich unter Zuhilfenahme von Medikamenten. Während Kullmer den Notarzt verständigte, blieb Seidel bei der Frau und kontrollierte ihren Puls und ihre Atmung. Und es gab zwei oder drei Augenblicke, in denen sie sich nicht sicher war, ob Frau Schrieber noch lebte oder bereits mit einem Fuß im Jenseits stand.

Vielleicht wollte sie dorthin. Weg von hier, raus aus dieser Welt, aus der man ihr Kind so brutal gerissen hatte. Eine verständliche Sehnsucht, aber dennoch konnte Doris Seidel sie nicht zulassen. Als der Notarzt eintraf, machte er keinen Hehl daraus, dass es kritisch um die Frau stand.

Von nun liegt es in anderen Händen, dachte die Kommissarin.

16:20 UHR

Claus Hochgräbe hatte alles stehen und liegen lassen, um nach Hause zu eilen. Er hatte den ersten Forensiker mitgenommen, den er zu greifen bekam. Ein unbekanntes Gesicht, und wieder einmal fragte er sich, wie Platzeck, der Chef der Spurensicherung, über all seine Untergebenen den Überblick behielt. Insgeheim vermutete Hochgräbe, dass Platzeck die Hälfte der Namen raten musste. Oder er benutzte einen Spicker. Aber das spielte im Moment auch keine Rolle.

Der Forensiker, sein Name war Robert irgendwas, hatte sich den Briefumschlag nebst Inhalt vorgenommen. Durant hatte ihm gezeigt, wo sie die Karte angefasst hatte, und zähneknirschend eingestanden, dass sie erst nach dem Öffnen des Kuverts auf die Idee gekommen war, Handschuhe überzustreifen.

»Wer denkt denn auch an so etwas«, kommentierte Hochgräbe. Er erkundigte sich, ob sie halbwegs okay sei, doch die Kommissarin hatte sich wieder beruhigt. Zumindest vorübergehend. Die beiden

standen einige Schritte abseits der Couch, wo Robert sich mit seinen Utensilien ausgebreitet hatte.
Betont sachlich sagte sie: »Es ist seine Handschrift.«
»Seine? Du meinst ...«
»Stephan. Es ist Stephans Handschrift, ja.« Sie nickte energisch und ohne einen Hauch von Zweifel.
Julia Durants Familie stammte aus Frankreich. Die Vertreibung der französischen Protestanten, der Hugenotten, im sechzehnten Jahrhundert hatte zu einer regelrechten Völkerwanderung geführt. Überall hatten sie sich niedergelassen, auch in Hessen. Und als sie Stephan die Geschichte von ihrem französisch klingenden Familiennamen inmitten eines urbayerischen Dorfes erzählte, hatte er sie geküsst und von diesem Tag an *Chérie* genannt. Schon in seinem Brief hatte er diese Anrede verwendet. Niemand sonst hatte Julia so nennen dürfen. Niemand sonst hatte es je wieder getan.
»Der Absender sieht mir ganz nach einem Stephan aus«, meldete sich Robert zu Wort. Offenbar verfügte dieser über ein ziemlich gutes Gehör. Er hob den Briefumschlag demonstrativ in die Höhe. Stephan soundso. München. Und den Rest kriege ich sicher auch noch raus.«
»Danke, nicht nötig«, brummte Durant.
Sie kannte die Absenderadresse. Es war einmal ihre eigene gewesen.

Zwanzig Minuten später hatte Robert alles eingetütet, und Durant und Hochgräbe waren wieder allein. Nach einiger Zeit des Schweigens stellte er die Frage, die in der Luft lag: »Was meint er mit ›Warum warst Du nicht bei mir‹?«
»Das frag ich mich auch die ganze Zeit«, stöhnte sie. »Ich meine: Ich *war* doch da.«
»Er kann ja wohl nicht die Trauerfeier gemeint haben.«
»Natürlich nicht. Aber irgendwie ja doch – oder nicht? Es ist immerhin eine Trauerkarte. Wer weiß, wann er sie abgesendet hat.«

»Moment, Julia, das kann nicht sein. Er ist seit Wochen tot!«
»Vielleicht Pastor Aumüller.« Oder jemand der anderen gesichtslosen Trauergäste. Andererseits ...
»Aumüller hat gesehen, dass du da warst«, wandte Hochgräbe ein und sprach damit das aus, was ihr eben selbst in den Sinn gekommen war. »Außerdem hätte er dir das Schreiben auch direkt in die Hand drücken können.«
»Wer weiß, was da in Stephans Kopf vorgegangen ist«, murmelte Durant. Sie verspürte plötzlich einen unbändigen Appetit auf die restliche Tomatensuppe und fragte sich, ob noch Bier im Kühlschrank war. Doch es fehlte ihr an Kraft, aufzustehen. All diese Fragen, die klirrend wie ein Kettenkarussell in ihrem Kopf herumsausten.
Stephan hatte diese Worte geschrieben.
Aber er konnte sie nicht abgesandt haben.
Was, um alles in der Welt, spielte sich da gerade für ein Film ab?
Ein Horrorstreifen, so viel war sicher.
Anstatt in die Küche schlurfte Julia ins Badezimmer, wo sie sich einschloss, das Radio laut stellte und kurze Zeit später in heißem Badeschaum versank.

17:50 UHR

Platzeck streifte die Handschuhe ab und warf sie in den Mülleimer. Er war ein Musterbeispiel an Effizienz und ein gefragter Experte. Alles, was er tat, nahm er ernst. Fehler, so sagte er jedem seiner Untergebenen, seien in dieser Branche unverzeihlich. Als Beispiel zeigte er seinem Team CSI-Episoden, in denen es darum ging, wie eine unsaubere Beweismittelkette fatale Auswirkungen auf Gerichtsverfahren haben konnte. Und gleichzeitig warnte er die jungen, vor Eifer strotzenden Kollegen davor, welche Wunder man (auch dank des

Fernsehens) von ihnen erwartete. »Eile mit Weile« war eines seiner Mottos. Und ohne jede Eile hatten Platzeck und sein junger Kollege Robert der Trauerkarte einen Satz Fingerabdrücke entlockt. Zwei Daumen, zwei Zeigefinger, dazu Mittel- oder Ringfinger und ein paar weitere Teilabdrücke, von denen manche verwischt oder überlagert waren.

Platzeck hatte sich ein vergleichbares Kuvert mit einer Faltkarte gebastelt, um nachzuprüfen, welche Berührungen man als »normal« bezeichnen konnte. Er hatte sich ein neues Paar Handschuhe übergestreift, die Fingerkuppen auf ein Stempelkissen gepresst und sämtliche Arbeitsschritte nachvollzogen, die notwendig waren, um eine Klappkarte zu falten, auf den Tisch zu legen, festzuhalten, zu beschreiben, trocken zu wedeln und sie anschließend wieder gefaltet in einen Umschlag zu stecken.

»Neunzig Prozent Übereinstimmung. Mindestens«, stellte Robert mit einem Strahlen fest.

»M-hm«, nickte Platzeck und markierte all die Stellen, auf denen sie weitere Abdrücke gefunden hatten, mit farbig-ovalen Kringeln. Zweimal rot, für die Abdrücke von Julia Durant. Viermal blau. »Sehen Sie«, murmelte er. »Diese hier sind anders. Rufen Sie bitte in München an, und fordern Sie einen Satz der Abdrücke von diesem Stephan an. Und eine Schriftprobe, wenn möglich.«

»Aber die Durant hat doch gesagt ...«

»Julia Durant in allen Ehren.« Platzeck schüttelte lächelnd den Kopf. »Aber es geht hier um ihren Ex-Mann. Sie kann sich noch so sicher sein – vielleicht möchte sie sich auch nur sicher fühlen –, aber das endgültige Urteil überlasse ich lieber einem Grafologen.«

Robert schien das für übertrieben zu halten. »Wozu einen Grafologen, wenn wir die Fingerabdrücke nehmen können?«

Doch so einfach lagen die Dinge leider nicht.

Man hatte Stephans Leichnam zwar intensiv obduziert, wie es bei einer Verbrennung üblich und auch vorgeschrieben war. Doch sosehr Platzeck es auch verblüffte: Niemand hatte seine Fingerabdrücke abgenommen.

Und die Wahrscheinlichkeit, dass man einen vollständigen Satz von den Alltagsgegenständen und Möbeln in seiner Wohnung zusammenbekäme, der auch eindeutig ihm gehörte, war nicht nur gering, sondern bedeutete einen immensen Aufwand.

Sackgasse.

FREITAG

FREITAG, 13. SEPTEMBER, 6:49 UHR
Frankfurt

Sie hatte das Smartphone behutsam auf dem Rand des weißen Marmorbeckens platziert. Nur selten lag es weiter als eine Armlänge von ihr entfernt, sodass sie auf jedes Lebenszeichen, das das Gerät von sich gab, reagieren konnte. Ein digitales Zwitschern unterbrach das Zahnputzritual. Die Bürste noch in der Wangentasche, nahm Elisa Seidel das Telefon in die Hand. Eine neue Nachricht von ihrer besten Freundin Mia. Draußen verklang das Klopfen ihres Vaters, der wie fast jeden Morgen mit zusammengekniffenen Beinen vor der Badezimmertür stand.
Hab ich einen Bock, las sie. Grimmige Smileys verliehen der Aussage ein besonderes Gewicht.
Ihre Daumen flogen über die Buchstaben:

Und ich erst 😠

Sie legte das Gerät wieder zurück, um den Mund auszuspülen und ihren Vater zu erlösen.
Mia Emrich wohnte nur wenige Straßen weiter. Die beiden Mädchen hatten sich am Tag ihrer Einschulung an der Bertolt-Brecht-Gesamtschule kennengelernt, der noch relativ neuen Schule, wohin ein bedeutender Teil der Kinder des Stadtteils Riedberg ging. Wie die meisten Familien waren die Emrichs erst vor Kurzem hierhergezo-

gen. Mias Vater arbeitete in einer Steuerkanzlei, die Mutter war Dozentin an der Uni. Beide stammten aus Baden-Württemberg, was man Mia auch manchmal noch anhörte. Das fünfte Schuljahr hatte eine bunte Klasse der unterschiedlichsten Persönlichkeiten zusammengewürfelt, und im Großen und Ganzen ging Elisa gerne dorthin. Sie wollte Tierärztin werden, jedenfalls hatte sie das in den Sommerferien entschieden. Vorher war es Architektin gewesen (ohne genau zu wissen, was das bedeutete) und davor Bankenvorstand, was Elisa auch nur aufgeschnappt hatte und in Verbindung mit den Statussymbolen brachte, mit denen ihr Mitschüler, der den entsprechenden Vater hatte, täglich aufwartete. Neuestes iPhone, neueste Nike, teuerster Rucksack. Doch was auch immer am Ende ihrer Schullaufbahn einmal stehen würde: Für heute stand zuallererst das verhasste Schulschwimmen auf dem Stundenplan. Immer wieder freitags, wie ein gefährlicher Eisberg, der sich im Zwei-Wochen-Rhythmus zwischen sie und das Wochenende schob. Der ihr spätestens ab Mittwoch das Frösteln bescherte und sie bis in die Träume verfolgte. Der sie – wie in der Folge mit Benjamin Blümchen, die sie fast auswendig mitsprechen konnte, auch wenn sie längst zu alt dafür war – zu rammen und zu versenken drohte. Sie spürte die Kälte im Nacken, dann fuhr sie herum. Es war nicht der Eisberg, es war die aufgerissene Badezimmertür.

»Elisa!«, schimpfte Peter Kullmer. »Ich muss pinkeln, verdammt! Ihr seht euch doch gleich in der Schule. Raus hier.«

Das Geldstück, mit dem er das Drehschloss entsperrt hatte, taumelte noch auf dem Waschtisch, während er sich mit einem Stöhnen erleichterte. Elisa schüttelte sich und zog die Tür hinter sich zu. Sie erlebte diese Szene nicht zum ersten Mal. An jedem anderen Tag hätte sie gekichert. Aber heute ...

Es vibrierte. Mia.

Shark Days müsste man jetzt schon haben. Meine Schwester hat's echt gut. Die bekam ihren Kram schon in der Sechsten.

Elisa biss sich auf die Unterlippe. Von ihrer ersten Periode schien sie Jahrzehnte entfernt zu sein. Nicht einmal Brüste zeichneten sich ab, dabei trugen einige schon deutliche Hinweise darauf vor sich her. Aber wenn sie ihre Mutter so betrachtete, viel würde das vermutlich nicht werden. Und überhaupt. *Shark Days.* Was für ein blöder Begriff.
In der Sechsten gibt's doch gar kein Schwimmen, antwortete sie.
Stimmt auch wieder, kam es prompt zurück. *Ich muss frühstücken.*
Auch Elisa setzte sich, eine kurze Antwort tippend, an den Küchentisch. Denn trotz mangelnden Appetits – wie immer, wenn im Vierzehn-Tage-Rhythmus das Schwimmen auf dem Plan stand – würde sie das Haus nicht mit leerem Magen verlassen. Darauf achteten ihre Eltern gewissenhaft (und dabei lebten diese es ihr selbst nicht beispielhaft vor).
»Müsli oder Brot?«, fragte Doris prompt. Elisa legte das Gerät beiseite.
»Cornflakes. Aber nicht so viele.«
Schon stand eine Schüssel vor ihr. Fast wäre Milch aufs Display gespritzt. Elisa rettete das Smartphone mit einem schnellen Griff.
»Du könntest wenigstens am Tisch aufs Handy verzichten.«
»Mama!«
Diese winkte ab und widmete sich dem Kaffeeautomaten.
Während Elisa sich lustlos ein paar Löffel in den Mund schob, verabredete sie mit Mia den Treffpunkt (auch wenn es jeden Tag derselbe war), und die beiden sannen darüber nach, wie sie sicherstellen konnten, in dieselbe Gruppe gewählt zu werden. Dann würde das Leid nur halb so schwer zu ertragen sein. Außerdem, wie immer, das Thema Kleidung. Unter besten Freundinnen sollte der Dresscode schon aufeinander abgestimmt sein, fanden die Mädchen. Sich wie Zwillinge zu kleiden hingegen wäre kindisch gewesen.
Es waren anstrengende Zeiten zwischen Kindertagen und Teenagerleben.

Wie gut, dass sie einander gefunden hatten. Mit Mia würde sie auch diesen Freitag überstehen. Danach näherte sich erst einmal das Wochenende, und die Herbstferien rückten auch schon in greifbare Nähe. Das bedeutete: kein Schwimmen mehr bis Ende Oktober.
Alles in allem keine schlechten Aussichten. Man musste nur versuchen, das Positive zu sehen, dachte sie.

8:25 UHR

Wäre Julia Durant abergläubisch gewesen, hätte sie es womöglich auf das Datum geschoben. Doch sie hätte es ziemlich selbstverliebt gefunden, wenn sie dem heutigen Tag unterstellte, für ihr persönliches Pech verantwortlich zu sein.
So wichtig bist du nicht, Mädchen, hatte sie sich vor einer guten Stunde vor dem heimischen Spiegel gesagt. Prompt war ihr der Handspiegel von der Kante des Waschbeckens gerutscht und mit einem schallenden Klirren zersprungen. Verzweiflung schoss ihr durch den Körper, ein lähmendes Gefühl der Machtlosigkeit. Denn wenn es kam, dann kam es doch willkürlich.
Für Laura Schrieber war es der 9. 9. gewesen.
Und für Stephan ...
»Julia?« Claus Hochgräbes Bariton ließ sie zusammenzucken, und innerhalb eines Blinzelns kehrte die Kommissarin in die sterile Geborgenheit seines Büros zurück. Der Ficus, der Schreibtisch, der Stuhl, auf dem sie saß. Vier Etagen über der Straße.
»Wir müssen zur Besprechung«, drängte er.
»Warte.« Worüber hatten sie eben gesprochen? Über die Spurensicherung. Durant hatte fassungslos zur Kenntnis nehmen müssen, dass man es in München nicht für nötig befunden hatte ...
»Und was machen wir jetzt?«, fragte sie, mit einem Mal wieder ganz da.

»Ich regle das«, versprach Claus. »Nach der Besprechung klemme ich mich ans Telefon, so lange, bis ich Antworten habe.«
»Hm.«
Julia Durant wollte so vieles sagen, doch plötzlich war da nur Leere. Eine Leere, die sie in den letzten Tagen öfter gespürt hatte. Schweigend stand sie auf und schob den Stuhl zurück an seinen Platz, mit der Sitzfläche unter der Tischplatte.
Vielleicht lag es ja doch am Datum.
Sie war am fünften November zur Welt gekommen, laut ihrer Mutter acht Tage zu früh. Sollte der Dreizehnte also doch ihr Schicksalstag sein?

Die Besprechung zog zu großen Teilen an ihr vorbei. Sie bekam einfach zu wenig mit von den Ermittlungen. Kullmer und Seidel hatten Frau Schrieber besucht, nur, um diese mit einer schweren Alkoholvergiftung ins Krankenhaus einliefern zu lassen. Verdachtsmomente gegen ihren Lover? Negativ. Dieser Typ machte sich im Grunde nur einer Sache schuldig, und das war eine sträfliche Ignoranz. Im Stillen fragte sich die Kommissarin, wie lange es wohl dauern würde, bis er sie verließ. Und wie Frau Schrieber diesen Bruch verkraften würde.
Genauso wenig gab es neue Erkenntnisse in der Sache Kornmann. Hellmer gab an, noch einmal mit ihm gesprochen zu haben. Er hatte das eigenmächtig getan, spontan, auf dem Nachhauseweg. Kornmann hatte sich zunächst gewehrt, aber schließlich zugegeben, was Kendra Bröhl gegenüber Doris Seidel ausgesagt hatte.
»Der einzige Unterschied«, betonte Hellmer, »war die Aussage, wer denn nun an der Tasche gerissen und wer den Schlag ausgeführt hat. Dreimal dürft ihr raten.«
»Laura war das mit der Tasche«, kam es sofort von Seidel.
»Richtig.«
»Und warum erzählte Kendra es andersherum?«, fragte Durant, auch wenn ihr die Antwort darauf schon im selben Moment klar wurde.

»Kendra hielt sich da ganz bewusst bedeckt. Wobei ihr durchaus klar sein dürfte, dass wir Laura jetzt nichts mehr anhaben können«, antwortete Hellmer. »Warum also unnötig Schuld auf sich laden? Und Kornmann war Lauras Freund. Vielleicht wahrhaftig eine große, tiefe Liebe. Er würde nicht schlecht über seine Freundin sprechen, jetzt schon gar nicht. Vermutlich hat er auch damals alles nur ihr zuliebe auf sich genommen.«
»Na ja«, warf Kullmer ein. »Es gab da noch den schnöden Mammon.«
»Trotzdem«, sagte Durant. »Warum sollte er jetzt noch lügen? Immerhin hat er die Strafe abgesessen.«
Dagegen hatte niemand etwas einzuwenden.
Blieb die Frage, wer denn nun als Laura Schriebers Mörder infrage kam. War es am Ende ein Triebtäter gewesen? Eine Verkettung unglücklicher Umstände?
Julia Durant spürte, wie sich ihre Gedanken wieder in Richtung München verabschiedeten. Sie wollte das nicht, doch sie kam nicht dagegen an.

Zehn Minuten nachdem sich die Kommissare an ihre Aufgaben begeben hatten, saß Julia wieder bei Claus, der einige, zum Teil sehr energische Telefonate führte. Dabei verfiel er zusehends in den bayerischen Dialekt, den er seit seinem Wechsel nach Frankfurt Stück für Stück abgelegt hatte.
»Zefix!«, fluchte er, als er den Hörer zurück auf den Apparat schmetterte. »Am liebsten würde ich jetzt ein paar Türen knallen.«
Bevor Julia Durant etwas erwidern konnte, läutete das Telefon. Hochgräbe schien die Nummer zu erkennen, seine Miene wurde noch finsterer, dann bellte er auch schon ein »Ja!« ins Mikrofon.
Von dem hellen Geplapper am anderen Ende der Leitung war nichts zu verstehen, außer dass es sich um eine weibliche Stimme handelte, die zudem in einem beachtlichen Tempo sprach. Plötzlich musste

Hochgräbe lächeln, was die Kommissarin zunächst irritierte. Flirtete die Dame etwa mit ihm? Oder was spielte sich hier gerade ab?
Als er in ihre Richtung blickte, machte Durant eine auffordernde Geste, die so viel sagte wie: Und? Lass mich hier nicht dumm sterben!
Kurz darauf legte der Boss den Hörer zurück. Dieses Mal so behutsam, als bette er einen Säugling zwischen seine Kissen. Und mit einem sehr zufriedenen Gesichtsausdruck.
»Das war die Spurensicherung«, betonte er. »Jetzt wissen wir, warum man in der Rechtsmedizin keine Fingerabdrücke mehr genommen hat. Das wurde alles bereits am Tatort erledigt. Ein kompletter Satz. Ist schon unterwegs zu mir, ich leite es direkt an Platzeck weiter.«
Julia Durant sank zurück. Es war, als fiele die Anspannung von ihr ab wie ein zu eng geschnürtes Korsett. Zum ersten Mal seit gestern Nachmittag schien sie wieder frei atmen zu können. Völlig unabhängig davon, dass ein Satz Fingerabdrücke sie noch nicht viel weiter brachte. Aber es war immerhin ein Anfang.
Und für einen Freitag, den Dreizehnten hätte es schlimmer sein können.
Andererseits: Der Tag war noch jung.

8:50 UHR

Ein neuer, langer Tag brach für sie an. Was würde er bringen?
Es war nicht schön, alt zu sein. Doch diese Erkenntnis traf einen erst, wenn man es längst war. Auch wenn sie nur noch eingetrübte Augen hatte und beinahe taub war: In Frau Holdschicks Erinnerungen waren die Bilder und Töne gestochen scharf. Kinderlachen hatte das Haus erfüllt. Mit Mühe und Not hatten sie sich diese Wohnung gekauft, zu einer Zeit, in der die Preise noch erschwinglich waren. Wie viele Interessenten gab es, wie viele Makler hatten bereits ihr Interes-

se bekundet. Doch hier war sie zu Hause, hier war ihr Mann gestorben, mit dem sie den Großteil ihres Lebens verbracht hatte. Vierzehn Jahre. So lange war er nun schon nicht mehr da. Die Tochter Barbara hatte sich ins Saarland abgesetzt, nachdem sie mit dem Gesetz in Konflikt gekommen war. Sie war dort verheiratet und kam nur zu Weihnachten oder Geburtstagen. Kinder hatte sie keine, dafür war sie beruflich auf die Füße gefallen. Irgendetwas im Finanzwesen. Und Rainer, den älteren Sohn, hatte einst das Studium in die Vereinigten Staaten verschlagen. Er hatte nach einem Jahr wiederkommen wollen. Mittlerweile waren es neunundzwanzig. Ob Barbara auch in diesem Jahr kommen würde? Nun, da ihre Mutter praktisch bettlägerig war?
Doch bis Weihnachten war es noch eine ganze Weile hin.
Nur allzu gerne wäre Frau Holdschick ins Wohnzimmer gegangen, doch ihr Kreislauf machte ihr einen Strich durch die Rechnung. Sie wollte die Stimme ihrer Tochter hören, das helle Kinderlachen, das ausgelassene Quieken, wenn sie sich mit ihrem Bruder kabbelte. Oder einfach nur ein »Wie geht es dir heute, Mama?«.
Doch ihre Ohren ließen das kaum noch zu.
»Haben Sie niemanden, der Sie besucht?«, hatte der neue Pfleger unlängst von ihr wissen wollen.
»Nein.«
Keine besonders rücksichtsvolle Art zu fragen, wie sie fand. Vermutlich meinte er es nicht böse. Und ein gestandener Mann, der hinter dem milchigen Vorhang des schwindenden Augenlichts noch immer attraktiv und ein wenig verschmitzt wirkte, war Frau Holdschick allemal lieber als eine dieser zierlichen Osteuropäerinnen, die das, was sie sagte, noch weniger verstanden als andersherum.
Er hatte ihr noch eine ganze Reihe weiterer Fragen gestellt. Nach einem Hausnotruf, ihrer Telefonanlage und ob es im Haus oder in der Nachbarschaft jemanden gebe, der regelmäßig nach dem Rechten sehe. Danach hatte er ihr zugesichert, dass die Angaben streng ver-

traulich seien und das meiste statistische Gründe hätte. Aber auch, um den Bedarf zu ermitteln.
»Je weniger Sie können, desto mehr Leistung steht Ihnen zu«, erklärte er. »Im Prinzip könnten wir sogar erreichen, dass jemand fast durchgehend bei Ihnen ist.«
Zuerst hatte sie sich geschmeichelt gefühlt. Doch dann stiegen die Erinnerungen an das zerbombte Frankfurt in ihr auf. An ein sehr junges Mädchen, das sich zwischen den Trümmern zurechtfinden musste. Völlig alleine. Die zeit ihres Lebens niemanden gebraucht hatte, der sich um sie kümmerte. Und die sich nur äußerst ungern eingestand, wie hilfsbedürftig sie nun war.
Frau Holdschick hatte daher ablehnen wollen, aber sie kam nicht gegen ihn an.
Das Schlimmste dabei: Manchmal erinnerte er sie an ihren Mann Edgar. Manchmal sagte er etwas oder bewegte sich wie er.
Vielleicht würde er ihr ja wirklich eine Hilfe sein. Auch bei ganz speziellen Dingen, für die man bei »Essen auf Rädern« keine Zeit aufbringen konnte.
In zwei Monaten hatte die Kommissarin über ihr Geburtstag. Und Frau Holdschick erinnerte sich noch gut, wie sie immer dreingeschaut hatte, wenn es im Haus nach ihrem Sauerbraten gerochen hatte. Hin und wieder hatte sie ihr etwas davon zukommen lassen. Sie wollte dies noch einmal tun.
Ein letztes Mal.

9:05 UHR

Platzeck meldete sich persönlich, was ein Indiz dafür war, dass er die Angelegenheit äußerst ernst nahm. Beruhigend, dachte Durant, auch wenn das folgende Gespräch einen weniger beruhigenden Verlauf nahm.

»Übereinstimmung aller Abdrücke«, gab Platzeck durch. »Selbst die verschmierten und überlagerten Papillarleisten lassen sich mit großer Wahrscheinlichkeit deinem Ex zuordnen.« Er hielt inne und räusperte sich. »Sorry«, sagte er, »ich meinte …«
»Schon gut«, sagte Durant. »Es trifft die Sache ja ziemlich genau.«
Erleichtertes Schnaufen auf der Gegenseite. »Im Grunde gibt es, neben deinen Fingern, nur noch einen Abdruck, der aus der Art schlägt.«
»Aha. Und was bedeutet das?«
»Ich fürchte, das wirst du selbst herausfinden müssen.«
»Wieso?«
»Na ja. Ohne Vergleichsperson keinen Vergleich. Und für die Verdächtigen ist schließlich deine Abteilung zuständig.«
Jetzt begriff sie. »Du meinst, der Abdruck könnte vom Täter sein?«
»Das kann ich nicht beurteilen. Allerdings haben wir den Hersteller der Trauerkarten überprüft. Es kann kein Zufallsabdruck sein. Die Karten kommen eingeschweißt in den Handel. In der Regel entfernt also der Käufer die Folie, bis zu diesem Zeitpunkt sind sowohl Karten als auch Umschläge blütenrein.«
Julia Durant ging im Geiste durch, wie wohl die Herstellung dieser Karten ablief. Fließbänder, Druck- und Verpackungsmaschinen. Alles automatisch. Aber trotzdem …
»Vielleicht wurde ausgerechnet diese Karte ja kontrolliert«, wandte sie ein. »Es gibt doch in jeder Fabrik Stichprobenkontrollen.«
»Das ist ein guter Ansatzpunkt.« Platzeck lachte auf, klang dabei aber wenig fröhlich. »Dann kannst du gleich ermitteln, ob in der Firma ein Mitarbeiter ohne Arme angestellt ist. Dürfte ja nicht allzu oft vorkommen, selbst in großen Unternehmen.«
»Wie bitte?«
»Ich bin mir noch nicht zu hundert Prozent sicher«, erklärte der Forensiker, »aber es scheint so, als stamme der einzelne Abdruck nicht von einem Finger, sondern von einem Zeh.«

9:25 UHR

Claus Hochgräbe entschied nach einer kurzen Diskussion, dass es wohl das Beste wäre, wenn Julia Durant noch einmal nach München fahren würde. Im Grunde wollte Durant dasselbe, allerdings aus anderen Gründen.

»Was meint er mit ›*bei mir*‹ gewesen?«, fragte sie immer wieder.

»Warum drückt er den Zeh auf das Papier?«, war die Frage, die Hochgräbe noch mehr beschäftigte.

»Er kann damit nur seine Wohnung meinen«, folgerte Durant. »Warum war ich nicht *bei ihm,* fragt er. Bei ihm zu Hause.« Sie stockte und fügte leise hinzu: »Bei *uns,* um genau zu sein.«

»Wieso bei euch?«

»Die Hälfte der Einrichtung scheint noch aus unserer gemeinsamen Zeit zu stammen. Ich habe auf den Fotos eine Menge wiedererkannt.« Mehr, als ihr lieb gewesen war. Das Foto auf dem Schreibtisch verschwieg die Kommissarin geflissentlich.

»Aber weshalb solltest du dorthin kommen?«

»Weil er ziemlich schräg drauf war. Du hast seinen Brief doch gelesen. Es wirkt, als habe er kurz vor seinem Tod das gesamte Leben, alles, was er seit unserer Trennung getan hat, infrage gestellt. Als habe er es zutiefst bereut, was damals passiert ist. Als hätte er es gern ungeschehen gemacht.«

»Deshalb auch dein Foto auf dem Schreibtisch«, platzte es aus Hochgräbe heraus, und Durant zuckte zusammen.

»Wie? Ach ja.« Sie fuhr sich durch die Haare. »Das hat mich auch irritiert. Entschuldigung …«

»Schon in Ordnung.« Claus lächelte, auch wenn zu erkennen war, dass es ihm nicht so leichtfiel. »Du kannst ja nichts dafür.«

»Nun. Ich habe damals alle Brücken hinter mir gesprengt.«

»Mit gutem Grund, wenn ich mich entsinne.«

Da hatte er natürlich recht, und das wusste sie auch. Trotzdem …

»Die Antwort auf alles scheint in seiner Wohnung zu liegen«, beharrte sie. »Er hat es selbst geschrieben.«
»*Jemand* hat es geschrieben«, korrigierte Hochgräbe. »Der Brief wurde eindeutig nach Stephans Tod zur Post gegeben.«
Das war der feine Unterschied, um den es in ihrer Diskussion gegangen war.
Claus Hochgräbe schwante Ungutes. Wie er Durant kannte, würde sie auf eigene Faust losziehen, um Antworten zu finden. Er bestand also darauf, dass sie sich vor Ort zuerst mit einem Team der örtlichen Kripo und ein paar Forensikern traf.
Julia Durant hingegen wollte nichts als endlich mit allem abschließen. Und wenn der schnellste Weg dorthin ein Besuch in ihrer alten Münchner Wohnung war, würde sie das notfalls auch alleine auf sich nehmen.
»Du gehst mir jedenfalls nicht ohne Rückendeckung«, wiederholte Hochgräbe nun nachdrücklich.
»Meinetwegen«, gab sie trotzig zurück. »Aber dafür fliege ich.«
Das war der zweite Punkt ihrer Diskussion gewesen. Durant hatte sich direkt vor dem Gespräch auf die Website der Lufthansa begeben und nach Flügen gesucht. Natürlich war es Hochgräbe nur recht, dass sie sich in ihrem angespannten Zustand nicht selbst hinters Steuer setzte. Und doch ...
»Du wirst doch nicht etwa fliegen wollen?«
Machte er jetzt wieder einen auf Greta Thunberg? Der »In einer Großstadt braucht man kein Auto«-Claus? Der sich ein schickes Fahrrad hielt, mit Elektroantrieb, und darauf schwor, damit und mit dem öffentlichen Nahverkehr überall schneller hinzugelangen?
Das Schlimme war: Meistens behielt er sogar recht.
Als Nächstes würde er vermutlich Bäume im Holzhausen-Park pflanzen wollen.
Doch sein Argument war ein völlig anderes. Tatsächlich kostete eine Fahrt mit dem ICE nicht nur weniger Geld, sondern war vom ge-

samten Zeitaufwand her um fast eine halbe Stunde kürzer. Pro Strecke. Widerwillig buchte Durant ein Ticket.
»Übers Wochenende versuche ich dann nachzukommen«, kündigte Claus an.
Sie wussten beide, dass das unrealistisch war. Solange es keine Verhaftung im Fall Schrieber gab, durfte Hochgräbe die Stadt nicht verlassen.

10:40 UHR

Claus Hochgräbe hatte im Auto gewartet, während Julia packte. Jeans, bequeme Schuhe, die nötigsten Utensilien. Wie einfach das Verreisen doch wurde, wenn man sich nicht mehr darum sorgen musste, welche Abendgarderobe angemessen war. Wenn man das heiße Top, nach dem sich selbst die attraktivsten Studenten umdrehten, im Schrank lassen konnte. Sie unterdrückte die Schwermut, denn vielleicht hatte es auch damit zu tun, dass sie keine dreißig mehr war. Doch hauptsächlich galten die Gedanken der Kommissarin ihrem Ex, den vielen Fragezeichen, die sein Tod mit sich brachte, und einem Plan, wie sie in München vorgehen sollte. Ihre alte Heimat war ihr schon lange fremd geworden. Zu viele Jahre lagen dazwischen. Zu viele Baustellen, zu viele Fälle, zu viele neue Arbeitsweisen. Der letzte Fall, den sie in München zum Abschluss gebracht hatte, war noch ohne DNA-Analysen gewesen. Ohne Handys, ja, sogar weitgehend ohne Computer.
Unten hupte es. Einer der seltenen Tage, in denen Claus den knallroten Opel fuhr. Er riss sich auch nicht darum, denn vermutlich würde der Stadtverkehr in Frankfurt ihm stets ein Mysterium bleiben. Doch bis zum Hauptbahnhof würde er sie bringen. Julia zwang sich zur Eile. Der ICE wartete nicht. Zumindest, wenn er pünktlich war.

Sie verstaute die Tasche im Kofferraum und ließ sich auf den Beifahrersitz fallen. Ein flüchtiger Kuss, dann lenkte Claus den Wagen in Richtung Reuterweg, der sie südwärts zur Taunusanlage führte.
»Kommt ihr denn ohne mich klar?«
»Sicher.« Er grinste. »Das müsstest du doch besser wissen als ich.«
Durant wusste, was Hochgräbe meinte. Keiner arbeitete länger mit Hellmer, Kullmer und Seidel zusammen als sie. Dann durchzuckte sie ein Gedanke.
»Verdammt!«
»Was ist denn?«
»Das freie Wochenende von Doris und Peter. War das nicht jetzt?«
Hochgräbe war in diesem Moment in die Taunusstraße abgebogen. Argwöhnische Blicke nach links, wo die Elbestraße und die Kaiserstraße lagen. Frankfurts Sündenviertel, auch wenn man um diese Tageszeit selbst aus kürzester Entfernung nur wenig davon wahrnahm. Für einen Münchner, das wusste Julia aus eigener Erfahrung, war ein derart hemmungsloser Kontrast, wie er zwischen Bahnhof und Geschäftsfassaden lag, etwas Schockierendes. Sodom und Gomorrha. Und die Polizeiwagen taten nichts weiter, als den Frieden in diesem Pfuhl zu sichern. Keine Verhaftungen wegen Verstößen gegen die guten Sitten. Hatte die Stadt resigniert? Oder war es am Ende das bessere Modell, anstatt so zu tun, als gäbe es keine Prostitution in der Stadt?
»Liebling?«
Hochgräbe schreckte auf. »Was?«
»Ich habe dir eine Frage gestellt. Das Wochenende von Doris und Peter.«
»Ist verschoben.«
Wenn man genügend Zeit bei der Mordkommission verbracht hatte, war eines sonnenklar: Der Job nahm keine Rücksicht auf private Pläne. Trotzdem stieß es Durant sauer auf, wie leichtfertig der Chef die Sache abzutun schien. Denn wenn man sich einen Freiraum erkämpft hatte, war dieser heilig und musste mit allen Mitteln vertei-

digt werden. Nun sollte sie nach München fahren, um alten Gespenstern hinterherzujagen, und ihre beiden Kollegen …
»Julia, du kannst dich entspannen«, unterbrach Claus ihren aufkeimenden Zorn. Sie spürte seine Hand auf dem Oberschenkel. Doch ihre Muskeln blieben hart. »Die beiden haben etwas für die Herbstferien gebucht. Hat also nichts mit dir zu tun und ist ja schon bald.«
»Trotzdem«, murrte die Kommissarin. »Es fühlt sich nicht richtig an.«
»Deshalb hat dir auch keiner was gesagt«, erwiderte Claus. »Sonst wärst du nie gefahren.«
»Was hindert mich, umzukehren?«
»Zwei Dinge. Erstens, *ich* sitze am Steuer. Und zweitens würde ich dich in den Zug tragen, wenn es sein müsste.«
Dieser verrückte, liebenswerte Mann.
Kurz darauf erreichten sie den Parkplatz. Sie umarmten sich innig, dann verschwand die Kommissarin mit gemischten Gefühlen in dem gigantischen Kuppelbau des Hauptbahnhofs.
Sie liebte ihn, das stand außer Frage. Es war eine andere, eine reifere Liebe. Nicht bestimmt durch täglichen, ekstatischen Sex. Durch den immer wiederkehrenden Revierkampf, den junge Verliebte führten, in dem es darum ging, nicht zu viele Eigenheiten an die Ansprüche des Partners zu verlieren. Erobern, streiten, versöhnen, stundenlanger Beischlaf. So war das Leben mit Stephan gewesen. Woher hatte er bloß die Energie genommen, sich mit all seinen anderen Weibern zu vergnügen …
Julia erreichte die Ferngleise und stoppte bei einem Stand, wo es Kaffee und Backwaren gab. So sicher sie sich auch an der Seite ihres Lebensgefährten fühlte, sie hoffte in diesem Moment, dass er nicht nach München kommen konnte, sondern in Frankfurt blieb.
Denn Claus und Stephan, das passte einfach nicht. Wäre für sie beide eine viel zu große Herausforderung. Ständig die ungestellten Fragen nach ihrem früheren Leben, auch wenn keiner sie aussprach.
Nein. Diese Sache musste sie alleine regeln.

13:02 UHR

Er wartete unweit einiger Kleidercontainer. Seit Tagen hatte er sich den neuen Stadtteil Stück für Stück erschlossen. Zu Fuß und mit dem Auto. Hatte sich nach unauffälligen Park- und Haltemöglichkeiten umgesehen. Plätze, wo man seine Notdurft verrichten konnte, ohne den Blick aufs Wesentliche zu verlieren und ohne den Unmut oder den Argwohn Dritter auf sich zu ziehen. Anscheinend war es heutzutage völlig normal, gleich mit mehreren Hunden Gassi zu gehen und diese überall hinscheißen zu lassen. Aber eine Stange Wasser, wie man lapidar sagte, durfte man plötzlich nicht mehr in jeder Ecke loswerden. Es waren bescheuerte Zeiten. Aber auch großartige.
Als er sie kommen sah, rieb er sich die Hände.
Vor wenigen Minuten hatte der Gong der Brecht-Schule das Wochenende eingeläutet.
Plötzlich wimmelte es überall von Menschen. Helikoptereltern, Busfahrer, dazwischen Mopeds, Fahrräder und Roller. Bunte Rucksäcke und Taschen. Ausgelassenes Gelächter und Geschrei. Zweieinhalb Tage Freiheit erwartete die meisten von ihnen.
Er legte die Finger ineinander, sodass die gefalteten Handflächen zu ihm zeigten. Adern stachen hervor. Er bog die Handspitzen nach unten, bis es in den Gelenken knackte. Dann lächelte er.
Freiheit, wiederholte er im Stillen.
Nicht für alle.
Er drehte den Zündschlüssel und wartete, bis das Jaulen des Anlassers in ein tiefes Brummen überging. Er lächelte noch immer.
Nicht für alle.

13:25 UHR

Elisa Seidel war ein Papa-Kind.
Sie war geboren, lange bevor Doris und Peter sich zum Heiraten entschlossen hatten. Ihre Eltern waren beide verhältnismäßig alt, beide bei der Mordkommission, beide praktisch zur selben Zeit am selben Fall. Irgendwann hatte es sich schleichend entwickelt, und Doris Seidel hätte nicht einmal sagen können, wann genau das begonnen hatte. Lag es daran, dass sie – rechnerisch betrachtet – genauso gut Elisas Oma sein konnte? So kam es, dass sie mit blutjungen Müttern in Wartezimmern oder auf Elternabenden saß, bei denen sie manchmal selbst noch gerne die Mutter raushängen lassen wollte.
»So ein Blödsinn«, sagte Peter Kullmer immer. »Schau dir doch die ganzen Frauen an, die hinter ihren Kinderwagen hertrotten. Da weiß man oft nicht, ob das nicht schon die Großmütter sind. Kinder ab vierzig sind längst etwas Normales.«
Die Statistik mochte ihm da recht geben. Trotzdem fühlte es sich nicht richtig an. Viel zu oft war Doris eifersüchtig gewesen, wenn das Mädchen sie begrüßte. Eine kurze Umarmung für sie, ein begeisterter Sprung in Papas Arme. Aber dann gab es wieder Phasen wie diese, wo beide Eltern sich fragen mussten, ob Elisa sie überhaupt noch wahrnahm. Sie schienen abgemeldet zu sein, nur noch Mia, Mia, Mia … und das obligatorische Smartphone mit den Ohrstöpseln.
Die Kommissarin ließ die letzten Stunden im Kopf Revue passieren, während sie den Kaffeeautomaten betriebsbereit machte. Doch statt an die noch immer kaum vernehmbare Frau Schrieber denken zu können, erforderte die Maschine ihre Aufmerksamkeit. Der Wassertank war fast leer, der Milchbehälter stand seit dem Morgen unter der Maschine anstatt im Kühlschrank. Verdammt. Sie würde wohl nie daran denken. Vorsichtig zog Doris den Behälter heraus und nahm eine Nase voll. Es roch säuerlich, aber im vertretbaren Rahmen. Elisa hatte

vor ein paar Monaten ihre Tierliebe entdeckt und daraufhin den Genuss von Kuhmilch abgelehnt. Nach wochenlangem Probieren (mit teils erschütternden Geschmackserlebnissen) war Hafermilch zum Ersatzlebensmittel der Familie geworden. Der säuerliche Geruch war also nichts Ungewöhnliches. Seufzend drückte sie auf den Button, der ein doppeltes Tassensymbol zeigte, und das mechanische Innenleben erwachte mit einem tiefen Brummen zum Leben. Fünfzehn Sekunden später verströmten zwei dunkle Strahlen intensiven Kaffeeduft, und die Tasse füllte sich. Doch bevor sich der Schaum aus Ersatzmilch darauflegen konnte, vermeldete das Gerät, dass der Kaffeesatzbehälter geleert werden wollte. Ein tiefes Seufzen, ein Blick auf die Uhr.
Warum immer bei mir?
Ob sie noch ein paar Schlucke nehmen konnte, bevor Elisa die Treppe hochkam?
Doris hielt den Behälter noch in den Händen, als sie den Hals am Fenster entlangreckte. Müsste sie nicht längst da sein? Müsste sie nicht die knallrote Jacke am Ende der Straße erkennen können? Diese Jacke, die Elisa so gar nicht mochte. Doch wenn Regen drohte oder Schwimmunterricht auf dem Plan stand, war diese Jacke Pflicht. Gerade jetzt, unmittelbar vor den Herbstferien.
Doris öffnete den Komposteimer, klopfte die wie kleine, runde Schokokuchen aussehenden Kaffeetabs hinein und zwang sich zur Ruhe.
Wenn du jetzt schon so nervös bist, sagte sie sich, *dann stehen dir ein paar schlimme Jahre bevor.*
Die Pubertät würde da noch ganz andere Geschütze auffahren.
Das Telefon schrillte. Elisas Nummer, doch am Telefon war eine Männerstimme, die undeutlich und viel zu schnell verlangte, dass sie zur Schule kommen müsse.
Jetzt.
Doris sackte zusammen und hörte in weiter Ferne, wie die Tasse auf dem Parkett zerschellte.

13:30 UHR

Der ICE 621 war mit einer Minute Verzögerung aus dem Frankfurter Hauptbahnhof ausgefahren und befand sich nun, nach seinem dritten Halt, auf halber Strecke zwischen Nürnberg und München. Die meisten Plätze waren besetzt, nur Julia Durant saß alleine auf einer Zweierbank und hoffte, dass dies auch so bleiben würde. Vor ihr ein leerer Kaffeebecher mit dem Logo der Bahn.
Seit einigen Minuten lag das Telefon neben dem Becher, und genauso lange schob die Kommissarin das Gespräch vor sich her. Dann endlich griff sie beherzt nach dem Gerät, entsperrte den Bildschirm und wählte Pastor Aumüllers Nummer. Er meldete sich sofort.
»Julia Durant hier. Verstehen Sie mich gut?«
»Prächtig. Wieso fragst du?«
»Ich sitze im Zug nach München.«
Eine Sekunde Stille. Dann: »Aber du bist doch eben erst abgereist? Ich meine – nicht, dass ich mich nicht darüber freue! Willst du mich besuchen?«
»Von wollen kann keine Rede sein.« Julia seufzte, nur um sich direkt auf die Lippe zu beißen. »Sorry, so war das jetzt überhaupt nicht gemeint. Aber wir müssen über Stephan reden.«
»Es geht um seinen Brief, hm?«
»Ja. Unter anderem. Wann haben Sie sich mit ihm getroffen?«
»Wie? Getroffen?«
In der Leitung knackte es mehrfach.
»Na ja, der Umschlag hatte weder Marke noch Adresse. Er muss ihn Ihnen doch irgendwann gegeben haben … Sie sagten doch …«
Aumüller lachte auf: »Ach so! Mensch, Julia, ich werde eben alt. Das Gehirn braucht manchmal etwas länger. Aber ich habe doch nie gesagt, dass ich ihn getroffen habe. Wir wollten das, aber es kam nicht mehr dazu.«
Durant wurde hellhörig. »Wie darf ich das verstehen?«

»Stephan hat mich vor ein paar Wochen angerufen. Ich habe ihn zuerst nicht erkannt, es ist so viel Zeit vergangen. Und natürlich war ich sehr überrascht. Seine Stimme klang heiser und, na ja, eben älter. Genau wie mein Gehör. Er sagte, er möchte mich sehen. Er bereue einige seiner Entscheidungen, er klang regelrecht aufgelöst. Wir verabredeten uns für ein paar Tage später. Er wollte zu mir rauskommen, aber dann sagte er ab. Er sei schwer erkrankt, seine Stimme klang noch viel belegter als vorher.« Aumüller pausierte, sein Atem ging schwer. »Warte mal«, er keuchte, »ich will mich eben hinsetzen.«
Wieder knackte und rauschte es. Julia kaute ungeduldig am Daumen.
Dann endlich wieder die Stimme des Pastors: »So, da bin ich wieder.«
»Wann genau war dieser Anruf?«
»Das kann ich dir nicht sagen, tut mir leid. Aber zwischen dem Anruf und seinem Tod lagen sicher zwei Wochen. Ich habe ihm dann angeboten, in die Stadt zu kommen. Das wollte er mir aber nicht zumuten. In meinem Alter, dann diese Überfälle, von denen man immer wieder hört. Wir vertagten uns daher um eine Woche. Zwei Abende zuvor hat er mir eine Nachricht auf dem Anrufbeantworter hinterlassen. Er entschuldigte sich, er sei einfach noch nicht bereit zu reisen. Aber er würde mir einen Brief zukommen lassen, den ich verwahren soll. Anstelle von Stephan kam also der Postbote. Und er brachte mir ein Kuvert, in dem sich neben einem Brief an mich ein weiterer Umschlag befand. Also der, den ich dir auf dem Friedhof gegeben habe.«
»Wie genau hat der Brief ausgesehen? Gibt es das Kuvert noch? Und was ist mit dem Anrufbeantworter?«
Tausend weitere Fragen schienen sich aufzutun, doch schon am Atmen des alten Mannes glaubte Julia die ernüchternden Antworten zu erahnen.

»Es war ein ganz normaler Brief. Großer brauner Umschlag. Darin ein weiterer, zugeklebt, mit deinem Namen drauf. Ich habe nichts davon aufgehoben, tut mir leid. Und die Nachricht ist längst gelöscht.«

Die Kommissarin stöhnte. »Na ja, warum auch nicht. Schließlich konnte man ja nicht ahnen …«

»*Was* denn ahnen?«

»Ich weiß es selbst noch nicht. Aber, nur, um noch mal sicherzugehen, es fand nie ein persönlicher Kontakt zu Stephan statt?«

»Nicht mehr seit eurer Vermählung.«

»Und seine Stimme … sie klang – fremd?«

»Ja. Und nein. Herrje, Julia, jetzt sag mir doch endlich, was da los ist?«

Doch das wusste die Kommissarin selbst noch nicht genau.

Nur eines war ihr klar: Es konnte nichts Gutes sein.

13:38 UHR

So schnell hatte Doris Seidel noch nie den Weg zu Elisas Schule zurückgelegt. Längst schien sie die Einzige zu sein, die sich dem Eingang zum Schulgelände näherte. Nur wenige Autos parkten noch in dem zu Stoßzeiten hoffnungslos überfüllten Zubringer. Das Erste, was sie sah, war eine kleine Menschentraube. Was sie jedoch nicht sah, war die ersehnte rote Jacke. Ein Kloß machte sich in ihrer Kehle breit. Sie steuerte so nah an die Menge ran wie möglich und ließ den Ford Kuga einfach auf der Straße stehen.

»Elisa?«, hörte sie sich schallend rufen. Dann erkannte sie Mias Vater. Seine Miene sprach Bände. Auch wenn die beiden Mädchen eine enge Beziehung pflegten, waren ihre Elternpaare zu verschieden, um sich anzufreunden. Die Emrichs waren ein gutes Stück jünger, beide Akademiker und gaben Doris und Peter – wenn auch vermutlich unabsichtlich – das Gefühl, einige Stufen über ihnen zu stehen. Mehr Bildung, mehr Geld und ein eigenes Haus statt nur eine Wohnung. Aber in dieser Sekunde schien es, als betrachte Papa Emrich die einfache Kriminalpolizistin als seine letzte Rettung.

»F... Frau Seidel«, begrüßte er sie, Schweiß auf der Stirn. Nicht einmal zum Du hatte sich ihre Beziehung ausbauen lassen.

»Herr Emrich, was ist los? Wo ist Elisa?«

»Elisa?« Emrich lachte auf. Stimmen erhoben sich im Hintergrund. Doris blickte auf, jemand winkte ihr und bedeutete, dass sie herkommen solle. Was sie erwartete, konnte sie nur ahnen, denn zwei Autos versperrten der Kommissarin die Sicht.

Herr Emrich stolperte hinter ihr her, den Namen seiner Tochter stammelnd. Mit einem fragenden Unterton, doch Doris blendete seine Worte aus. Ihre Schritte fühlten sich an, als liefe sie über eine dünne Eisschicht, wissend, dass ein Zerbrechen der Oberfläche den Tod bedeutete. Bangend, dass, wenn etwas mit Elisa geschehen war, der eisige See sie in die Tiefe reißen würde.

Dann erblickte sie zwei Füße. Die stumm dreinblickenden Umstehenden – zum Teil Gesichter, die Doris von Schulveranstaltungen kannte – traten zur Seite. Erregtes Murmeln. Turnschuhe. Eine Jeans mit rosafarbenen Nähten. Doris konnte das Eis förmlich bersten hören. Tödliche Kälte ergriff sie.

Blonde Haare, leblose Gesichtszüge. Und eine lilafarbene Jacke.

Das Martinshorn eines Rettungswagens ertönte.

»Elisa!«, rief sie und fiel auf die Knie. Ihre Tochter lag zur Seite gedreht auf dem Boden, halb bewusstlos (wenn man das so sagen konnte), mit leeren Augen, fast wie in einem Drogenrausch. Die stabile Seitenlage war alles andere als fachmännisch, aber immerhin hatte man es versucht. An der Schläfe klebten Haare in angetrocknetem Blut.

»Was ist passiert?«, bellte sie in die Menge.

»Wo ist Mia?«, schrie Herr Emrich, dessen Hände sich an Doris' Schultern klammerten. »Das ist *ihre* Jacke! Aber wo ist sie?«

»Mia«, hauchte es vom Boden. Elisa schien vergeblich zu versuchen, den Kopf zu bewegen. Schmerz durchzuckte ihre Miene. Jetzt erst erkannte ihre Mutter, dass man ihr Mias Kapuze wie ein Kissen unter den Kopf gezogen hatte.
Die Stimmen wurden lauter, doch Doris gelang es nicht, die Informationen filtern. Zwei Notfallsanitäter drängten sich zu Elisa durch. Der eine war schlank und südländisch, der andere beleibt und mit Sommersprossen und einem rotblonden Vollbart. Schwer keuchend kommentierte er mit einem wütenden Kopfschütteln, wie jemand wohl dazu käme, mitten auf der Straße zu parken.
Doris verschluckte sich an ihrer Entschuldigung und gab sich als Elisas Mutter zu erkennen. Noch immer mit weichen Knien musste sie mit ansehen, wie sie das Mädchen versorgten. Dann drehte die Hand von Herrn Emrich sie unsanft um die eigene Achse.
»Was ist da passiert?«, drängte er. »Und wo ist meine Tochter?«
»Ich weiß doch auch nichts – bis zu Ihrem Anruf vorhin«, antwortete sie.
»Die beiden sind zusammen weggegangen, heißt es. Wie jeden Tag.«
Ein Streifenwagen war ebenfalls eingetroffen, und die Beamten verschafften sich gerade einen Überblick. Eine Frau, die Doris nicht kannte, meldete sich zu Wort und berichtete von einem Wagen. Von quietschenden Reifen. »Dahinten«, schloss sie und richtete den Zeigefinger gegen ein paar Altkleidercontainer an der Straßenecke, etwa hundert Meter entfernt.

Peter Kullmer traf zehn Minuten später ein, ebenfalls in Rekordzeit, was daran liegen mochte, dass er auf dem Beifahrersitz eines Streifenwagens mit Blaulicht Platz genommen hatte. Er umarmte seine Frau, die sich kaltschweißig anfühlte, und drückte die weiche, ebenfalls feuchtkalte Hand von Mias Vater. Die Beamten übernahmen das, was Doris Seidel bereits begonnen hatte: Sie ordneten die Anwesenden und versuchten, Struktur in deren Aussagen zu bringen. Ein

Notarzt war eingetroffen, der sich im Hintergrund mit Elisa beschäftigte. Sie saß mit dem Rücken zu ihm, zusammengekauert unter einer Decke, die auf Nacken und Schultern lag. Natürlich wollte Kullmer sofort auf sie zustürzen. Doris hielt ihn ab.

»Warte noch, bis der Arzt fertig ist. Es ist nichts Ernstes«, versicherte sie ihm. Danach fasste sie zusammen, was sie in Erfahrung gebracht hatte. Mia und Elisa waren wie jeden Tag – außer dienstags, wenn sie in unterschiedlichen AGs waren – gemeinsam aufgebrochen. An den anderen Wochentagen war das später, sie nahmen an der Ganztagsbetreuung teil, aber für freitags hatten die beiden einen besonderen Deal mit ihren Eltern ausgehandelt: Sie gingen zu Mia und verbrachten den Nachmittag dort. Heute hatte Mia etwas anderes vorgehabt, doch den Großteil ihres Heimwegs hätten die beiden Mädchen gemeinsam zurücklegen können. War diese Sonderregelung am Ende schuld an der ganzen Misere?

»Wo ist Mia denn nun?«, wollte Kullmer wissen.

»Es gibt widersprüchliche Aussagen«, fuhr Seidel fort. »Manch einer spricht von einem Unfall mit Fahrerflucht. Ein Auto – und frag bloß nicht nach dem Fahrzeugtyp – sei an den Kleidercontainern mit quietschenden Reifen zum Stehen gekommen. Manche sagen, es gab einen Knall. Andere sagen, es war ein Scheppern. Wieder andere behaupten, sie haben Schreie gehört.«

»Welcher Fahrzeugtyp?«

Doris verdrehte die Augen. »Dunkler Kombi oder Limousine. Opel, Ford oder VW. Du weißt doch, wie das ist. Alle stimmen darin überein, dass es sich wohl um ein Frankfurter Kennzeichen handelte. Aber der Rest ...«

Kullmer sparte sich weitere Fragen in diese Richtung. Die anderen beiden Beamten konnten das besser als er. Mit einem kurzen Blick musterte er die Umstehenden. Er kannte keinen davon, außer Mias Vater.

»Sind das alles Eltern?«

Doris nickte. »Die meisten.«

»Und wo sind deren Kinder?«

Sie deutete in Richtung Schulgebäude. »Frau Völkers von der Betreuung hat sie angeblich unter ihre Fittiche genommen. Das war, bevor ich eintraf.«
»Hmm.« Peter kannte Frau Völkers. Sie war Schulsozialarbeiterin, Ende dreißig, was man ihr nicht ansah, und eine zierliche Person. Außerdem hatte sie ein beachtliches Durchsetzungsvermögen. Er wusste, dass Elisa sie mochte, und das beruhte wohl auf Gegenseitigkeit. Wenn die Völkers mitbekommen hatte, dass es einen Unfall mit verunsicherten Kindern und Eltern gegeben hatte, passte es zu ihr, dass sie die Kids aus der heißen Zone entfernte und ihnen etwas Ablenkung bot. So eine wie die, sagte er oft, bräuchte es an jeder Schule.
»Ist jemand aus Elisas Klasse dabei?«
Doris verneinte. »Herr Emrich war als einer der Ersten an Ort und Stelle. Er habe Mia abholen wollen. Irgendwas von frühem Feierabend und einer Überraschung. Die ist leider gründlich schiefgegangen. Er dachte wohl zuerst wegen der lilafarbenen Jacke, dass es sich um Mia handele. Sie lag bewegungslos auf dem Gras, von uns aus gesehen hinter den Containern.«
Er habe sie sofort an sich gezogen und in Richtung Straße getragen. Wann genau er bemerkt habe, dass es sich um Elisa und nicht um seine Tochter handele, wussten die Zeugen nicht. Auf Anraten anderer Eltern hatte er sie abgelegt und die Jacke über sie gebreitet.
»Spätestens da muss er es ja gesehen haben«, meinte Kullmer. Seidel schwieg.
Der Notarzt wurde verständigt, Mias Vater lief zurück zu den Containern, um nach seiner Tochter zu suchen. Erfolglos. Er fand weder den Rucksack noch die andere Jacke.
»Warum trug Elisa Mias Jacke?«
»Frag mich was Leichteres«, erwiderte Seidel und hob die Schultern. Sie brannte darauf, ihre Tochter zu befragen, doch diese befand sich noch immer in einem dämmrigen Zustand. Noch ein paar Minuten, gab ihr der Arzt zu verstehen. Ihre Gedanken rasten. Die beiden

Mädchen tauschten gelegentlich ihre Kleidung. Doris sah das nicht gerne und machte auch keinen Hehl daraus. Peter fand es in Ordnung, solange es keinen Streit gab, der am Ende von den Eltern ausgefochten werden musste. Ob es daran lag, dass Elisa die rote Jacke hasste? Oder – auch wenn er sich die Gedanken ans Allerschlimmste verkneifen wollte – hatte diese bescheuerte Jacke am Ende etwas Furchtbares für Elisa verhindert? Aber was bedeutete das für Mia? Er schluckte schwer und spürte einen stechenden Schmerz im Hals.

Der Kommissar prüfte verstohlen, wie weit sie von allzu aufmerksamen Ohren entfernt standen, und beugte sich dann in die Richtung seiner Frau. »Doris, ich will jetzt nicht phantasieren, aber könnte es sein, dass Mia gezielt entführt wurde?«

»Dann müsste er aber danebengegriffen haben«, antwortete die Kommissarin, die die vertauschten Jacken noch immer im Kopf hatte. Als ihr klar wurde, was das bedeuten konnte, schluckte sie hart.

14:19 UHR
München

Der ICE war drei Minuten früher als geplant am Hauptbahnhof eingetroffen. Julia Durant hatte sich mit ihrem Rollkoffer direkt Richtung U-Bahn begeben, eine Odyssee, denn sämtliche Pendler der Stadt schienen ihr auf ihrem Weg in Richtung Wochenende entgegenzuströmen. Mit sanft ausgefahrenen Ellbogen bahnte die Kommissarin sich ihren Weg zum unterirdischen Bahnsteig und erreichte punktgenau eine einfahrende U2 in Richtung Harthof. Zuerst verunsichert, ob es die richtige Richtung war, weil dieser Zielbahnhof ihr fremd vorkam (er war erst nach ihrem Weggang aus München eröffnet worden), stieg sie ein. Harthof, dachte sie. Doch so weit musste sie nicht fahren. Vier Stationen später stand sie wieder oberirdisch am Hohenzollernplatz und atmete die milde Stadtluft ein. Sie schmeckte anders als in Frankfurt, auch wenn freitags am frühen Nachmittag die Straßen auch hier hoffnungslos überfüllt waren. Die Kommissarin orientierte sich. Vieles sah so aus wie damals, trotzdem schien es eine andere Stadt zu sein. Sie nahm einen weiteren tiefen Atemzug und marschierte los. Der Trolley folgte ihr hüpfend über die Betonplatten.

Kurze Zeit später trat sie durch ein Zeitportal, jenseits dessen sich ihre persönliche Vergangenheit befand. Es begann im Treppenaufgang, den sie wegen des Koffers ausließ, stattdessen drückte sie die Lifttaste. Wie oft war sie diesen Weg gegangen? Wie oft hatte sie nach einem langen Tag im Präsidium die Stufen genommen, um sich den Frust von der Seele zu trainieren? Um die Gedanken auszuschwitzen, die sie an ihre Arbeit fesselten, um ihrem Liebsten mit ganzem Herzen zu begegnen? *Und wie oft hatte Stephan wohl den Lift anstelle der Treppe genommen, weil er sich zuvor den Schritt müde gevögelt hatte?*
Als die Kommissarin vor der Tür in der dritten Etage ankam, wunderte sie sich für einen Augenblick über das Siegel der Polizei. Warum hing es noch immer dort? Ein zweiter Blick verriet ihr, dass das Papier durchtrennt war. Warum auch nicht? Der Fall lag bei den Akten, ob ihr das nun passte oder nicht. Und Stephan hatte keine Familie, zumindest keine, von der sie wusste. Theoretisch konnte er einen Stall voller Kinder haben, ging es ihr durch den Kopf. Erwachsener Kinder. Vielleicht gab es sogar welche, von denen er selbst nichts gewusst hatte. Bei *der* Schlagzahl …
Durant schob den Gedanken beiseite. Sie hasste es, immer wieder auf dieses Thema zurückzukommen. Doch letzten Endes baute ihr gesamtes jetziges Leben darauf auf: ein Neuanfang nach einer verpatzten Beziehung. Und ihr Leben war nicht das schlechteste. Dankbar musste sie ihm trotzdem nicht sein. Gedankenverloren griff sie in ihre Tasche, um den Wohnungsschlüssel hervorzuziehen. So, wie sie es unzählige Male getan hatte.

»Der wird nicht passen.« Eine Stimme ließ die Kommissarin so heftig zusammenfahren, dass sie den Schlüsselbund mit einem lauten Rasseln auf die Bodenfliesen fallen ließ. Schräg hinter ihr hatte sich ein bestimmt zwei Meter großer Hüne mit Glatze, dunklem Heugabelbart und Hornbrille aufgebaut. Dazu trug er Jeans, Turnschuhe und eine teure Lederjacke. Aus dem rechten Ärmel schnellte eine ebenfalls von Haaren überwucherte Hand in ihre Richtung: »Mohr. Kripo München.«
»Durant.« Sie lächelte und ging nach einem kurzen Händedruck in die Hocke, um ihre Schlüssel aufzuheben. Aus dieser Perspektive wirkte der Beamte noch riesiger, und Julia fühlte sich plötzlich klein und blamiert. Sie fasste sich, richtete sich kerzengerade auf und sagte: »Sie sind also mein Kontaktmann, richtig?«
»Für Sie Marcus.« Der Mann lächelte und zeigte seine weißen Kauleisten. »Claus' Freunde sind auch meine Freunde. Und beim K11 sind wir ohnehin alle per Du.«
»Hm, okay. Julia.« Sie räusperte sich. War es eine gute Idee, einen wildfremden Mann zu duzen, dem sie womöglich als Nächstes wegen fahriger Ermittlung auf die Füße treten musste? *Zu spät.*
»Können wir hinein?«, fragte die Kommissarin, um keinen Small Talk aufkommen zu lassen. Sie hatte nicht das Bedürfnis, die Details ihrer Beziehung zu Stephan breitzutreten.
»Klar.« Marcus nickte und schloss die Wohnungstür auf. Durant beäugte seine Bewegungen. Sie schätzte ihn auf vierzig.
»Kennen Sie Claus noch von der Mordkommission?«
»Wir waren doch beim Du.« Die Tür schwang auf. »Ich komme vom Rauschgiftdezernat, aber ja, wir hatten noch zwei Jahre zusammen, bevor du ihn … abgeworben hast.«
Durant musste grinsen. Abgeworben. Dann trat sie durch die Tür. Und wieder dieser Impuls, sie mit dem Absatz zuzukicken. Die Jacke an die Garderobe zu werfen, die Post auf dem Telefontischchen zu parken – manche dieser Angewohnheiten hatte sie sich bis heute er-

halten. Doch weder einen Telefontisch noch die alte Garderobe gab es noch. Stattdessen grellweiße Wände, von einer flächigen Deckenleuchte bestrahlt. Auf der linken Seite eine quadratische Leinwand, die, ähnlich wie bei Piet Mondrian, hauptsächlich aus Weiß mit schwarzen Gitterlinien bestand. Manche Rechtecke waren in grellen Farben angelegt. Pink, Neongelb, Grün. Wenige in Schwarz. Eindeutig kein Mondrian, das erkannte auch Durant. Sie wunderte sich nicht weiter über Stephans Geschmack. Er hatte schon immer auf Warhols farbenfrohe Kreationen gestanden. Oder auf die verrückten Motive Salvador Dalís. Rechter Hand so etwas wie eine Garderobe, an der sie den Trolley parkte und ihre Windjacke aufhängte.
Beklommen schritt sie übers Parkett. Das Holzmuster war dasselbe. Die Wände auch in den anderen Zimmern reinweiß, wobei es in manchen Ecken grau schimmerte. Teure Kunst, eine brandneue Couch, aber eben auch das eine oder andere Möbelstück aus der Vergangenheit. Julia fröstelte, als sie den Schreibtisch sah. Das Foto befand sich noch immer an seinem Platz, ihr Foto. Daneben ein flacher Stapel Papiere. Zuoberst ein Lokalblättchen, in dem man das Paar nach ihrer Hochzeit abgedruckt hatte. *Zwei von uns,* so brüstete man sich, wobei man damit vor allem Stephan gemeint hatte. Sein Onkel war Bürgermeister der Nachbargemeinde gewesen, und er selbst hatte ein reges Vereinsleben gepflegt. Der Fußballer und die Polizistin. Neben dieser Zeitung fanden sich noch weitere Berichte auf dem Stapel. Die ersten größeren Fälle der Kripo München, an denen sie mitgewirkt hatte. Chronologisch sortiert. Durant fröstelte es, denn sie kannte diese Zusammenstellung. Es war eine Medienschau ihres Erfolgs – beruflich und privat. Zusammengetragen von ihrem Vater, der immer dann, wenn etwas über sie in der Zeitung erschienen war, zur Schere gegriffen und den betreffenden Artikel ausgeschnitten hatte. Für sie. Sie erinnerte sich, als sei es gestern gewesen. Damals, als sie ihre Zelte in München abgebrochen hatte, wollte sie mit dieser Vergangenheit nichts mehr zu tun haben. Des-

halb hatte sie diese Papiersammlung auch nicht mitgenommen, schon allein deshalb, weil das erste Blatt ihre Hochzeit zeigte. Und überhaupt. Hatte sie nicht damals genau diese erste Seite zerrissen und zerknüllt? Warum lag sie dann jetzt wieder hier vor ihr, als wäre nie etwas damit passiert? Warum bei Stephan?
Durant wurde stutzig. Sie nahm ihr Smartphone und rief die digitalen Tatortfotos auf. Sie suchte sich die Aufnahme des Schreibtischs heraus. Tatsächlich: Die Holzplatte. Stephans Kopf. Ihr Foto. Aber keine Spur von irgendwelchen Papieren. Sie mussten hinterher dort platziert worden sein. Aber von wem? Und warum? Hatte die Spurensicherung ihn als Ablagefläche benutzt? Dann mussten die Papiere sich in der Wohnung befunden haben. Nach all den Jahren. Warum sollte Stephan die Sammlung ihrer alten Fälle behalten haben? Er war weiß Gott kein Fan ihres Jobs gewesen. Seiner Meinung nach hätte es gereicht, wenn sie Däumchen drehend auf ihn gewartet hätte, um ihn anzuhimmeln. Dieser Arsch! Und schon schüttelte sie die nächste Kältewelle. Genau hier hatte er gesessen. Und sie fühlte eine Enge in sich aufsteigen, was auch damit zusammenhängen mochte, dass die Wohnfläche unter sechzig Quadratmetern lag. Weitaus weniger als das, mit dem sie in Frankfurt verwöhnt war. Ohne nachzudenken, öffnete sie die Schiebetür, die zu dem winzigen Balkon führte. Und erschrak. Neben dem Glas hing ein gerahmtes Bild, das in blassen Acrylfarben sieben Kirschen in verschiedenen Rottönen zeigte. Sie wäre vermutlich daran vorbeigegangen, so wie sie auch manch anderen Einrichtungsgegenständen, die Stephan sich erst nach ihrem Auszug zugelegt hatte, keinerlei Beachtung schenkte. Doch unter dem Kirschenmotiv prangte ein rotbrauner Schriftzug, der Julia Durant einen weiteren Schauer den Rücken hinabjagte.

Chérie

»Alles in Ordnung mit dir?«

Marcus, der sich seit dem Betreten der Wohnung angenehm im Hintergrund gehalten hatte, stand plötzlich neben ihr.

»Was ist das?«, fragte die Kommissarin, und Marcus schnaufte schwer.

»Sorry, wenn ich das so direkt sage. Aber dieser Typ hatte einen ziemlich schrägen Geschmack. Werbebranche. Vermutlich tickt man da einfach ein bisschen anders. Über dem Fernseher hängen brennende Giraffen.«

»Ich rede hiervon«, beharrte Durant und beugte sich näher an das Glas, hinter dem sich die Kirschen verbargen. »Diese Schrift ...«

»Versaut das ganze Stillleben.«

»Darf ich mal ausreden?«

Marcus hob abwehrend die Hände und brachte eine etwas trotzige Entschuldigung hervor. »Was ist denn damit?«

»Das war mal mein Kosename.« Genau solche Details waren es, die sie hatte vermeiden wollen. »Ich gehe jede Wette ein, dass das nicht zum Bildmotiv gehört.«

Marcus neigte den Kopf. »Hm. Echt jetzt? Das haben wir gleich.«

Er nahm sein Smartphone zur Hand, lichtete das Bild ab und startete dann eine Internetsuche nach ähnlichen Motiven. Und tatsächlich ploppten gleich mehrere Treffer auf. Sieben Kirschen. Der Name des Künstlers war Julia vollkommen unbekannt. Aber eines war auf allen Bildern gleich: Nirgendwo war das Wort *Chérie* zu lesen.

»Zefix«, kommentierte Marcus Mohr die Angelegenheit. »Aber das konnte keinem von uns auffallen.«

»Deshalb bin ich ja hier«, erwiderte Julia Durant. »Und ich sag's nicht gerne: Aber wir werden diesen Fall wieder aufrollen müssen.«

Jemand spielte ein gemeines Spiel mit ihr. Das schien nun immer klarer zu werden.

Aber passte ausgerechnet Stephan in dieses Bild?

15:05 UHR

Hätte sie auf einen Augenblick des Wiedererkennens gewartet, er wäre vergraben unter dem Jahrtausendwechsel, zertrampelt von den unzähligen Schritten neuer Kollegen, übertüncht von eimerweise Farbe. Aber Julia Durant hatte sich in einen Mantel voller Selbstschutz gehüllt, jedenfalls so weit, wie die nagende Vergangenheit es zuließ. Sie wollte nicht zurück ins München der Neunzigerjahre. Sie wollte diesen Fall nicht persönlich nehmen, auch wenn er sich wie ein Kartenhaus über ihr auftürmte und jeder Schritt aus dem Schatten bedeutete, das Gebäude über ihr einstürzen zu lassen.

Nein, sagte sie sich. Du bist zum Arbeiten hier. Nicht mehr und nicht weniger.

Das genügte, zumindest für den Moment.

Ein ungleiches Paar, Forensikerin und Rechtsmediziner, sie um die fünfzig, er etwa dreißig, sie gertenschlank und mit grau meliertem Bob, er mit Bauchansatz und Bürstenhaarschnitt, hockten an einem Tisch und blickten ins Leere. Es war das Dienstzimmer von Kommissar Mohr, wie das Namensschild an der Tür verriet. Als Julia nach ihm eintrat, schnellte die Frau in die Senkrechte, und der Mann zog, deutlich behäbiger, nach. Ihre Namen waren Durant unbekannt und blieben auch nicht hängen. Sie stellte sich ebenfalls kurz vor und kam ohne Umwege zum Thema: »Damit das noch mal klar ist«, betonte sie, »ich bin nicht hier, um jemanden anzuprangern oder aufzumischen.«

»Das ist aber nett zu hören«, sagte der Rechtsmediziner mit zynischem Unterton, was ihm einen stummen Blick von der Forensikerin einbrachte.

»Wir haben auch nichts falsch gemacht«, sagte sie versöhnlich, »denn wir konnten ja nicht ahnen, dass da ... ja, *was* entwickelt sich da eigentlich draus?«

»Die Spurensicherung muss noch einmal ran«, erklärte Mohr. Er hatte vor dem erneuten Versiegeln der Wohnung das Bild von der Wand

genommen und in einen Müllsack eingeschlagen. Nun legte er es auf die Tischplatte und hob die Plastikfolie einige Zentimeter an. »Hiermit könnt ihr beginnen.«
»Kunst?«, fragte die Frau mit erhobenen Augenbrauen.
»Fingerabdrücke, Faserspuren, alles, was möglich ist«, ordnete Mohr an. Er sah zu dem Mann, der eine gelangweilte Miene zog. »Und dann kommst du ins Spiel. Jemand hat etwas auf das Bild geschrieben.«
»Und?«
»Womöglich handelt es sich um Blut. Falls ja«, Mohr stockte, »na ja, dann weißt du Bescheid.«
»Und das Ganze am besten sofort?«
Marcus Mohr hob vielsagend die Schultern.
»Adieu, Wochenende«, murrte der Rechtsmediziner und begann mit der Forensikerin zu tuscheln, was für Durant wie das Aushecken eines Schlachtplans klang.
So weit, so gut.

15:20 UHR
Frankfurt

Den Körper katzenhaft in die Ecke nahe dem Wohnzimmerfenster geschmiegt, sah sie ihm nach. Dem blauen, verbeulten VW Polo mit Heppenheimer Kennzeichen. Noch immer spürte sie seine Wärme in sich, seine Flüssigkeiten, die er vor kaum einer Stunde in sie ergossen hatte. Zum dritten Mal an diesem Tag. Was ihm an technischer Raffinesse fehlte, machte er durch sein jugendliches Durchhaltevermögen wieder wett.
Tanja Wegner verharrte noch zwei Minuten, auch wenn das Auto längst aus ihrem Blickfeld verschwunden war. Sie hatte den Kleinen im Internet kennengelernt. Für Frauen allgemein und für sie im Be-

sonderen war das nicht schwer. In Zeiten wie diesen genügte ein weibliches Profil, selbst ohne Foto oder sonstige Details, um sich täglich mit den schrägsten Formen männlicher Anbaggerversuche herumschlagen zu müssen. Tanja konnte sich den Luxus erlauben, wählerisch zu sein. Sie fand ihre Liebhaber, bei denen sie ein Alter im untersten Zwanzigerbereich vorzog, stets ohne Schwierigkeiten. Auch wenn sie sich eingestehen musste, dass das, mit nunmehr siebenundvierzig Jahren, sicher ein bald endendes Glück war. Doch momentan musste sie sich noch keine Sorgen machen. Der Kleine, wie sie ihn nannte, war unglaublich potent. Und er schien es zu genießen, wenn sie auf ihm saß und das Tempo und den Rhythmus vorgab.
Mit einem kehligen Seufzer löste sich die Kommissarin aus ihrer Position. Zog sich das Sweatshirt über den Kopf, nicht ohne dabei noch einmal den Geruch ihres Liebhabers einzusaugen, und wechselte hinüber ins Bad. Die Pflicht rief, der Dienst im Sittendezernat begann für sie in einer guten Stunde. Unter dem heißen Strahl der Regendusche rieb sich Tanja Wegner den Körper großzügig mit süß duftendem Gel ein, bis der Schaum in der Wanne ihr über die Knöchel reichte. Sie schwelgte noch immer in Erinnerungen, wie sie ihren Lover vernascht hatte. Nach dem Aufwachen, unter der Decke, hatte sie sich so lange an seinem Unterleib gerieben, bis er wie von selbst in sie eingedrungen war. Zärtliche, kreisend bohrende Stöße hatten sie zum Höhepunkt getragen. Und vorhin, zum Abschied, waren es Schreie. Wegner interessierte sich nicht dafür, was man im Haus über sie dachte. Mochte alle Welt doch verklemmt sein! Das Leben war zu kurz für schlechten oder wenig Sex! Gerade sie durfte diese Haltung einnehmen. Gerade sie, der jeden Tag aufs Neue die unglaublichsten Dinge begegneten. Zwangsprostitution, Kinderpornografie, Inzest. Frankfurt war ein Sündenpfuhl. Sicher, das mochten alle Großstädte sein, aber was sich hier in den letzten Jahren abspielte, das glaubte einem kein Mensch. Was also sprach gegen echte,

ausgelebte Leidenschaft, so wie sie und ihre jungen Männer es genossen?

Offenbar gab es unter jungen Studenten, die zum ersten Mal fernab ihres Elternhauses lebten, ein großes Interesse. Ob sie in ihr einen verdorbenen Mutterersatz sahen?

»Und wenn schon«, sagte sich Wegner, als sie das Wasser abgestellt hatte und den Arm nach dem Handtuch ausstreckte. Dann verbannte sie die verdorbenen Gedanken an ihren Kleinen und machte sich fertig für den Dienst.

Kurz darauf verließ sie das Mehrfamilienhaus in Ginnheim und suchte mit dem Daumen den Taster auf ihrem Wagenschlüssel, um die Türen zu entriegeln. Das Auto parkte achtzig Meter entfernt, ein Weg, den sie nach all den Jahren, in denen sie hier lebte, praktisch blindlings ging. Gedankenverloren drückte sie auf das Gummi des Schlüssels. Keine Reaktion. Sie war noch nicht nahe genug. In ihrer Gesäßtasche kribbelte es. Das Handy. Sie nahm den Schlüssel in die Linke und zog das Gerät hervor. Eine Nachricht. Von ihm.

Tanja seufzte. Seit ihrem vorletzten Treffen vor zwei Wochen schickte er ihr Nachrichten, die ihr unangenehm nahegingen. Er sprach von Liebe, auch wenn er meistens um das Wort herumredete. Sich nicht traute, vermutlich, weil er eine Abfuhr scheute. Für sie war das Ganze nur Sex. Wie würde seine Mutter wohl auch reagieren, wenn er mit ihr im Schlepptau zur Familienfeier kommen würde. Tanja musste kichern. Vermutlich waren sie beide im selben Alter und verstünden sich bestens. Wenn sie nicht ausgerechnet den Sohn verführt hätte. Nein, dachte sie, hoffend, dass sich sein Text nur auf ein erträgliches Maß an Emotionen beschränken würde.

War schön mit dir

Na bitte, dachte sie. Ging doch.

Sie ließ das Handy nach einer kurzen Antwort wieder in der Hosentasche verschwinden. Drückte erneut auf den Schlüssel. Das Orange der Blinker leuchtete auf. Die Zentralverriegelung klackte. Und wäre Tanja Wegner nicht so abgelenkt gewesen, hätte sie womöglich den Unterschied gehört, der in diesem Klacken lag.
Stattdessen riss sie die Tür auf, mit einem zufriedenen Lächeln auf dem Gesicht.
Sie liebte das Leben, sie liebte ihren Job – auch nach all den Jahren –, und sie liebte diese Stadt, in der sie geboren und aufgewachsen war. Und in der es genügend junge Studenten gab, sodass es keines Jungchens aus Heppenheim bedurfte, der mit seinem verschrammten Polo von der TU Darmstadt zu ihr pendelte. Aber solange er das wollte und solange sie Spaß daran hatte, wieso nicht?
Liebe allerdings würde keine daraus werden.
Und Tanja Wegner lächelte noch immer, als sie die Tür zuknallte und den Schlüssel ins Zündschloss schob. Selbst, als sie den Schatten sah, der die Luft durchschnitt, waren ihre Mundwinkel noch oben.
Erst, als sich die Schlinge um ihren Hals schloss und ihr Atem und Stimme nahm, fror das Lächeln ein.
Für immer.

16:00 UHR

Kommissariatsleiter Hochgräbe hatte kurzfristig eine Dienstbesprechung anberaumt. Statt im Konferenzsaal saßen sie zu dritt in seinem Büro, es waren ja nur noch Seidel und Hellmer. Kullmer war bei Elisa geblieben, der es besser ging. Außer einigen Tagen Kopfschmerzen standen ihr keine Nachwirkungen ins Haus, jedenfalls nicht körperlich. Das Psychische würde sich erst noch zeigen. In knappen Sätzen brachte Doris Seidel die Männer auf den neuesten Stand in Sachen Mia Emrich.

»Gehst du also von einer Verwechslung aus?«, wollte Frank Hellmer wissen und spielte damit auf die vertauschten Jacken der Mädchen an.
»Der Verdacht liegt zwar nahe, aber ich kann's dir nicht sagen«, antwortete Doris unschlüssig. »Ich meine, die Emrichs haben ziemlich viel Geld, es könnte durchaus sein, dass uns eine Lösegeldforderung ins Haus steht. Noch ist aber alles ruhig. Wir haben die Emrichs befragt, ob es irgendwelche Feindschaften gibt. Streitigkeiten in der Familie, *irgendwas*. Doch die beiden sind völlig durch den Wind – verständlicherweise. Wir müssen also abwarten, auch wenn's verdammt schwerfällt! Und glaub mir eines: Wir werden Elisa keine Sekunde aus den Augen lassen!«
»Konnte sie etwas zu der ganzen Sache sagen?«, fragte Hochgräbe.
»Sie steht noch unter Schock. Und gesehen hat sie ohnehin nicht viel mehr als die Passanten. Sie sagt, sie könne das alles nur wie durch Nebelschwaden sehen. Vielleicht braucht sie einfach noch etwas Zeit.«
»Zeit, die Mia nicht hat«, knurrte Hellmer.
Alle wussten, was er damit meinte, er hätte es nicht aussprechen müssen. Mia Emrich lief die Zeit davon. Wer auch immer sie entführt hatte, was auch immer dahintersteckte: Der Statistik nach lief die Uhr gegen sie.
»Was ist mit Mias Handy?«, erkundigte sich Hochgräbe nach einem bedrückenden Moment des Schweigens.
»Ihr Vater hat es x-mal versucht. Entweder hat er ihr den Akku leer geklingelt, oder das Gerät wurde ausgeschaltet. Gefunden hat man es jedenfalls nicht, weder auf der Straße noch auf dem Gras oder im Gebüsch. Die Polizeibeamten haben intensiv danach gesucht.«
»Das ist doch nicht das Schlechteste«, dachte Hochgräbe laut und knetete sich die Unterlippe. »Wir lassen orten, wo das letzte Funksignal herkam. Vielleicht kennen wir dann wenigstens die Richtung, in die sie gefahren sind.«

So richtig begeistert reagierte allerdings niemand. Denn jeder der Anwesenden wusste, wie viele Mobilfunkmasten es in und um die Stadt herum gab. Solange das Smartphone ausgeschaltet blieb, wäre das vergebene Liebesmüh.

*

Etwa zur selben Zeit fuhr der Wagen von Tanja Wegner in eine enge Tiefgarage, die nur ein paar Straßenecken von ihrer Wohnung entfernt lag und nicht videoüberwacht wurde. Im hintersten Teil steuerte der Fahrer rückwärts in eine Doppelparkbucht. Den dunkelblauen Kombi, der den zweiten Platz dieser Bucht belegte, hatte er so platziert, dass niemand sich neben ihn stellen wollte. Direkt auf der ohnehin sehr eng bemessenen Grenzlinie und noch dazu in leichter, aber deutlicher Schräge.
Er stieg aus und verzog das Gesicht. Warum mussten Autositze so weich und so tief sein? Mit der Hand an der schmerzenden Wirbelsäule machte er sich auf den Weg nach hinten. Öffnete den Kofferraum des Volvos und vergewisserte sich, dass niemand in der Nähe war. Dann zog er den schlaffen Körper der Polizistin vom Beifahrersitz, wohin er sie, nachdem die Bewusstlosigkeit eingetreten war, bugsiert hatte. Es war der riskanteste Teil der Operation gewesen, das wusste er. Doch was sollte ihm schon passieren? Er war auf alle Eventualitäten vorbereitet. Immerhin steckte eine beträchtliche Planung in all seinen Schachzügen. Und doch hatte er sich vor einigen Stunden die Lippe blutig gebissen. Es mochte zu einem gewöhnlichen Schachspiel gehören, dass man Spielfiguren opferte. Aber nicht zu seinem. Dass er ein anderes Mädchen als die Tochter des Kommissars in den Volvo gezerrt hatte, stieß ihm bitter auf. Das hätte nicht passieren dürfen! Denn die beiden Beamten würden ihr Kind von nun an mit Argusaugen bewachen. Keine Chance, diesen Fehler auszumerzen.

Mit einem unsanften Schub drückte er den Körper von Tanja Wegner in den geräumigen Kofferraum des Kombis. Die Beine gaben ein gequältes Mahlen von sich, als er sie einknickte. Ein gutturales Stöhnen folgte. Tanja war noch nicht tot, sie war bewusstlos. Ihr Körper nahm Schmerz durchaus wahr, das Gehirn konnte die Impulse bloß nicht auf gewohnte Weise verarbeiten. Vielleicht hätte sie normalerweise geschrien. Wer konnte das so genau wissen?
Als er zwei dunkelgraue, kratzige Decken über den Körper zog, berührten seine Hände ihre Brüste. Und wie durch Zauberhand schien der Ärger über die Verwechslung bei der Entführung verflogen. Während der Mann ein letztes Mal durch Tanjas Wagen kletterte, um zu überprüfen, dass er keine Spuren hinterlassen hatte, galten seine Gedanken dem, was er mit ihr anstellen würde. Was ihr bevorstand. Seine Phantasie wirkte wie ein heißer Kräutertee, der langsam die Kehle hinabkriecht und das Innerste erwärmt. So fühlte er sich noch, als er den V70 startete und die Gummihandschuhe von den Händen streifte.
Das Spiel lief zu seinen Gunsten.
Und mehr als ein Bauernopfer hatte er im Grunde nicht zu beklagen.

16:50 UHR
München

Es hatte länger gedauert als erwartet, bis man in der IT-Abteilung des Präsidiums ein passendes Gerät aufgetrieben hatte. Julia Durant kaute ungeduldig auf einem Schokoriegel und trank Wasser aus einer Plastikflasche. Noch mehr Kaffee, und sie würde durch die Decke gehen, fürchtete sie. Endlich tauchte ein junger Mann mit Nerd-Brille und einer kräftig geschmalzten Tolle auf. Er schien die lebende Karikatur eines Computer-Forensikers zu sein, doch andererseits sah man momentan nicht wenige junge Männer in diesem Stil auftreten.

Solange man es nicht von ihr erwartete, dachte die Kommissarin und stand erwartungsvoll auf. »Das sieht doch gut aus«, lächelte sie und versuchte, ihre Anspannung zu überspielen.

»Muss nur noch funktionieren«, gab der Nerd zurück. »Mal im Ernst: Wer benutzt denn noch so etwas?«

»Na, mindestens einer.« Julia Durant hielt das Objekt hoch, welches man ihr nach der ersten Untersuchung des Kirschen-Gemäldes hatte zukommen lassen. Unter dem Rahmen, zwischen Rückplatte und bedruckter Leinwand, hatte sich eine zweite Platte befunden. Und zwischen diesen beiden Hartpappen steckte, mit überkreuzten Klebestreifen fixiert, eine Kassette.

Wie ärgerlich nur, dass keiner der Kollegen – ob jung oder alt – noch so etwas wie einen Walkman oder ein nicht digitales Diktiergerät besaß. Erst ein junger Mann, der lange nach der Erfindung der Compact Disc geboren worden war, konnte Abhilfe schaffen.

»Darf ich?«, fragte er und hielt Durant die ausgestreckte Hand entgegen. Sie legte das Band hinein. JULIA stand mit rotem Edding darauf vermerkt.

Er klappte den Deckel des Kassettenfachs zu und drückte auf den Startknopf.

Nichts. Dann ein Rauschen, begleitet von einem kaum hörbaren, leiernden Quietschen. Vermutlich Betriebsgeräusche des alten Rekorders.

»Wenn jetzt bloß der Antriebsgummi hält«, hörte sie den Forensiker sagen. Dann erstarrte sie.

»Jetzt bist du da, wo ich dich haben will ...«

Stephan.

»... da, wo du hingehörst. Hier, wo wir die schönsten Erinnerungen miteinander teilten. Und wo das Schrecklichste passierte, was uns auseinandergetrieben hat. Bald, Chérie. Bald sind wir wieder vereint.«

Julia Durant sackte auf den nächstgelegenen Stuhl. Der junge Mann wartete noch einige Sekunden, doch es kam nichts weiter als Rauschen. Also drückte er auf Pause und sah die Kommissarin fragend an.

Unfähig, etwas zu sagen, drehte sich das Gedankenkarussell in ihrem Kopf. Die Stimme auf dem Band war eindeutig die ihres Ex-Manns. Etwas heiser vielleicht. Älter, reifer, ganz ohne Frage. Am Ende kaum mehr als ein sonores Flüstern und dann leises Rauschen, ein Klick und weiteres Rauschen.

»Noch mal, bitte«, presste sie hervor.

Der junge Mann nickte, spulte zurück, spielte das Ganze erneut ab. Und dann noch mal.

Kein Zweifel möglich. Das war Stephans Stimme.

Julia Durant bat darum, eine digitale Kopie der Aufnahme zu bekommen. Schnellstmöglich. Dann bedankte sie sich und machte sich auf den Weg in Mohrs Büro.

Doch noch bevor sie den Fahrstuhl erreichte (nach Treppensteigen stand ihr nun wirklich nicht mehr der Sinn!), meldete sich schrill das Telefon.

»Es ist Blut«, verkündete die Stimme des Rechtsmediziners. »Menschlich. So viel steht schon mal fest. Wir machen einen Schnelltest, die genaue Analyse wird dauern, aber ich vermute mal, Sie wollen das Ergebnis sofort?«

»Natürlich.«

»Dann bleiben Sie dran.«

Im Hintergrund kreischte ein Nadeldrucker oder etwas Ähnliches. Ein Rauschen mischte sich darunter. Nach einer halben Minute das Flattern von Papieren, und dann meldete sich der griesgrämige Doktor wieder, dem sie das Wochenende verdorben hatte.

Auch wenn Julia Durant wusste, dass ein Schnelltest durchaus Raum für Irrtümer bereithielt, stellte sie das Ergebnis nicht infrage. Das Blut stammte ebenfalls von Stephan. Ein Schauer jagte ihre Wirbelsäule hinab.

Was, zum Kuckuck, war das für ein Spiel?

19:35 UHR
Frankfurt

Peter Kullmer streichelte seiner Tochter über die Stirn. Sie war auf dem Sofa eingeschlafen, nachdem sie über starke Kopfschmerzen geklagt und heftig geweint hatte. Sie hatte erhöhte Temperatur. Und doch war sie dasjenige der beiden Mädchen, das gut davongekommen war. Ob sie sich an irgendetwas erinnern könne, hatte er sie gefragt. Ob zwischen den Mädchen etwas anders gewesen sei als sonst und ob es irgendwelche Kontakte zu Fremden gegeben habe. Im Internet, im Messenger. Die Welt bot so viel Böses, doch Elisa hatte nur matt gelächelt.
»Papa! Ich habe zwei Polizisten als Eltern. So nervig das manchmal ist, aber glaub mir, ich kenne mich aus«, beteuerte sie. »Und ich bin *immer* vorsichtig.«
Danach erstarb das Lächeln, so schnell, wie es gekommen war. »Mia übrigens auch«, fügte Elisa hinzu, während sich ihre Augen mit Tränen füllten. Ihr Vater hatte ihr den Kopf gestreichelt und die Hand gehalten, bis die Erschöpfung sie übermannte. Der Kloß in seinem Hals blieb. Kullmer mochte sich nicht einmal ansatzweise vorstellen, wie es für die Emrichs sein musste. Wie es für ihn wäre, wenn … Was dieses Dreckschwein mit dem dunklen Kombi mit dem Mädchen trieb. Ob … Kullmer schüttelte sich, als könne er damit die schlimmen Gedanken loswerden wie ein nasser Hund, der sich die Tropfen aus dem Fell wedelte.
»Wo gehst du hin?«, hauchte es wie aus weiter Ferne.
Kullmer, der kaum drei Schritte über den Teppich geschlichen war, hielt inne und drehte sich um. »Ich mache mir nur einen Kaffee. Schlaf ein bisschen, ich gehe nicht weg. Ich bleibe bei dir.«
Doch damit sollte er nicht recht behalten. Kaum, dass Elisa ihm mit einem leisen Schmatzen signalisiert hatte, dass sie einverstanden war, und er zwei weitere Schritte in Richtung Küche gemacht hatte, meldete sich sein Telefon. So laut, dass sowohl er als auch Elisa vor Schreck zusammenzuckten.

»'tschuldigung«, presste er hervor, verärgert, dass er es nicht auf Vibration gestellt hatte. Aber er wollte eben nichts verpassen. Mitbekommen, wenn sich Neuigkeiten in Sachen Mia Emrich ergaben. Gute Neuigkeiten, wie er inständig hoffte.
Es war Doris. Und sie informierte ihren Mann darüber, dass sich das Handy des Mädchens ins Internet eingeloggt hatte.

*

Etwa zur gleichen Zeit, in einem Vorort von München, saß Julia auf einer alten Eckbank aus Eiche, die ein ortsansässiger Schreiner vor unzähligen Jahren aus alten Kirchenbänken gefertigt hatte. Sie erinnerte sich noch gut, wie stolz Pastor Aumüller auf dieses Möbelstück war. Ein Möbel mit Geschichte. Auf solche Dinge legte er Wert. Einst hatte sie mit Stephan auf dieser Bank gesessen und mit einer jüngeren Ausgabe des Geistlichen über die Hochzeitsplanung und die Ehe gesprochen. Nun saß sie einem müden, alten Mann gegenüber, der sie schmerzlich an ihren Vater erinnerte. Und daran, dass dieser schon vor geraumer Zeit zu seinem Schöpfer gerufen worden war. Der Schmerz darüber blieb hier unten, auf der Erde, bei ihr.
Aumüller hatte belegte Brote gemacht. Schinken, Salami, saure Gurken, Tomatenscheiben. Und er hatte ihr ein Weißbier angeboten. Mittlerweile trank Julia das zweite. Sie hatte ihm praktisch alles berichtet, was sich in dem Fall ergeben hatte. Der Pastor erweckte nicht den Eindruck, dass er besonders schockiert darüber war. Er sagte, dass Menschen, die unter Einsamkeit und Sehnsucht leiden, oft zu überbordendem Verhalten neigten. Aber dann zog die Kommissarin ihr Smartphone aus der Tasche, um ihm die digitalisierte Aufnahme vorzuspielen, die die IT-Abteilung ihr hatte zukommen lassen.
Aumüller schluckte. Und er sagte keinen Mucks, bis Julia Durant ihn fragte: »Erkennen Sie diese Stimme?«

»Sicher«, war die Antwort. Die Stimme klang belegt.
»Das ist Stephan.«
Aumüller nickte.
»Ist das auch die Stimme, mit der Sie telefoniert haben?«
Der Pastor schüttelte den Kopf. Erst langsam, dann bestimmter.
»Nein«, sagte er schließlich und fuhr sich mit der Hand übers Gesicht.
Julia Durant, die mit dieser Antwort gerechnet hatte, legte die Hände auf die seinen. Er zitterte.
»Herrgott! Wie konnte ich mich nur derart täuschen lassen?«
»Das hätte jedem passieren können«, beschwichtigte sie. »Nach so vielen Jahren ...«
»Mit wem habe ich dann telefoniert?«, fragte Aumüller nach einigen Momenten des Schweigens. Seine Augen bekamen einen beinahe panischen Ausdruck, als er nachsetzte: »Julia! Was, um Himmels willen, geht denn da vor sich?«

19:56 UHR

Zwei Beamte der Schutzpolizei warteten sichtlich ungeduldig vor dem Bretterzaun. Kullmer hatte angeordnet, dass niemand das Haus betreten solle. Dabei wunderte er sich nur beiläufig über die Adresse. Ein leer stehendes Bürogebäude hinter einem bunt bemalten Sichtschutz. Die Farben und Motive schienen von Schülern angebracht worden zu sein. Vielleicht ein Kunstprojekt. Und so zentral das Gebäude auch lag: Von außen war fast nichts zu sehen. Ein verwildertes Grundstück hinter löchrigem Maschendraht. Ein Autohändler, der zu dieser Zeit geschlossen hatte. Zwei Mehrfamilienhäuser in hundert Metern Entfernung.
Mia Emrichs Smartphone war um exakt 19:32 Uhr ins Internet gegangen. Binnen Minuten waren ihre Schulfreundinnen auf den Plan gerufen worden und auch ihre Eltern. Dank Nachrichten-Apps, sozialen

Netzwerken & Co. wusste man sofort, wenn eine Person online ging. Wann sie ihre Nachrichten las. Oder wo sie sich gerade aufhielt. Dreißig Sekunden später hatte Emrich Doris Seidel informiert. Völlig aufgelöst, denn natürlich hatte er seiner Tochter sofort eine Nachricht geschickt, die zwar gelesen, aber nicht mit einer Antwort bedacht wurde.
»Was können wir tun? Was machen wir jetzt?«
Michael Schreck von der Computerforensik, eine Koryphäe auf dem Gebiet der modernen Informationstechnik, nahm sich der Sache an. Er murmelte etwas von Ortungsdiensten. Und stellte parallel dazu fest, dass Mias Telefon sich nicht ins Mobilfunknetz eingewählt hatte. Vermutlich war die SIM-Karte entfernt worden. Das wiederum bedeutete, dass es einen WLAN-Hotspot geben musste, zu dem das Mädchen Zugang hatte.
»Beziehungsweise der Entführer«, kommentierte Seidel.
»Wie auch immer«, sagte Schreck in Gedanken. Er ließ sich mit Mias Vater verbinden, um nach dem Modell des Smartphones zu fragen. Und ob die Emrichs eine App nutzten, mit der sie den Standort ihrer Tochter abfragen konnten.
»Wir spionieren ihr doch nicht nach!«
»Das unterstellt Ihnen auch niemand«, beschwichtigte Schreck und wusste, dass, wenn Mia wohlbehalten zu ihren Eltern zurückkehrte, als Erstes eine solche App auf ihrem Telefon installiert werden würde. Während er sich wie ein Raubvogel seiner Beute in spiralförmigen Bewegungen näherte und den möglichen Standort von Mias Telefon immer enger einkreiste, spielte ihm eine Bildnachricht das Ergebnis in die Hände.
Fast schon enttäuscht darüber, dass er das Rätsel wohl nicht mehr selbst zu knacken brauchte, rief er die Datei auf und übertrug sie auf den Monitor.

Komm, Komm, Komm

Das war das Erste, was ins Auge stach. Drei Worte in blutroten Lettern. Schreck zoomte das Foto auf dem gigantischen Flachbildschirm. Trotz hoher Bildauflösung zeichneten sich in diesem Format die Pixel ab. Eingerahmt vom löchrigen Grau einer Betonwand, wie sie mittlerweile nicht mehr nur in Rohbauten zu finden waren, sondern auch in modernen Lofts, standen die zwölf Buchstaben. Mit einem Pinsel geschrieben, offenbar, vielleicht auch mit der Hand. Die Farbe schien dick aufgetragen und hatte deutliche Furchen, was darauf schließen (hoffen!) ließ, dass es sich nicht um Blut handelte.
»Wer soll kommen?«, hatte Doris Seidel gekeucht. »Ich? Mias Eltern? Die Polizei?«
»Hmm. Es steht im Singular«, kommentierte Schreck. Doch vermutlich bedeutete das überhaupt nichts. Dem Absender musste klar sein, dass, sobald er das Foto übertragen hatte, sämtliche Instanzen in Bewegung gerieten. Vermutlich war es genau das, was er mit diesem Foto bezweckte.
Die Geodaten des Bildes waren eindeutig, sodass Schreck exakt auf die in den Bildinformationen gespeicherten Koordinaten zoomen konnte. Eine quadratische Silhouette mit deutlichem Schattenwurf. Der Grundriss eines mehrstöckigen Flachdachgebäudes.
Ohne weitere Verzögerung hatte Doris Seidel ihren Mann informiert und war losgefahren.

»Warten wir auf ein SEK, oder warum gehen wir nicht rein?«, wollte einer der Uniformierten wissen.
»Nein, nur auf mich«, antwortete Seidel und griff nach ihrer Dienstwaffe. Die mattschwarze P30 von Heckler & Koch lag gut in der Hand, aber fühlte sich trotzdem wie ein Fremdkörper an. Außer auf dem Schießstand und zum Reinigen benutzte die Kommissarin die Pistole praktisch nie. Sie war ein notwendiges Übel, und sie war über jeden Tag froh, den sie sich nicht damit auseinanderzusetzen brauchte. Und dennoch: Doris Seidel war eine toughe, energische Frau. Der

schwarze Gürtel. Ihr ausgeprägtes Gespür für Gut und Böse. Im Zweifelsfall würde sie nicht zögern, den Abzug zu betätigen.
Sie wollte gerade das Signal geben, sich Zugang zum Gebäude zu verschaffen, da näherte sich ein schwerer Mercedes-Benz, eine dunkelgraue E-Klasse mit gigantischen Sportfelgen. Die Beifahrertür schwang auf, Peter Kullmer reckte sich aus dem Fahrzeug. Auch er trug sein Pistolenholster, und erst auf den zweiten Blick erkannte seine Frau, wer am Steuer saß. Herr Emrich. Und dann wurde hinten das Fenster hinabgelassen.
»Elisa!«, rief die Kommissarin, gebot den Beamten Einhalt und sprang auf den Wagen zu. »Was macht ihr denn alle hier?!«
Kullmer erklärte in knappen Sätzen, dass Emrich quasi schon vor der Tür gestanden habe, um sich nach Neuigkeiten zu erkunden. Und natürlich habe Elisa mitbekommen, dass es um Mia ging, und keine zehn Pferde hätten sie zu Hause halten können. Dass ihm das Ganze überhaupt nicht gefiel, spielte keine Rolle mehr, denn er konnte es nicht ändern.
»Du bleibst im Wagen«, befahl er daher scharf und deutete mit einem Blick, der das Ganze entsprechend untermalte, auf seine Tochter. »Mit eingeschalteter Kindersicherung«, forderte er weiter von Herrn Emrich. »Und auch Sie entfernen sich um Himmels willen nicht vom Lenkrad. Keiner hat hier draußen etwas verloren.«
Widerwillig leistete ihm Emrich Folge, was auch daran liegen mochte, dass Doris sich neben ihrem Mann aufgebaut hatte. Die Dienstwaffe hing, gut sichtbar, in der linken Hand.

Mit einem Bersten sprang die Tür auf. Ein simples Schloss, kein Grund, um auf eine Spezialeinheit oder den Schlüsseldienst zu warten. Es war schon viel zu viel Zeit verronnen. Das Gebäude war nur vier Etagen hoch, aber verfügte über eine beachtliche Zahl an Büroräumen, die alle gleich aussahen. Kein Wachdienst, kein Putzpersonal. Verlassene Schreibtische, hier und da Vandalismusspuren, ein zerschellter Computermonitor lag auf dem Boden. Dahinter eine vertrocknete Pflanze.

»Ich glaube, es stand was darüber in der Zeitung«, erinnerte sich Kullmer. »Das Haus steht erst seit drei, vier Monaten leer. Große Pleite, auf einmal ging alles hops. Und niemand will so richtig ran, weil der Umbau zu Wohnungen nicht lukrativ wäre. Grundriss. Sanierung. Es ist ein Jammer.«
Seidel nickte, ohne wirklich zuzuhören. Jeder Leerstand in dieser überteuerten, viel zu engen Stadt war ein Verbrechen. Doch diese Art von Vergehen gehörte nicht in ihre Abteilung. Und schon gar nicht jetzt.
Dann erklang ein aufgeregtes Rufen.
Die Stimme eines Beamten lotste die Kommissare über den Treppenaufgang ins Obergeschoss. Hier waren die Räume anders geschnitten. Und hier sahen die Wände tatsächlich genauso aus wie auf dem Foto. Grauer Beton. Auch wenn es schwerfiel, die Farbe wiederzuerkennen. Die Sonne war mittlerweile untergegangen. Jeder Raum, der nicht mit riesigen Glasfronten ausgestattet war, lag im Schatten der Dämmerung. Bald würde man nichts mehr sehen können.
Umso grausamer war es, was sich im Lichtkegel der Taschenlampe des Kollegen abzeichnete. Eine Menge Kontrastfarbe zu all den tristen Grautönen. Ein weißes Laken. Unmengen an Rot, diesmal keine Plakatfarbe. Der verräterische Geruch nach Eisen, der sich Seidel und Kullmer sofort auf die Zunge legte.
Mitten auf dem Laken in dem sonst leeren Raum saß ein weiblicher Körper, den Kopf nach vorn geklappt, die Haare vor dem Gesicht. Mit Kabeln an einen der Bürostühle gebunden, die man im Gebäude stehen gelassen hatte.
Brutal abgeschlachtet, daran bestand kein Zweifel.
Doris Seidel konnte den Brechreiz nur schwer unterdrücken. Schwarzer Gürtel hin oder her, das, was sich hier abgespielt haben musste, ging weit über die Grenzen des Erträglichen. Sie stürzte nur noch in die Arme von Peter Kullmer und ließ ihren Tränen freien Lauf.

*

Als Andrea Sievers eintraf, waren die Spurensicherer längst am Werk. Überall waberten die weißen Schutzanzüge, grelle Blitze zuckten auf, wenn sie Aufnahmen aus den unterschiedlichsten Winkeln erstellten. Der Raum und auch der Weg nach oben wurden zudem von Standscheinwerfern erhellt.

»Na, ihr beiden«, grüßte die Rechtsmedizinerin in Kullmers und Seidels Richtung, »was habt ihr denn Schönes für mich, das mir den Freitagabend versaut?«

»Ist das deine einzige Sorge?«, motzte Kullmer, und Sievers hob die freie Hand, in der anderen trug sie ihren Lederkoffer.

»Schon gut, ich sag ja nichts mehr.« Ihr Kinn schwenkte in Richtung des Gebäudequaders. »Dort, wo die Festbeleuchtung brennt, nehme ich an?«

Kullmer nickte stumm. Daraufhin stellte Sievers ihren Koffer auf den grob geschotterten Untergrund, aus dem an zahlreichen Stellen das Grün hervorbrach.

»Na kommt jetzt, ihr beiden, was ist denn so Schlimmes passiert?«

»Eine Tote«, antwortete Seidel tonlos. »Ausgeweidet. So etwas …« Sie brach ab.

»Darf ich hoch?«

»Denke schon. Die Spurensicherung ist schon eine Weile zugange.«

Mit einer beneidenswerten Leichtigkeit nahm die Rechtsmedizinerin ihre Tasche wieder auf und machte sich auf den Weg zur Eingangstür.

Die beiden Kommissare standen noch eine kurze Weile an der frischen Luft.

Sie waren gleich, nachdem sich herausgestellt hatte, dass es sich bei der Toten nicht um Mia Emrich handelte, nach unten gegangen. Hatten den Vater und Elisa informiert, die das Ganze mit gemischten Gefühlen aufnahmen. Einerseits Erleichterung, denn immerhin bedeutete das, dass Mia noch lebte. Zumindest theoretisch. Doch andererseits standen dem Vater auch die Enttäuschung und die

Angst ins Gesicht geschrieben. Der Mörder der bisher unidentifizierten Frau hatte Mias Telefon dazu benutzt, um die Polizei hierherzulocken. Also war das Mädchen noch immer in seiner Gewalt.
»Was soll das Ganze?«, jammerte Emrich. »Was hat er mit meiner Tochter vor?«
Weder Kullmer noch Seidel konnten diese Frage beantworten.
Sie entschieden, dass Kullmer mit den beiden zurückfahren solle. Frank Hellmer war bereits informiert und würde sicher bald eintreffen.
Nur widerwillig ließ der Kommissar seine Frau an diesem bedrückenden Ort zurück. Doch er wusste, dass er anderswo dringender gebraucht wurde. Nicht nur von Elisa.
Als sich der Mercedes entfernte, winkte Doris Seidel den Rückleuchten hinterher. Im selben Augenblick näherte sich Franks Porsche 911. Er stieg aus, sichtlich gequält, denn sein Hintern saß nur wenige Zentimeter über dem Asphalt, und auch ein sportlicher Typ wie Frank kam langsam in die Jahre. Die Tür knallte. Er machte gute Miene zum bösen Spiel. »Im Frühjahr verkaufe ich ihn«, sagte er nur. »Jetzt im Herbst kriegst du nur Tiefstpreise.«
Doris ertappte sich dabei, grinsen zu wollen. Dankbar, ein paar Sekunden lang nicht an das zu denken, was der Frau in der Chefetage hinter ihr angetan worden war. »Wie du meinst. Und dann? Eine Rentner-Karre?«
Hellmer schnaubte nur und zog eine Grimasse.
Dann atmete sie tief durch und sagte: »Ich hoffe, deine letzte Mahlzeit ist schon eine Weile her.«
»So schlimm?«
»Schlimmer.«

20:25 UHR

»Mein lieber Scholli«, war der erste Kommentar, den die Kommissare von Andrea Sievers hörten. »Da hat aber jemand dem Tag alle Ehre gemacht.«
»Hä?« Hellmer stand auf dem Schlauch. Bevor er darauf kam, dass Andrea auf Freitag, den Dreizehnten anspielte, sagte sie auch schon: »Jetzt sag bloß, dass du heute noch nicht an Jason Voorhees gedacht hast. Oder meinetwegen an Freddy Krüger. Die Gute wurde ja regelrecht zerschlitzt.«
Das Blut auf dem Laken sprach Bände. Wie eine Sonne breitete sich die Lache um den Stuhl aus, auf dem die Tote hockte. Nackt. Die Knie gegeneinanderhängend. Die Unterarme an den Lehnen fixiert, genau wie die Hüfte, damit sie nicht vornüber von der Sitzfläche fiel. Die Schultern hingen schlaff nach unten. Jeder Bereich des Unterleibs, den man in dieser Position erkennen konnte, schien von Messerstichen perforiert zu sein.
»Oh Gott«, presste Hellmer hervor.
»Gott hatte heute Pause, wie es scheint«, sagte jemand hinter ihm. Es handelte sich um einen Verhüllten aus Platzecks Team, der eine große Kamera mit noch größerem Blitz in den Händen hielt. Er deutete auf den Boden, zu den Füßen der Toten. Erst bei genauem Hinsehen zeichneten sich Formen inmitten des klebrigen Rots auf dem Faltenwurf des Lakens ab.
»Was ist das?«, fragte der Kommissar.
»Gebärmutter und Eierstöcke«, antwortete Sievers mit einem vielsagenden Blick. Ihr Mund lag ebenfalls hinter einer Maske. »Die wurden chirurgisch entfernt, so wie es aussieht.«
»Und dort platziert?«
»Wir haben nichts verändert«, bekräftigte der Fotograf.
»Darf ich die Tote denn jetzt anfassen?«, wollte Sievers wissen.
»Sie gehört ganz Ihnen.«

Sofort näherte die Rechtsmedizinerin sich dem Körper, ihre Gamaschen klebten dabei an dem Laken und verzogen es bei jedem Schritt. Irgendwo im Hintergrund erklang ein Würgen, dann schnelle Schritte, und kurz darauf plätscherte Erbrochenes zu Boden. Jemand presste eine verzweifelte Entschuldigung hervor. Doris Seidel konnte es jedem nachsehen. Sie selbst hatte mittlerweile den sensiblen Punkt überwunden, doch diese Szene hier überstieg so manche Grenze bei Weitem.

»Wie gesagt«, hörte sie Sievers sagen, »Uterus und Ovarien. Die Arbeit ist nicht besonders fachmännisch ausgeführt, aber mit ziemlich scharfer Klinge.«

»Das bedeutet?«, wollte Hellmer wissen.

»Es war nicht Jason mit der Machete.«

»Bitte ...«

Sievers richtete sich auf. »Frank, was soll ich denn sagen? Soll ich in Tränen ausbrechen? Ihr hilft es nicht mehr. Aber ich würde durchdrehen, wenn ich mir jede Tote so zu Herzen nähme, als wäre es meine eigene Schwester!«

»Bleiben wir einfach sachlich, okay?«, wandte Seidel ein, und die Rechtsmedizinerin nickte versöhnlich.

»In Ordnung. Ein Medizinstudent war das hier sicher nicht, höchstens ein Anfänger. Aber leider ist es heutzutage ja so, dass es für alles Internetvideos und Anleitungen gibt. Jeder, der sich mit der Lage der inneren Organe auskennt und ein Teppichmesser zur Hand hat, könnte theoretisch ...«

Andrea Sievers stockte.

»Was ist?«, drängte Frank.

»Ach nichts«, antwortete sie geistesabwesend. »Ich hatte nur so etwas wie ein Déjà-vu.« Sie schüttelte sich und widmete sich wieder der Toten. Für weitere Untersuchungen musste der Körper von den Fesseln gelöst und vom Stuhl gehoben werden. Andrea blickte suchend durch den Raum und bat einen der Schutzgekleideten um Hilfe.

Sie drückte den Oberkörper der Frau nach hinten, damit der Kollege sich dem Kabel um ihre Hüfte widmen konnte. Die Haare fielen aus dem Gesicht der Frau und gaben ihre toten Augen frei, in denen Reste von Panik und Todesangst geschrieben schienen. Mit einem Quieken ließ Andrea den Kopf los.
Und dann brach sie tatsächlich in Tränen aus.
Hellmer und Kullmer sprangen zu ihr, ebenfalls mit schmatzenden Geräuschen unter den Schutzgamaschen, in denen ihre Schuhe steckten.
Dann erkannten sie die Tote auch.

21:05 UHR
München

»Tanja Wegner?«, wiederholte Julia Durant, und sofort begann ihr Denkapparat auf Höchstleistung zu schalten. Ihr Gehirn ratterte ohnehin ohne Unterbrechung, selbst beim Essen hatte es keine Pause eingelegt. Direkt danach war sie zurück in die Stadt gefahren und hatte mit der Befragung der Nachbarn begonnen. Doch das Puzzlespiel, welches sich mehr und mehr zu einer persönlichen Angelegenheit entwickelte, und der Tod von Tanja waren zwei verschiedene Welten. Hier München, dort Frankfurt. Hier Vergangenheit, dort Gegenwart. Wo befand sich die Brücke zwischen beidem? Es kostete Kraft, sich in beiden Welten zu bewegen. Und doch …
Durant setzte sich auf die Treppenstufen, die zwischen der zweiten und dritten Etage lagen. Niemand sonst war im Treppenhaus, die meisten Bewohner saßen vor ihren Fernsehern oder hatten sich ins Nachtleben gestürzt. Sie ließ den Notizblock verschwinden und konzentrierte sich auf die unschönen Details, die Doris Seidel ihr durchs Telefon mitteilte.
»Innere Geschlechtsorgane, mein Gott«, sagte sie. »Wie pervers kann man eigentlich sein?«

Tanja Wegner war eine der ersten Kolleginnen gewesen, mit denen Durant sich nach ihrem Wechsel in die Mainmetropole angefreundet hatte. Scheu, weil sie sich mit Freundschaften schon immer schwergetan hatte. Schüchtern, weil Tanja zwar ein ganzes Stück jünger war als sie, vor Selbstbewusstsein aber nur so strotzte. Sie war in Frankfurt geboren und aufgewachsen, kannte die Stadt wie ihre Hosentasche und wusste über die Szene Bescheid. Wer im Bahnhofsviertel das Sagen hatte. Welche Hintermänner es gab. Wo die inoffiziellen Striche waren und wie viel Mark ein Blowjob mit Schlucken kostete. All das hatte Tanja hingenommen wie eine Selbstverständlichkeit. Sie hatte das älteste Gewerbe der Welt als Teil der Stadt akzeptiert, anders, als man es in München handhabte. Mehr wie in Hamburg. Und sie hatte ihr Möglichstes getan, um die Szene halbwegs sauber zu halten. Bis heute war Tanja bei der Sitte geblieben. Auch wenn der Kontakt in den letzten Jahren stark abgenommen hatte, es gab eine ganze Reihe von Erinnerungen, die Durant mit ihr teilte. Neue würden nun also keine mehr hinzukommen, dachte sie bitter, nachdem sie aufgelegt hatte. Zwar war da irgendwo in ihrem Inneren eine Stimme, die rief, dass Doris Seidel ihr noch etwas hatte mitteilen wollen. Etwas Unausgesprochenes. Doch dann vermischten sich die Erinnerungen an Frankfurt auch schon wieder mit den Gedanken an München. An das Gestern und an das Heute. Mit einem müden Stöhnen stemmte sich die Kommissarin in die Gerade. Die Treppenbeleuchtung war längst ausgegangen, der nächste Schalter lag zwei Meter über ihr. *Zwei Wohnungen noch,* dachte sie entschlossen und ging zur nächsten Tür. Doch es öffnete niemand, auch nicht nach dem dritten Klingeln. Durant lauschte und lugte durch den Spion. Keine Geräusche, kein Licht. Das Nachtleben, schloss sie und wandte sich der gegenüberliegenden Wohnungstür zu.

Die bisherigen Ergebnisse waren ernüchternd. Drei der acht Parteien im Haus waren erreichbar gewesen. Nummer vier, ein junges Pärchen, Studenten mit solventen Eltern, seien nur unter der Woche im Haus. Die Wochenenden und Semesterferien über verbrächten sie meistens im Münchner Umland, woher sie stammten. Wohnung Nummer fünf stand leer, der Besitzer lasse sich nie blicken. Ein Hausmeisterservice kümmere sich gelegentlich darum, dass alles vorzeigbar bleibe. Durant tippte auf eine Zweitwohnung von irgendwelchen Reichen. Denn in Schwabing, das war schon damals so gewesen, gab es keine Wohnungen, die keine Mieter fanden. Wie heruntergekommen sie auch sein mochten.

Noch bevor sie die Fingerkuppe auf die Klingeltaste drückte, hielt Durant inne und lauschte in das gedämpfte Schweigen des Treppenhauses. Hinter der Tür erklangen Stimmen, die offenbar aus dem Fernseher stammten. Um diese Zeit, dachte sie weiter – denn so hatte man es ihr als Kind noch eingebläut –, gehörte es sich nicht, jemanden in seiner Ruhe zu stören. Weder telefonisch noch persönlich. Doch vielleicht galt das nur für Minderjährige, vielleicht hatte sich das seit den Achtzigerjahren überdauert, jedenfalls galt es nicht mehr für sie. Schon schrillte die Klingel, und sofort erstarben die Fernsehstimmen. Dann verrannen einige Sekunden, bis sich ein schlurfendes Tapsen näherte. Die Tür öffnete sich einen Spaltbreit, und ein Paar zusammengekniffene Augen blickten ihr müde entgegen.

Adalbert Röther, wie die Kommissarin dem Türschild nach vermutete. Und das schrille »Wer ist denn da?« aus den Tiefen des Wohnungsinneren gehörte demnach seiner Frau Ingeborg.

»Julia Durant, Kriminalpolizei. Bitte entschuldigen Sie die späte Störung.«

Mit etwas Mühe bugsierte sie ihren Dienstausweis halb in den Spalt, sodass Röther ihn lesen konnte. Nach endlos erscheinenden Sekunden nickte er, und Durant zog ihre Hand zurück.

»Polizei«, bellte er unvermittelt hinter sich. Dann schloss sich die Tür, nur um anschließend ohne vorgelegte Kette ganz nach innen zu schwingen. »Kommen Sie bitte herein. Meine Frau und ich …«

»Ich störe Sie beim Fernsehen. Tut mir wirklich leid, aber es ist sehr wichtig.«

»Schon gut. Man hilft ja, wo man kann.«

Röther führte Durant ins Wohnzimmer, bot ihr einen Platz an, wobei er zuerst eine viel zu dick geratene Katze von dem Sessel heben musste. Eilig klopfte er auf das Polster, Staub und Haare flogen auf. Durant bedankte sich und sank in das Polster. Unter ihr ächzten Metallfedern. Das Sitzmöbel hatte wie die meisten Stücke im Raum seine besten Jahre lange hinter sich.

»Möchten Sie etwas trinken?«, wollte Frau Röther wissen. Eine kleine, rundliche Frau mit einem sympathischen Gesicht. Wachsam, aber nicht aufdringlich. Gar nicht so kratzbürstig, wie Durant sich die Frau nach dem ersten Klang ihrer Stimme vorgestellt hatte. Sie lehnte dankend ab.

»Ich möchte Sie nicht lange aufhalten, und um ehrlich zu sein, hatte ich einen sehr anstrengenden Tag.«

»Worum geht es denn?«

Sie erklärte, es gebe neue Untersuchungen im Mordfall, der sich hier im Haus zugetragen habe. Nur das Allernötigste, keine weiteren Details.

»Ihre Dienstmarke ... das war aber nicht die Kripo München«, wandte Herr Röther ein. Unter den buschigen Augenbrauen blitzten rehbraune Augen, auch wenn er einen sehr gebrechlichen Eindruck machte. Von dem einstigen Riesen, der er mit bald eins neunzig, wie Durant schätzte, einmal gewesen war, hockte nur mehr ein in sich zusammengesunkenes Männchen vor ihr. Immer noch groß und schlaksig, aber nicht mehr voll sprühender Energie. Sie überlegte, wer damals hier oben gewohnt hatte. Nicht die Röthers, so viel stand fest.

»Wie?«, schrak sie auf, als sie gewahr wurde, dass sie ihm eine Antwort schuldig geblieben war.

»Ihr Ausweis. Ist das Thüringen? Sie klingen gar nicht so.«

»Hessen. Frankfurt.«

»Das hört man Ihnen aber auch nicht an«, meldete sich Frau Röther zu Wort.

»Ich stamme von hier. War früher in München tätig, bin aber weggezogen. Doch die hiesige Ermittlung erfordert meine Teilnahme.«
»Wieso?«
»Bedaure. Ermittlungsdetails«, antwortete die Kommissarin mit einer aufgesetzten Miene, die ein wenig gequält wirkte. In der Regel genügte das, um weitere Fragen zu verhindern. Und auch Herr Röther zeigte Gott sei Dank ein Nicken.
»Wie können wir denn helfen? Ich dachte, wir hätten damals alles ausgesagt, was wichtig ist.«
»Das haben Sie sicher«, gestand Durant den beiden zu. Sie spürte, dass sie äußerst behutsam vorgehen musste, um das Paar nicht zu verprellen. Sie erkundigte sich zunächst ganz allgemein nach den anderen Mietparteien und steuerte das Gespräch dann zurück auf Stephan. Wie er so war, wie gut die beiden ihn kannten, welche Kontakte er hier im Haus gepflegt hatte.
Das Ehepaar wechselte einen langen, recht ratlos wirkenden Blick. Danach ergriff die Frau das Wort: »Um ehrlich zu sein: Außer wenn mit dem Haus was ist, sieht man sich hier kaum. Das war früher anders, leider, aber die jungen Leute machen ihr Ding und bleiben unter sich.«
Durant verzog die Nase und erwiderte, dass man in Stephans Fall wohl nicht mehr von jüngeren Leuten sprechen könne.
»Das nicht. Aber ihm ging es da wohl wie uns. Kaum Kontakte zu den Nachbarn, selbst zu uns nicht.«
»Wie meinen Sie das, ›selbst zu uns‹?«
»Nun ja«, meldete sich Herr Röther zu Wort. »Ich glaube, wir sind die Einzigen, die hier länger als fünf Jahre wohnen. Außer ganz unten«, er nannte einen Namen, »sind das alles Zugezogene. Wir haben uns damit abgefunden, dass jeder sein eigenes Süppchen kocht. Selbst, wenn man länger unterm selben Dach wohnt.«
Das entsprach in etwa den Aussagen, die Durant schon gesammelt hatte. Sie dachte an früher. Hatte nicht jeder jeden gekannt im Haus?

Man hatte zusammen gefeiert, zusammen *gelebt*. Aber war das nicht mittlerweile überall so? Sie musste an Frau Holdschick denken. Und an ihren Sauerbraten oder ihr Gulasch. Wann hatte sie zum letzten Mal nach der alten Frau gesehen? War man heutzutage nicht viel zu viel mit sich selbst beschäftigt?
»Wie lange sind Sie denn schon hier?«, wollte Durant wissen.
»Seit 2000«, kam es wie aus einem Mund. Frau Röther lächelte. »Das merkt man sich leicht.«
»Und er war damals auch schon hier?« Die Frage war mehr rhetorisch gemeint, denn für derlei Informationen brauchte die Kommissarin keine Befragung durchzuführen. Das hatte sie längst über das Meldeamt in Erfahrung gebracht. Stephan hatte sich nicht für einen einzigen Tag umgemeldet.
»Ja, natürlich«, bestätigte Herr Röther. »Er war schon hier, als wir eingezogen sind.«
»War er damals anders als heute?«
Röther warf einen prüfenden Blick zu seiner Frau, dann hob er die Schultern. »Würde ich nicht sagen. Etwas eigenbrötlerisch war er. Meist kurz angebunden. Aber das war er schon immer irgendwie – wobei das manchmal auch nur so gewirkt haben mag.«
»Wie meinen Sie das?«
»Na ja, er hatte es immer eilig. Eigentlich so, als sei er ständig auf der Überholspur. Und dann wiederum hat man ihn wochenlang nicht zu Gesicht bekommen.«
Frau Röther räusperte sich. »Da ist es fast schon ein Wunder, dass man ihn überhaupt gefunden hat.«
Ihr Mann schlug sich auf den Oberschenkel. »Glaub mir! Das hätte nicht mehr lange gedauert. Wenn ein Körper erst mal beginnt zu stinken ...«
Sein Blick traf den der Kommissarin, während die Frau neben ihm aufstöhnte. Röther verstummte augenblicklich. Durant kniff die Augen zusammen und fragte: »Wo war er denn, wenn er nicht hier war?«

»Im Ausland. Sagte er zumindest.« Wieder ein Blickwechsel. »Aber wir glauben, dass da etwas anderes dahintersteckt.«
»Was denn?« Durant wurde hellhörig. »Reden wir über Frauengeschichten?«
Die beiden waren zwar ein ganzes Stück älter als sie, aber wirkten nicht so verklemmt, dass sie Anstoß an Stephans Liebesleben nehmen würden. Wie gut, dass sie ihnen nicht offenbart hatte, dass es sich um ihren Ex-Mann handelte!
»Keine Frauengeschichten.« Die Betonung lag deutlich auf der ersten Silbe des Wortes.
»Es war ein Mann«, erklärte ihr Ehemann mit vielsagendem Blick.
Julia Durant hätte am liebsten laut aufgelacht. Stephan und schwul? Das war so ziemlich das Letzte, was sie sich vorstellen konnte. Selbst wenn er alle Frauen dieser Welt gevögelt hätte (was bei seiner damaligen Schlagzahl fast schon realistisch gewesen wäre), wäre er doch nicht auf Männer umgeschwenkt!
Stattdessen unterdrückte sie nur mühsam ein Quieken, was ihr zwei irritierte Blicke einbrachte. »Entschuldigung«, sagte sie und wedelte mit der Hand. »Aber das kann ich mir überhaupt nicht vorstellen.«
»Ja, kannten Sie ihn denn?«, wunderte sich die Frau.
»Ich war vor vielen Jahren mit ihm verheiratet«, sagte die Kommissarin. Es hatte keinen Sinn, das zu verschweigen, wenn sie weiterkommen wollte.
»Oh.« Wieder zwei vielsagende Blicke.
»Keine Sorge. Ist sehr lange her«, betonte sie. »Aber viele Dinge scheinen da nicht ins Bild zu passen, deshalb nehme ich mir diesen Fall noch einmal vor. Wie kommen Sie denn darauf, dass er einen Freund gehabt haben soll?«
»Ich habe die beiden gesehen. *So.*« Röther hakte seinen Arm bei seiner Frau ein und rückte etwas näher zu ihr. »Und geküsst hat der andere ihn auch.«
»Haben Sie das der Polizei gesagt?«

»Ich weiß nicht. War das wichtig?« Röthers Augen weiteten sich. »Glauben Sie etwa, sein Freund ...«
Er hob die freie Hand vors Gesicht.
Doch für Julia Durant lag das Entsetzen an einer völlig anderen Stelle. *Stephan und ein Mann?* Nicht, dass sie sich auch nur im Entferntesten an gleichgeschlechtlicher Liebe störte ... aber Stephan!
»Ich weiß nicht, was ich glauben soll«, gestand sie nach einer viel zu langen Pause ein. »Haben Sie die beiden denn eindeutig erkannt?«
Herr Röther reagierte pikiert, was wohl auch damit zusammenhängen mochte, dass er nicht als tattriger Rentner gesehen werden wollte. »Wenn ich es Ihnen doch sage!«
»Schon gut. Und eine Beschreibung des Mannes könnten Sie mir auch geben?«
Röther wand sich. »Na ja. Es war schon ziemlich dämmrig.«
»Im Treppenhaus?«
Durant wollte die Beleuchtung erwähnen, die sie schon immer als viel zu grell empfunden hatte. Stattdessen verkniff sie es sich.
»Du hattest sicher die Brille nicht auf«, half Röthers Frau ihm aus der Bredouille.
»Kann sein«, beharrte er. »Aber ich weiß, was ich gesehen habe.«

22:25 UHR
Frankfurt

Noch immer war die oberste Etage des Gebäudes so hell erleuchtet, wie es wohl selbst in seinen besten Tagen nur selten der Fall gewesen war.
Aus angemessener Entfernung betrachtete er das Treiben, das ihn ein wenig an einen Ameisenhaufen erinnerte. Wächter sicherten die Zugänge, Arbeiter trugen die verschiedensten Gegenstände hin und her. Jemand sorgte sogar für Nahrung und Getränke. *Ja*, dachte er zufrie-

den. Ihm gefiel der Vergleich mit einem Ameisenstaat, auch wenn in dieser Gleichung das Wichtigste, das Elementare fehlte:
Die Königin.
Doch auch das gehörte zum Spiel. Die Königin, um die sich alles und jeder drehte, befand sich in weiter Ferne. Jagte ihren persönlichen Schatten hinterher, ahnungslos wie eine junge Katze, die den eigenen Schwanz jagte, nicht wissend, wem oder was sie dort begegnen würde.
»Jedenfalls wird es nicht *dein Stephan* sein«, formte er mit den Lippen, doch aus dem Hals erklang nur ein heiseres Flüstern.
Sie würde es noch früh genug herausfinden, dachte er und registrierte, dass ein Teil der Lampen gelöscht wurde. Auch eine Spurensicherung brauchte mal Feierabend.
Früh genug ...
... nur dass es dann für Julia Durant selbst längst zu spät sein würde. Zufrieden schob er die Hände in die Taschen seiner Jeans und ging ohne Eile davon, bis die Nacht ihn verschluckte.
Zwar wartete jemand auf ihn. Doch kleine Mädchen wie Mia, fand er, sollten um diese Zeit längst schlafen.

Zwanzig Minuten später betrat er den Keller des Hauses. Ein muffiger Geruch schlug ihm entgegen, nach feuchtem Stampfboden und Moder, so wie er es aus seinem Elternhaus kannte. Ein Anwesen auf dem Land, wo er seine Kindheit verbracht hatte. Verärgert versuchte er, die Erinnerungen beiseitezuwischen.
Mia. Andere Erinnerungen drängten vor sein Auge und in sein Ohr. Am frühen Nachmittag hatte er in einer dunklen Mietgarage geparkt. Hatte das Mädchen, dem er kurzerhand mit einem gezielten Schlag das Bewusstsein geraubt hatte, in ein anderes Auto umgeladen. Dann zu dem Haus in den Keller gebracht, wo er zuerst einige Fotos von ihm machte und es anschließend aufweckte.
»Wer sind Sie?« – »Wo bin ich?« – »Was wollen Sie?«

Die Kleine war recht tough. Das gefiel ihm zwar, machte ihm aber auch Angst.
Zu *seiner* Zeit waren die Mädchen …
»Wenn du schreist, schieb ich dir einen Knebel in den Mund«, war seine erste Antwort gewesen. »Abgesehen davon, dass dich eh niemand hören würde.«
Mia hatte sich umgesehen. Ihr Blick war leidend, er vermutete Schmerzen von dem Schlag.
»Hier, trink das.« Er hatte ihr eine Flasche Wasser hingehalten.
»Nein.«
»Du musst aber …«
»Ich soll nicht mit Fremden mitgehen und nichts von ihnen annehmen.«
Er lachte schäbig auf. »Das Erste ist schon mal schiefgegangen. Dann kannst du ja wohl …«
»Nein!« Mia ruckte mit den Armen, doch sie war an vielen Stellen des Körpers mit Klebeband fixiert. Die Unterschenkel an den Beinen eines Holzstuhls, die Arme an den Stützen. Hüfte und Oberbauch an der Lehne. Also schwang sie energisch den Kopf hin und her. »Ich *will* nicht!«
Im Grunde konnte es ihm egal sein, ob ihre Zunge austrocknete und am Gaumen festklebte. Aber dieses widerspenstige Gör verlangte nach einer Zähmung. Also war er an sie herangetreten, hatte die Faust um Mias Haare gelegt und den Kopf nach hinten geklappt.
»Mund auf«, presste er hervor.
Die Lippen blieben verschlossen.
Er klemmte die Flasche zwischen die Beine und bohrte dann Daumen und Zeigefinger in die Backen, um die Zähne auseinanderzuhebeln. Mit einem gequälten Ächzen gab sie schließlich nach. Blitzschnell ließ er die Haare los und griff nach der Flasche. Schüttete etwas in den Mund, wobei der größte Teil des Wassers umherspritzte und sich über seine und ihre Kleidung ergoss. Presste danach ihr

Kinn nach hinten und hielt ihr die Nase zu, bis Mia unter einem protestierenden Gurgeln schluckte. »Na, geht doch«, grinste er, als er sie in ein wütendes Prusten entließ.

»Wo ist Elisa?«, fragte Mia nach einer Minute des gegenseitigen Anstarrens.

»Gemütlich zu Hause bei ihren Eltern, denke ich.«

Seinem Ärger über die Verwechslung hatte er längst Luft gemacht. Mittlerweile trug er es mit Fassung. Denn er hatte schon lange zuvor gelernt, dass man die Dinge nicht mehr ändern konnte, wenn sie einmal geschehen waren.

»Ich möchte auch nach Hause.«

»Das geht nicht. Noch nicht. Zuerst brauche ich etwa von dir.«

Angst flammte in Mias Augen auf.

»Dein Handy«, erklärte er daraufhin und zog das ausgeschaltete und zum Teil zerlegte Smartphone aus einer Tasche. Platzierte Akku, SIM-Karte, Verkleidung und Schutzhülle fein säuberlich auf einem Tisch, über dem eine matte Birne leuchtete.

»Das haben Sie doch schon.« Das Mädchen hustete heftig. Wassertropfen regneten umher. Vermutlich hatte ein Teil des Getränks den Weg in die falsche Röhre genommen, was aber allein ihre Schuld war.

»Ich muss es einschalten. Später. Dafür brauche ich die PIN oder das Muster, mit dem ich es entsperren kann.«

»Nö.«

»Wenn du mir nicht hilfst, kannst du hier unten verrotten. Ist mir scheißegal.«

»Und wenn ich Ihnen helfe?«

»Dann lasse ich dich gehen.«

Hinter Mias Stirn begann es so heftig zu arbeiten, dass man die Gedankenmühle förmlich hören konnte.

Doch sie hatte sich weiterhin störrisch gegeben, weshalb er sie knebelte und bei ausgeschaltetem Licht in ihrem Verlies sitzen ließ. Sie

würde schon mürbe werden. Und bis dahin hatte er Wichtigeres zu tun gehabt.
Nun klappte er das Vorhängeschloss zur Seite und zog mit einem Ruck an der Tür, die in dem verzogenen Rahmen etwas klemmte. Er war seitdem zweimal bei ihr gewesen. Hatte ihr zugesichert, dass er das Licht brennen lassen würde, wenn sie sich bei dem Handy kooperativ zeigte. Tatsächlich hatte sie sich auf diesen Vorschlag eingelassen, war eingeknickt wie ein Gänseblümchen, auf das man tritt, ohne dass er weitere Register ziehen musste. Er kannte nun den Code ihres Smartphones. Denn Mia hatte solch furchtbare Angst vor der Dunkelheit, dass sie sich gleich mehrmals eingenässt hatte.
Er blinzelte, als ihm der Schein der Lampe entgegenfiel.
Und er musste schwer schlucken, als er sah, dass Mia Emrich nicht mehr dort saß, wo er sie zurückgelassen hatte.

SAMSTAG

SAMSTAG, 14. SEPTEMBER, 4:35 UHR
München

Dunkelheit. Finsternis. Am unerträglichsten war, dass sie kaum etwas sehen konnte. Nur diffuses, gelbliches Licht, wie von weit entfernten Leuchtstoffröhren. Woher kam sie? Wohin führte sie der Weg? Sie wusste nur um das Schotterbett zu ihren Füßen. Die Bahnschwellen, über die sie stolperte, egal, wie langsam oder schnell sie ihre Schritte steuerte. Ein leerer Schacht. Ein Wispern, eine eisige Brise, die sie an den nackten Knöcheln leckte.
Warum bin ich hier? Und warum ...
Dann hörte sie ihn. Sein asthmatisches Keuchen, das von den Wänden widerhallte und den Tunnel zum Leben erweckte.
Sie wollte stehen bleiben. Oder schneller laufen. Prüfen, wie nah er war. Stattdessen stolperte sie. Und als Nächstes spürte Julia Durant, wie ihre Schläfe auf etwas Hartes prallte. Das milchige Glimmen erlosch.
Dann erschien eine Fratze vor ihrem Gesicht, und ein stechender Schmerz durchfuhr ihren Brustkorb.
Gedankenfetzen zuckten durch die Schwärze.
Der Tod fühlte sich kälter an als erwartet.
Warmes Blut umhüllte sie. Schlang sie ein, immer fester, immer heißer. Und plötzlich das Gefühl, als wäre sie geborgen. Wie ein Baby im Leib der Mutter.
Dunkel. Aber warm.
Der Tod fühlte sich nun gar nicht mehr so kalt an.

Da zerriss ein explosionsartiger Knall die Stille. Verjagte das finstere Keuchen, das Flüstern, die gespenstischen Echos.
Und mit dem Donner kam der Blitz ...
Das Licht am Ende des Tunnels?

Julia Durant brauchte einige Sekunden, bis sie sich gesammelt hatte. Sie saß inmitten ihres Hotelbetts, die zerwühlte Bettdecke halb über dem Matratzenrand hängend. Das Licht auf dem Nachttisch brannte. Das Handy lag auf dem Boden. Vermutlich hatte sie es heruntergestoßen, als ihre Hände nach dem Schalter gesucht hatten.
Das Herz pochte ihr bis zum Hals. Doch der Puls fühlte sich normal an. Ihr Körper war nicht kaltschweißig. Sie fuhr sich mit dem Handrücken über die Stirn, spürte die Haare im Nacken. »Keine Panikattacke«, stellte sie beruhigt fest. Nur ein ganz normaler Alptraum, sofern man ihre Alpträume als »normal« bezeichnen konnte.
Julia dachte an die Worte ihrer Freundin Alina, einer in Frankfurt tätigen Therapeutin, die sie im Zuge einer Ermittlung kennengelernt hatte. Die beiden verband eine gemeinsame Erfahrung, wie sie nicht viele Frauen teilten. Opfer desselben Entführers. Eines Perversen, an den Durant nicht erinnert werden wollte. Doch wie sagte Alina immer, wenn das Thema zwischen ihnen zur Sprache kam: »Alpträume hat jeder. Und wären sie nicht schlimm, ja lebensbedrohlich, dann wären es keine Alpträume. Jeder von uns verarbeitet seine eigene Sterblichkeit, seine Urängste in diesen Träumen. Dass wir beide denselben Alptraum *real* erlebt haben, macht unsere Träume leider noch schlimmer. Denn wir wissen nun zwar, dass wir weiterleben, aber unsere Ängste bleiben.«
Und noch eines hatte sie gesagt. Durant bekam es nur noch sinngemäß zusammen: Man sollte diesen Träumen außerhalb des Schlafes keinen Raum geben.
Leider war dieser spezielle Traum keine Fiktion. Aber das wussten nur Julia Durant und Alina Cornelius. Und sie würde sich den Rat dieser Seelenverwandten zu Herzen nehmen.

»Jetzt bist du wach«, sagte sie sich und beugte sich hinab, um das Telefon aufzuheben und nach der Uhrzeit zu sehen. Draußen war es stockfinster. Kaum Verkehrsgeräusche.
Nach einigen Momenten der Unentschlossenheit stand die Kommissarin auf und schlurfte zur Toilette. Während sie sich erleichterte, fuhr sie mit zwei Fingern suchend über die Haut oberhalb ihrer linken Brust. Glattes, weiches Gewebe, ohne jeden Makel. Nur mit viel Phantasie konnte man die Narbe ausmachen, von der sie nie jemandem erzählt und an die sie auch selbst schon lange nicht mehr gedacht hatte. Vergangenes war vergangen gewesen. Zumindest so lange, bis ausgerechnet Stephan es wieder hervorgezerrt hatte. Durant verharrte noch eine Weile, bis sie aufstand, wusch sich danach die Hände und suchte wieder die Wärme ihrer Bettdecke. Es war kalt geworden. Von den Fenstern schien eisige Luft ins Zimmer zu stürzen, auch durch die zugezogenen Vorhänge hindurch. Fröstelnd umschlang sie sich und zog die zweite Decke des Doppelbetts über sich, nur um nach weiteren zehn Minuten festzustellen, dass sie hellwach war. Im Gegensatz zu den Geistern der Traumwelt war das wirklich Teuflische, wenn man zu dieser Stunde erwachte, die Tatsache, dass man oft nicht mehr einschlafen konnte.
Doch was sollte sie stattdessen tun?
Julia Durant schaltete den Fernseher ein, suchte einen Radiokanal und regelte die Helligkeit des Bildes so weit herunter wie möglich. Bei leisem Softrock lag sie unter den beiden Decken, die rechte Hand auf dem Solarplexus, und atmete so lange ins Zwerchfell, bis sie einschlief. Traumlos. Aber dafür mit einem Soundtrack.

7:55 UHR

Der frühe Anruf von Andrea Sievers wunderte sie. Durant wusste zwar, dass die Rechtsmedizinerin bei Bedarf ohne Essen und Schlaf auskommen konnte, wenn es die Arbeit an einem Fall erforderte.

Aber immerhin war Samstag. Ihr konnte es nur recht sein. Sie hatte mit Tanja schon lange nichts mehr zu tun gehabt, aber trotzdem – oder gerade deswegen – wollte sie ihren Mordfall in den besten Händen wissen. Bereits vor knapp eineinhalb Stunden hatte der Wecker geklingelt, Durant hatte geduscht und gefrühstückt. Wohl wissend, dass sie bis neun Uhr noch eine ganze Stunde Zeit totzuschlagen hatte.

»Guten Morgen, Andrea«, sagte sie daher. »Ich hatte gehofft, von dir zu hören.«

»Aha«, kam es mürrisch zurück. »Weil es dir Spaß macht, mich auch samstags hier unten im Keller zu beschäftigen?«

»Glaub mir, ich wäre auch lieber in Frankfurt.« Durant hatte nun ebenfalls auf einen kühleren Ton zurückgeschaltet.

»Sorry. War nicht böse gemeint, Julia. Aber ich wollte die Obduktion in aller Ruhe vornehmen, und um diese Zeit geht mir hier niemand auf den Zeiger. Ich habe vor zehn Minuten die Schublade aufgezogen, und da hat's mich wie ein Blitzschlag getroffen.«

»Was denn?«

»Na, dieser Tatort. Diese Verletzungen. Das haben wir beide schon mal gesehen!«

Julia Durant hatte zwei große Tassen starken Kaffee getrunken, aber trotzdem schien ihr Gehirn deutlich langsamer zu arbeiten als das von Andrea Sievers.

»Warte, langsam«, murmelte sie. »Wir beide?«

Gewiss. Tote Frauen, teils mit den abartigsten Verstümmelungen, davon hatten sie schon weitaus mehr gesehen, als man sich vorstellen mochte. Doch sie hatten diesen Job nun einmal gewählt. Und was sie taten, führte im Idealfall zu einer Verhaftung. Zur Unterbrechung einer Mordserie. Zur Überführung eines Täters. Und damit wurde die Welt zumindest ein klein wenig besser.

»Gebärmutter und Eierstöcke«, klang Sievers' Stimme auf. »Mensch, Julia, das sehe ich noch vor mir, als sei es gestern gewesen.«

»Verdammt!« Nun traf es auch die Kommissarin. Doch sofort kamen ihr wieder Zweifel. »Aber halt, Andrea, das kann nicht sein. Das ist ... wie lange her? Und der Täter ...«

»Weiß ich doch alles«, gab die Rechtsmedizinerin zurück. »Der Täter kann's nicht sein, und es sind viel zu viele Jahre vergangen. Trotzdem sage ich: das Gefesseltsein an den Stuhl. Die Stiche. Die Entnahme ausgerechnet dieser beiden Organe ...«

Es kam noch viel schlimmer. Julias Blicke wanderten auf ihr Notizbuch, welches aufgeschlagen auf dem kleinen Schreibtisch neben dem Fernseher lag. Die handschriftliche Notiz. Das Transkript der Bandaufnahme.

Jetzt bist du da, wo ich dich haben will ...

Eine persönliche Botschaft. So, wie der Täter es auch damals gemacht hatte. Er hatte ihr eine E-Mail mit Fotos gesendet. Plötzlich war alles wieder da.

Und Andrea hatte recht!

Die Frage war nur, was Julia Durant mit dieser Gewissheit anfangen sollte.

8:05 UHR
Frankfurt

Die Meldung über ein unidentifiziertes Mädchen in der Notaufnahme des Markus-Krankenhauses hatte einige Hürden nehmen müssen, bis sich das Puzzle zusammensetzte. Im Stadtteil Bockenheim gelegen, war die Klinik umrahmt von einem Wohnviertel im Norden, der A66 im Süden, einem Wäldchen im Westen und einer gigantischen Schrebergartensiedlung im Osten. An deren anderem Ende reckte sich der Europaturm mit seiner magentafarbenen Spitze in den Himmel. So hoch, dass sein Schatten, wenn die Sonne tiefer stand, bis zu den Mauern des Krankenhauses reichte. Im Volksmund

nannte man ihn »Ginnheimer Spargel«, auch wenn er sich noch deutlich in der Gemarkung Bockenheim befand.
Ein Anrufer mit unterdrückter Nummer hatte das Klinikpersonal darüber informiert, dass er ein ohnmächtiges Mädchen in einem Auto aufgefunden habe. Als Adresse nannte er die Wilhelm-Epstein-Straße, die nördlich unmittelbar an das Gelände des Markus-Krankenhauses angrenzte. Die Begriffe »Kind« und »bewusstlos im Wagen« verfehlten nicht ihre alarmierende Wirkung. Nur wenige Augenblicke später barg man Mia Emrich aus einem dunkelblauen Kombi, der nicht abgeschlossen war. Niemand wunderte sich zunächst darüber. Vielmehr galt es, das Mädchen zu stabilisieren, welches eine unbekannte Dosis von Benzodiazepinen geschluckt haben musste. Die Atmung war kaum wahrnehmbar, doch die Kleine schien eine Kämpferin zu sein. Irgendwann erwachte sie, wollte sich verständlich machen, fand aber keine Stimme. Vielleicht halluzinierte sie auch, sie reagierte mit panischen Bewegungen, als befände sie sich in einem Alptraum. Man überlegte, sie ruhigzustellen, doch in ihrem Kreislauf befanden sich schon zu viele Substanzen. Es dauerte eine ganze Weile und brauchte zwei erwachsene Menschen, um sie aus dem Trip zu begleiten, den sie gerade durchmachte. Dann war es dem kleinen Körper zu viel, und das Mädchen schlief ein. Sie wurde an ein EKG angeschlossen. Hätte man zu diesem Zeitpunkt bereits die Polizei oder das Jugendamt informiert, wäre die Vermisstenmeldung vermutlich sofort aufgefallen. Stattdessen war Mia nach kurzer Zeit wieder aufgewacht. Diesmal fand sie ihre Stimme wieder, und sie hatte unter Tränen nach ihrer Mutter gerufen.
»Mia Emrich«, wiederholte sie immer wieder, als eine Krankenschwester sie zu beruhigen versuchte. »Mia Emrich.«
Um kurz nach sieben hatte die Klinik schließlich die Polizei informiert.
Und um Viertel vor acht erfuhren die Emrichs, dass ihre Tochter sich wieder in Freiheit befinde. Dass es ihr den Umständen entsprechend gut gehe.

Praktisch gleichzeitig trafen der dunkelgraue Mercedes-Benz und Doris Seidels Ford Kuga vor dem Krankenhaus ein. Sie war über die Wilhelm-Epstein-Straße gekommen und er von Norden her, die Ginnheimer Landstraße hinab. Um Halteverbote scherten sie sich in dieser Situation beide nicht.

9:22 UHR
München

Tief unten, auf einem Bahnsteig inmitten des Röhrensystems der Münchner Verkehrsgesellschaft, fühlte Julia Durant sich wie ein Maulwurf, dem die eigenen Gänge über dem Kopf zusammengetreten werden. Auch wenn sie wusste, dass das Tunnelnetz bis auf eine Ausnahme vergleichsweise jung war, so trieb ihr allein die Vorstellung, dass an vielen Stellen nicht mal eine Körperbreite Abstand zwischen den Wagenfenstern und der Tunnelwand bestand, den Schweiß aus allen Poren. Enger war nur die London Underground, und das bei einem Alter von über hundertfünfzig Jahren. Dagegen war München noch ein Baby, sämtliche Röhren waren jünger als die Kommissarin selbst, bis auf ein Teilstück der U6, das bereits unter den Nazis gebuddelt worden war. Auch die Lüftung war modern, sie sorgte sogar für den (eingebildeten?) Anschein einer kühlen Brise. Der immerwährende, wenn auch dezente Geruch nach Staub, Gummi und verschmortem Öl ließ sie trotz aller Vernunft daran zweifeln, dass sich in dem Maulwurfsbau genügend Sauerstoff für alle befand.
Durant warf einen Blick auf ihr Handy, auch wenn sie nicht erwartete, dass sie hier unten Empfang hatte. Sie schob es zurück in die Hosentasche, und nur aus den Augenwinkeln nahm sie die Bewegung wahr, die sich in der nächsten Sekunde zu einer Berührung verwandelte.

Mit einem spitzen Schrei flog Durant herum. Verschwommen sah sie den Arm, der im Ärmel einer Jeansjacke steckte. Dann das Gesicht, es handelte sich um einen Mann mittleren Alters mit grünen Augen, die grausträhnige Mähne zu einem Pferdeschwanz gebunden.
Er zog die Hand zurück und wartete auf eine Reaktion.
Es verrannen ein paar Sekunden, für die die Kommissarin sich anschließend beinahe schämte, denn als die Erkenntnis sie traf, tat sie es mit einer ähnlichen Wucht wie der Asteroid, der die Dinosaurier von der Erde gefegt hatte.
»*Du?*«, rief sie mit einem Lachen aus, und es hallte wie ein hysterisches Gackern, sodass sich gleich mehrere Fahrgäste nach ihr umdrehten.
»Als ich heute Morgen nachgesehen hab, war ich es noch, ja.«
Und schon im nächsten Augenblick musste sie ihr Gegenüber davon abhalten, sie zu umarmen.
»Na, na, nicht so stürmisch«, kommentierte sie, die Ellbogen angewinkelt und mit erhobenen Handflächen.
»Okay, okay, aber nicht gleich auf mich schießen, ja?«
Durant neigte den Kopf und betrachtete erneut den Mann, der alles andere als ein Fremder war.
Sein Look setzte sich auch unter der verwaschenen Jacke fort. Ein T-Shirt von Def Leppard, darunter eine handtellergroße Gürtelschnalle und eine hellblaue Bootcut-Jeans, deren ausgefranste Ränder auf braunem Leder endeten. In demselben spitz zulaufenden Leder, wie er es schon in den Neunzigern getragen hatte. Butz Mayer, geboren am 21. Juli 1969, dem Tag der ersten bemannten Mondlandung. Von seinen Eltern, die einen der häufigsten Nachnamen Münchens trugen, mit einem besonderen Vornamen bedacht – frei nach Buzz Aldrin, wenn auch eingedeutscht, was man bei Neil nicht so ohne Weiteres hinbekommen hätte. Dass sich hieraus und aus seiner Vorliebe für Cowboystiefel der Spitzname *Boots* entwickeln würde, hatten die Mayers seinerzeit wohl nicht vorhersehen können.

Dass er diesem Stil, allen Modetrends zum Trotz, auch heute noch treu blieb, hätte Durant genauso wenig erwartet. Nun ja. Wenigstens den Oberlippenbart hatte er geopfert.
»Verdammt, Butz«, grinste sie und zog das U entsprechend lang. »Dass ich ausgerechnet dich hier treffe ...«
»... ist sicher ganz phantastisch, aber weder Zufall noch Schicksal.«
»Nein?«
»Nein. Hast du einen Augenblick Zeit, vielleicht für einen Kaffee?« Sein Daumen zeigte gen Decke. Ein eindeutiger Hinweis darauf, an die Oberfläche zurückzukehren.
»Nichts lieber als das!«

Sie nahmen den Ausgang in Richtung Karlsplatz, wo sie nicht lange nach einem Kaffeehaus suchen mussten. Sie umrundeten den Brunnen, der das Zentrum des Platzes bildete, den man im Volksmund schlicht Stachus nannte. Durant kannte kaum jemanden, der jemals den Begriff Karlsplatz verwendet hätte. Schuld daran war der halbkreisförmige Prunkbau, das Stachus-Rondell, welches das Karlstor einrahmte. Eine gelbliche Fassade, die Durant heute, im Sonnenschein, viel strahlender erschien als zu ihrer früheren Zeit in München. Das Café lag nur ein paar Schritte jenseits des Torbogens. Auf zwei Klapptafeln pries eine kalligrafische Schrift die Angebote der Woche an.
»Schon gefrühstückt?«, fragte Boots, dessen Absätze wie Hammerschläge auf dem Gehweg klangen.
Durant bejahte. Und selbst wenn nicht ... *so* viel Zeit, dachte sie, wollte sie nun auch wieder nicht mit ihrem ehemaligen Kollegen verbringen. Auch wenn sie natürlich neugierig war. Doch sie ahnte, dass nichts Gutes hinter ihrem Zusammentreffen mit Butz Mayer stecken mochte.
Fünf Minuten später dampften zwei großbauchige Porzellantassen auf ihren Untertellern, und Mayer erklärte sich, den zugehörigen Keks noch im Mund zerkauend.

»Marcus Mohr hat mir verraten, dass du wieder zurück in der Stadt bist.«

»Wieder zurück in der Stadt – das ist vielleicht etwas übertrieben«, wandte die Kommissarin ein.

»Immer noch Frankfurt?«

»M-hm.«

»Du wolltest damals zur Sitte, stimmt's?«

»Die Sitte hatte die erstbeste Stelle frei«, erinnerte sich Durant. »Ein paar Monate später bekam ich aber wieder die Mordkommission in Aussicht gestellt.«

Damals war sie über den Wechsel zur Sitte nicht unglücklich gewesen. Eine üble Mordserie in München hatte so manche Narbe bei ihr hinterlassen.

Boots seufzte schwer. »Ja, ja. Du und die Mordkommission. – Isst du deinen Keks nicht?«

»Nimm ihn nur.« Durant grinste. »Du und die Süßigkeiten.«

Er schob das Gebäck in den Mund und zerbiss es. »Ich war jedenfalls auch froh, das hinter mir zu lassen.«

»Und was machst du jetzt? Kein Sheriff mehr?«

»Doch. Ich habe nur die Liga gewechselt. LKA.«

Durant streckte den Zeigefinger aus und ließ ihn einmal von Kopf bis Fuß und zurück über Boots' Körper wandern.

»Und die haben eine genauso laxe Kleiderordnung wie wir damals?«

»*Damals*«, betonte ihr Gegenüber pikiert, »war das alles topmodern.«

»Ja. Wenn man in Dallas lebte.« Julia winkte lachend ab. »Aber ganz im Ernst: Mich hat's nie gestört. Hauptsache, die Arbeit stimmt. Mein bester Freund cruist mit einem 911er durch die Gegend. Auch dienstlich.«

»Kollege?«

»Ja.«

»Verdient man in Frankfurt etwa mehr als hier?«

»Ist genauso beschissen wie überall.« Durants Blick trübte sich ein. »Wir machen die Drecksarbeit, werden von allen Seiten beschimpft und verhöhnt, lassen auf uns schießen und unsere Dienstwagen in Brand stecken – aber angemessene Bezahlung? Vergiss es! Aber lassen wir das. Warum sitzen wir beide heute hier zusammen?«
»Nun gut. Dann wollen wir mal.«
Mayer zog das neueste Galaxy-Smartphone aus seiner Jackentasche und wischte über das Display. Danach kippte er das Gerät in Durants Richtung.
»Was zur Hölle bedeutet das?«, wollte er wissen.
Die Kommissarin schluckte. Sie erkannte einen Gefrierbeutel, in dem sich eine rote Masse mit etwas Flüssigkeit befand. Erst auf den zweiten, deutlicher nach vorn gebeugten Blick wurde ihr bewusst, dass es sich dabei nicht um ein menschliches Organ handelte.
»Moment. *Kirschen?*«, fragte sie, die Nase mittlerweile fast auf dem Display klebend.
»Was dachtest du denn?« Mayer legte das Telefon auf den Tisch. »Und jetzt komm mir nicht mit einem Kommentar à la ›Frische Kirschen haben keine Saison‹. Das hab ich mir nämlich alles schon anhören müssen. Es sind auch eindeutig keine Einkäufe, die mir aus der Tasche gefallen sind.«
»Schon klar.« Durant schmunzelte. Butz hatte sich keinen Deut geändert, wenn man das naturgemäße Älterwerden einmal nicht in Betracht zog. Noch immer dasselbe flapsige Mundwerk. Aber dennoch – ein Puzzlestückchen fehlte: »Wieso fragst du ausgerechnet mich danach?«
»Weil man immer auf die Packungsbeilage achten soll. Nicht nur, wenn's um Risiken und Nebenwirkungen geht.«
»Weniger kryptisch, bitte.«
»Mein Gott, jetzt lass mich halt. Die Tüte lag vor meiner Wohnungstür. Ordentlich verschlossen, damit nichts raussifft. Das Ganze war noch halb gefroren, als ich es fand. Wäre beinahe reingelatscht, aber egal. Es klebte ein Zettel dran mit einer kurzen Nachricht.«

Endlich! »Und die lautete wie?«
»Schöne Grüße an Julia Durant.«
»Mehr nicht?«
»Nein. Warte.« Mayer nahm das Handy wieder auf und wischte erneut darauf herum. Als Nächstes erschien ein etwas unscharfes Foto von besagter Nachricht. Großbuchstaben, mit Ausnahme des scharfen ß. Kein Punkt, kein Ausrufezeichen.
»Scheiße.«
»Nein. Kirschen.« Butz fuhr sich mit der linken Hand über die Haare, als wolle er den Sitz des Pferdeschwanzes überprüfen. »Und jetzt möchte ich eine Erklärung dafür haben, hörst du? Und zwar eine, die mich zufriedenstellt.«
Julia Durant ließ einen tiefen Seufzer in ihre Kaffeetasse fahren und leerte den letzten Schluck Cappuccino. Mit einer Geste gab sie der Bedienung zu verstehen, dass sie Bedarf an einem zweiten hatte. Gleichzeitig sortierte sie ihre Gedanken, um eine möglichst kurze und präzise Darstellung der Geschehnisse zu finden.
Nachdem Julia das Gröbste umrissen hatte, betrachtete sie ihren ehemaligen Kollegen aufmerksam. Butz' Gesichtszüge verrieten, dass hinter seiner Stirn ein Gedankensturm tobte.
»Wow!«, hörte sie ihn schließlich sagen. »Das ist ein Hammer. Das würde ja heißen, du glaubst, dein Stephan ist gar nicht tot? Das ist schon echt extrem …«
»Hör auf, ihn *meinen* Stephan zu nennen!«, schnaubte sie. »*Das* ist extrem.«
»Ja, sorry, aber so ist das halt noch bei mir abgespeichert. Und Stephan soll noch am Leben sein? Das würde ja bedeuten, dass er seinen Tod vorgetäuscht hat.«
»Zumindest scheint jemand zu wollen, dass ich genau das denke.«
»Und? Denkst du es?«
»Irgendjemand tut es jedenfalls.«
»Na ja. Aber ich gehöre zu deinem alten Team.«

»Eben. Jemand, der mich in meiner Münchner Zeit kannte, weiß das. Das Internet jedenfalls dürfte diese Verbindung nicht mehr finden. Und vergiss nicht, dass alles ausgerechnet dann losging, als ich zu Stephans Beisetzung gerufen wurde.«
»Hm.« Boots schien nicht überzeugt.
»Chérie«, wiederholte Durant. »Jemand spielt mit meinem bescheuerten Kosenamen. Deshalb diese Kirschen. Weißt du von irgendeinem anderen Fall, bei dem man Kirschen vor der Tür gefunden hat? Jemand aus dem alten Team von damals?«
»Nicht, dass ich wüsste. Aber das hat nicht viel zu bedeuten.«
»Wieso?«
»Weil keiner mehr da ist«, antwortete Boots düster. »Den Habel hat vor Jahren der Krebs geholt, und Burger ist in den Osten gegangen und ward nicht mehr gesehen.«
Durant erinnerte sich, denn sie hatte sich diese Frage bereits selbst gestellt. Bisher war nur ihr Umfeld in Frankfurt betroffen gewesen. Doch wenn die Wurzel allen Übels hier in München lag, würde dann ihr altes Team der Mordkommission München ebenfalls ins Fadenkreuz gelangen? Neben Butz Mayer waren da noch Kommissariatsleiter Richard Habel und ihr damaliger Kollege und schärfster Konkurrent Vinzenz Burger gewesen. Ein Exil-Österreicher, wie er sich bezeichnete, der es auf Julias Stelle abgesehen hatte. Nach ihrem Weggang hatte er sie bekommen. Und trotzdem war er gegangen. Außer diesen beiden Kollegen und Butz gab es niemanden mehr, der mit ihrer Zeit bei der Münchner Mordkommission in Verbindung stand. Claus Hochgräbe war damals zwar schon bei der Kriminalpolizei gewesen, aber sie hatten sich erst Jahre später kennengelernt. Das von Burger hatte Julia am Rande mitbekommen. Habels Schicksal machte sie traurig. »Krebs? Wirklich?«
»Es ging innerhalb von Wochen«, erwiderte Butz mit ungewohnt düsterer Miene. »Diagnose im Mai, Chemo im Juni, Beerdigung im September. Das war für mich damals der letzte Anstoß, die Sache

hier hinzuschmeißen. Im Winter bin ich dann schon zum LKA gewechselt.
»M-hm.«
»Aber dass du das mit Habel nicht mitgekriegt hast ...«
»Ich hab mich damals ziemlich abgekapselt«, gestand Durant. »Ich musste alle Brücken abbrechen, auch wenn manches davon wehtat.«
»Kann ich verstehen. Whatever. Jedenfalls sagt mir deine Nemesis mit diesen Kirschen zwei Sachen. Nämlich einmal, dass momentan offenbar niemand in deinem Frankfurter Umfeld sicher ist. Und ich bin da wohl der Quoten-Münchner. Vielleicht, um dir zu sagen, dass auch hier niemand sicher ist. Aber keine Sorge: Ich weiß auf mich aufzupassen.«
Da er nicht weitersprach, sagte Durant: »So schlau war ich auch schon. Und zweitens?«
»Dass der Täter dringend dingfest gemacht werden muss. Und zwar besser heute als morgen!«
Auch das war nichts Neues für Julia Durant. Doch die Frage blieb, wie sie das bewerkstelligen sollte.
Zuerst führte sie ein kurzes Telefonat mit Claus, in dem sie ihn auf den neuesten Stand brachte und ihn abschließend bat, ein wenig herumzutelefonieren, ob auch in Frankfurt irgendwelche Kirschen aufgetaucht waren. Danach ein Blick auf die Uhr. Marcus Mohr wartete sicher schon auf sie, auch wenn sie ihn beim Verlassen der U-Bahn darüber informiert hatte, dass sie sich verspäten würde.
»Ich nehme mal an, du hast den Beutel und den Zettel untersuchen lassen?«, vergewisserte sie sich.
»Wir haben die besten Leute dafür.«
»Ich vermute mal, es war nichts zu finden.«
»Korrekt.«
Durant war beinahe enttäuscht darüber, dass sich der Gönner der Kirschen nicht einmal die Mühe eines Zehenabdrucks gemacht hat-

te. Doch andererseits wusste er in diesem Stadium auch so, dass sein Geschenk seine Wirkung nicht verfehlen würde.
»Übrigens gab es auch keine Toxine oder dergleichen in den Kirschen«, sagte Mayer. »Einfach nur nichts. Man könnte also guten Gewissens eine Schwarzwälder Torte draus backen.«
»Tu dir keinen Zwang an«, murmelte Durant gedankenverloren.

11:55 UHR

Schon wieder betrat die Kommissarin eine Gaststätte, dieses Mal ein Restaurant am Viktualienmarkt. Ihr Herz pochte spürbar, und sie wusste, dass das nicht mit dem vielen Koffein zusammenhing, das sie sich heute schon zugeführt hatte.

Nachdem Julia Durant im Präsidium eingetroffen war, hatte sie Marcus Mohr kurz Bericht erstattet. Er kannte Boots – was wohl auf jeden hier zutraf –, oder zumindest kannte er die alten Geschichten, die sich wie Legenden um seine Persönlichkeit rankten. Ein gnadenlos guter Ermittler, der sich wie ein Kampfhund in seine Fälle verbeißen konnte. Davon konnte auch Julia ein Lied singen, dachte sie. Ob man über sie auch einmal derart ehrfürchtig sprechen würde? Nicht, dass es ihr etwas bedeuten würde … obwohl, andererseits …
Sie sprachen zuerst über die Kirschen und anschließend über Röthers Aussage bezüglich des Mannes an Stephans Seite. Mohr machte sich eine Notiz und versprach Durant, jemanden darauf anzusetzen. Keiner von ihnen musste es aussprechen, sie waren beide Profis. Aber einen unbekannten Mann ohne Personenbeschreibung nach mehreren Monaten ausfindig zu machen war noch unwahrscheinlicher, als die sprichwörtliche Nadel im Heuhaufen zu finden. Es gab nur einen einzigen Trumpf, wenn man das so bezeichnen wollte, und den musste Durant nun endlich wagen zu spielen. Sie

recherchierte ein paar Minuten im Internet, dann hatte sie gefunden, wonach sie suchte. Ein paar Klicks später stand die Telefonnummer auf dem Monitor, und ihre Finger legten sich auf das Zahlenfeld, um sie einzutippen. Schon beim ersten Aufsetzen spürte Durant das Zittern in ihren Gliedern, welches sich verstärkte, als das Freizeichen erklang. Dann erklang auch schon eine Stimme, die ihr seltsam fremd und gleichzeitig vertraut vorkam. Sie nannte den Firmennamen, der auch vom Computer ausgespuckt worden war, dann ihren Namen.
»Sie sprechen mit Karin Forsbach.«

Die beiden Frauen hatten sich nach einem kurzen Dialog, der für beide spürbar unangenehm war, für die Mittagspause unweit der Firmenadresse verabredet. Durant verspürte keinerlei Hunger, generell erschien ihr die Vorstellung, überhaupt etwas herunterzubekommen, ziemlich absurd. Sie reckte sich unruhig in alle Richtungen, um das Gesicht zu erkennen. Doch Karin ließ auf sich warten.
Sie hatte also geheiratet. Es hatte Durant in die Karten gespielt, dass man in den meisten sozialen Netzwerken den Geburtsnamen hinterlegen konnte, um auch nach einer Hochzeit auffindbar zu bleiben. Der Name Forsbach sagte ihr nichts. Aber immerhin trug Karin nicht Stephans Namen. Damals war es schon etwas Besonderes gewesen, dass Julia ihren Mädchennamen behalten hatte. Stephan (und dem Standesbeamten und auch einem Großteil der Anwesenden) wäre es lieber gewesen, sie hätte keinen derartigen Emanzentrip (wie man hinter vorgehaltener Hand flüsterte) gestartet. Doch für Julia Durant, als einziges Kind ihrer Eltern und einzige Erbin ihres so wohlklingenden Familiennamens, hatte es niemals zur Debatte gestanden, diesen aufzugeben. Mit Emanzipation hatte das jedenfalls nichts zu tun. Mehr mit Tradition. Aber davon verstanden diese Machos ja nur etwas, wenn es sich um Frauen am Herd drehte. Stephan jedenfalls hatte ihren Wunsch respektiert. Damals vielleicht sogar

noch aus echter Liebe heraus. Doch was bedeutete das heute schon noch?

Karin hatte sich vermutlich einen der Bosse geangelt. Zumindest passte dies zu Durants Bild von ihr. Und als dann tatsächlich eine herausgeputzte Blondine über die Gehwegplatten auf sie zusteuerte, wusste sie, dass sie recht hatte. Selbstsicher wie ein Flugzeugträger, der rücksichtslos zwischen Fischerbooten hindurchpflügt, bahnte Karin sich ihren Weg durch die Passanten. Die Ellbogen leicht ausgefahren, in kniehohen Stiefeln und einem freizügigen, figurbetonenden Kleid, was man als Frau jenseits der fünfzig nur mit einer gehörigen Portion an Ego tragen konnte.

Keine Spur von grauen Strähnen, die Schminke frisch wie direkt nach dem Auftragen, ein phantastisches Rot auf den Lippen: Julia Durant hasste sie schon jetzt. Dazu der Gang und ein beneidenswerter Körper, auch wenn sie sich selbst ja weiß Gott nicht verstecken musste. Kein Wunder, dass Stephan …

»Julia!«

»Karin.«

Schweigend drehte Karin Forsbach die Gabel in ihrem Salat, als wolle sie die gerösteten Pinienkerne und die Sojasprossen unter den lilagrünen Blättern vergraben.

Julia Durant nippte an ihrer Cola. Sie hatte sich nichts weiter bestellt, auch das Getränk eher widerwillig, weil der hochnäsige Kellner sie ansah, als würde er sie sonst des Ladens verweisen. Sie wollte auf dem Sprung sein, hatte direkt bezahlt, sie wollte die Kontrolle über die Situation behalten.

Auch Karin stand der Sinn offenbar nicht nach Geplänkel, und so war die Vergangenheit schnell abgearbeitet. Durant erwartete auch keine hoch emotionale Entschuldigung, aber ihr Gegenüber lieferte zumindest ein »Tut mir leid, wie das damals alles gelaufen ist«.

»Belassen wir die alten Geschichten einfach da, wo sie hingehören.«

Damit war alles gesagt, ohne dass jemand das Gesicht verlor.
Die Kommissarin atmete tief ein. Sie hatte am Telefon kurz umrissen, worum es ging. Ein Mörder, der sich durch ihr Umfeld arbeitete. Der sehr viel über Stephan wusste und vorgab, in seinen Fußstapfen zu gehen.
»Was genau hat das jetzt alles mit Stephan zu tun?«, wollte Karin wissen.
Allein, wie sie seinen Namen aussprach ... doch halt!
»Der Täter verfügt über sehr viel Wissen und hatte Zugang zu persönlichen Gegenständen. Nach der Beisetzung erhielt ich eine Karte, die in Stephans Handschrift verfasst war. Und dazu noch einiges mehr.«
Ihren Kosenamen erwähnte die Kommissarin allerdings nicht.
»Wo warst du eigentlich am Tag der Trauerfeier?«, fragte sie stattdessen und versuchte dabei, jeden spitzen Unterton zu vermeiden.
»Ich hatte Termine«, kam es – deutlich überspitzt – zurück. »Ich wundere mich viel mehr, dass *du* da warst.«
»Er hat mich persönlich darum gebeten. Immerhin ...« Sie streichelte sanft über ihren leeren Ringfinger. »Na ja. Es waren nicht viele da. Ich kannte keinen Einzigen.«
Karins Augen waren eisig, vermutlich wog sie ab, ob sie eine weitere Spitze erwidern sollte. Stattdessen sagte sie: »Stephan hat sich sehr verändert. Wir hatten schon länger keinen Kontakt mehr. Gar keinen, meine ich, nicht mal eine SMS zum Geburtstag oder so.«
»Aha. Und wie lange genau?«
»Drei, vier Jahre.« Den Blick wie beiläufig auf den untergemischten Salat gerichtet, in dem jetzt nur noch vereinzelte Karottenstreifen zu erkennen waren, klang die Stimme der Blondine völlig unbeteiligt. Und das mit Absicht, wie Durant verärgert feststellte. Karin spielte ihr Blatt wie ein Profi, sie wusste genau, dass Stephans Ex darauf brannte zu wissen, wie viele Jahre sie es mit ihm getrieben hatte. Wie oft sie über sie gesprochen, vielleicht sogar gelacht hatten. Bevor sie

das Colaglas unter den krampfenden Fingern zerdrückte, nahm sie einen Schluck und wischte sich über die Lippen.
»Dann kennst du also niemanden mehr, der mit ihm zu tun hatte?«
»Nein. Er hat sich von allen zurückgezogen, das fing aber schon lange vorher an. Zuerst der Verkauf seiner Firma. Das muss 2007 gewesen sein. Geschluckt von einem internationalen Konzern, der sich das Beste von allem herauspickte.« Sie nannte den Namen, eine amerikanische Firma, er kam Durant bekannt vor.
Sie fuhr fort: »Sicherlich ein Aufstieg, aber Stephan wurde dadurch endgültig zum Workaholic. Dann dieser Einschnitt.« Karin tippte sich auf den Hals, als wäre damit alles erklärt.
»Was für ein Einschnitt?«
»Ach so. Ihr habt wirklich *überhaupt* nichts mehr miteinander zu tun gehabt?«
»Karin, bitte. Das weißt du doch genauso gut wie ich.«
»Okay. Er hatte eine OP am Kehlkopf. Kettenraucher eben. Es stand kurz vor knapp, und er hätte nur noch durch so ein Mikrofon sprechen können. Doch du kennst ja Stephan. Er ist in die USA und nach Japan geflogen, hat ein Dutzend Meinungen eingeholt, und am Ende ging es vergleichsweise glimpflich für ihn aus.« Karin nahm, völlig unerwartet, eine Gabel voll Salat in den Mund.
»Eine Kehlkopf-OP«, murmelte die Kommissarin, und ein Schauer lief ihr zwischen den Schulterblättern hinab. Die veränderte Stimme. Das Flüstern.
»Aber trotzdem«, unterbrach Karins Stimme. »Das hat ihn verändert.«
»Inwiefern? Hatte er eine Fistelstimme?«
»Wie?« Kehliges Lachen. »Nein. Wobei … anders war sie schon. Aber am Ende war er stärker als zuvor, wenn auch nicht für lange.«
»Was bedeutet das?«
»Stephan entdeckte eine neue Ader. Er suchte sich Hobbys, begann damit, Sport zu treiben, und gab immer mehr ab. Innerhalb von

fünf, sechs Jahren hatte er die Firma so weit, dass er kaum noch präsent war und einen Großteil seiner Zeit auf Reisen verbrachte.« Karin seufzte. »Dann begann die Zeit, in der er sich von seinen Mitmenschen zurückzog. Er brauche das alles nicht mehr, sagte er.«
»Und du glaubst, da steckt der Krebs dahinter? Stephan wäre nicht der Erste, den eine solche Erkrankung aufrüttelt, um sich auf andere Dinge in seinem Leben zu besinnen.« Durant dachte darüber nach, was sie da eben gesagt hatte. Passte das zu dem Stephan, den sie einmal gekannt hatte?
»Nein«, widersprach Karin, noch bevor sie eine Antwort fand. »Es *gab* keine Erklärung. Und Stephan war nie ein spiritueller Mensch, das weißt du selbst. Manche sagten, der Erfolg habe ihn zum Arschloch gemacht. Andere sagten, er sei schon immer eines gewesen. Ein Menschenfeind, der am liebsten für sich ist. Jetzt konnte er es sich eben leisten. Und dann gab es noch die, die wissen wollten, dass er zum Alkoholiker geworden sei oder eine Psychose habe.«
»Und was sagst du?«
»Ich habe nie eine Antwort bekommen. Und glaub mir, ich habe ihn mehr als ein Mal versucht zu begreifen. Doch Stephan hatte schon immer diese andere Seite, dieses Verborgene, dieses Geheimnisvolle, was ihn ja durchaus auch attraktiv ...«
Karin unterbrach sich abrupt.
Julia Durant wusste, wovon sie sprach. Auch wenn der Begriff Narziss damals noch nicht seinen Weg in die Alltagssprache gefunden hatte, war Stephan der Inbegriff eines solchen. Ein früher Prototyp all ihrer gescheiterten Beziehungen, die sie seither geführt hatte. Bis sie Claus Hochgräbe begegnet war. Julia wischte den Gedanken beiseite.
»Könnte es sein, dass er seine ... Neigungen geändert hat?«, erkundigte sich die Kommissarin so behutsam wie möglich nach einer längeren Pause, in der fünf weitere Gabelportionen in Karins Mund verschwanden.

»Neigungen?«
»Stephan wurde nicht lange vor seinem Ableben mit einem Mann gesehen. Die beiden haben einander womöglich sehr nahegestanden.«
»Sehr nahe?«
Verdammt noch eins!
»Sie haben sich einer Zeugenaussage zufolge umarmt und womöglich auch geküsst.«
Und was auch immer die Forsbach ihrer Beziehung einst angetan hatte: Der Gesichtsausdruck, den sie nun zeigte, entschädigte Durant für eine Menge.

DIENSTAG

DIENSTAG, 17. SEPTEMBER
Frankfurt

Drei Tage waren vergangen. Tage, an denen die Zeit raste, in ständiger Erwartung, was als Nächstes geschehen würde. Doch nichts geschah, jedenfalls kein neuer Mord. So erleichternd es auch war, so sehr lähmte die eigene Machtlosigkeit. Besonders Frank Hellmer bekam das zu spüren, als er am Wochenende seinen 911er in der Einfahrt parkte, weil er zu bequem war, ihn in die Tiefgarage zu fahren. Der Wagen hatte keine vier Stunden an dieser Stelle gestanden, als Frank und Nadine sich mit ihm in Richtung Nachtleben aufmachen wollten. Einmal im Monat gönnten die beiden sich einen Besuch in einem Restaurant, diesmal sollte ein neuer Chinese dran sein, von dem man im Internet nur Gutes lesen konnte. Doch kaum hatte Frank seiner Frau die Tür geöffnet, hörte er ein spitzes Quieken.

»Igitt! Frank! Was ist das denn?«

Doppelt schnell, wie sie auf den Sitz gelangt war, fuhr Nadine wieder in die Senkrechte. Etwas Rotes spritzte auf den Lack. Rote, undefinierbare Fetzen regneten auf die Betonfliesen nieder.

Während Hellmers Augen noch ein Puzzle zusammenzusetzen versuchten, das nach wabernden Eingeweiden aussah, registrierten seine Nase und sein Gaumen den süßlichen Duft und das bekannte Aroma.

»Kirschen?!«, rief er entsetzt.

Nun erkannte er das gesamte Ausmaß des Dramas. Das Schiebedach stand zur Hälfte offen. Angetrocknete Spritzer verrieten, dass der unbekannte Vandale sich diesen Umstand zunutze gemacht hatte. Der Innenraum war ruiniert von einem halben Kilogramm glibberiger Früchte inklusive Saft.

Der Chinese an diesem Abend fiel aus, stattdessen dokumentierte der Kommissar den Schaden an seinem Fahrzeug und machte sich auf die Suche nach einem Aufbereiter, der schlimmeres Unheil abwenden sollte.

Er hatte außerdem mit seiner Kollegin Durant telefoniert und erfahren, dass es auch in München einen Vorfall mit Kirschen gegeben hatte.

Kirsche – Cherry – Cherié. War das schon alles, was sich hinter dieser Bildsprache verbarg? Sollten die Adressaten sich erschrecken oder in Sicherheit wähnen? Dem Täter musste doch klar sein, dass die erste Konsequenz daraus sein würde, die Polizeipräsenz zu erhöhen. Doch gab es überhaupt so etwas wie Sicherheit, solange dieses Schwein sich da draußen herumtrieb? Für Tanja Wegner jedenfalls gab es keine mehr, und diese war selbst Polizistin gewesen. Hellmer beschloss, mit seiner Frau Nadine zu reden, um diese davon zu überzeugen, sich mit ihrer Tochter so weit wie möglich von Frankfurt zu entfernen. Die Ferien standen ohnehin unmittelbar bevor.

*

Julia Durant war am Sonntagabend zurück nach Frankfurt gefahren. Die Durchsuchung ihrer ehemaligen Wohnung hatte zwei weitere Kassetten zum Vorschein gebracht. Eine in einer mit Kirschen bedruckten Butterdose aus Porzellan, die sich im Kühlschrank befunden hatte. Eine im Regal, ziemlich frech platziert, und doch war sie niemandem aufgefallen. Aber wer beachtete an einem Tatort auch schon die CDs, Bücher oder eben auch Kassetten des Opfers? Julia Durant konnte nicht mit Sicherheit sagen, ob es noch ein viertes oder ein fünftes Band gab. Sie hatte das Schlafzimmer betreten. Widerwillig. Und die Seite des Doppelbetts unter die Lupe genommen, die einmal ihr gehört hatte. Auch wenn es ein anderes Bett war – *Gott sei Dank!* –, sie hatte sich gegen die wiederkehrenden Flashbacks nicht wehren können.

In der Forensik fand man heraus, dass sämtliche Bänder denselben Inhalt hatten und ansonsten leer waren. Der Täter musste sie neu erworben haben, eine Spur, die sich nur auf den ersten Blick als vielversprechend zeigte. Denn im aufkommenden Retro-Wahn gab es unzählige Händler, die Leerkassetten wieder in ihr Sortiment aufgenommen hatten. Dazu der Onlinehandel. Es war eine Sackgasse.

Ebenfalls untersucht hatte man das Porträt der jungen Kommissarin, das auf Stephans Schreibtisch platziert worden war. Der Rahmen war neu, trug noch das Preisschild auf der Rückseite. Euro, keine Mark. Das Foto hingegen war ein altes. Die Klebespuren auf der Rückseite deuteten darauf hin, dass es in einem Album geklebt hatte. Julia erinnerte sich an den Sommer, in dem es aufgenommen worden war. Doch viel mehr interessierte sie die Frage, welche Abdrücke sich auf dem Glas, dem Rahmen und auch der Fotografie befanden. Tatsächlich war auch hier ein Zehenabdruck zu finden gewesen.

»Was soll das?«, fragte sie sich immer wieder. Die Rechtsmedizin, in Form des zynischen bayerischen Kollegen, wusste darauf natürlich keine Antwort. Allerdings bekräftigte er drei Dinge: Erstens, dass es sich zu hundert Prozent nicht um einen Fingerabdruck handeln konnte, zweitens, dass es sich um einen menschlichen Zeh mittlerer Lage handelte, also weder den großen noch den kleinen, und dass es drittens exakt dasselbe Muster war.

»Selbst wenn das Foto und die Karte auf dem Boden lagen und der drübergelatscht ist«, so der Schluss des Arztes, »ist es sehr unwahrscheinlich, zweimal mit demselben Fuß und demselben Zeh aufzukommen, noch dazu, ohne die Nachbarzehen gleich mit drüberzuschmieren. Das war pure Absicht und grenzt an Fußakrobatik.

Vermutlich hat er den mittleren Zeh genommen und ihn mit der Hand auf die Unterlage gedrückt.«
So viel Aufwand, hatte die Kommissarin gedacht.
Wer so viel Aufwand trieb, um Spuren zu hinterlassen, der hatte eine Botschaft. Eine Agenda. Und es stand außer Zweifel, dass sie es war, die der Unbekannte ansprechen wollte. Aber was wollte er ihr mitteilen?

In Frankfurt wiederum hatte Durant sich mit den Details um Mia Emrichs Rückkehr befasst.
Diese hatte ausgesagt, dass es sich um einen Mann gehandelt habe. Heiser. Sein Gesicht lag die meiste Zeit über im Schatten einer Schirmmütze oder hinter einem Halstuch, das er bis zur Unterlippe hochgezogen hatte. Kalte, ins Grau gehende Augen. Die waren ihr aufgefallen. Hatten ihr Angst gemacht.
Das Letzte, woran sie sich erinnerte, war die Angst, zu ersticken. Er hatte sie mit Klebeband geknebelt. Laut den Ärzten habe der Sauerstoffmangel zu einer Ohnmacht geführt. Verantwortlich dafür war ein unglückliches Zusammenspiel von verstopften Nasenlöchern, die Mia nur schwer atmen ließen, und Panik, die schließlich zur Hyperventilation geführt hatte. Irgendwann schwanden ihr die Sinne. Sie musste gekrampft haben, der Stuhl kippte um, ein paar leichte Blessuren, die aber verheilen würden. Die Narben auf ihrer Seele indes …
Durant hatte die ganze Zeit gebangt, dass der Entführer noch schlimmere Dinge mit dem Mädchen angestellt hatte. Doch offenbar (und Mia war trotz vehementen Verneinens eines Missbrauchs entsprechend untersucht worden) hatte der Mann nichts dergleichen getan. Wenigstens etwas.
Und das Schlimmste dabei war, dass all das in Wirklichkeit Elisa Seidel gegolten hatte. Julia Durants Patenkind.

15:40 UHR

Die Kommissarin blickte auf die Uhr. Eine gute Viertelstunde, dann die Dienstbesprechung. Sie musste an Alina Cornelius denken. Erst gestern Abend hatten die beiden Freundinnen zusammengesessen. Lachend, weinend. Ganz nah. Natürlich waren diese Treffen keine Therapiegespräche. Doch für Julia waren die Stunden mit Alina mehr, als jede ärztlich verordnete Therapie leisten konnte. Vielleicht lag es daran, dass sie sich geben konnte, wie sie war. Kein Verstellen. Kein Gebaren. Kein Analysieren. Es tat gut, mit jemandem zu plaudern, der genauso tickte wie sie selbst. Oder zumindest mit jemandem, der ihr Ticken verstand. Weil die beiden Frauen etwas miteinander teilten, was sonst niemand hatte. Ein Band, gewachsen aus einem gemeinsamen Trauma. Und für eine einzige Nacht, schon viele Jahre her, hatten die beiden sich geliebt. Eine Erfahrung, die Julia nur dieses eine Mal zugelassen hatte. Wunderschön, völlig anders als erwartet, aber eben auch nur ein Versuch. All diese Dinge, die zwischen ihr und Alina geschehen waren, hatten ihre Seelen miteinander verwoben. Und auch wenn der gestrige Abend viel zu früh vorüber gewesen war: Julia hatte neue Kraft daraus geschöpft.

Ein nächster Blick in Richtung Uhr. Die Kommissarin nahm einen Schluck Cola und feuerte die Dose in den frisch geleerten Mülleimer, wo sie mit einem wütenden Scheppern zum Liegen kam. Sie hatte keine Lust auf die anstehende Konferenz. Was würde sie bringen? Nichts. Außer einem Wiedersehen mit Andrea Sievers, die es sich nicht hatte nehmen lassen, ihren Besuch anzukündigen. Vielleicht doch ein Lichtblick? Ein neues Indiz? *Irgendwas?*

Immer noch Zeit. Bevor Durant ihre Sachen griff und sich mit einem Umweg über die Toilette zum Besprechungszimmer aufmachte, tippte sie eine Kurznachricht an Alina.

> Hi. Würde Dich gerne noch mal sehen. Der Abend war einfach zu kurz!

Natürlich wusste sie, dass Alina während einer Sitzung nicht an ihr Handy ging.
Dennoch: Es dauerte nur wenige Minuten, schon kam eine Antwort. Leider war die Freude darüber nur von kurzer Dauer.

> Sorry, Julia. Liebend gern! Aber heute und morgen sieht es mau aus. Ich melde mich :-*

Julia Durant musste also ohne sie auskommen. Sie lehnte sich für ein paar Sekunden in eine dunkle Ecke des Ganges und schloss die Augen. Nahm ein paar tiefe Atemzüge, dann fühlte sie sich stark genug für die Besprechung.

16:02 UHR

Jahrelanges Training hatte Alina Cornelius in die Lage versetzt, selbst Krisengespräche punktgenau zu einem Ende zu leiten. Und zwar ohne dass sich ihre Patienten weggedrängt fühlten. Im Gegenteil: Es gelang ihr auf eine so einfühlsame Weise, dass selbst die gequälteste Seele mit neuem Mut aus ihrer Therapie ging. Und wenn es nur für ein paar Stunden war. Sicher einer der Gründe dafür, dass sie restlos ausgebucht war. Der andere Grund war der katastrophale Mangel an guten Therapeuten, selbst hier, inmitten der Großstadt. Kein Wunder, dass aus jeder Ecke Quacksalber auftauchten, die Wunder versprachen und am Ende noch größere Scherbenhaufen hinterließen.
Vor einem Jahr hatte Alina ihre Praxis aufgegeben und sich dort, wo sie wohnte, eine Räumlichkeit geschaffen. Im Stadtteil Dornbusch, unweit des Polizeipräsidiums und in direkter Nachbarschaft zum

Rundfunkgelände. Das Parken war hier nicht ganz so katastrophal wie in anderen Teilen der Stadt, und bislang hatte sich keiner ihrer Stammpatienten darüber beschwert. Selbst aus Höchst nahm man die Fahrt zu ihr gerne auf sich.

Sie blickte der geduckten Person noch eine Weile hinterher. Scheu, immer in Habachtstellung und ohne einen Hauch von Selbstbewusstsein schlich sie durch ihr Leben. Fußabtreter für jeden, mit dem sie sich einließ. Immer dieselben Fehler. Alina hatte sogar schon mit ihr geübt, eine aufrechte Haltung einzunehmen. Doch sobald sie die Schwelle ihrer Wohnung übertrat, sackte jeder Erfolg wieder in sich zusammen.

Ein schwerer Seufzer entkam Alina, als sie sich umdrehte. Sie wollte gerade nach der Tür greifen, als ein harter Schlag sie traf. Er trieb ihr die Sterne vor die Augen, dann kam die Dunkelheit.

16:25 UHR

Von allem, was die Kommissarin an ihrem Job nervte, waren die ständigen Wiederholungen zurzeit das Schlimmste. Sobald sie etwas von ihrer Ermittlung zu berichten hatte, schienen sich Mitleid und Neugier hinter den Mienen der anderen zu regen.

Die arme Julia.

Was war denn genau mit ihrem Ex?

Keins von beidem konnte sie gut ertragen. Das war in München so gewesen und auch hier nicht besser. Doch es lag auf der Hand, wie Hochgräbe eben noch einmal betonte: »Es geht hier um dich. Darüber müssen wir uns im Klaren sein.«

Seufzend hob Durant die Achseln. »Das ist mir schon klar. Aber wieso schlachtet er Tanja derart brutal ab und lässt Mia dann einfach gehen? Weil sie bewusstlos geworden war? Ich finde, diese Sorgsamkeit passt nicht zu ihm.«

»Vermutlich war sie Mittel zum Zweck«, antwortete Doris Seidel. »Jedenfalls ihr Handy, was uns ja zu Tanjas Leiche geführt hat. Wir sind uns mittlerweile ziemlich sicher, dass nicht Mia, sondern Elisa das Ziel war. Dein Patenkind.« Sie hob die Hand vor den Mund und senkte die Stimme, weil das, was sie gerade aussprach, ihr noch immer das kalte Grausen durch die Glieder jagte. »Nicht auszudenken, was er unserer Kleinen angetan hätte, wenn er sie in die Finger bekommen hätte.«

»Und Tanja?«, bohrte Durant weiter. »Was ist mit *ihr?*«

»Ich habe Samenspuren gefunden.« Andrea Sievers stand auf. »Natürlich ergab die Suche keinen Treffer, aber wir weiten das Ganze jetzt aus.« Sie ging zu einem der Boards und brachte nach und nach eine Handvoll Fotos mit Magneten darauf an. »Tut mir leid, aber ich kann euch die Bilder nicht ersparen.«

»Und deshalb hängst du sie gleich doppelt, ja?«, flachste Frank Hellmer.

Tatsächlich. Die Motive glichen sich, auch wenn es eindeutig nicht zweimal dieselben Fotografien waren. Durant dachte zuerst an zwei unterschiedliche Kameras. Aber da war noch mehr.

»Witzbold«, konterte derweil Dr. Sievers. »Wer möchte noch mal raten?«

»Ein anderer Tatort«, sagte die Kommissarin tonlos. Es waren Aufnahmen von blutigen Laken. Von weiblichen Fortpflanzungsorganen. Von enormer Brutalität. Und auch wenn sie die Bilder nur verschwommen und in weiter Ferne sah, da war etwas in ihrem Gedächtnis …

»Zwischen diesen Aufnahmen liegen an die fünfzehn Jahre«, referierte die Rechtsmedizinerin weiter. »Und soweit ich weiß, sind das nicht gerade Motive für die Pressekonferenz. Also woher stammt das Material, und wer hat diese Kamelle wieder hervorgekramt und aus welchem Grund? *Das* solltet ihr mal herausfinden, und zwar schnell, wenn ihr mich fragt.« Dann fügte sie, betont pathetisch, hinzu: »Aber mich fragt ja meistens keiner.«

Hochgräbe war anzusehen, dass er ein paar Fragezeichen auf der Stirn trug. Kein Wunder, er war noch nicht lange genug in der Stadt. Umso besser wusste Durant, was damals geschehen war. Und sie wusste auch, dass es sich nicht um denselben Täter handeln konnte. Und im Grunde auch nicht um einen Nachahmer, der dem Inhaftierten nacheiferte und sich zu neuen Morden nach demselben Schema angestachelt fühlte. Viel dramatischer war, wie der Täter damals mit ihr kommuniziert hatte. Per E-Mail. Er hatte diese Fotos selbst geschossen, zumindest einige davon. Und diese Fotos waren durchs Internet in ihren Posteingang gewandert. Wer konnte schon wissen, welche Kreise die Bilder noch gezogen hatten? Es gab Foren, in denen solche Fotos abrufbar waren. Server, die im Ausland standen. Keiner konnte etwas dagegen tun. Aber jeder, der über ein bisschen Spürsinn verfügte, war in der Lage, diese Daten abzurufen.

»Verdammt!« Sie schluckte. »Wir müssen die IT darauf ansetzen. Diese Bilder sind womöglich in irgendwelchen perversen Foren, im Darknet oder sonst wo. Der Täter kann demnach jeder sein, der ein wenig technisches Know-how besitzt.«

»Aber dann mit Kassetten rumhantieren«, kommentierte Hellmer.

Ein guter Einwand. Durant legte den Kopf schief.

»Vielleicht Taktik«, hörte sie Hochgräbe sagen. »Ein Tonband hat keine Metadaten, keinen Ortungsdienst, keinen digitalen Fingerabdruck. Je älter die Technik, desto ungefährlicher für ihn.« Er machte eine vielsagende Pause. »Julia, ich sag's nicht gerne, aber wir haben es hier mit einem Typen zu tun, der sehr genau steuern kann, was wir von ihm erfahren und was nicht. Du stehst mittendrin in seinem Fadenkreuz, und das Verheerende dabei ist, dass er ganz bewusst Kollateralschäden verursacht.«

Wie die Bomber im Zweiten Weltkrieg, musste die Kommissarin unwillkürlich denken. Das mochte daran liegen, dass praktisch wöchentlich irgendwo im Großraum Rhein-Main alte Fliegerbomben gefunden wurden. Was wiederum mit einer Bauwut zusammenhing, die man hier seit dem Wiederaufbau nicht mehr erlebt hatte. Verhielt sich der Täter wie ein Bomberpilot? Ließ er einen tödlichen Regen über ihr niederprasseln, in der Erwartung, so viele Menschen um sie herum zu treffen, dass unweigerlich auch sie selbst klatschnass wurde?

»Warum reden wir eigentlich die ganze Zeit wie selbstverständlich von einem ›Er‹?«, warf Hellmer ein.

»Weil die Mädchen ihn gesehen haben«, kam es wie aus der Pistole von Seidel.

»Trotzdem. Dieser Typ ist dermaßen gut organisiert ... Er verfolgt eine Choreografie. Tötet in zwei Großstädten, platziert in beiden Städten Spuren, entführt am selben Tag eine Frau und ein Mädchen, schlachtet eine davon ab und bereitet uns einen Fundort mit Botschaft an der Wand. Das wäre selbst für *zwei* Personen eine sportliche Aufgabe.«

Durant zupfte sich nachdenklich am rechten Ohrläppchen. Frank hatte recht, zugegeben. Wenn all diese Verbrechen von ein und demselben Täter begangen worden waren ...

Als Hellmer nichts weiter sagte, fragte sie: »Hast du denn eine Theorie?«

Frank spreizte die Finger. »Sorry. War nur so dahingedacht. Er oder sie gehen jedenfalls ein verdammt großes Risiko ein. Das spricht dafür, dass da etwas Psychopathisches dahintersteckt. Eine vollkommene Fixierung auf dich – und auf dein Umfeld. Er oder sie wollen dir wehtun. Und dann ...«, er machte eine vielsagende Pause, »...daran möchte ich lieber nicht denken.«

»Also muss es Rache sein«, sagte Hochgräbe und erkundigte sich nach den größten Fällen, in denen Durant in ihren Frankfurter Dienstjahren ermittelt hatte. Doch es waren zu viele. Allein neunzehn davon so aufsehenerregend, dass sie sich ins ewige Gedächtnis der Stadt gebrannt hatten. Manche Täter tot, andere noch immer in Haft. Überall in Hessen.

»Jahrelange Haft kann mehrere Effekte haben«, schloss Hochgräbe, nachdem er dem erregten Austausch seiner Kollegen ein Weilchen gelauscht und immer wieder Nachfragen gestellt hatte. »Entweder man bereut seine Taten oder zumindest die dadurch verlorenen Jahre. Man wird entlassen und führt ein beschauliches Leben.«
»Oder man wird begnadigt, weil unser Rechtssystem das eben so vorsieht«, unterbrach Seidel ihn schroff. Ihre Fäuste waren geballt. Der Schock über das, was um ein Haar mit ihrer Tochter geschehen wäre, saß tief.
»Ja. Mag sein«, sagte Durant. »Aber das sind doch Einzelfälle.« Sie vermutete, dass ihre Kollegin auf eine Handvoll Ex-Terroristen anspielte. Menschen, die zum Teil weder Schuld noch Reue zeigten. Einer von ihnen war, kaum dass er auf freiem Fuß gewesen war, kopfüber an einem Galgen hängend aufgefunden worden. Irgendwo im Vogelsberg. Aber führten diese Gedankenspiele sie wirklich weiter?
Andrea Sievers räusperte sich lautstark.
»Ich war eigentlich noch nicht ganz fertig«, sagte sie.
»Entschuldige. Sag doch was«, murmelte Hochgräbe und bedeutete ihr, weiterzumachen.
»War auch mal ganz nett, euch beim Arbeiten zuzuschauen. Normalerweise ist's ja eher andersrum. Leider kann ich es euch nicht ersparen, noch eine weitere Leiche anzuschauen.«
Julia wechselte einen irritierten Blick mit Claus. Hatte es *noch* einen Mordfall gegeben, während sie in München gewesen war?
Doch dieser machte ein ebenso erstauntes Gesicht und wippte mit dem Kopf in Richtung der Rechtsmedizinerin, die den Schleier vermutlich jede Sekunde lüften würde.
Tatsächlich waren es drei Großaufnahmen eines blonden Mädchens.
»Laura Schrieber«, bemerkten Seidel und Durant fast gleichzeitig, und auch die Männer kniffen die Augen zusammen.
»Sehr scharfsinnig«, stichelte Sievers und klackte mit einer weiteren Handvoll Magneten. Neben den drei Fotos wieder drei neue. Der

Farbstich war anders, wärmer, und die Bilder waren ein ganzes Stück unschärfer. Trotzdem erkannte man das, was zu erkennen war, recht gut.
Zumindest Julia Durant erging es so. Sie betrachtete eingehend die Fotos, die mit einem Mal noch makabrer wirkten als in ihrer Erinnerung. Die sich tief in ihr Gedächtnis gebrannt hatten. Die erst sechzehnjährige Carola Preusse – auch den Namen würde sie niemals vergessen – war tot in einem Gartenhaus gefunden worden. Auf einer Pritsche liegend, die Augenhöhlen an die Decke starrend. Die Arme lagen über Kreuz, genau wie bei Laura, und auch die Beine waren entsprechend drapiert worden.
»Das ... ist ...« Ihr Atem stockte, und sie griff sich an die Brust und taumelte.
»Dein allererstes Opfer. Hundert Punkte«, lobte Sievers sie, doch anstatt der Kommissarin einen Preis zu überreichen oder das Publikum zum Applaus zu animieren, schritt sie hastig neben sie, um sie zu stützen. Auch Julia spürte, wie ihre Knie zu zittern begannen.
»Das ist« – sie musste rechnen – »weit über zwanzig Jahre her!«
»Richtig. Und keiner von uns, mich eingeschlossen, war damals beteiligt.«
Die Kommissarin sah sich um. Berger. Koslowski. Schulz. Die alte Riege, wenn man das so nennen konnte. Alle weg. Berger war im Ruhestand, Koslowski sonst wo, und an Schulz wollte sie nicht denken. Sie zwang die Vergangenheit beiseite. Was sie hier um sich herum sah, waren allesamt Kollegen, die nach ihr zur Mordkommission gestoßen waren. Freunde. Vertraute. Aber niemand war so lange dabei wie sie.
»Scheiße, um Himmels willen«, hauchte sie. »Wie hast du ...«
»Wie ich das rausgefunden habe? Ich habe genau nach diesen Dingen gesucht, liebe Julia! Seit dieser Sache mit Tanja Wegner. Bei *diesem* Fall war ich ja schon dabei. Also bin ich die aktuellen Mordfälle durchgegangen und wurde ziemlich schnell fündig. Laura Schrieber wurde genau wie Tanja das Opfer eines Copykillers.«

»Bitte«, die Kommissarin schüttelte langsam den Kopf, »ich hasse dieses Wort.«
»Wenn's aber so ist«, gab die Rechtsmedizinerin zurück.
Claus Hochgräbe unterbrach den Dialog der beiden und bat um weitere Informationen. Was war damals geschehen? Auch Seidel und Hellmer kannten die Geschichte nur vom Hörensagen. Ein Serienkiller, der junge, blonde Mädchen ermordete. Der sie mit roten Schleifchen in dünnen Zöpfen drapierte, die Rattenschwänze genannt wurden, auch wenn man das heutzutage kaum noch hörte. Carola Preusse war die rechte Brust abgenommen worden. Abgebissen? War das nicht so gewesen? Und weitere Mädchen folgten. Doch dieser Fall war lange abgeschlossen. Er hatte Durants Leben verändert, auf vielen Ebenen. Vor allem aber hatte er sie über Nacht berühmt gemacht – und ihr eine Position bei der Mordkommission verschafft, die ihr niemand streitig machen konnte.
Langsam richtete sie den Zeigefinger auf die Fotografien von Laura Schrieber.
»Laura ist älter«, zählte sie auf. »Sie hatte Geschlechtsverkehr, man fand Sperma-, aber dafür keine Bissspuren, und soweit ich mich erinnere, sind ihre Brüste unversehrt geblieben.«
»Das ist richtig«, bestätigte Sievers, »wobei man den Sex mit ihrem Freund nicht mitzählen sollte. Die fehlenden Spermaspuren des Täters gab es sowohl damals wie auch heute.«
»Und die Augen?«
Carolas Augenhöhlen waren gähnend leer gewesen. Ein Anblick, der Durant auch heute noch eine Gänsehaut verursachte.
»Lauras Augen wurden verletzt. Stiche, vielleicht mit einem Taschenmesser, aber jeweils nur ein-, zweimal. Meine Theorie ist, dass der Täter sich vor sich selbst geekelt hat, als er die Stiche ausführte. Sie sind weder schnell noch hart ausgeführt worden. Wenn du mich fragst …«

»… hatte der Täter das Ziel, eine Kopie von damals zu erschaffen?«
Julia Durant nickte langsam. »Und dann hat er die Arme und Beine gekreuzt, dafür aber den Schnitt in die Brust weggelassen?«
»Graue Theorie«, meldete sich Hochgräbe zu Wort, »aber vielleicht kann ich dem Ganzen ein wenig Farbe verleihen. Die Spurensicherung hat das Ufer um den Fundort herum weiträumig abgesucht. Das Problem dabei ist, dass sie mehrere Säcke voll Müll auflesen mussten. Flaschen, Kondome, Windeln, was die Leute nicht alles wegschmeißen. Sogar einen alten Tannenbaum hat man gefunden. Wer schmeißt denn so was in die Nidda? Na ja, wie auch immer. Man hat unweit von Lauras Leiche auch noch etwas anders gefunden, von dem ich glaube, dass es dir, liebe Julia, direkt ins Auge gesprungen wäre.«
»Aha. Und was?«
»Einen Dufflecoat.«
»Einen Dufflecoat?«, wiederholte Durant und rief sich das Bild jener britischen Kapuzenmäntel vor Augen, die meist von drei bis vier Lederschlaufen und den passenden Knebeln vor dem Oberkörper zusammengehalten wurden. Schwerer Wollstoff, viel zu warm für diese Jahreszeit. Sie schluckte. Diesen Gedanken hatte sie damals auch gehabt.
»Ja«, bestätigte Hochgräbe. »Er war ungetragen, vermutlich brandneu, denn laut Spurensicherung roch er wie frisch aus der Fabrik. Sogar die Schilder hingen noch drinnen. Ein Grund mehr, davon auszugehen, dass er absichtlich dort platziert wurde.«
Julia Durant erinnerte sich. Das Foto des Mantels war damals durch die Medien gegangen. Es strahlte, zusammen mit der Aufnahme einer Wasserröhre, in der man eine weitere Leiche gefunden hatte, eine gewisse Trostlosigkeit aus, auch ohne dass man einen toten Körper darauf sehen musste. Seht her, schien das Bild zu rufen, so grausam ist unsere Welt.
Und die Fernseh- und Zeitungsredaktionen hatten sich an dieser Grausamkeit geweidet.

Julia Durant hätte sich auf die Zunge beißen können vor Ärger, allerdings weniger wegen der Medien, sondern vielmehr, weil sie erst jetzt darüber gestolpert war, dass Laura Schrieber keinem Verbrechen im Affekt zum Opfer gefallen war. Der Mörder hatte es nicht auf Laura abgesehen. Er wollte *sie selbst,* Julia Durant, mit diesem Mord ansprechen. Vermutlich passte Laura einfach nur in das Profil, das er suchte. Jung, blond, hübsch. Und jetzt tot.

Er hatte einen Mord begangen, zeitlich betrachtet war es womöglich der Auftakt in Frankfurt zu seinem perversen Spiel gewesen. Wäre sie vor Ort geblieben, sie hätte die Gemeinsamkeiten in jedem Fall erkannt. Denn auch ihr eigener Auftakt bei der Mordkommission Frankfurt hatte mit einer Leiche begonnen, die wie die drapierte Laura Schrieber ausgesehen hatte. Und danach? Warum Tanja Wegner? Warum einmal eine Fremde nehmen und dann eine Kollegin? Warum all diese Risiken auf sich nehmen, nur um mit ihr in eine Art Kontakt zu treten? Dahinter musste ein immenses Bedürfnis nach Aufmerksamkeit stecken, so viel wusste die Kommissarin über die Psyche von Serienkillern. Aber was wollte er ihr sagen? Sie mahlte die Zähne aufeinander, bis ihr der Unterkiefer wehtat.

»Verdammte Scheiße.« Mehr konnte sie nicht sagen.

Das Schlimmste an ihrer Situation war, dass sie praktisch untätig herumsitzen musste, bis der Täter wieder etwas unternahm. Wieder mit ihr *in Kontakt* trat. Ihr etwas Neues mitteilte, von dem sie nur hoffen konnte, dass sie die Botschaft dann endlich verstand.

Und was bedeutete das für sie? Machtlos musste sie dahocken. Regungslos.

Wie ein Beutetier, das erstarrt war. Das nicht wusste, in welche Richtung es fliehen sollte. Wo die tödliche Gefahr lauerte.

Ein kleiner Lichtblick in all der Düsternis, als eine Kurznachricht von ihrer besten Freundin auf dem Display erschien.

Wenn Du noch möchtest, kannst Du gegen halb acht vorbeikommen. Gruß, Alina

Natürlich komme ich, dachte die Kommissarin mit einem warmen Gefühl im Unterbauch. Und das schrieb sie ihr auch, unmittelbar auf den Gedanken folgend, zurück.
Als sie ein paar Minuten später mit Claus alleine war, unterrichtete Julia ihn von ihren Abendplänen.
»Soll ich dich rüberbringen?«, war seine erste Frage. Offenbar war ihr anzusehen, dass die Dienstbesprechung sie mitgenommen hatte.
»Nein, lass mal. Ist doch um die Ecke. Ich brauche außerdem ein bisschen frische Luft, ein paar Schritte allein, sonst fliegt mir der Kopf noch auseinander.«
Claus gab sich verständnisvoll, auch wenn Julia wusste, dass sein Schutzinstinkt geweckt war. Dort draußen lauerte jemand auf sie. Hatte es auf sie abgesehen.
»Ich passe auf mich auf«, versicherte sie ihm mit einem Kuss auf die Wange.
Alina würde ihr guttun. Gerade jetzt, mit all den Gedanken, die hinter ihrer Stirn wogten.
Denn auch Julia Durant hatte Angst.

17:47 UHR

Alina Cornelius blinzelte benommen. Das Licht tat ihr in den Augen weh, der Nacken schmerzte, als bohre sich ein Ellbogen immer fester hinein. Sie erkannte nur sehr langsam, dass es ihre eigene Wohnung war, in der sie sich befand. Registrierte den Druck, der aus all ihren Extremitäten in ihr Gehirn strahlte. Feste Bandagen, aus Klebeband oder Kabelbindern, wie sie es selbst besser kannte, als ihr lieb war.
Im Lauf ihres Berufslebens hatte Alina nicht wenige seltsame Perso-

nen angetroffen. Sexuelle Phantasien, die erst dann befriedigt waren, wenn das Gegenüber an ein x-förmiges Andreaskreuz gefesselt war. Einen Gummiball im Mund, einen Gegenstand im Anus. Peitschenhiebe. Heißes Wachs. Den Abartigkeiten der menschlichen Psyche waren keine Grenzen gesetzt. Manches davon hatte sie selbst durchleben müssen. Weiße Folter. Sensorische Deprivation. Sexuelle Gewalt. Noch immer galt es in der Welt der Männer als gesetzte Wahrheit, dass Frauen erobert werden wollten. Dass ihr ablehnendes Gebaren nur ein Spiel war. Dass sie, wenn erst einmal zum Verkehr gezwungen, sich der Lust hingeben und den Akt genießen würden. Wie vielen Männern hatte sie diesen Zahn im Laufe ihrer Sitzungen ziehen müssen? Wie vielen Frauen hatte sie vermittelt, dass es genauso gut ihr Recht war, eine sexuell erfüllte Partnerschaft zu führen? Einzufordern, falls notwendig?

Und trotzdem. Jetzt, genau in dieser Minute, war sie nichts anderes als ein scheues, verängstigtes Wesen. Verletzlich, schwach, wehrlos. Dem Mann, dessen Konturen sich immer wieder wie ein Schatten durch den Raum bewegten, auf Gedeih und Verderb ausgeliefert.

»Was ...« Sie wollte etwas sagen, doch dann nahm sie den trockenen, klebrigen Geschmack wahr, der sich in ihrem Mundraum breitmachte. Etwas steckte darin. Ein Stück Stoff? Ein Knebel? Sie atmete heftiger, ihre Nasenflügel bebten.

»Aah«, kam es aus dem Hintergrund, und als das Gesicht des Fremden sich seitlich über ihre Schulter schob, zuckte Alina vor Schreck zusammen. »Da ist ja jemand wach.«

Er trat um den Stuhl herum, auf dem sie saß. Blickte auf seine Armbanduhr und nickte zufrieden. »Sehr gut. Ich dachte schon, ich müsse einen Eimer Eiswasser holen.«

Eiswasser? Noch immer schien ihr Gehirn nur in Zeitlupe funktionieren zu wollen. Doch dann verstand sie. Kaltes Wasser. Zum Aufwecken. Also war es ihm wichtig, dass sie wach war. Dass sie mitbekam, was geschah. Wer er war? Alina verzog das Gesicht. Jeder Gedanke, zu

dem sie sich zwang, verursachte neue Schmerzen im Hinterkopf. Nur eines war ihr klar: Sosehr sie auch in ihrem Gehirn grub, sie kannte diesen Mann nicht. Aber war ihr Gehirn in diesem malträtierten Zustand überhaupt zu einer verlässlichen Einschätzung fähig?
So fremd er ihr schien, seine Stimme hatte etwas Vertrautes. Ein warmes Raunen, selbstzufrieden und fast schon fürsorglich. Wie ein Vater, der seinem kleinen Mädchen einen heißen Kakao ans Bett brachte und die Dämonen verscheuchte, die darunter lebten. Dabei entpuppte sich jedes Grinsen, dazu die eiskalten Augen, als das, was er wirklich war. *Er* war der Dämon. Nur dass er nicht unter dem Bett eines Kindes hauste, sondern hier, in ihrem eigenen Wohnzimmer.
Alina blinzelte mehrfach. Eingebildete Mücken tanzten vor ihren Augen. Ein fremdartiger, beißender Geruch, der sie an ihre letzte Haartönung erinnerte, stieg ihr in die Nase. Einbildung? Dann verschob sich ihr Blick wieder ins Unscharfe. Doch schon spürte sie eine Hand, die ihren Kopf unsanft auffing. Ihn in die Senkrechte riss. Es folgten klatschende Handflächen, ein Brennen in ihren Wangen und ein »Hallo! Wach bleiben!«.
Aus dem warmen Raunen wurde ein unheilvolles Flüstern, als er sagte: »Wir wollen doch das Beste nicht verschlafen, oder?«

19:36 UHR

In Zeiten wie diesen, wo kaum einer mehr an der Unfehlbarkeit seines Smartphones zweifelte, gab es auch für Julia Durant nichts zu diskutieren: Sie war zu spät!
Wie oft war sie den Weg vom Holzhausenpark zum Präsidium gelaufen?
Es war nur ein Steinwurf, der Sprung zu dem Haus, in dem Alina wohnte. Eine Sache von zwei, höchstens drei Minuten. Und trotzdem hatte sie sich verschätzt.

Okay. *Gegen* halb acht. Das war nicht präzise, das war spontan, das bot ein wenig Raum. Aber trotzdem. Durant hasste es, sich zu verspäten.

Die letzten Meter war sie stramm marschiert, fast in einer Art Dauerlauf, und jetzt wartete sie mit hämmerndem Puls vor der Tür ihrer Freundin.

Und jetzt?

Sie atmete tief durch, pumpte Sauerstoff in die Lungen und wartete, bis der Herzschlag sich normalisierte. Dann legte sie den Daumen auf die Klingel.

Im Inneren erklang dumpf ein Glockenspiel, von dem die Kommissarin wusste, dass es dem Gongschlag des Big Ben nachempfunden war. Ein Spleen von Alina, Kitsch, der überhaupt nicht zu ihr passte, aber andererseits auch eine liebenswürdige Eigenart. Durant wusste außerdem, dass Alina die Klingel während ihrer Therapiegespräche ausschaltete.

Umso mehr fragte sie sich, weshalb dem Klang, der selbst das Surren eines Föhns durchdrang, keine Reaktion folgte. Sie horchte, dann presste sie erneut mit dem Daumen. Fester, als könnte ein größerer Druck den Schallpegel im Inneren erhöhen.

Nichts.

»Alina!« Julia Durant klopfte auf das Türblatt, direkt neben dem Guckloch.

Stille.

Ärger stieg in ihr auf. Hatte Alina sie versetzt? War sie so viel zu spät gewesen, dass sie ohne sie weggegangen war? Nein, das konnte nicht sein. Die paar Minuten. Außerdem war keine Rede davon gewesen, irgendwohin zu gehen.

Die Kommissarin fischte erneut das Handy hervor.

Das Display erhellte sich und verriet: 19:39 Uhr.

Dann sah sie das Mitteilungssymbol am Bildschirmrand. Sie öffnete die App. Eine Nachricht von Alina Cornelius.

Eine kurzfristige Absage? Sie würde es ihr nachsehen, dachte Durant noch, wenn auch enttäuscht, während sie aufs Display tippte. Wie oft schon hatte sie selbst wegen des Jobs Verabredungen sausen lassen müssen ...

Wo bin ich?

Wie bitte? Was sollte denn das? Julias Finger flogen über die Tastatur:

Ich weiß jedenfalls, wo ich bin: vor Deiner Tür!

Um nicht gar zu unfreundlich zu wirken, fügte sie noch einen Zwinkersmiley ein.
Es dauerte einige Sekunden, in denen Julia die Minisymbole verfolgte, die den Weg ihrer Nachricht veranschaulichten.
Zugestellt. Gelesen. Gegenüber tippt.
Dann traf ein Anhang ein, der sich als Audiodatei entpuppte. Zunehmend verärgert, weil sich Alina noch nie derart kindisch verhalten hatte und weil Julia sich – nach dem gestrigen Treffen – etwas mehr Seelenpflege und Rücksicht gewünscht hätte, aber auch neugierig, tippte sie darauf. Vielleicht gab ihre Freundin sich ja auch ganz besonders Mühe. Vielleicht rührte ihr Unmut primär daher, dass sie nicht die Kontrolle hatte. Etwas, mit dem Julia nur sehr schlecht umgehen konnte. Vielleicht ihre größte Schwäche, wie sie sich (höchst ungern) eingestehen musste. Oder war es am Ende nur ein Gefühl, mit dem sie ein anderes überspielte? Besorgnis? Angst?
»Jetzt bist du da, wo ich dich haben will.«
Beim ersten Mal waren ihre Gedanken viel zu weit weg, um zu begreifen, was eben geschah. Also noch mal.
Es war wieder Stephan! Diese gleichermaßen vertraute wie unangenehme Stimme. Dieselben Worte, die sie in München von der Kassette gehört hatte.

»*Jetzt bist du da, wo ich dich haben will ... Aber wo bin ich?*«
Zumindest der erste Teil war gleich.
Aber dann: »*Wo bin ich?*«
Julias Augen hafteten auf den drei Worten, die Alina ihr unmittelbar vor dem Soundfile geschickt hatte.
Wo war sie? Was passierte hier gerade?
Sie schob das Telefon in ihre Hosentasche und hämmerte mit beiden Fäusten an die Tür. Und es war keine Wut, es war keine Enttäuschung, es war die blanke Panik, die aus ihr schrie: »Alina!«
Julia Durant hatte begriffen, dass etwas unendlich Schreckliches passiert war.
Etwas, an das sie nicht einmal denken wollte.

19:58 UHR

Frank Hellmer war leidenschaftlicher Schwimmer und Boxer, was oft von den Kollegen belächelt wurde. Nur Bonzen wie er – genau genommen hatte er ja nur eine superreiche Frau geheiratet – würden ein eigenes Schwimmbad und einen Fitnessraum ihr Eigen nennen. Hellmer versuchte zwar, diese Spitzen von sich abprallen zu lassen, aber es gelang ihm nicht immer. Für ihn selbst war der Sport viel mehr als nur ein Ausgleich für sein schlimmstes Laster, das Rauchen. Er lenkte seine Aggressionen und seinen Frust in die richtigen Bahnen. Dort, wo er früher zum Alkohol gegriffen hatte, stählte er nun seinen Körper. Sollten andere doch neidisch sein.
Mit einem zufriedenen Blick betrachtete er die gesplitterte Holzzarge. Die Tür hatte schon beim zweiten Versuch nachgegeben, nachdem er es beim ersten Mal nur zaghaft probiert hatte. Seine Schulter würde ein paar Tage wehtun, aber das machte nichts. Julia Durant hatte ihn zur Eile angetrieben, vor ein paar Minuten erst hatte er seinen Rechner im Präsidium heruntergefahren, um sich auf den Nachhauseweg

zu machen. Jetzt stand er in der aufgebrochenen Tür zu Alinas Wohnung. Im Treppenhaus gafften zwei Nachbarn, die Julia mit seinem Dienstausweis in Schach hielt. Sie selbst trug weder den Ausweis noch ihre Waffe bei sich. Warum auch? Sie war privat hier.
»Wollen wir?«
»Aber sicher«, antwortete Durant und schlängelte sich an ihm vorbei.
»Sie warten draußen!«, sagte Hellmer scharf in den Flur hinein.

*

Julia Durant ließ ihren Blick wandern. Immer noch spürte sie das Pochen des Herzens bis unters Kinn. Alles wirkte unverändert. Kerzen brannten auf dem Couchtisch. Im Hintergrund dudelte softe Rockmusik. Und doch war etwas anders: Es roch nach Parfüm, Haarspray, Shampoo. Eine Mixtur aus Pflegeprodukten, die dominant im Raum stand, als habe man sie soeben erst angewendet.
Nur von Alina Cornelius fehlte jede Spur.
»Kirschen?«, erkundigte sich Hellmer, der neben die Kommissarin getreten war, ohne dass sie es bemerkt hatte. »Zu dieser Jahreszeit?«
Durant fuhr zusammen, dann folgten ihre Augen seinem Zeigefinger.
Auf dem Esstisch stand eine Etagere. Und wie eine Kaskade lagen frische, pralle Kirschen auf allen drei Ebenen. Die Kommissarin machte einen Sprung darauf zu.
Eine Kassette!
Zur Hälfte unter den blutroten Kugeln verborgen, lugte sie hervor. Und wieder der Schriftzug »Chérie«. Und damit die endgültige Gewissheit, dass ihre beste, ihre engste Freundin zum Opfer dieser gottverdammten Drecksau geworden war.
Ihr Herz raste, als sie den Kopf in Richtung Küche reckte und anschließend das Badezimmer musterte, wo die chemischen Gerüche

noch intensiver in der Luft hingen. Im Waschbecken ein Karton mit einem Haarfärbemittel. Eine Schere, Haare, aber keine Spur von Alina.

»Julia!«

Hellmers Stimme verhieß nichts Gutes. Sie kam aus dem Raum, der am weitesten vom Wohnzimmer entfernt lag. Im hinteren Bereich, der Parkettboden verengte sich zu einem schmalen Gang, dann eine Tür. Erst ein einziges Mal hatte Julia Durant die Schwelle zu Alinas Schlafzimmer übertreten. In einem anderen Leben, wie es ihr heute vorkam. Aber dennoch. Sie wollte am liebsten zu ihrem Kollegen stürzen, aber etwas hielt sie zurück. Wie an einem Gummiband, das sich immer heftiger dehnte, tappte die Kommissarin durch den Flur. Die weiß glänzende Tür stand offen, aber Hellmer verdeckte die Sicht auf das Innere. Gedämpftes Licht drang zu ihr. Plötzlich wechselte der Farbton. Vermutlich eine dieser Stimmungsleuchten, dachte Julia, denn sie wusste, dass Alina auf derlei Dinge stand.

Der nächste Farbwechsel tauchte das Schlafzimmer von einem leuchtenden Rot in ein blasses Blau. Sie musste die Augen zusammenkneifen, denn nun schien alles viel dunkler.

»Gibt es hier kein richtiges Licht?«, fragte die Kommissarin, als sie sich neben Frank in den Raum drängelte. Doch das, was sie sehen musste, brauchte kein Mehr an Licht.

Wo bin ich, Chérie?

Blutrote Lettern, praktisch im selben Stil wie die Wandschmiererei in dem Raum, wo Tanja Wegner aufgefunden worden war. Die Aufnahmen hatten sich nicht in Durants Gedächtnis brennen müssen, um zu erkennen, dass sie denselben Ursprung hatten.

Nur, dass das Bett unbenutzt schien. Das Laken sauber. Und von Alina Cornelius keine Spur. *Gott sei Dank*.

»Chérie«, brummte Hellmer. »Das geht dann wohl eindeutig an dich.«
Doch anstatt etwas darauf zu erwidern, traf Durant eine Erkenntnis.
»Die Praxis!«, rief sie.
»In Höchst?«, wunderte sich Hellmer.
»Quatsch, Frank! Alina ist doch hierher gewechselt!«
»Ach, stimmt«, murmelte ihr Kollege, in dessen Hand noch immer die Dienstwaffe lag. Er drehte sich in Richtung Tür. »Wo genau müssen wir hin?«
Durant schritt voran. Im Hinausgehen traf ihr Blick das Schlüsselbrett, an dem sie einen einzelnen Bartschlüssel mit einer kitschigen Hasenpfote daran baumeln sah. Sie wollte danach greifen, dann kam ihr der Gedanke, dass sie Handschuhe tragen sollte. Natürlich hatte sie keine einstecken, doch Frank hatte längst erkannt, was ihr durch den Kopf ging.
»Hier«, sagte er und hielt ihr wedelnd einen Latexhandschuh entgegen.
»Danke.«
»Null Problemo. Eine Tür aufzubrechen reicht meiner alten Schulter erst mal für ein Weilchen.«
Dreißig Sekunden später schwang die Tür zu Alinas Praxis auf. Die Nachbarn hatten sich in ihre Wohnungen zurückgezogen, doch für Julia bestand kaum ein Zweifel daran, dass man hinter den Türspalten lauerte. Es störte sie nicht. Und sie unterdrückte den Gedanken daran, dass die Nachbarn sich womöglich noch als wichtige Zeugen entpuppen konnten. Zeugen für *was?*
Sie wollte nicht daran denken.

20:14 UHR

Der Notarzt kniete neben einem der ledernen Sessel, von denen zwei Stück in dem quadratischen Zimmer standen. Zwischen ihnen ein runder, ockerfarbener Teppich, darauf ein Glastisch. Die Oberfläche war blank poliert, alles im Raum war blitzsauber. Der Schreibtisch in

der hinteren Ecke. Der Computer. Julia Durant wusste, dass Alina eine Putzfrau dafür bezahlte, die offensichtlich jeden Cent wert war. Doch all das war in diesem Augenblick zweitrangig.
Denn in dem Sessel saß Alina Cornelius. Tot.
Durch einen Tränenschleier registrierte Julia, dass der Arzt aufgestanden war und sich Notizen machte. Ein vorläufiger Totenschein. Personalien, Sterbeort, Sterbezeit. Todesursache. Der Arzt zögerte nicht lange, als er den letzten Punkt als »nicht natürlich« dokumentierte. Die Leichenschau in der Rechtsmedizin würde zu einem endgültigen Ergebnis führen.
»Geht es wieder?«, erklang Franks Stimme, der zuvor dem Arzt die nötigen Informationen gegeben hatte. Um neugierige Blicke brauchte er sich nicht mehr zu kümmern, das erledigten nun zwei Kollegen der Schutzpolizei. Und in jeder Sekunde mussten auch Platzeck und die Spurensicherung eintreffen.
Das Schlimme war: Julia konnte den Kopf nicht ausschalten. Wie gerne wäre sie einfach an Alinas Seite versunken, die Hand ihrer Freundin in der ihren liegend. Schreiend, weinend, im Stillen trauernd. *Irgendwas*. Doch stattdessen geisterten ihr die alltäglichen Bilder ihrer jahrelangen Berufserfahrung durch den Kopf. Wer von den »Gnadenlosen« würde durch die Tür treten? Der Begriff, mit dem man die Bestatter im Polizeijargon bezeichnete, die ihren Transportsarg mit sich führten. Darin würde Alina nun also bald liegen, dachte die Kommissarin weiter. Dort, wo schon so viele andere Opfer gelegen hatten. Namen, die zu Fallnummern geworden waren. Die man irgendwann vergaß.
Nicht Alina!
»Julia!«, drängte Hellmer erneut.
»Was ist denn?«, zischte sie unwirsch.
»Willst du nicht lieber nach Hause? Ich bring dich …«
»Du hast sie wohl nicht alle! Ich bleibe!«
»War ja nur eine Frage. Dann friss das aber um Himmels willen nicht alles in dich rein! Ich bin für dich da – wir alle.«

Julia umarmte Frank und klammerte sich sekundenlang an ihm fest. An ihrem ältesten Freund, ihrem langjährigen Kollegen. Und sofort beschlich sie eine furchtbare Angst. Die Spirale wurde immer enger. Zuerst ihr Ex, den sie seit Jahrzehnten nicht mehr gesehen hatte. Dann ihre Kollegin von damals, als sie frisch nach Frankfurt gekommen war. Außerdem Elisa, ihr Patenkind, wenn man die gescheiterte Entführung mitzählte. Und jetzt Alina. Wie nah wollte er ihr noch kommen? War Frank Hellmer die nächste logische Wahl? Oder sie selbst?

»Verdammt«, schluchzte sie. »Was soll diese ganze Scheiße? Warum kommt er nicht einfach ... warum hat er nicht ...«

Mit einem Ruck richtete sie sich kerzengerade auf. Wischte sich die Tränen aus dem Gesicht und schaltete um. Von trauernder Freundin auf Mordermittlerin. Von verängstigter Beute zur Jägerin. Nein! Alina Cornelius würde nicht zu einer Nummer werden, nicht in Vergessenheit geraten und kein Mittel zum Zweck für einen psychopathischen Killer werden.

Julia Durant atmete entschlossen ein und aus. Sie würde sich ihm stellen, sie würde ihn jagen, und sie würde ihn zur Strecke bringen. So weit der Plan. Auch wenn sie noch keinerlei Idee hatte, wie sie diesen Plan in die Tat umsetzen sollte.

Zuerst musste sie nach weiteren Details Ausschau halten. Die Sprache des Unbekannten verstehen. Seine Botschaften dekodieren.

Und eine dieser Botschaften saß kaum zwei Meter von ihr entfernt. Es war Alina Cornelius.

Ihre Haare waren kastanienbraun. Der Geruch lag noch in der Luft. Frisch gewaschen, gefärbt, frisiert und geföhnt. Ein Lippenstift in tiefem Rot, den Julia erkannte, weil sie diese Farbe selbst häufig benutzte. Dazu ein mattierender Puder, der den natürlichen Teint nicht verfälschte. Unauffällige Silberohrringe. Dazu eine weiße Bluse und Bluejeans, aus deren Hosenbeinen zwei nackte Füße mit rot lackierten Nägeln lugten.

Alina selbst war die Botschaft.

Sie war eine Kopie von Julia Durant. Wie ein lebloses Spiegelbild, das der Kommissarin einen Schauer nach dem anderen über den Rücken jagte.

Andrea Sievers traf nur wenig später am Tatort ein. Sie umarmte Julia schweigend, und die beiden hielten sich eine ganze Weile fest. Dann streifte sie sich einen Schutzanzug über und überflog den Bericht des Notarztes. Ein stummes Nicken ließ darauf schließen, dass sie mit den Eintragungen einverstanden war. Und auch wenn es vollkommen genügt hätte – und auch üblich gewesen wäre –, wenn Andrea die Obduktion Alinas in der Rechtsmedizin vorgenommen hätte, wusste Julia es zu schätzen, dass sie hergekommen war.
»Ist doch klar«, hatte Andrea nur geraunt.
Nein. Es war nicht klar, dachte die Kommissarin, und ein bitterer Geschmack breitete sich in ihrem Mund aus. Brannte im Rachen, als sie ihn wegschlucken wollte. Auch Dr. Sievers war eine recht gute Freundin, mit der sie seit geraumer Zeit zusammenarbeitete. War sie ebenfalls in Gefahr?
Oder würde es jemand sein, der ihr noch näher stand als Alina?
Julia Durant blickte sich suchend um. Auch Claus Hochgräbe war eben eingetroffen, Frank Hellmer schien ihn gleich am Eingang abgefangen zu haben, und die beiden wechselten ein paar Sätze. Als die Männer in Durants Richtung sahen und ihre Blicke sich trafen, erstarrten sie, als habe sie die beiden bei etwas Verbotenem ertappt. Dann kam Claus zielstrebig auf Julia zu.
»Ich habe Angst«, flüsterte sie.
»Das ist eine Übersprunghandlung.« Claus war ihr ganz nah, aber das, was er sagte, passte ins Bild. »Was soll denn passieren?«, sprach er weiter. »Wir sind alle zusammen, eine Menge Polizei. Momentan sind wir so sicher wie in Abrahams Schoß.«
»Und nachher? Und morgen?«, widersprach sie gereizt. »Wer sagt mir denn, dass es nicht Frank trifft, oder Andrea«, sie stockte, »oder *dich?*«

Hochgräbe legte den Arm um sie und zog sie ganz nah zu sich. »Ich passe auf dich auf, Liebste. Und gemeinsam passen wir auf alle anderen auf. Versprochen.«
Seine Worte verhallten, ohne eine große Wirkung zu zeigen.
»Möchtest du nicht nach Hause gehen?«
»Ich hör wohl nicht richtig!«
»Julia!« Er deutete zum Sessel, wo nun Andrea Sievers bei der Toten stand. »Dort drüben sitzt deine beste Freundin. Ermordet. Da ist Trauer, da ist Schuld, da ist wer weiß was für ein Gefühlschaos in dir. Du brauchst Abstand, das steckt keiner so weg, und das weißt du auch. Ich mache mir Sorgen um dich«, und jetzt kam Hochgräbe selbst ins Stocken, »na ja, und außerdem …«
»Außerdem … *was?*«
»Du bist vermutlich raus aus der Ermittlung«, sagte Claus Hochgräbe mit gedämpfter Stimme.
Beinahe hätte Durant ihre eigene Zunge verschluckt. Mit geballten Fäusten, unfähig zu einer weiteren Reaktion, lauschte sie seiner Erklärung, die wie eine billige Rechtfertigung klang.
»Hör mal. Dein Ex, deine Kollegin, deine Freundin. Schon ein Toter mit persönlicher Beziehung wäre ein Grund, wegen Befangenheit auszuscheiden. Hier sind es gleich drei. Selbst wenn wir die ersten beiden aus der Gleichung nehmen – weil München, weil lange nicht mehr gesehen –, macht dieser Mord das Ganze eindeutig.«
Natürlich hatte Hochgräbe recht. Und er war in der unschönen Position, seiner geliebten Partnerin beistehen und sie gleichzeitig als Chef vor den Kopf stoßen zu müssen. All das tat er, weil die Rechtslage es von ihm verlangte. Weil er sich um sie sorgte. Und dennoch – es fühlte sich falsch an. Hoffnungslos. Als würde die Nacht sich nie wieder durch einen Sonnenaufgang zum Tag verwandeln können.

Hochgräbe hatte vieles erwartet oder befürchtet, die beiden kannten und liebten sich seit Jahren. Doch statt Wutschnauben, Trotz oder Angriffsfunkeln fiel Durant ihm einfach nur in die Arme und ließ ihren Tränen freien Lauf.

»Ich bring dich nach Hause«, raunte er ihr nach einer geraumen Zeit zu.
»Lass mich zu Fuß gehen«, bat sie stattdessen. »Das Auto steht noch im Präsidium, bis dahin sind es doch nur ein paar Meter.«
»Wirklich?« Hochgräbe war sich nicht sicher, ob er sie wirklich allein lassen sollte.
Doch er wusste, dass Julia Durant, wenn sie sich etwas in den Kopf gesetzt hatte, nur schwer davon abzubringen war. Immerhin hatte sie sich seinem Vorschlag, diesen schrecklichen Ort zu verlassen, nicht widersetzt. Und das Präsidium lag praktisch in Sichtweite, alle paar Minuten kreuzten hier Streifenwagen auf.
»Na gut«, sagte er schließlich, wenn auch immer noch widerwillig, und streichelte ihr ein letztes Mal über die zerzausten Haare. »Aber ich postiere jemanden vor dem Haus.«
Julia Durant nickte. Dann küsste er sie auf die Stirn und blickte ihr lange nach, bis der Kopf am unteren Ende der Treppe verschwunden war.

21:05 UHR
Taunus. Feldbergplateau.

Rückblickend hätte sie nicht einmal zu sagen vermocht, ob sie zu irgendeinem Zeitpunkt tatsächlich vorgehabt hatte, nach Hause zu gehen. In eine Traumwohnung, zweifelsohne, die mit dem beklemmenden Apartment in Schwabing rein gar nichts gemein hatte. Doch was hätte sie dort tun sollen? Eine Flasche Wein öffnen? Eine heiße Badewanne einlassen? Sich den Verlust, das Blut, auch wenn es nur sinnbildlich an ihr klebte, einfach von knisterndem Badeschaum abspülen zu lassen? Ganz sicher nicht!

Julia Durant war, noch immer auf butterweichen Beinen, die Bertramstraße entlanggegangen. Nach und nach festigte sich ihr Gang. Als sie das Polizeipräsidium über die Polizeimeister-Kaspar-Straße erreichte und in der Tasche nach ihrem Autoschlüssel angelte, fühlte sie sich wieder geerdet. In ihrem Inneren allerdings tobte ein Kampf der Gefühle. Wut, Verzweiflung, Entschlossenheit. Widersprüchliche Impulse, die säuerlich aufstießen und sich stechend in ihrem tiefsten Inneren bemerkbar machten. Ein Königreich für Franks Boxsack, um sich dort abzuarbeiten. Oder in Laufschuhen durch die Natur jagen, so einsam, dass keiner die Schreie hören würde. Doch all das waren keine realistischen Optionen.
Sehr realistisch dagegen erwies sich nach einer kurvenreichen Fahrt in Richtung Bonames eine Tankstelle am Rand des Industriegebiets, in dem es vor Jahren einen tödlichen Schusswechsel mit einem Motorradfahrer gegeben hatte. Solche Punkte gab es überall in der Stadt, im Lauf der Jahre hatte sich praktisch in jeder Ecke ein Verbrechen ereignet, an dessen Aufklärung Julia Durant beteiligt gewesen war. Heute hatte sie sich jedoch nur für die Tankstelle interessiert. Mit fünf Dosen Bier, so viel, wie sie unter den linken Arm klemmen konnte, hatte die Kommissarin an der Kasse gestanden. Es war nicht viel los, nur ein paar Machotypen mit ihren getunten Karren, dazu zwei Fahrzeuge mit schwedischen Kennzeichen, die an den Zapfhähnen hingen.
»Ein Päckchen Gauloises noch«, orderte Durant. Mit der Rechten angelte sie sich ein Feuerzeug aus einem Display. Musterte das offensichtlich überteuerte Objekt. Elektrisch mit USB-Anschluss. Verrückte Welt. Sie steckte es zurück zu den anderen. »Haben Sie vielleicht Streichhölzer?«, fragte sie.
Der Angestellte hinter der Kasse, sie schätzte ihn auf um die dreißig, grinste. »Logo. Aber zuerst müsste ich wohl Ihren Ausweis sehen.«
»Perso oder Dienstausweis?«, erwiderte sie trocken und ließ das Portemonnaie auf den Tresen knallen.

Zu jedem anderen Zeitpunkt hätte sie sich womöglich geschmeichelt gefühlt, auch wenn die Masche recht plump rüberkam. Oder sie hätte sich geärgert, denn sie war längst in einem Alter, das eine derartige Schmeichelei ins Lächerliche zog. Heute indes konnte sie nicht einmal den Gesichtsausdruck ihres Gegenübers genießen, mit dem sie ihn zurückließ. Schweigend packte sie das Wechselgeld ein, schob Zigaretten und Streichhölzer – »Die gehen aufs Haus« – in ihre Tasche und schnappte sich die Bierdosen, die mittlerweile so stark angelaufen waren, dass dicke Wassertropfen an den Blechwänden herabrannen.

Der Motor startete, und sofort setzte auch die laute Rockmusik ein, die Julia unterwegs gehört hatte. Begleitet von Bryan Adams' legendärer Six String und dem Highway to Hell von AC/DC, lenkte sie ihren knallroten Opel Roadster zurück auf die A661 in Richtung Oberursel, und von dort aus ging es hinauf zum Feldberg.

Drei Dosenbier später. Das Wageninnere hatte zunächst dem einer Disco in den Neunzigern geglichen. Nebelschwaden, laute Musik, schattenhafte Bewegungen. Julia hatte geschrien, geweint, die CD zerbrochen und in den Fußraum geworfen, als das Intro von Knockin' On Heaven's Door auch ihren Totalzusammenbruch einleitete. Nun kauerte sie einfach nur da. Das Fahrerfenster ein Stück hinuntergelassen, draußen die friedliche Stille des Waldes. Sie rauchte die achte oder neunte Zigarette, und das nach so vielen Jahren der Standhaftigkeit. Das Bier zeigte Wirkung. Schon nach der zweiten Dose, das wusste sie, war es mit ihrer Verkehrstüchtigkeit dahin gewesen. Doch all das war in diesem Augenblick nicht wichtig. Keine Gedanken. Es zählte nur der nächste Schluck, der nächste Zug am Filter. Das nächste Streichholz. Zum Glück bestand nach dem ergiebigen Regen am Wochenende wenigstens keine Waldbrandgefahr mehr. Denn natürlich stimmte es nicht, dass sie keine Gedanken hatte. Doch es waren nur einzelne, unzusammenhängende Impulse.

Susanne Tomlin. Ehemals beste Freundin, bis sie ihren Lebensmittelpunkt an die Côte d'Azur verlegt hatte. Seitdem bestenfalls auf Rang zwei. Seit knapp zwei Stunden wieder aufgestiegen.
Durant verachtete ihr Gehirn für derartige Schlussfolgerungen.
Sie schnippte die Zigarette, plötzlich angeekelt, aus dem Fenster und spülte den Geschmack mit dem restlichen Bier in der Dose hinunter.

*

Er stand so nahe, dass er den Glutpunkt sehen konnte. Wie er einen kurzen Bogen in die Höhe beschrieb, dann in Richtung Teerdecke sauste und nach dreimaligem Hüpfen zum Stehen kam und verglomm. Selbst das Zischen auf dem feuchten Untergrund meinte er zu hören. Wartend, im Schutz der Bäume, hätte er selbst nichts lieber getan, als eine Zigarette zu rauchen, doch er wusste, dass er das aus vielerlei Gründen nicht durfte. Der Hauptgrund war, dass er sein Versteck nicht preisgeben wollte.
Andererseits ... Warum sollte er nicht einfach zu ihr rübergehen? Rotzfrech an ihr halb geöffnetes Fenster klopfen und nach einer Kippe fragen? Hier oben im Dunkel, fernab von grellen, eng stehenden Straßenleuchten und Autoscheinwerfern, würde sie fast nichts von seinem Gesicht zu sehen bekommen. Es sei denn, er fragte sie nach Feuer.
Warum zum Teufel benutzte sie Streichhölzer?
Hatte der Wagen keinen Zigarettenanzünder?
Und weshalb hatte sie kein Feuerzeug?
Der Mann in der Finsternis kämpfte gegen den aufkommenden Drang, aus der Deckung zu treten. Sie saß da, ungeschützt, verletzlich, wie auf dem Präsentierteller.
So wirst du sie nie wieder vorfinden, wisperte die Stimme in seinem linken Ohr.
Und dein Plan? All deine Mühen? Umsonst?, antwortete es sofort von rechts.

Er musste einfach nur die paar Schritte wagen. Die Hand ins Fenster, so schnell, dass sie nichts dagegen tun konnte. Die Verriegelung der Tür, falls sie überhaupt aktiviert war, lösen. Hinein. Über sie. Neben sie. Bevor sie etwas kapieren würde, wären seine Hände überall. Und sie wäre machtlos. Würde dasitzen und ein letztes Mal sein tödliches Flüstern hören, bevor ihr Lebensfunke erlosch.
»Nein«, sagte er tonlos, aber bestimmt, und es war an beide Stimmen gleichzeitig gerichtet.
Julia Durant würde nicht sterben, ohne etwas zu kapieren.
Sie würde *alles* kapieren. Und erst nachdem er ihr alles andere genommen hatte, würde er entscheiden, wann auch sie endlich sterben durfte.

21:50 UHR

Als Claus Hochgräbe um die Ecke bog, hielt er Ausschau nach dem Roadster. Ergebnislos. Die Luft schmeckte frostig, dabei lagen die Temperaturen noch immer deutlich im Plusbereich. Stoßstange an Stoßstange, sagte er sich, während er nach dem Haustürschlüssel griff. Wer konnte schon wissen, wo Julia einen Parkplatz gefunden hatte. Oder ob sie überhaupt den Wagen genommen hatte.
Dem Kommissariatsleiter jedenfalls hatte die Viertelstunde zu Fuß gutgetan, sein Kopf fühlte sich ein wenig freier an, doch es lastete ein schwerer Schatten auf seiner Seele. Zwei Türen und eine Treppe trennten ihn noch von seiner Liebsten. Doch statt eines gemütlichen Abends warteten Trauer, Wut und Verzweiflung auf ihn. Hatte ihre Seele nicht schon genug Narben? Hochgräbe spürte, wie die Wut auch in ihm wieder aufstieg. Wie feige konnte man sein? Doch in Wirklichkeit waren es ganz andere Fragen, denen er auf den Grund gehen musste. Das *Warum* war wichtig. Das *Wer*. Nur auf diesem Weg konnte die Identität des Täters ermittelt werden. Er hatte einen

Kriminalpsychologen kontaktiert, den er von früher kannte. Spätestens morgen würde er in Frankfurt eintreffen. Bis dahin ...
Bis dahin werde ich einfach da sein, dachte er. Ein verlässlicher Partner, ein Freund, eine Schulter zum Ausheulen. Hochgräbe schob den Schlüssel ins Schloss und öffnete die Haustür. Er zog seine Sohlen über das Gitter, auch wenn sie nicht schmutzig waren. Frau Holdschick, so wusste er, schätzte es nicht, wenn man sich die Füße nicht abtrat, bevor man auf die alten Bodenfliesen trat, die aus dem vorletzten Jahrhundert stammten. Dabei hatte die einst so elegante Dame in den letzten Monaten stark abgebaut. Wann hatte er sie zum letzten Mal gesehen? Wann hatte er zuletzt die Essensgerüche im Treppenhaus riechen dürfen? Er wusste es nicht. Als er an ihrer Wohnungstür vorbeischlenderte, hielt er kurz an. Fast war ihm, als läge ein zarter Geruch nach Soße und Kohl in der Luft. Doch dann schüttelte er den Kopf. Wunschdenken. Im Weitergehen glaubte er, Stimmen aus der Wohnung zu hören. Vermutlich der Fernseher.

Fünf Minuten später wurde Claus Hochgräbe klar, dass Julia Durant weder mit dem Wagen noch zu Fuß hierhergekommen war. Und für einige Sekunden packte ihn die kalte Angst.
Er riss das Telefon aus der Ladestation und drückte eine Kurzwahltaste. Nichts.
Noch mal. Wieder nichts.
Hatte Julia ihr Handy überhaupt mitgenommen? Der Besuch bei Alina wäre immerhin ein privates Treffen gewesen. Doch andererseits: Wer ging heutzutage schon ohne Mobiltelefon aus dem Haus? Julia jedenfalls nicht. Und schon gar nicht, während eine solche Ermittlung lief.
Hochgräbe schritt dennoch die üblichen Plätze ab, an denen Julia ihr Gerät ablegte. Wohnzimmer- und Küchentisch. Ladekabel im Schlafzimmer. Wenn es an keinem dieser Orte war, dann ...

Der Badezimmerschrank kam ihm noch in den Sinn. Doch auch hier nichts. Sie musste es bei sich haben.
Erneut wählte er mit zittrigen Fingern die Kurzwahl, anschließend versuchte er es auch noch über sein Smartphone. Sicher ist sicher, dachte er. Als auch dieser Versuch ins Leere lief, verfasste Hochgräbe eine Kurznachricht über seinen Messenger-Dienst.

Bin zu Hause – Wo bist Du?? Bitte melde Dich mal!! Kuss, Claus

Er drückte auf Senden. Doch selbst nach ewig erscheinenden Sekunden verriet ihm die App nur, dass seine Zeilen nicht zur Empfängerin durchdrangen. Julia Durant befand sich entweder in einem Funkloch oder im Flugzeugmodus, oder sie hatte ihren Apparat schlicht und ergreifend ausgeschaltet.
In seinem Kopf begannen die Gedankenschreie. Hätte er sie bloß nicht alleine losgehen lassen! Sollte er zurück zum Präsidium laufen, um nachzusehen, ob der Wagen noch auf dem Parkplatz stand?
Dann hörte er ein Poltern im Treppenaufgang, und vor Schreck wäre ihm um ein Haar das Telefon aus der Hand gefallen. Das Haus war alles andere als hellhörig, also musste es schon ein ordentliches Rumpeln gewesen sein, was sich da zugetragen hatte. Frau Holdschick? Claus stürzte in Richtung Tür, griff nach dem Drücker, aber dann schabte auch schon Metall auf der anderen Seite. Das Knabbern eines Schlüssels, der sich seinen Weg durch die Bolzen des Zylinderschlosses bahnte.
Als er die Tür aufriss, stolperte sie ihm entgegen.
»Julia!«, keuchte er, halb erleichtert, halb empört. Alles an ihr roch, als habe sie stundenlang in einer Kneipe gesessen. Mehr noch, als habe sie sich hinter der Theke auf dem Boden gewälzt. Aber sie war zu Hause, lag kraftlos in seinem Arm.
Hochgräbe hielt sie fest an sich gedrückt, dann nahm er ihre Wangen zwischen die Hände. »Um Himmels willen, wo kommst du denn her?«

»Nur ein bisschen rumgefahren«, war die Antwort. Herausgestoßen von einer schweren Zunge, getragen von einer Woge aus Bier und kaltem Rauch.
Claus Hochgräbe hielt sich den Handrücken vors Gesicht.
»Mei!« In angespannten Situationen kam das Bayerische durch. »Gefahren? Du bist doch betrunken!«
»Na und?«, lachte Durant gackernd und winkte ab. »Ich fahre betrunken besser als du nüchtern!«
Damit stolperte sie zum Badezimmer, wo sie sich lauthals übergab.
Hochgräbe stand noch immer im Flur, unfähig, etwas zu unternehmen. Er war überfordert mit ihr, mit dieser Situation, mit allem. Was sollte er tun? Wie konnte er einer Frau helfen, die keine Hilfe wollte? Die den größten Teil ihres Lebens alleine zurechtgekommen war – und *gut* zurechtgekommen war …?
Im nächsten Augenblick hörte er ein Poltern. Der Klodeckel knallte runter, dann ein Scheppern, vermutlich der Handtuchständer. Dann ein: »Scheiße!«
Und ein herzzerreißendes Schluchzen.
Claus machte sich entschlossen auf den Weg zum Badezimmer.
Er würde da sein, er würde tun, was immer nötig war. Er würde sich um dieses betrunkene Häufchen Elend kümmern und sie durch die Nacht bringen.
Aber morgen … Morgen, sagte er sich, morgen jage ich den, der das meiner Liebsten angetan hat.
Denn allmählich, nur ganz leise, aber immer wiederkehrend, formte sich ein schrecklicher Verdacht in Hochgräbes Geist. Vielleicht auch ein Bauchgefühl, aber es war eines von jener Sorte, das immer wiederkehrte.
Morgen würde er die anderen darüber informieren und die nötigen Schritte unternehmen. Bloß Julia, entschied er, durfte hiervon nichts erfahren.
Noch nicht.

MITTWOCH

MITTWOCH, 18. SEPTEMBER, 8:15 UHR

Anstatt einer regulären Dienstbesprechung hatte Kommissariatsleiter Hochgräbe die Kollegen der Mordkommission per Kurznachricht in sein Büro beordert, sobald sie eintrafen. Er wusste, dass Elisa Seidel von der Schule beurlaubt war und, wenn es erforderlich war, ihre Zeit mit Nadine Hellmer verbrachte, Franks zweiter Ehefrau. Diese hatte sich schlichtweg geweigert, aus Frankfurt zu fliehen, und kümmerte sich stattdessen um Elisa. Eine Entscheidung, die allen half, das hatte auch Frank Hellmer einsehen müssen. Und so war es für Kullmer *und* Seidel möglich, sich tagsüber auf ihren Job zu konzentrieren. Auch Elisas beste Freundin Mia war beurlaubt. Vor der Bertolt-Brecht-Gesamtschule auf dem Riedberg würde bis Ferienbeginn ein Streifenwagen parken, einerseits, um Präsenz zu zeigen, und andererseits, weil die Eltern sonst Sturm gelaufen wären. Warum unternahm die Polizei nichts? Wer beschützte ihre Kinder?
Dieselben Vorwürfe, wie sie immer laut wurden, wenn man sich machtlos fühlte. Und keiner konnte dieses Gefühl im Augenblick besser nachvollziehen als Claus Hochgräbe. Er musterte die drei Anwesenden, Doris, Peter und Frank, und räusperte sich schwer.
»Wir müssen etwas besprechen.« Er kam sofort auf den Punkt. »Diese Todesspirale, die sich da um Julia zieht ... Das muss aufhören! Wir müssen in neuen Mustern denken, out of the box. Im Laufe des Tages kommt deshalb ein Kriminalpsychologe, den ich angefordert habe. Josef Hallmann ist sein Name.«

Ein Raunen ging durch den Raum.

»Was soll der rausfinden, was wir nicht schon wissen?«, fragte Hellmer, und der Zweifel grub ihm tiefe Furchen auf die Stirn.

»Was wissen wir denn schon?«, konterte Kullmer und nahm damit Hochgräbes Antwort vorweg.

»Wir wissen, dass Julia im Fokus steht«, sagte Claus. »Das ist unstrittig. Aber danach ist schon Ende vom Gelände! Wir müssen uns dem Täter irgendwie nähern. Und genau da kommen wir nicht weiter! Er kommuniziert über Tonbänder, er weiß eine Menge über sie. Er muss ihr nahestehen oder -gestanden haben. Die Frage ist nur, ob er aus ihrem privaten Umfeld stammt oder ob es berufliche Gründe gibt. Professor Hallmann, ich kenne ihn von früher, soll sich die alten Fälle vornehmen. Ich baue da auf eure Unterstützung, vor allem deine«, er sah zu Hellmer, »denn du bist nach Julia der Dienstälteste hier.«

»Ja, meinetwegen«, brummte dieser achselzuckend. »Aber das sind eine ganze Menge Abgründe, in die wir da schauen müssen.«

»Schauen reicht nicht. Ihr müsst notfalls hineinspringen. Und habt keine Angst vor dem Aussieben! Unser Täter kennt sich sowohl in Julias ehemaligem Umfeld in München als auch hier verdammt gut aus. Er verfügt über technisches Know-how, und er ist bestens organisiert. Vielleicht hat er einen Helfer. Das alles soll Hallmann auswerten und Täterprofile erstellen. Wenn wir am Ende eine Liste mit Namen haben, können wir endlich etwas tun.«

Für einige Sekunden schweigen alle, dann meldete sich Doris Seidel zu Wort: »Wie geht es ihr denn eigentlich?«

»Julia? Na ja, den Umständen entsprechend.« In wenigen Sätzen beschrieb Hochgräbe, was am Abend zuvor geschehen war.

»Alina war ihre engste Freundin.« Hellmer schluckte. »Verdammte Scheiße!«

»Das bringt mich auf einen weiteren Punkt.« Der Kommissariatsleiter räusperte sich mehrmals, als wolle er mit dem imaginären Frosch

in seinem Hals das Unvermeidliche hinauszuzögern, was es zu sagen galt. »Ihr wisst alle, dass wir uns auf dünnem Eis befinden. Nein, stimmt nicht. Wir zappeln schon längst im kalten Wasser.«
»Gibt's das auch in Verständlich?«, sagte Kullmer augendrehend.
»Gerne. Ihr beide«, Claus deutete auf ihn und seine Frau, »und auch Julia dürftet wegen Befangenheit nicht weitermachen.«
Kullmer schluckte so hart, dass sein Hals knackte. »Wie bitte?«
»Es hätte Elisa treffen sollen, das ist doch klar. Und seit gestern Abend, seit Alina, kann ich auch Julia nicht mehr davon ausnehmen. Ich sag's nur, wie es ist, ob mir das gefällt, steht auf einem ganz anderen Blatt.«
Hellmer lachte, und es klang beinahe höhnisch. »Wer soll denn dann ermitteln? Wir beide? Oder vielleicht die Kollegen von der Sitte? Ach nein, die sind ja auch befangen, wegen Tanja Wegner! Streng genommen ist doch sogar die ganze Polizei …«
»Stopp!«, unterbrach Hochgräbe ihn mit einem scharfen Schnitt seiner Handkante durch die Luft. »Ich sagte ›dürftet‹. Und tut nicht so, als hättet ihr die Regeln nicht allesamt gelernt. Aber ich habe mich mal ziemlich weit aus dem Fenster gelehnt, nachdem mir meine Holde heute Nacht lautstark mitgeteilt hat, dass sie sich die Zügel nicht aus der Hand nehmen lassen wird.« Er hielt inne und erinnerte sich an alkoholschwangere Worte, die durch die Wohnung gepeitscht worden waren, bevor Julia ins Bett gefallen und eingeschlafen war.
»Und?« Hellmers Stimme holte ihn zurück.
Hochgräbe zuckte mit den Achseln. »Man gibt uns noch Zeit bis zum Wochenende, maximal, aber dann übernimmt das LKA.«
Ein allgemeines Raunen durchzog den Raum. Keiner der Kommissare machte einen Hehl daraus, dass Ermittler von außerhalb so ziemlich das Letzte waren, was sie sich wünschten.
»Hm. Na besser als nichts.« Kullmer meldete sich als Erster zu Wort. »Das gibt uns noch drei Tage.« Er ballte die Fäuste. »Dann legen wir am besten gleich los, oder?«

»Nicht so hastig.« Hochgräbe stand auf, schritt zur Tür und warf einen Blick in den Gang, bevor er sie wieder ins Schloss zog und prüfend daran rüttelte, als habe er Angst, dass sie wieder aufspringen könnte. Anstatt hinter seinen Schreibtisch stellte er sich direkt vor die drei Kommissare, lehnte sich mit dem Hintern auf die Platte und beugte sich zu ihnen hinunter.

»Es gibt ja noch den zweiten Weg«, verkündete er mit gedämpfter Stimme. Kullmer, der in der Mitte und ihm damit am nächsten saß, kräuselte die Stirn.

»Der private?«

»Genau.« Hochgräbe ließ sich Zeit, um zu prüfen, ob auch einer der anderen darauf kam. Oder war es am Ende doch eine völlig abstruse Theorie?

Tatsächlich schauten sie ihn nur fragend an. Wieder drehte er das Kinn Richtung Tür.

Er hatte Julia am Morgen im Halbschlaf zurückgelassen, nachdem sie deutlich jenseits Mitternacht zur Ruhe gekommen war. Schlaftabletten waren nicht Bestandteil der Hausapotheke und in Verbindung mit ihrem Alkohollevel auch keine gute Idee. Aus verklebten Augen blinzelnd, musste sie ihm das Versprechen geben, bis mittags im Bett zu bleiben, dann würde er wieder nach ihr sehen. Am allerliebsten wäre es ihm ja gewesen, wenn sie sich in den nächsten Flieger in Richtung Aéroport Marseille Provence gesetzt hätte, um sich bei Susanne Tomlin zu verkriechen. Besser gesagt: um sich mit ihr zu verkriechen, irgendwo, denn auch Susanne Tomlin gehörte zu Julias engsten Freundinnen. Konnten zweitausend Kilometer Distanz sie schützen, wenn die vierhundert Kilometer zwischen Frankfurt und München offensichtlich kein Problem darstellten?

Doch unabhängig davon wusste Claus, dass dies keine realistische Option war. Julia würde bleiben bis zum bitteren Ende. Und sie würde vermutlich noch vor der Mittagspause hier im vierten Stock des Präsidiums auflaufen. Hoffentlich ließ sie sich wenigstens ein bisschen Zeit, dachte Hochgräbe, während ihm klar wurde, dass die drei Kommissare auf eine Erklärung warteten.

Da sich auch nach weiteren Sekunden kein kastanienbrauner Kopf durch die Bürotür schob, ließ er die Katze aus dem Sack: »Wer kennt Details von früher? Ich meine, bevor Julia sich hierher versetzen ließ.«

»*Du.*« Frank reagierte pfeilschnell. »Keiner von uns war näher dran. Doris war in Köln, Peter und ich …«

»Ja, schon klar. Ich war in München. Aber ganz woanders! Sonst würde ich wohl nicht fragen.«

Während Hellmer sich ein irritiertes »Sorry« abrang, hob Hochgräbe auch schon beschwichtigend die Hand und spreizte die Finger. »Nein, sorry von mir. Ich bezog das Ganze auf Julias Ex. Diesen Stephan. Der ist momentan ja irgendwie ständig präsent.«

Die drei wechselten Blicke, Schultern zuckten. Natürlich hatte jeder ein berufliches und auch ein privates Vorleben gehabt, bevor man sich beim Frankfurter K11 zusammenfand. Doch das war, genauso wenig wie zwischen Claus und Julia, kein Thema. Im Gegenteil. Die Vergangenheit war vorbei, nicht wert, ihr nachzutrauern, vor allem, weil praktisch alle Anwesenden sich im Laufe ihrer Zeit bei der Mordkommission deutlich verbessert hatten. Sowohl beruflich als auch privat.

»Stephan spielte nie wieder eine Rolle für Julia«, ergriff Frank das Wort. »Sie hat kein Geheimnis daraus gemacht, dass sie ihn abgeschossen hatte, bevor sie hierherkam. Aber er hatte es ja auch verdient, letzten Endes. Punktum. Ich habe seinen Namen seit Jahren nicht mehr gehört, erst neulich, als er – na ja, als die Sache mit der Beisetzung kam.«

Hochgräbe war es nicht anders ergangen. Stephans letzte Erwähnung, entsann er sich, war am Vorabend zu Doris' und Peters Hochzeit gewesen. Damals hatte Julia etwas in der Art gesagt, dass sie praktisch schon Silberhochzeit gehabt haben könnte. Doch wollte

sie dieses Jubiläum mit einem Mann haben, der sie nach Strich und Faden verarscht hatte? Sie hatte Claus danach deutlich versichert, dass es nichts gab, dem sie nachtrauerte. Dass da, wenn überhaupt, jene diffuse Melancholie aus ihr gesprochen hatte, wie man sie bei Hochzeiten eben manchmal verspürte.
»*Du* bist mein Mann«, hatte Julia ihm ins Ohr geraunt. Und auch wenn das, technisch betrachtet, nicht stimmte, so tat es unendlich gut, das von ihr zu hören.
Doch genau hier lag auch die Wurzel vergraben, die Hochgräbes Gedankengänge nährte. Wie hatte Stephan das Ganze empfunden? Was für ein Leben hatte er geführt? Hatte er das Thema Julia auch so rigoros, so endgültig über Bord geworfen? Stephan war ein Mann. Ein egozentrischer Mann. Ließ man das alles kampflos hinter sich?
»Was ist, wenn Stephan hinter alldem steckt?«, platzte er heraus.
Die anderen rissen die Augen auf.
»Hä?!«
»Ihr habt mich richtig verstanden«, sagte Hochgräbe. »Unser Mörder verfügt über eine Menge an Wissen. Über Julia, über Stephan, über ihre gemeinsame Vergangenheit. Was, wenn er das Ganze steuert?«
»Aber wie denn?«, rief Kullmer.
»Aber warum denn?«, kam es von seiner Frau.
Hochgräbe deutete auf Seidel: »Das weiß ich nicht. Rache? Vergeltung für ein verkorkstes Beziehungsleben?«
»Dann hätte er sich aber eher die eigenen Adern aufschlitzen müssen«, knurrte diese. »Er war doch schuld …«
»Mag ja sein, dass wir das alle so sehen«, sagte Hochgräbe. »Frage ist, wie er das beurteilt.«
»Beurteilt *hat*«, betonte Kullmer. »Soweit ich mich erinnere, ist Stephan seit zwei Monaten tot.«
Claus Hochgräbe drehte sich zur Seite, mit Blick auf die noch immer geschlossene Tür, und krempelte die Hemdsärmel nach oben. Dann

nickte er langsam, drehte den Kopf in Richtung seiner Kollegen und sagte: »Genau das frage ich mich seit spätestens gestern Abend. Könnte es nicht irgendwie sein, dass Stephan noch am Leben ist?«

8:50 UHR

Dr. Andrea Sievers schob die Arme in ihren Kittel und prüfte anschließend das Haarnetz und den Wulst, den ihr Pferdeschwanz am hinteren Ende darunter bildete. Sie hatte das Handy über Nacht ausgeschaltet. Egoistisch, wie sie zwar fand, aber sie wollte für ein paar Stunden niemanden sehen und niemanden hören. Schon gar nicht Julia Durant oder ihre Kollegen, die nach schnellen Ergebnissen heischten. Ja, Alina Cornelius' Tod hatte auch Sievers ins Taumeln gebracht. Und sie insgeheim bewerten lassen, wie nahe sie selbst der Kommissarin stand. Sie hatte sich ertappt, wie sie den Kopf über die Schulter drehte, um festzustellen, ob ihr jemand durch die Dunkelheit folgte.
So ein Schwachsinn!
Doch wenn man dem Protokoll verpasster Anrufmitteilungen Glauben schenken durfte, hatte es niemand bei ihr probiert. Auch nicht Julia per Textnachricht.
»Die Ärmste«, murmelte die Rechtsmedizinerin, als sie sich dem Leichnam ihrer Freundin widmete. Dann, etwas lauter, kommentierte sie das, was bereits am Tatort nicht zu übersehen gewesen war: »Mein Gott! Du siehst wirklich genauso aus wie sie.«
Sievers wusste, dass die Spurensicherung Proben von Lippenstift und Make-up genommen hatte. Dass man die Ohrringe einer genauen Prüfung unterziehen würde, ebenso wie Alinas Fingernägel. Einem Impuls folgend, untersuchte sie die Fußunterseiten der Toten auf Rückstände von Abdrucktinte. Erfolglos. Doch was bedeutete das schon im Zeitalter der digitalen Abdruckscanner? Man konnte nicht

nachvollziehen, ob jemand sich die Mühe gemacht hatte, auch die Zehen zu katalogisieren. Also fertigte Sievers selbst einen Satz an, nur zur Sicherheit. Auch wenn sie es für wenig wahrscheinlich hielt, einen Treffer zu den zuvor gefundenen Abdrücken zu erhalten. Aber irgendetwas musste dieser Spinner ja mit seinen Zehenabdrücken bezwecken.

Dann traf auch schon Frank Hellmer ein, um der offiziellen Leichenschau beizuwohnen. Für die Rechtsmedizinerin Routine – selbst, wenn sie mit der Person bekannt gewesen war. Beneidenswert, wie Hellmer fand. Doch was im Inneren von Dr. Sievers vorging, konnte er natürlich nicht wissen. Sobald sie in ihr Element eintauchte, bekamen andere nur noch ihre harte, aus Sarkasmus gewachsene Schale zu Gesicht.
Auch das Ergebnis war von ernüchternder Härte:
Alina Cornelius war zwischen 18:30 und 19:30 Uhr gestorben. Nach einem brutalen Schlag auf den Kopf, der ihr ein schweres Schädelhirntrauma zugefügt hatte, »dürfte sie die meiste Zeit bis zu ihrem Ableben nicht oder nur teilweise bei Bewusstsein gewesen sein«, erklärte die Ärztin. »Die epidurale Blutung hätte sie früher oder später wohl außer Gefecht gesetzt, aber die Todesursache war Strangulation. Die Spuren am Hals lassen auf ein Zudrücken mit beiden Händen schließen, er muss unmittelbar vor ihr gestanden haben. Die Daumen auf die Luft- und Speiseröhre gedrückt ... darf ich?«
Sie stellte sich vor Frank und reckte ihm die Hände entgegen.
Er wich zurück – zu viele Details –, doch sie bedeutete ihm, sich auf den nächstbesten Hocker zu platzieren. »Ich muss es dir zeigen«, sagte sie, »das heißt, ich möchte es auch nachvollziehen. Nicht, dass in meinem Bericht irgendein Unsinn steht.«
»Na, meinetwegen.«
Hellmer setzte sich, Sievers trat vor ihn. Die Ellbogen am Körper anliegend, die Unterarme mit den gestreckten Fingern fast rechtwinklig nach vorn gestreckt. Dann stieß sie an seine Knie, schob die

Arme vor, umfasste seinen Hals, tastete sich zurecht, bis die Position stimmte, und drückte kurz und äußerst behutsam zu, um danach sofort wieder von ihm abzulassen.

»Na, Schiss gekriegt?«, flachste sie, während der Kommissar sich ein paarmal über den Kehlkopf streichelte.

»Quatsch! Was hast du denn jetzt rausgefunden? Oder war das nur einer deiner Fetische?«

Anstatt darauf zu reagieren, wurde die Rechtsmedizinerin wieder völlig ernst. Noch immer vor Hellmer stehend, sagte sie: »Alina hat vor ihm gesessen, so wie du jetzt. Da sie keine Drogen intus hatte – das Tox-Screening war ergebnislos –, war sie offenbar nur durch den Schlag gelähmt. Handlungsunfähig. Möglicherweise geknebelt. Und dann hat er ihr einfach den Hals zugedrückt. Ihr dabei in die Augen geschaut und gewartet, bis der Lebensfunke erloschen war. Und wer weiß, am Ende ist ihm dabei noch einer abgegangen.«

»Dieser Bastard!«, schnaubte Hellmer. »Also hatte sie keine Chance.«

»Null. Von dem Moment an, als er ihr den Schlag verpasst hat. Und das kann eine ganze Weile früher gewesen sein als ihr Todeszeitpunkt. Das arme Ding.«

Sie verstummte und drehte sich zu der Toten um.

Hellmer dachte nach. Alina hatte Julia gegen halb acht getextet. Das musste schon er gewesen sein. Was aber war mit der Nachricht am Nachmittag gewesen, nach der Dienstbesprechung? Wann war das noch mal genau gewesen?

Er notierte sich ein paar Fragen, die er überprüfen musste. Alinas Terminplan, ihre Klienten, und was war mit ihrem Telefon? Hatte es schon seinen Weg von den Spurensicherern zur Computerforensik gefunden?

Er biss sich auf die Unterlippe. Julia. Mit ihr musste er natürlich auch reden.

Und von all den Dingen, die auf seiner Agenda standen, würde das wohl am schwierigsten werden.

9:10 UHR

Das Treppenhaus roch nach kaltem Rauch, ein Reiz, auf den Claus Hochgräbe heute besonders empfindlich reagierte. Er hatte Durant keine Vorhaltungen gemacht, sie waren beide erwachsen, doch er wusste allzu gut, wie schwer ihr der Abschied von den Glimmstängeln gefallen war. Alles in ihrer Wohnung stank plötzlich wieder, noch in der Nacht hatte Hochgräbe eine Maschine Wäsche angestellt.

Nach der Besprechung mit den Kollegen hatte er sich vorgenommen, einige Telefonate mit München zu führen. Doch schon beim zweiten Gespräch war er von einer Meldung der Spurensicherung unterbrochen worden, die sich mit den Wohn- und Praxisräumen von Alina Cornelius befasste. Hochgräbe hatte sich sofort auf den Weg gemacht, zu Fuß, und eilte nun die Stufen nach oben, bis er die beiden gegenüberliegenden Türen mit den Polizeisiegeln erreichte. Er wandte sich der Praxistür zu und schaute zu Boden. Markierungen wiesen einen Korridor, in dem er sich ohne Schutzgamaschen über den Schuhen bewegen konnte.

Platzeck hatte sich zur Hälfte aus seinem Schutzanzug geschält und hockte zusammen mit einer Kollegin, deren grelles Blond fast schon in den Augen stach, an Alinas Schreibtisch. Er begrüßte Hochgräbe und bedeutete ihm, sich dazuzusetzen.

»Was habt ihr denn im Kalender gefunden?«, wollte dieser wissen, denn die Meldung war kryptisch gewesen. Es ging um ihre Termine. Und um ihren Patientenstamm, wenn man das so nennen konnte.

»Die Cornelius hatte ein System«, erläuterte Platzeck, während die Blonde sich entfernte. Seine Hände, noch immer in Latexhandschuhen, unter deren Oberfläche sich deutliche Schweißflecken abzeichneten, blätterten in dem Tischkalender. »Hier, hier und hier.« Namen und Uhrzeiten waren, einem augenscheinlich zufälligen Muster folgend, mit schwarzem und blauem Kugelschreiber vermerkt. An den drei Stellen, die Platzeck mit der Fingerkuppe antippte, waren Kringel um die Namen gezogen. Der jüngste Eintrag war eine Woche her, die beiden anderen lagen Anfang September und in der letzten Augustwoche. »Kringel bedeutet Erstgespräch«, erläuterte der Forensiker. »Das deckt sich mit den Computerdaten, wobei wir hier nur oberflächlich schauen konnten. Da liegen stundenlange Audiodateien drauf und eine Menge Dokumente, die sie mit Krankenkassen hin und her mailte.« Er betonte noch einmal: »Das dauert, das sag ich dir gleich. Aber das hier«, nun hob Platzeck den Zeigefinger und klappte den Kalender zurück auf die aktuelle Wochenansicht, »sollten wir uns genauer anschauen.«

Wie ein Adler, der sein Beutetier erspäht hat, stürzte sein Finger in Richtung Montag und landete auf in Rot umkringelten Initialen.

»C.S.«, las Hochgräbe, nachdem die Fingerkuppe den Eintrag freigegeben hatte. »Was bedeutet das?«

»Alina Cornelius hat in ihrem Kalender nicht ein einziges Mal mit Rotstift geschrieben«, antwortete Platzeck, während sein Finger auf den Dienstag wanderte. »Und hier gleich wieder, siehst du?« Er fuhr die Liste mit Nachnamen entlang, die für den gestrigen Tag eingetragen waren. »Der letzte Name, wieder in Rot. Und der Zeitpunkt dieses Gesprächs war gestern, am Ende ihrer regulären Termine, um Viertel nach vier. So spät vereinbarte sie laut Kalender sonst keine Termine mehr. Wer auch immer sich hinter diesem Eintrag verbirgt, könnte die letzte Person gewesen sein, die sie lebend gesehen hat.«

»Vielleicht im wahrsten Sinne«, brummte Hochgräbe nachdenklich und beugte sich nach vorn, um mit zusammengekniffenen Augen den Nachnamen zu lesen, der da in krakeligem, viel zu klein geschriebenem Rot stand. Sein Atem stockte.

»Scheiße!«

Es entfuhr ihm so laut, dass sich alle im Raum Anwesenden nach Hochgräbe umdrehten.

»Was ist denn?«, fragte Platzeck. »Du siehst aus, als hättest du einen Geist gesehen.«
Wie recht er damit haben konnte.
Claus Hochgräbe spürte, wie sein Herz hämmerte und sich nicht wieder einkriegen wollte.
Der rot geschriebene Name war *Stephan!*
Schwer leserlich, aber eindeutig. Sogar mit ph.
»Sorry«, keuchte er, »aber du liest da doch auch Stephan, oder?«
»Ja, klar. C Punkt Stephan«, bestätigte Platzeck. »Kennst du jemanden, auf den das passen könnte?«
»Frag besser nicht«, murrte Hochgräbe. Noch immer raste sein Puls, aber die Gedanken sortierten sich allmählich. Er ließ den Blick über die Tischplatte wandern.
»Hatte Alina irgendwo einen roten Kuli rumliegen?«
Platzeck nickte und deutete auf einen Beweismittelbeutel. »Zwei Stück. Müssen noch auf Abdrücke getestet werden. Aber ich kann das Ganze abkürzen.«
»Wie meinst du?«
»Meine Kollegin ist ziemlich fit in Sachen Handschrift. Wir sind uns beide sicher, dass die roten Einträge nicht von Alina Cornelius stammen.«
»Glaub ich auch nicht.«
»Und während wir das erledigen«, Platzeck grinste, »darfst du dir ein paar schöne Hausaufgaben mitnehmen.«
Hochgräbe neigte fragend den Kopf, aber da kehrte wie auf Kommando die Blonde zurück. Unter ihrem Arm klemmte ein Aktenstapel. Zielstrebig näherte sie sich dem Schreibtisch und ließ die braunen Kartonmappen auf eine freie Stelle plumpsen.
»Bitte sehr«, kommentierte sie mit einem Augenaufschlag und machte auf dem Absatz kehrt.
Hochgräbe betrachtete die Akten. Es war ein knappes Dutzend, also nicht die gesamte Kartei. So weit, so gut. Er wollte danach greifen,

dachte im selben Moment aber daran, dass die Spurensicherung unmöglich schon sämtliche Seiten auf Fingerabdrücke untersucht haben könne. Er wandte seinen Blick nach links, wo Platzeck offenbar dasselbe dachte. Zwischen seinen Latex-Fingern baumelte ein Paar Einweghandschuhe, welches er dem Kommissariatsleiter nun entgegenstreckte.

»Viel Spaß dabei«, sagte er und nickte Hochgräbe im Aufstehen zu, während sich dieser bereits abmühte, die Fingerspitzen in die richtigen Löcher zu schieben.

»Gehst du etwa auch?«

»Nur einen Raum weiter. Wenn du mich brauchst ...«

Doch Claus Hochgräbe war insgeheim ganz froh, dass ihm niemand über die Schulter schaute. Einen Kaffee, dachte er. Das könnte ich jetzt brauchen ...

Weil niemand ihm einen anbot und er auch nicht dazu bereit war, sich an Alinas Kapselmaschine zu bedienen – nur weil ein Tox-Screening nichts ergab, hatte das noch nichts zu bedeuten, und außerdem war es für sein Gefühl einfach falsch, sich der Dinge einer Toten zu bedienen –, widmete er seine volle Aufmerksamkeit den Patientenakten.

Es waren sämtliche Personen mit den Initialen C.S., insgesamt traf das auf sechs Namen zu, vier weiblich und zwei männlich. Tatsächlich gab es unter ihnen sogar eine Carla Steffan. Außerdem die drei Akten der eingekringelten Neuaufnahmen. Am allermeisten jedoch interessierte Hochgräbe eine ganz bestimmte Person. C Punkt Stephan.

Der allerletzte Eintrag. Ob es für ihn schon eine Akte gab?

Prompt sprang ihn der Name an. Hochgräbe traute seinen Augen nicht.

In roten Lettern war auf dem Etikett vermerkt:

Stephan, Claus

10:35 UHR

Den schlimmsten Berufsverkehr abwartend, hatten Doris Seidel und Peter Kullmer sich nach ihrer Besprechung mit Hochgräbe auf den Weg nach Darmstadt gemacht.
Nachdem man sich in der Computerforensik mit Tanja Wegners Computer befasst hatte, war man darauf gestoßen, dass sie sich in den letzten Monaten mit verschiedenen Männern getroffen hatte. Einer davon stach hervor. Die E-Mail-Adresse, mit der er sich auf diversen Portalen registriert hatte, war von der TU Darmstadt. Darüber hinaus gehörte sie zu einem Social-Media-Profil, welches ihn als Martin Künkel auswies. Sechsundzwanzig Jahre, Student an der Technischen Universität, wohnhaft im Heppenheimer Stadtteil Kirschhausen. Die hinterlegte Mobilfunknummer hatte es den Ermittlern ermöglicht, einen direkten Kontaktversuch zu starten. Künkel war an der Uni, er wirkte völlig unbefangen. Auf die Frage, wo man ihn für ein Gespräch antreffen könne, hatte er mit der Gegenfrage reagiert, worum es denn ginge. Doch es schien ihm danach vollkommen zu genügen, dass Doris ihm erklärte, es gehe um Fragen einer laufenden Ermittlung und die Details werde man ihm persönlich erläutern.

»Eine Fahrt ins Blaue, hm?«, sagte Peter, der es sich auf dem Beifahrersitz ihres Wagens bequem gemacht hatte.
»Bitter nötig hätten wir es ja«, erwiderte Doris düster.
»Wegen Elisa. Klar. So ferienreif wie jetzt war ich lange nicht mehr.«
Er legte ihr die Hand auf den Oberschenkel, und sie umfasste sie für einige Sekunden, bevor sie die Finger wieder ums Lenkrad schloss.
»Ich meine, ich bin so dankbar, dass nicht sie es war … und dann stehe ich doch immer wieder kurz vorm Explodieren. Ausrasten. Und ich weiß gar nicht so genau, weshalb eigentlich.«
»Das kann ich dir sagen«, sagte Doris mit fester Stimme. »Es ist der Job. Er ist daran schuld, dass Elisa in eine solche Situation geraten

konnte. Dass sie knapp an einer Katastrophe vorbeigeschlittert ist. Und stell dir mal vor, Mia wäre nicht einigermaßen unbeschadet da rausgekommen ...«

Sie brach abrupt ab, aber es bedurfte auch keiner weiteren Ausführung.

Peter Kullmer ließ ein Weilchen verstreichen, suchte nach einer passenden Antwort, vergeblich. Dann sprach auch Doris Seidel weiter, und diesmal war es ihre Hand, die ihren Weg zu seinem Oberschenkel suchte: »Hör mal, lass uns eine Vereinbarung treffen, okay? Wir bringen diese Ermittlung zu Ende, geben noch einmal alles, und danach machen wir uns ein paar schöne Ferientage. So weit weg wie möglich, nur wir drei. Und danach reden wir darüber, wie es weitergehen soll.«

»Mit uns?«

Vermutlich war der Verkehr daran schuld, dass Doris den Schalk in Peters Augen übersah.

»Aber nein!«, sagte sie daher kopfschüttelnd. »Mit dem Job. Glaubst du etwa, ich werfe nach einem Jahr Ehe schon wieder hin?«

Peter lachte leise: »Na, das hoffe ich doch nicht!«

»Keine Sorge.« Sie grinste. »So schnell wirst du mich nicht wieder los. Wir haben immerhin Verantwortung für ein Kind.«

»Einverstanden. Dann geben wir jetzt alles. Zuerst als Ermittler und dann als Eltern.« Doris ließ den Wagen auf eine Ampel zurollen und bremste sanft ab. Das Signal im Augenwinkel, neigte sie den Blick zu ihrem Mann. »Was meinst du, was uns gleich in Darmstadt erwartet?«

»Ach komm«, sagte Peter und schnitt eine Grimasse. »Das ist ein kleiner Student, mehr nicht, wollen wir wetten? So harmlos vermutlich, dass er außer ein paar illegalen Downloads noch nie etwas Kriminelles angestellt hat.«

»Hmm. Meinst du, er hat deshalb gleich danach gefragt, worum es geht? Weil er sich gar nicht vorstellen kann, was die Polizei von ihm wollen könnte?«

»Könnte doch sein, oder?«

»Deshalb war es ihm vermutlich auch ganz recht, dass wir uns an der Uni treffen und nicht zu Hause bei Mutti.«

»Wohnt er noch im Elternhaus?«

»Klar. Und wenn er wirklich die Unschuld vom Lande ist, so ein verhätscheltes Söhnchen, dann kann ich mir genau vorstellen, wie es da aussieht. Blumentapeten und Edelkitsch und dann, in seinem Zimmer, eine düstere Höhle, in der er heimlich raucht.«

»Na komm«, winkte Peter ab. »So viel Klischee …«

»Lass mich doch. Mich wundert nur, was Tanja an solchen Typen fand. Sie hatte einen enormen Verschleiß an Männern wie diesem Martin.«

»Aha. Also gestehst du ihm jetzt doch zu, ein Mann zu sein und kein Jungchen«, frotzelte der Kommissar, was ihm einen Knuff mit dem Ellbogen einbrachte.

»Vorsicht! Ich weiß genau, was du denkst, Mister Macho«, gab Doris Seidel zurück. »Wenn Männer sich junge Dinger angeln, dann ist das kein Problem. Wir kennen ja alle dein Lotterleben vor unserer Zeit! Wenn aber eine Frau so was macht …«

Mit einem Stoßfluch auf den Lippen riss sie das Steuer herum, um auf die linke Spur auszuweichen. »Idiot!«

»Da! Das war Karma«, grinste Peter Kullmer breit. »Achte mal lieber auf den *Straßen*-Verkehr.«

Sie schwiegen, lauschten dem Radio, und der Kommissar betrachtete die Landschaft, die unter einem grau verhangenen Himmel öde und farblos wirkte.

»Was hältst du eigentlich von der Sache mit Julia und diesem Stephan?«, fragte er irgendwann.

»Schwer zu sagen. Krasse Theorie, finde ich. Claus täte gut daran, das Ganze nicht vor Julia breitzutreten.«

»Vielleicht ist sie ja selbst schon draufgekommen.«

»Glaubst du?«

Kullmer zuckte mit den Achseln. »Wie sagt Frank immer? Man hat schon Pferde kotzen sehen.«

Doris schüttelte den Kopf. »Eigentlich heißt das: Man hat schon Pferde vor Apotheken kotzen sehen.«
»Macht irgendwie beides keinen Sinn, oder?« Ihr Mann lachte. Dann wurde er wieder ernst. »Ich hoffe jedenfalls, unser Boss verrennt sich da nicht. Sobald er in diese Richtung ermittelt, kriegt Julia etwas davon mit. Und wenn sie es von jemand anderem erfährt als von ihm, ist Polen aber offen!«
Doris' Augenbrauen hoben sich. »Seit wann benutzt du denn solche Phrasen?«
»Na ja, stimmt doch. Das ist ein uralter Spruch, nix von wegen Nazis, der ist viel älter. Und er passt wie die Faust aufs Auge. Denn den Ärger, den wir alle bekommen, wenn wir Julia übergehen und sie Wind davon bekommt ... Uiuiui.« Kullmer fächerte sich demonstrativ mit der Hand Luft zu.
»Das mag ja sein. Trotzdem ein bescheuerter Spruch. Aber wie auch immer – wir sind da.«
Der SUV bog von der B26 in die Alexanderstraße ein. Sie passierten den ersten Bau der Technischen Universität, etwas zurückgesetzt stach ein Kubus ins Auge, mit jeweils sieben Streifen Glas und Beton. Eine Bauweise, die man in einer Jugendstilstadt nicht erwartet hätte, aber sie fügte sich gut ins Bild. Noch krasser auf der anderen Straßenseite, wo sich der futuristische Bau des »Darmstadtium« erstreckte – Deutschlands schnellstes Kongresszentrum, wenn man der Eigenwerbung Glauben schenken durfte. Doris Seidel erspähte wie aufs Stichwort eine Parklücke am Rand der Gegenspur, prüfte den Rückspiegel und vollzog einen abrupten U-Turn, der ihrem Mann kurzzeitig die Farbe aus dem Gesicht wischte.
»Na, aber hallo!«
»Besser als Tiefgarage.«
Doris Seidel kannte zwar die Maße ihres Ford, aber hatte trotzdem immer Sorge, an den Deckenträgern von Parkhäusern unter zwei Meter Höhe entlangzuschrammen.

Die beiden stiegen aus, orientierten sich kurz und lenkten ihre Schritte dann, das Smartphone im Anschlag, in Richtung der Bar, wo sie sich mit Martin Künkel verabredet hatten.

Zehn Minuten später hatten sie einander vorgestellt, und drei Gläser Cola standen auf dem Tisch. Künkel hatte eine abgelegene Ecke gewählt, und der Betrieb hielt sich in Grenzen, dennoch gab er sich alle Mühe, seine Stimme gedämpft zu halten. Ebenso wirkte seine Körperhaltung gedrungen, was überhaupt nicht zu seinem Erscheinungsbild passte. Künkel trug eine Strubbelfrisur in Straßenköterblond, ein angesagtes Hemd und eine verwaschene Jeans mit Sneakern. Er hätte, so wie er war, für einen Modekatalog abgelichtet werden können. Einzig seine traurigen Augen trübten das Bild.
»Es tut weh. Aber so richtig«, gestand er den beiden, nachdem Doris das Gespräch so behutsam wie möglich auf das Wesentliche gelenkt hatte.
»Wir können Ihnen ein paar Fragen leider nicht ersparen«, sagte sie.
»Schon gut. Wenn es hilft ...«
»Das hoffen wir. Wir ...« Die Kommissarin unterbrach sich abrupt. Sie durfte nicht verraten, dass die Ermittlung noch ganz am Anfang stand. Sie durfte im Grunde *gar nichts* sagen. Nur brachte dies so manchen Dialog zum Erliegen.
»Wir setzen alles daran, die Sache aufzuklären«, beendete Kullmer stattdessen ihren Satz.
»Schon gut.« Künkel nahm einen Schluck Cola. »Was wollen Sie wissen?«
»Wie lange waren Sie mit Tanja zusammen?«
Künkel lachte heiser. »*Zusammen.* Wie das klingt.«
»Wie klänge es denn besser?«, wollte Seidel wissen.
Künkel fuhr sich durchs Haar, seufzte. »Ich habe mich verliebt, auch wenn's vielleicht bescheuert klingt. Aber was wir hatten, war im Grunde nur eine Affäre.«

»Wie lange?«
»Seit Sommer.«
»Und Sie haben das ausgehalten, dass Tanja Ihre Gefühle nicht erwidert hat?«
»Mhm. Wir hatten ein paar Dates, es ging alles ganz schnell. Und dann kam eine Aussprache.«
»Eine dieser Art, wo man am Ende vor einem Scherbenhaufen steht?«, fragte Kullmer.
»Nein. Es lief ja trotzdem weiter mit uns.« Künkel sah sich zum x-ten Mal um, dass auch ja keiner in Hörweite war. Dann fuhr er fort: »Ich weiß, dass Tanja wohl das war, was man als nymphoman bezeichnet. Falls man das heute noch so sagen darf. Ich weiß auch, dass Tanja noch andere Liebhaber hatte. Vor mir, vielleicht währenddessen und sicher auch, wenn wir uns einmal getrennt hätten.« Seine Miene verdüsterte sich. »Aber das alles hat uns jetzt ja jemand – weggenommen.«
Künkel tastete seine Hosentaschen nach einem Papiertuch ab, fand ein recht zerfleddertes Exemplar, faltete es auf und schnäuzte kräftig hinein. Er knüllte es zusammen und schob es zurück in die Hose.
»Trotzdem, auch wenn ich wusste, dass sie mich nie so lieben wird wie ich sie, habe ich unsere Zeit genossen. Was wir hatten …« Künkel wich dem Blick der Kommissarin aus und verstummte. Offenbar fühlte er sich unwohl bei dem Gedanken, ihr gegenüber das Thema Sex zu erörtern. Zweifellos, dachte sich Doris, hatte Tanja ihm in dieser Hinsicht eine Menge zu bieten gehabt. Stattdessen fragte Künkel: »Dürfen Sie mir denn sagen, was genau ihr passiert ist?«
»Tut uns leid«, antwortete Doris Seidel so einfühlsam wie möglich. »Laufende Ermittlungen, Sie verstehen?«
»Warum genau sind Sie denn nun hier?«
Kullmer räusperte sich. »Es gab Spuren von DNA, die wir abgleichen müssen …«

»DNA?«, unterbrach Künkel sie. »Ach so. Sie reden von …« Wieder ein scheuer Blick in Richtung Doris. »Na ja. Natürlich haben wir …«
»Ohne Schutz?«
Künkel murmelte beschämt, dass sie sich angeblich hatte testen lassen. Und dass sie sich entsprechend schützte, weil Kinder kein Thema für sie waren.
»Wären Sie bereit, dass wir eine Probe nehmen?«
»Hier und jetzt?«
Kullmer förderte ein Plastikröhrchen mit innenliegendem Spatel zutage, an dessen Ende sich ein Wattebausch befand. »Ein paarmal durch die Wangentasche, das ist schon alles«, erklärte er und vollzog mit dem Zeigefinger die entsprechende Geste in der Luft.
»Hm. Meinetwegen. Wenn's bei der Aufklärung hilft.«
Er ließ die Prozedur über sich ergehen. Sobald Kullmer den Verschluss des Röhrchens zuschraubte und Martin Künkel sich mit der Zungenspitze durch die Wange gefahren war, sagte er: »Jetzt muss ich aber doch noch was fragen.«
»Nur zu.«
»Wenn Sie von DNA reden … Hatte Tanja auch Sex mit ihrem Mörder? Wurde sie …«
Künkel geriet ins Stocken und hielt sich die Hand vors Gesicht.
»Dafür haben wir keine Anhaltspunkte«, sagte Doris Seidel, und es klang glaubhaft. Wenn sie schon kein Sterbenswort über das Ausweiden verlauten ließ, dann durfte sie wenigstens das preisgeben.
»Also war es nur meine DNA«, folgerte Künkel, und keiner der beiden widersprach ihm. Irgendwie schien ihn das zu beruhigen.
Doris Seidel leerte ihr Glas und stellte noch ein paar unverfängliche Fragen über das Studium und die Pläne, die Künkel nun hatte. In ihren Augen war es hochgradig unwahrscheinlich, dass ausgerechnet dieser junge Mann zu einer solchen Bluttat fähig gewesen war. Nicht einmal aus verletzten Gefühlen heraus, auch wenn diese abgründige Seiten hervorbringen konnten.

Die beiden Kommissare standen bereits, als Martin Künkel, der ebenfalls aufgestanden war, noch einmal das Wort ergriff. »Halten Sie mich bitte auf dem Laufenden?«

»Das ist ein bisschen schwierig«, gestand Doris Seidel ein und biss sich auf die Unterlippe. »Sie sind nicht verwandt. Im Grunde ...«

»Schon klar. Sie dürfen nicht«, unterbrach er sie. Und wieder dieser traurige Blick.

»Wissen Sie was?« Doris nahm eine ihrer Visitenkarten und hielt sie Künkel entgegen. »Rufen Sie mich an. Wenn es etwas Neues gibt, sage ich Ihnen alles, was ich darf, okay? Und auch wenn Sie reden wollen, melden Sie sich einfach.«

Martin Künkel nickte und betrachtete die Karte in seiner Hand mit leeren Augen.

»Danke«, murmelte er. »Ich habe sie wirklich geliebt.«

Sowohl Kullmer als auch Seidel glaubten ihm.

10:45 UHR

Claus Hochgräbe konnte nicht ahnen, dass Julia Durant zu einer ähnlichen Schlussfolgerung gelangt war wie er selbst. Allerdings folgte sie dabei nicht ihrem Bauchgefühl, auf das sie sich in der Regel verlassen konnte, sondern es war mehr ein elektrischer Impuls, der wie ein Blitz in sie eindrang, den Körper in Aufruhr versetzte und sie benommen zurückließ. Was übrig blieb, war die Frage, wie viel Prozent von ihrer Benommenheit auf den Kater zurückzuführen war.

Nachdem Hochgräbe die Wohnung verlassen hatte, war sie ins Bad geschlurft, um sich zu erleichtern. Außerdem waren da dieser unsägliche Brand und eine klebrige Zunge, die nach Kneipe schmeckte. Und Kopfschmerzen. Zwei Brausetabletten Aspirin später lag sie wieder im Bett, auf der Seite von Claus, denn ihr Laken war durch-

geschwitzt. Sie würde es später frisch beziehen. Während draußen die Stadt erwachte, versank die Kommissarin noch einmal in eine düstere Starre, durchzuckt von wirren Traumfetzen, die ihr jedoch nicht in Erinnerung blieben. Nur eines blieb übrig: Beklemmung. Und zwar von jener Sorte, wie sie sie kannte, wenn eine Panikattacke sich ankündigte. Stundenlanges Unwohlsein, ohne einen triftigen Grund dafür ermitteln zu können. Bis es zum Äußersten kam – zum zitternden, nach Luft ringenden Ausbruch. Alkohol und Stress waren zwei Faktoren, mit denen man der Panik die Tore aufstieß. Von beidem hatte sie gestern mehr als genug gehabt.
Erstaunlicherweise erwachte sie halbwegs entspannt, schlug die Decken auf, denn zum Abziehen fehlte ihr der Elan, und lüftete das Schlafzimmer. Nach einer ausgiebigen Dusche und mit der zweiten Tasse Kaffee kauerte die Kommissarin nun auf der Couch, den Laptop aufgeklappt. Zuerst unschlüssig, dann immer zielstrebiger tippte sie Namen und Begriffe in die Suchmaske des Browsers.

Tanja Wegner

Eine temperamentvolle Polizistin, nach der man sich auch in anderen Abteilungen die Finger geleckt hatte. Das stand zwar so nicht im Internet, aber Durant erinnerte sich sehr gut an ihre ersten Wochen in Frankfurt. Tanja war die Kollegin, mit der sie am meisten zu tun gehabt hatte, was daran liegen mochte, dass sie sich in gewisser Weise ähnelten. Für Tanja waren Männer Objekte. Nichts zum Heiraten, keine Kinder, so etwas brauchte sie nicht. Spaß. Darum war es ihr immer gegangen.
»Wenn ich mir tagein, tagaus anschaue, was Männer Frauen in dieser Stadt alles antun«, so Tanjas Maxime, »dann hole ich mir gewiss kein solches Exemplar ins Haus. Nur ganz ohne«, hatte sie schelmisch hinzugefügt, »ist's halt auch scheiße. Also drehe ich den Spieß einfach um.«

Das klang plausibel. Und wer so aussah wie Tanja, kam damit sicher prima über die Runden. Für eine gewisse Zeit hatte Julia ähnlich gedacht, zuerst, weil sie sich nicht binden wollte, doch irgendwann kam ihr der Verdacht, dass sie es womöglich überhaupt nicht mehr konnte. Doch dann hatte sie sich weiterentwickelt, Tanja hingegen war ihrer Linie treu geblieben. Bis zum Ende.

Die kombinierte Suche nach Tanjas Namen und ihrem eigenen brachte zwei Fotos zutage, von denen Durant nicht im Traum gedacht hätte, sie online zu finden. Eine spektakuläre Verhaftung im Bahnhofsviertel, einer der ersten großen Erfolge, an denen sie in der neuen Stadt beteiligt gewesen war. Man hatte Tanja und sie ins Rampenlicht gedrängt. Frauenverbände hatten sich bedankt. Durant erinnerte sich plötzlich, als wäre es erst gestern gewesen: Aus verschiedenen Laufhäusern waren in einer akribisch geplanten Aktion, die zeitgleich an mehreren Orten stattfand, sechsundzwanzig Frauen befreit worden. Keine von ihnen besaß gültige Ausweispapiere, geschweige denn eine Arbeits- oder Aufenthaltserlaubnis. Die Zuhälter hatten ein ausgeklügeltes System entwickelt, illegale Frauen zwischen ihren Häusern hin und her zu schieben und unter die offiziell dort tätigen zu mischen. Stichwort Abwechslung. Ein Großteil der Illegalen war weder der Sprache mächtig, noch verrichtete er die Arbeit an den Freiern freiwillig. Manche von ihnen, blutjunge Mädchen, wiesen violett unterlaufene Ringe an den Handgelenken auf.
»Sie ketten sie ans nächstbeste Heizungsrohr«, hatte Wegner ihr seinerzeit erklärt. »Und wenn sie nicht spuren, werden ihnen die Rippen der Heizkörper in die Haut gepresst. Das ist schmerzhaft, das brennt, aber es hinterlässt keine Blutergüsse im Gesicht. Diese Frauen werden zuerst von ihren Zuhältern gefügig gemacht, meistens haben sie da schon die ersten Vergewaltigungen durch die Fahrer der Lastwagen hinter sich. Dagegen ist so mancher deutsche Familien-

vater, der nur ab und zu mal eine Lolita braucht, ein echter Chorknabe.«

Es war eine düstere Welt gewesen, aber trotzdem hatte die Arbeit den beiden Frauen eine gewisse Erfüllung verschafft. Immer dann, wenn es ein paar Dreckskerle weniger gab, die sich am Leid wehrloser Frauen ergötzten.

Für Julia Durant war die Sitte schon lange Geschichte. Sie hatte sie noch vor Ablauf ihres ersten Jahres in Frankfurt gegen die Mordkommission eingetauscht.

Der Kontakt zu Tanja Wegner war eingeschlafen.

Jetzt war sie tot.

Durant notierte sich etwas zu den Fotos. Woher sie stammten, wann das genaue Datum gewesen war, auf welchem Weg sie darauf gestoßen war. Nach demselben Schema durchleuchtete sie ihre Vergangenheit mit Alina Cornelius. Sofort spürte sie den Kloß im Hals anschwellen. Doch sie zwang sich zur Stärke. Nahm einen großen Schluck Kaffee, als könne dieser den Kloß hinunterspülen. Und fragte sich, ob es noch Zigaretten in ihrer Jackentasche gab oder ob sie diese im Wagen gelassen hatte. So richtig erinnern konnte sie sich nicht. Nur an das empörte Piepsen des Telematik-Sensors, den sie seit einiger Zeit spazieren fuhr. Angeblich, um Bonuspunkte auf die Versicherungsprämie zu verdienen, überwachte das Gerät jede Bewegung des Roadsters auf das Brems-, Kurven- und Geschwindigkeitsverhalten des Fahrers. Zumindest dann, wenn das Bluetooth ihres Smartphones aktiviert war, was in Zeiten von kabellosen Lautsprechern und Fitnessarmbändern fast schon die Regel war. Anders bei Julia Durant, die es satthatte, sich durch eine App bevormunden zu lassen. Seit geraumer Zeit nutzte sie weder die App noch ihr Bluetooth.

Alina Cornelius

Die Geschichte von Julia und Alina war weniger schnell erzählt als die von Tanja. Die beiden hatten sich vor vielen Jahren im Laufe einer Ermittlung kennengelernt und seither sowohl beruflich als auch privat immer wieder miteinander zu tun gehabt. Alina beriet die Polizei, führte eine Praxis, mit der sie des Öfteren umgezogen war. Entsprechend ergiebig waren die Treffer der Suchmaschine. Es gab Fotos, und es gab natürlich Berichte über den großen Fall, der die beiden Frauen gleichermaßen betroffen hatte. Freilich waren ihre Namen verändert, aber man brauchte nur eins und eins zusammenzuzählen. Internetforen, die sich mit spektakulären Kriminalfällen befassten, trugen ihr Übriges dazu bei, dass kaum eine Identität im Verborgenen blieb.
Anstatt sich seitenweise Notizen zu machen, folgte Julia Durant einem Impuls und gab Stephans Namen ein. Sie hätte damit anfangen können, aber alles in ihr hatte sich geweigert, einen weiteren Tag mit ihrem Ex zu beginnen.
Das World Wide Web war auch hier äußerst großzügig.
Stephans Konterfei tauchte in allen beruflichen Netzwerken auf. Seine Referenzen waren die leitende Tätigkeit in seiner Firma, die er bis vor einigen Jahren auch noch ausgeübt hatte. Das Unternehmen war schon damals ziemlich erfolgreich gewesen: von der Tabakwerbung bis zur Kindernahrung, von einem Konzern für Luxussportwagen zu einem Fair-Trade-Label. Es war den Zeichen der Zeit gefolgt. Irgendwann nach dem Verkauf im Jahr 2007 musste Stephan aus allen Tätigkeiten ausgeschieden sein, natürlich war hierüber nichts Genaues zu finden. Privat schien er sich aus den sozialen Medien weitestgehend herausgehalten zu haben, jedenfalls war außer einem relativ verwaisten Profil mit einem tropischen Strand als einzigem Foto nichts zu finden. Dafür stolperte Durant ausgerechnet über ein Foto von Karin. Stephans Sekretärin.
Der Frau, mit der er sie als Letztes betrogen hatte. Das Schlimme daran: Die beiden standen in trauter Zweisamkeit nebeneinander. Karin war die Treppe nach oben gefallen, bis hin zur Führungskraft.

Durant wusste in diesem Augenblick nicht, was sie abstoßender finden sollte. Für Karin schien sich die Besetzungscouch gelohnt zu haben. Beziehungsweise die Schreibtischkante.

»Warum war kein einziges dieser Betthäschen auf seiner Beisetzung?«, murmelte die Kommissarin und legte die Stirn in Falten, als sie sich die Besucher auf der Trauerfeier in Erinnerung rief. Waren unter all diesen unbeteiligt wirkenden Gesichtslosen überhaupt Frauen gewesen? War es schlicht zu lange her?

Sie lehnte sich zurück und blickte in ein Dutzend lachender Konterfeis, die allesamt ihren Ex zeigten. Lebensbejahend. Keine Spur von Reue über seine zerstörte Ehe. Keine verräterischen Fältchen. Nichts. Andererseits war er ein Blender gewesen, ein Schauspieler, dem niemand, von dem er es nicht wollte, in die Karten blicken konnte. Doch all das hatte sie viel zu spät bemerkt.

Stephan jedenfalls war keiner, der lange in Traurigkeit verfiel. Er hatte dem Aus ihrer Ehe gewiss nicht jahrzehntelang nachgetrauert.

Er würde sich – wenn überhaupt – dafür rächen. Und er konnte warten, so wie damals, als er von einem Konkurrenten ausgebootet worden war. Der Auftrag war dahin gewesen, es ging dabei um über hunderttausend Mark. Stephan hatte geschäumt, er hätte um ein Haar ein Loch in die Wand getreten. Dann aber war er ruhig geworden, sehr ruhig, und er hatte monatelang nicht mehr darüber gesprochen. Bis er eine Gelegenheit fand, sich zu rächen. Was genau er damals getan hatte, wusste Julia nicht. Aber sein Konkurrent lag am Ende am Boden. Den Ausdruck in Stephans Gesicht hatte sie noch gut in Erinnerung.

Und *das* war der Augenblick, in dem Julia Durant von einem Blitz der Erkenntnis getroffen wurde.

Sie stieß einen Schrei aus, glitt von der Couch, der Laptop geriet ins Rutschen, und ein dumpfer Aufprall beendete sowohl seinen Fall als auch das Leuchten des Bildschirms. Durant nahm das kaum noch wahr, denn ihre Aufmerksamkeit galt ihrem Telefon. Wo hatte sie es gestern Abend bloß abgelegt?

11:25 UHR

Im Polizeipräsidium führte der Weg sie direkt ins Büro des Kommissariatsleiters.

»Setz dich«, verlangte Claus nach einem Begrüßungskuss, und seiner Stimme entnahm Julia, dass es mehr als nur eine höfliche Bitte war. Also nahm sie Platz und fragte mit geneigtem Kopf: »Was gibt's?«

»Nichts Gutes.« Hochgräbe nahm einige Papiere zur Hand und tippte auf eine Stelle des obersten Blatts.

»Claus Stephan«, sagte er dann mit einem Kopfschütteln. »Ich meine, das ist doch so was von eindeutig!«

Durant brauchte einige Sekunden. »Claus Stephan«, wiederholte sie tonlos.

»Ja! Der Name in Alinas Akten. Der Täter hat die Vornamen von Stephan und von mir genommen. Alles an der Akte ist ein Fake. Deutlicher ginge es eigentlich nur noch, wenn er sich mit dem Zaunpfahl auf die Zeil gestellt hätte, oder?«

»Schon.« Durant nickte. »Damit stellte er sicher, dass wir auf diese Akte aufmerksam werden. Was steht denn drin?«

»Es sind Aufzeichnungen, als kämen sie von Alina, aber der Verfasser ist ganz bestimmt ein anderer«, erklärte Claus. Zum Beweis klappte er eine andere Akte auf und schob zwei Dokumente nebeneinander. »Schau mal. Das hier ist eine der üblichen Akten, von denen es bei Alina eine ganze Reihe gibt.«

Julia Durant erkannte zuerst, dass in dem Ordner »Stephan, Claus« nur drei bedruckte Papierseiten lagen, von denen zwei Blätter zusammengeheftet waren. Die andere Akte hingegen war gefüllt mit den verschiedensten Formularen. Arztbericht, Krankenkasse, das ganze Hin und Her, bevor man die ersten Therapiestunden genehmigt bekam, und der anschließende Hickhack, wenn man das Ganze verlängert haben wollte. Durant selbst hatte diesen Weg vor Jahren be-

schritten, und Alina Cornelius hatte ihr dabei geholfen. Alina. So schnell es ging, verbannte sie die aufkeimende Trauer wieder zurück in ihren Unterleib. Jedenfalls fühlte es sich so an, als schlucke und atme sie alles weg. Eine Strategie, die auf Dauer nicht funktionieren würde.
»Glaubst du, der Täter hat das hier extra für uns angelegt?«
»Er hat sich zumindest alle Mühe gegeben, das Ganze halbwegs professionell aussehen zu lassen.«
»Mit welchem Ziel? Nur damit wir irgendwelche seiner Ergüsse zur Kenntnis nehmen?« Durant schnaubte. Dafür hätte er auch einfach eine Kassette auf den Tisch legen können.
»Lies am besten selbst«, sagte Claus Hochgräbe leise und überließ der Kommissarin die beiden Dokumente.

An manchen Tagen möchte ich die Welt zerstören.

Es las sich wie der Auftakt zu einer düsteren Prosa. War es ein Transkript, die Abschrift einer Audioaufzeichnung? Oder eine zitierte Textstelle aus der Literatur? Durant vermutete Ersteres, denn sie wusste, dass Alina ihre Gedanken regelmäßig in ein Aufnahmegerät diktierte, um sie später geordnet in Textform zu bringen. Einfach, weil es schneller ging und weil es unter Kollegen noch immer so üblich war. Alina verwendete dabei weder Spracherkennung, noch machte sie sich handschriftliche Notizen. Und die Kurzschrift Steno beherrschte sie nicht. Aber neben der Vermutung, dass schon die Patientenakte selbst nicht von Alina angelegt worden war, passte auch die Form der Abschrift nicht ins Bild. Alina hatte niemals vollständige Sitzungen aufgezeichnet, so viel wusste Durant mit Sicherheit, denn sie hatten sich über solche Dinge unterhalten. Trotzdem waren es offenbar die Worte eines Patienten, der da in Ich-Form zu sprechen schien.

Wäre es nicht sowieso besser, wenn es die gesamte Menschheit nicht mehr gäbe? Keine Liebe, keinen Krieg, kein Leiden. Das sind die beiden Dinge, die uns Menschen fertigmachen. Liebe und Krieg. Zerstörte Seelen, abgefetzte Glieder. Was davon ist schlimmer? Und dann habe ich Angst. Angst vor mir selbst. Heutzutage scheint jeder Idiot mit Zugang zum Internet sich eine Massenvernichtungswaffe beschaffen zu können. Was, wenn jemand anders das macht, wozu ich selbst zu feige bin?
Ich will nicht aufwachen und tot sein. Will nicht radioaktiv verstrahlt werden oder irgendein Scheißgift inhalieren, was mich von innen her zerfrisst. Ich will es selbst bestimmen. Ich habe keine Angst vor dem Tod, ich habe ihn mir schon unzählige Male herbeigewünscht, aber ich habe Angst vor dem Sterben.
Warum ich ihn mir gewünscht habe? Weil das Leben mich zerstört hat. Weil jemand es zerstört hat. Weil meine gesamte Existenz eine Leere ist, die an Trostlosigkeit kaum zu überbieten ist. Weil ich mehr Tage im Gefängnis meiner Einsamkeit fristete, als ich mich an der Sonne laben durfte.
Anerkennung ...
... Liebe.

Durant schluckte und blätterte um.

Und dann, plötzlich, stehe ich da. Außerhalb des Käfigs und trotzdem nicht frei. Ich finde mich im Halbdunkel eines U-Bahn-Tunnels wieder. Die Gleise sirren, das Rauschen und Kreischen erinnert an eine Höhle aus griechischen Heldensagen. Irgendwo in der Finsternis lauert das Ungeheuer. Es wird kommen, aber von wo? Ich bin ihm ausgeliefert, denn seine Wucht wird mich zerschmettern wie eine Hand ein lästiges Insekt. Ich sehe Metall und Beton, ähnlich Gitterstäben, aber sie verlaufen unter meinen Füßen. Stolpern. Keuchen. Und das Dröhnen kommt näher.

[Anmerkung: Macht eine Pause von mehreren Sekunden.]
Ich bin nicht gesprungen. Es war nicht die eigene Feigheit, die mich gerettet hat.
Das Ungetüm nahm das Nachbargleis. Es galoppierte einfach an mir vorbei, den kalten, staubigen Atem über mich ziehend. So schnell, wie es kam, so schnell war es wieder verschwunden.
Und ich liege im Dreck. Über mir ein schwaches Funzeln.
Es wird still.
Ich weiß nicht, wie lange ich verharre, doch plötzlich erfasst mich eine Kraft, ein Gefühl, es durchwogt mich, es schüttelt mich, es zwingt mich zum Aufstehen.
Raus hier, weg! Ich will leben! Ich habe eine Erkenntnis, eine Aufgabe, ich sehe die Dinge nun vollkommen klar.
Ich weiß, was ich zu tun habe.
Und *wem* meine Taten zu gelten haben.

Als die Kommissarin das hervorgehobene *wem* las, wurde sie von einem Schauer ergriffen, der ihren gesamten Körper zum Vibrieren brachte.
»Verdammt!«, sagte sie. »Das ist ja wohl eindeutig an mich gerichtet.«
»M-hm, finde ich auch. Brauchst du 'ne Pause, oder hast du noch Platz für mehr?«
»Da gibt es noch mehr?« Durant fuhr sich übers Gesicht. Sie wollte in dieser Sekunde nur eins: raus hier, an die frische Luft. Und draußen, im Innenhof, würde sie eine Gauloise rauchen, vielleicht zwei, und für einige Minuten an überhaupt nichts denken.
Doch all das konnte sie ihrem Chef, der zugleich ihr Liebster war, nicht sagen. Erstens, weil sie keine Diskussion übers Rauchen anfangen wollte, und zweitens, weil sie sich generell nicht gerne rechtfertigte. Vor niemandem.
Also entschied sie sich für den einfacheren Weg und streckte die Hand aus.

Claus Hochgräbe überreichte ihr ein weiteres Blatt, das letzte, wie sie mit Erleichterung wahrnahm.

»Ein weiterer Erguss wie eben?«, fragte sie, während ihre Augen bereits an der ersten Zeile klebten.

Die Frage beantwortete sich von selbst. Dieses Mal handelte es sich um eine Art Bericht. Layout und Schriftart waren – vermutlich bewusst – anders angelegt. Es fehlten sowohl Überschrift als auch Datum. Stattdessen ging es direkt zur Sache, und für einen Moment kam es der Kommissarin so vor, als erklänge Alina Cornelius' Stimme in ihrem Kopf, die ihr einen selbst verfassten Bericht vorlas.

Doch dann durchzuckte sie die stahlkalte Erinnerung, und sie sah das Bild ihrer ermordeten Freundin.

Alina hatte das nicht selbst geschrieben. Jemand hatte sie entweder dazu gezwungen oder ihr das untergejubelt.

Nur mit Mühe gelang es ihr, sich auf die gedruckten Zeilen zu konzentrieren.

Stephan äußert, dass er ein solides Leben geführt habe. Dass er zufrieden sei. Er verstehe nicht, weshalb er diese Alpträume, diese Todessehnsucht hat. Depressionen. Davon will er nichts wissen. Das bekämen bloß Schwächlinge. Er sei stark. Er sei ein Macher. Hundertzwanzig Leute unter ihm, darauf ist er stolz. Doch was ist privat? Keine Ehe, keine Kinder. Er habe es einmal versucht. Stephan versucht, das Thema zu vermeiden. Es scheint ihm sehr unangenehm und belastend zu sein. Ob er darin die Ursache für seine Depression sehen würde? Er wehrt lauthals ab. Unzufriedenheit, das ist das richtige Wort. Keine Depression, das unterstreicht er immer wieder. Ob ich mir »dieses Wort« auch nicht notiere, will er wissen. Er steht auf, geht im Raum auf und ab und versucht, einen Blick auf meinen Schreibblock zu erhaschen. Ich frage erneut nach dieser Ehe, diesem gescheiterten Versuch. Was passiert sei.

Stephan steht am Fenster. Es ist, als wäre er meilenweit entfernt. Irgendwann beginnt er zu erzählen. Es sei »die eine große Liebe« gewesen. Von der Art, wie sie unsere Großeltern noch kannten. Eine, die ewig halten könne. Doch es habe nur kurz funktioniert. Und noch einmal stelle ich die Frage, was geschehen sei.
[Anmerkung: Weint!]
»Ich konnte nicht.«
Was das bedeute. Ob er sie verlasse habe.
Stephan wird wütend. Zeigt aggressive Verhaltensformen. Er schlägt auf die Fensterbank, ein Blumentopf fällt herunter und zerbricht.
Sie habe sein »Leben ruiniert«. Ihm seine »besten Jahre gestohlen«. Habe ihn einfach »zurückgelassen und vergessen«.
Doch das werde sie noch bereuen.
Sie und ihre ganze verschissene Welt.

Julia Durant wurde speiübel.
Dieses Schwein. Dieses gottverdammte Schwein!
Jetzt führte kein Weg an einer Zigarettenpause vorbei.

12:40 UHR

Michael Schreck hatte noch immer etwas von einem zu groß geratenen Kuschelbär, auch wenn er sich in den letzten Jahren verändert hatte. Sehr zu seinem Vorteil, wie Durant fand, wobei sie ihn schon immer gemocht hatte. Um ein Haar wären sie sogar miteinander ausgegangen. Seine neueste Errungenschaft, ein Tattoo auf dem linken Unterarm, welches er als Erinnerung aus Hollywood mitgebracht hatte, stach im kühlen Weiß der Tageslicht-LED hervor, als er die Hände über die Tastatur fliegen ließ. Ein spezielles Keyboard, das über zwei abgewinkelte Tastenfelder verfügte.

Für das, was Durant wissen wollte, genügten ihre eigenen Fertigkeiten nicht. Sie musste zudem aus ihrem eigenen Denken ausbrechen, sie kannte sich selbst viel zu gut, sie brauchte jemanden, der ihr zwar nahestand, aber nicht zu nahe. Und jemanden, der etwas von IT verstand. Da gab es kaum einen Besseren als Schreck.
»Also noch mal«, sagte dieser und drehte den Kopf zu ihr. Durant hockte auf einem Drehschemel, dessen Bezug einen Roboter darstellen sollte. Er hatte sogar einen Namen: R2-D2. Man konnte mit Schreck besser zusammenarbeiten, wenn man sein Faible für Blockbuster, insbesondere aus den Achtzigern, akzeptierte und sich auf gelegentliche Filmzitate einließ. »Was genau soll ich aus der Matrix fischen?«
»Du sollst *mich* suchen. Dinge über mich. Dinge über mein soziales Umfeld. Am besten, du tust so, als wären wir einmal befreundet gewesen. Hätten uns jahrelang nicht gesehen. Und nun versuchst du, alles über mich und die Menschen, die mir am nächsten stehen, zu erfahren.« Durant schnaufte schwer. Gar nicht so einfach, das alles halbwegs plausibel klingen zu lassen. »Okay so weit?«
»M-hm. Und irgendwas Spezielles, worauf ich achten soll?«
»Du bist mein Ex. Du willst mir wehtun, indem du meine Liebsten umbringst.«
»Wow.« Schreck fuhr sich übers Gesicht. »Das klingt ja wie ein Drehbuch. Ich bin dein Ex?« Er lächelte schief. »Richard Gere oder Liam Neeson, was meinst du?«
Stahl lag in Durants Stimme, als sie sagte: »Ich meine, wir sollten uns auf die Suche konzentrieren.«
Schreck nickte und begann seine Suche auf dieselbe Weise, wie auch Durant es getan hatte. Ein paar Presseberichte, ein alter Artikel aus München, Fotos von ihr und von ihren Kollegen. Das Internet vergaß nichts, so viel war sicher.
»Du bist schon ziemlich berühmt«, kommentierte der Computerexperte nach einigen Minuten. »Vielleicht solltest du mal darüber nachdenken, deine Memoiren zu veröffentlichen.«

»Lieber nicht«, murmelte die Kommissarin. »Wer würde das schon lesen wollen?«
Schreck lachte auf. »Ein Drehbuchautor aus Hollywood. Warum nicht? Lass mich mal überlegen«, er stach mit dem Zeigefinger in die Luft, »ja, genau, du wirst dann gespielt von Sophie Marceau. Ist ein Skorpion, genau wie du, wenn ich mich nicht irre.«
Julia Durant wollte abwehren, und doch genoss sie die Sekunden der Leichtigkeit, die in der Luft lagen. Für einen kurzen Augenblick nicht an die traurige Realität denken müssen. Also rang sie sich ein Lächeln ab und fragte kehlig: »Aha. Sehr charmant« – das fand sie übrigens wirklich – »und ich vermute, du hast in deinem Kopf auch schon eine Rolle für das unfehlbare Computergenie vergeben, wie?«
»Es steht ja wohl außer Frage, dass da ein Gerard Butler hermuss«, klotzte Mike. »Und wie es der Zufall so will, ist auch er ein Novemberkind.«
Mister Hollywood.
»Na ja, jetzt kommen wir mal wieder runter.« Durant lächelte matt. Längst war die Verzweiflung wieder zu schmecken, die ihr die Kehle hinaufkroch. Für Lachen und Leichtigkeit war noch längst keine Zeit. Und in diesem Moment konnte sie nicht einmal sagen, ob es ihr jemals wieder möglich sein würde.
»Stell dein Licht mal nicht unter den Scheffel«, widersprach Schreck. »Du hast dir hier einen großen Namen aufgebaut, und zwar verdient, wenn ich das mal so …«
»Das bringt mich aber nicht weiter!«, bellte Durant und spürte Tränen in ihre Augen schießen. »Im Gegenteil! Was habe ich von dieser verdammten Berühmtheit? Alles um mich herum ist Freiwild geworden.«
Schreck sagte keinen Piep, und nach einigen Sekunden entschuldigte sich Durant kleinlaut und griff nach seiner Schulter. Er legte seine Hand auf die ihre und antwortete ruhig: »Ist schon gut. Aber was ich

damit sagen will: Es ist eine Menge. Wenn ich auf dich aus wäre – ich meine als Täter –, dann würde ich jetzt anfangen, die Namen deiner Kollegen einzukreisen. Private Infos. Adressen. Wie viele ›Frank Hellmers‹ gibt es in und um Frankfurt et cetera. Wie sieht es mit Kindern aus. Soziale Netzwerke. Die ganze Palette.«
Durant nickte langsam. Das klang nach einem System. Einkreisen. Personenprofile erstellen. Beinahe so, wie es auch bei der Jagd nach Serienmördern zu tun war. Sie grübelte eine Weile, dann fragte sie: »Können wir das Ganze auch so angehen, dass du die Personen einkreist, die mir – laut Internet – am nächsten stehen? Denn wenn der Mörder meine Welt nur aus dem Netz kennt, wer weiß, vielleicht kommen da andere Treffer heraus. Meine Kollegin Tanja Wegner zum Beispiel ...«
»Die da?« Schreck deutete auf einen riesigen Flachbildschirm, auf dem Tanjas Konterfei zu sehen war.
»Genau. Scroll bitte weiter. Den Treffern nach könnte man meinen, wir stünden uns noch immer nahe. Dabei haben wir uns Jahre nicht gesehen.«
Schreck scrollte. Weitere Bilder kamen zum Vorschein, darunter auch zwei neue Personen, die seinen Finger auf der Maus erstarren ließen. Eines der beiden Gesichter gehörte zu einer früheren Kollegin, mit der Michael Schreck eine Weile zusammen gewesen war.
»Sorry, Mike«, sagte Durant und schluckte schwer. An Sabine Kaufmann hatte sie schon lange nicht mehr gedacht.
»Ist schon gut. Wir haben uns im Guten getrennt.«
Mehr sagte er dazu nicht. Stattdessen bewegten sich die Bilder wieder, und plötzlich tauchte Sabine ein weiteres Mal auf.
»Habt ihr noch Kontakt?«
»Selten. Eigentlich gar nicht«, gab Schreck zu. »Sie ist jetzt beim LKA. Und nein: Das habe ich nicht aus dem Internet, das hat sie mir noch selbst gesagt. Ich bin keiner dieser Typen, die ihren Ex-Freundinnen im Netz hinterherklicken.«

Doch Julia Durant hörte nur mit halbem Ohr hin. Sie fragte sich, ob sie Sabine warnen sollte. Immerhin war die gemeinsame Dienstzeit mit ihr viel länger und enger gewesen als die mit Tanja. Und hatten sie nicht gerade erst vor ein paar Wochen miteinander telefoniert? Es war um irgendeinen Verrückten gegangen, der zur Zeit des Bad Vilbeler Marktes einen Anschlag verüben wollte.
Michael Schreck unterbrach ihre Gedanken: »Ich habe eine Idee. Was hältst du von einem Score, von einer Art Algorithmus, mit dem ich ...«
»Stopp! Bitte die Kurzform für Technik-Dinosaurier.«
»Okay.« Schreck grinste. »Du kennst Dirty Harry, nehme ich an. Teil fünf. Die Todesliste. So etwas in dieser Art.«
Und während sich vor Julia Durants innerem Auge Clint Eastwood in den Raum schob, erklärte Mike ihr von seinem Vorhaben, eine Liste zu erstellen. Geordnet unter Berücksichtigung der bisherigen Opfer, und danach, welche – laut Internetsuchergebnissen – die nächsten Personen auf der Liste sein könnten. Der IT-Experte erbat sich für diese Arbeit ein bisschen Zeit, alleine, aber er versprach, sich auf nichts anderes zu konzentrieren.
»Na dann los«, murmelte Julia Durant, als sie sich auf den Weg in Richtung Ausgang machte. »Make my day.«

13:20 UHR

Sie fand Claus Hochgräbe zusammen mit einem hochgewachsenen Mann vor. Seine grauen Haare zogen dichte Wellen von den Schläfen bis hinter die Ohren, nur auf dem Oberkopf zeigte die Pracht Lücken. Er trug eine Brille mit auffälligem Gestell in Holzoptik und schien damit eine gewisse Durchschnittlichkeit kaschieren zu wollen. Ein Gesicht, das man bereits drei Schritte nach dem Vorbeigehen wieder vergessen hatte. Selbst die Augen wirkten trüb, was aber auch von den dezent getönten Gläsern herrühren konnte.

»Ah, Julia!« Ihr Liebster sprang auf, umarmte sie und drückte ihr einen Kuss auf die Wange. Dann stellte er sie vor: »Das ist sie. Julia Durant. Der einzige Lichtblick in meinem Leben.«
»Na, übertreib mal nicht.«
Um ein Haar hätte die Kommissarin losgelacht. Ein eins neunzig großer Mann in teuren Klamotten, und dann so ein fiependes Krächzen! Schon stand er vor ihr und reckte ihr die Hand entgegen. Sie war kaltschweißig, aber verfügte über einen kräftigen Druck, der Durant die Hitze in die Finger trieb.
»Josef Hallmann«, sagte er und dann, mit einem Zwinkern: »Und glauben Sie ihm kein Wort, er *liebt* es hier in Frankfurt!«
Das wusste die Kommissarin auch so. Claus, der leidenschaftlich gern kochte, besuchte regelmäßig die Kleinmarkthalle und diverse exotische Läden. Eine Vielfalt an Nationen und Geschmäckern, die er sich in den kühnsten Träumen nicht ausgemalt hatte. Und seinen Job ... den liebte er ebenfalls. Selbst wenn Dinge geschahen wie momentan. Sofort trübten sich ihre Gedanken ein.
»Claus hat mich auf den neuesten Stand gebracht«, fuhr Hallmann fort. »Wir können also direkt loslegen.« Er hustete heftig und entschuldigte sich. »Die Nachwehen einer Erkältung. Aber ich bin übern Berg, keine Sorge. Solange ich freien Zugang zu einem Wasserkocher habe, bin ich zu jeder Schandtat bereit.«
Durant versuchte sich zu erinnern, was Hochgräbe ihr von seinem Bekannten erzählt hatte. Wie eng diese Freundschaft einmal gewesen war, wie lange die beiden sich nicht gesehen hatten und über welche Referenzen dieser Professor Hallmann verfügte. Nicht, dass sie nicht jede Hilfe brauchen konnten. Aber Außenstehenden gegenüber fühlte sie sich oft unsicher, ein Argwohn, der sich nicht ohne Grund entwickelt hatte. Doch wenn Hochgräbe jemandem vertraute ... Josef Hallmann war neunundfünfzig Jahre alt. Er hatte ein Psychologiestudium absolviert, zwanzig Berufsjahre in verschiedenen Bereichen gesammelt und immer wieder mit Ermittlungsbe-

hörden zusammengearbeitet. Vom Gutachten bis zum Profil, er kannte sich praktisch überall aus, was Hochgräbe ihr anhand einer Reihe von Buchveröffentlichungen bewiesen hatte. Nun war er also da. Und vielleicht war Hallmann zusammen mit ihm die letzte verbliebene Bastion an Unbefangenen, die sich dieser Ermittlung annehmen konnten. Die Kommissarin entschied, die Hilfe anzunehmen.

»Wie steht es so in München?«, erkundigte sie sich, um das Eis zu brechen, auch wenn es etwas unbeholfen klang.

Hallmann schüttelte den Kopf. »Ich komme nicht direkt von dort, aber Sie wissen es ja selbst: Die Uhren ticken da ein bisschen anders. Sie waren doch selbst erst in der Stadt. Stammen Sie nicht sogar daher?«

Durant nickte nur und setzte ihn in kurzen Sätzen darüber ins Bild, was sie soeben in der IT-Abteilung angeleiert hatte.

»Computergestützt«, murmelte Hallmann und nickte. »Sehr gut. Haben Sie auch eine eigene Liste erstellt?«

»Wie meinen Sie das?«

»Na, eine Auflistung der Ihnen am nächsten stehenden Menschen. Das sollten Sie tun, finde ich.«

»Die habe ich doch alle im Kopf«, wehrte Durant ab.

»Wirklich? Darf ich?« Hallmann vergewisserte sich bei Hochgräbe, dass er sich dessen Schreibtischs bedienen durfte, und schob anschließend einen Zettel und Stift in Durants Richtung. »Dann bitte. Eine prima Gelegenheit für mich, all die Namen kennenzulernen.«

Etwas widerwillig griff die Kommissarin zum Kugelschreiber. Hallmann gab sich so, als hielte er ihr einen Spiegel vor. Statt Zweifel anzumelden, ob sie auch wirklich alle Namen im Kopf habe, lobte er sie und brachte sie am Ende dazu, dass die Namen trotzdem aufgeschrieben wurden. Wandte er Psychotricks an? Verdammt! Sie musste sich in Acht nehmen.

Für sie schien das eindeutig: zuerst Claus, dann Alina, Susanne, Frank und die beiden anderen Kollegen. Sie stutzte. Was war mit Elisa? Was mit Nadine Hellmer und den Kindern der beiden? *Stopp!* Durant versuchte es erneut. Diesmal schrieb sie Alina und Susanne in dieselbe Zeile, direkt unter Claus. Danach kam Frank, in Klammern dessen Familie. Danach Doris, Peter und Elisa, ebenfalls in einer Zeile.
Andrea Sievers fiel ihr ein. Warum hatte sie sie nicht längst irgendwohin geschrieben? Und wo sollte das sein?
»Mist«, murmelte sie. »Gar nicht so einfach.«
Sogleich ertönte das asthmatische Husten Hallmanns. »Genau deshalb habe ich Sie gebeten, das zu tun. Freunde haben wir alle, genau wie Kollegen. Aber sobald wir das Ganze bewerten müssen, wird es neblig. Spätestens ab den Rängen drei bis vier.«
Wie das klang. Ränge. Doch es lag etwas Wahres in seinen Worten. Wo zum Beispiel sollte Tanja Wegner stehen? Genau betrachtet vielleicht in Zeile zwanzig oder noch weiter hinten. Verdiente sie das? Julia Durant überlief ein Schauer. *Sie ist deinetwegen gestorben,* dachte sie. Diese Pille war weder leicht zu schlucken noch besonders verdaulich.
Doch der Orbit, der sie umgab, war nun mal bestimmt von Claus, der sowohl beruflich als auch privat die Nummer eins war. Und dann war da, freundschaftlich, Alina gewesen. Und eine jahrelange, beruflich wie privat enge Verbindung zu Frank Hellmer und dessen Familie.
»Wir müssen die Hellmers beschützen«, äußerte sie wie aus dem Nichts.
Hochgräbe zog die Lippen zu einem schmalen Lächeln. »Tun wir längst.«
»Und was ist mit Susanne?«
»Susanne ist in Frankreich. Glaubst du, der Killer wird extra dorthin reisen?«

Durants Fäuste ballten sich. »Ich riskiere jedenfalls nicht noch eine Freundin. Vielleicht sollten wir sie hierherbitten?«
Wieder erklang ein heftiges Räuspern. »Vielleicht ist es genau das, was der Täter will?«
Die Kommissarin schluckte. Sie entschuldigte sich, um nach draußen zu gehen. Sie wolle Susanne anrufen, jetzt sofort. Dagegen hatte niemand etwas einzuwenden.
Sie entschied sich für das Treppenhaus, wo sie sich Etage für Etage hinunterbewegte, bis sie den Innenhof des Präsidiums erreichte. Die Verbindung wurde aufgebaut, es tutete mindestens achtmal, bevor jemand abnahm.
Zeit genug, um sich den Filter einer Gauloise zwischen die Lippen zu stecken und einen tiefen Zug zu inhalieren.
»Julia, c'est toi?« Auch, als Susanne ins Deutsche überschwenkte, war der Einschlag, den viele Jahre Côte d'Azur als Hauptwohnsitz geschaffen hatten, nicht zu überhören. »Wie schön, mal wieder von dir zu hören!«
Ja, sie war es. Das hatte ihre Freundin richtig erkannt. Und es dauerte nur Sekunden, bis Susanne klar wurde, dass es einen tiefer gehenden Grund haben musste, wenn Julia mitten in der Woche anrief. Auch wenn Susanne Tomlin selbst es nicht mehr nötig hatte zu arbeiten – das Vermögen ihres Mannes war leider die einzige Fürsorge, die ihr von ihm zugutegekommen war –, wusste sie doch, dass normale Menschen um diese Tageszeit ihrem Broterwerb nachzugehen hatten.
»Was liegt an?«, fügte sie daher hinzu.
Julia Durant zog tief an ihrer Zigarette. Wo, um Himmels willen, sollte sie bloß anfangen?
»Es gibt eine Mordserie in der Stadt.« Am besten ganz direkt. Immerhin war Susanne Tomlin alles andere als zartbesaitet. Auch eine Eigenschaft, an deren Entwicklung ihr Verflossener nicht ganz unbeteiligt gewesen war. Warum üben immer die falschen Männer

einen derart großen Einfluss auf uns aus?, schoss es der Kommissarin in den Sinn, bevor sie von ihrer Freundin unterbrochen wurde.

»Mon Dieu, das muss aber eine schlimme Serie sein!«

»Es *ist* schlimm. Jemand ermordet Menschen, die mir nahestehen. Gestern Abend traf es Alina Cornelius. Du kennst sie ja. Und auch wenn du – leider – ziemlich weit weg bist …, ich finde, du solltest das wissen.«

»Hm. Tut mir leid, Julia. Mein Beileid.« Das Rattern von Susannes Gehirnmaschinerie schien auch über tausend Kilometer Entfernung hörbar zu sein. Schließlich ergriff sie das Wort, und aus ihrer Stimme war eine große Portion an Leichtigkeit verflogen: »Und was bedeutet das jetzt genau für mich?«

»Wenn ich das wüsste.«

»Hilft es dir, wenn ich sage, dass ich eine Reise geplant habe? Erst ab Sonntag zwar, aber immerhin. Hier regnet es nämlich seit drei Tagen Bindfäden, und ich bin noch nicht bereit, den französischen Sommer zu beerdigen.« Sie geriet ins Stottern. »Ups. Pardon. Das klang jetzt blöd.«

»Schon gut. Wohin fährst du?«

»Nichts Besonderes. Fuerteventura.«

Als *nichts Besonderes* hätte Julia Durant dies nun nicht bezeichnet. Und billig schon gleich gar nicht, auch wenn Geld für Susanne Tomlin eine untergeordnete Rolle spielte. Erst im letzten Winter hatten Julia und Claus mit dem Gedanken gespielt, auf die Kanaren zu fliegen, nur um danach festzustellen, dass der gewünschte Zehntagestrip sie rund viertausend Euro gekostet hätte.

»Schön.« Sie führte die Zigarette Richtung Lippen.

»Rauchst du etwa wieder?«, kam es prompt und nicht ohne vorwurfsvollen Unterton.

»Wie? Ach, vergiss es. Jedenfalls gut, das mit der Reise. Dann brauche ich mir wenigstens keine Sorgen zu machen.«

Susanne Tomlin ließ einen tiefgründigen Seufzer erklingen. »Vielleicht sollte ich lieber zu dir kommen. Ich meine ... sind ja noch ein paar Tage Zeit.«
»Nein! Bitte nicht! Ich könnte es nicht ertragen, wenn auch dir noch etwas zustößt!«
»Du weißt, ich habe schon eine Menge erlebt. Wenn meine beste Freundin in Not gerät« – beste Freundin: Da war es wieder! – »dann lege ich mich doch nicht mit ruhigem Gewissen in die Sonne. Erzähl bitte noch mal in Ruhe.«
Julia Durant trat ihre Zigarette aus und begann, das Wichtigste zu umreißen. Dabei fiel ihr ein, dass sie Susanne Tomlin – so wie all ihre heutigen Freunde – in Frankfurt kennengelernt hatte, also nach der Trennung von Stephan. Sie hatte ihr allerdings des Öfteren von ihm erzählt, also musste sie nicht bei Adam und Eva beginnen.
»Aber du warst doch auf seiner Beerdigung?«, fragte Susanne verwundert, nachdem die Kommissarin geendet hatte.
»Ja. Eben. Und ich fürchte mittlerweile, dass das eine Riesenshow war.«
»Warum?«
»Um mich nach München zu locken? Um die Vergangenheit wieder auszugraben? Damit ich mir am Ende Vorwürfe mache wegen der Trennung, nur um anschließend in sein krankes Rachespiel gezogen zu werden?« Durant schnaufte. »Ich weiß es doch auch nicht. Aber macht das nicht irgendwie Sinn?«
»Ich weiß nicht. Müsste ein ziemlich verkorkstes Leben gewesen sein, um sich derart fies zu rächen.«
»Da weiß ich nichts drüber. Und ich hasse es, dass ich mich jetzt damit befassen muss. Aber habe ich eine Wahl?«
Es musste ein aufmunterndes Grinsen sein, das ihre Freundin auf dem Gesicht trug. Durant konnte es vor sich sehen, auch wenn da in Wirklichkeit nur die Innenhoffassade des Präsidiums war. Sie hörte es an der Art, wie Susanne sprach: »Komm doch mit nach Fuerteventura. Irgendein Charterflug wird sich schon noch finden lassen.«

»Wie stellst du dir das vor?« So verlockend das Ganze auch klang, so unrealistisch war es auch. Andererseits …
»Du bist doch befangen, oder nicht?«
»Mag sein. Aber die Polizei in München braucht meine Infos. Und ich kann mich aus denselben Gründen wie du nicht in die Sonne legen: Hier sind Claus und Frank und all die anderen. Scheiße, Susanne, diese Drecksau hat eine Schulfreundin von Elisa entführt! Gott sei Dank hat er sie verwechselt, ich will gar nicht dran denken, was er sonst mit ihr angestellt hätte.«
»Du Ärmste. Glaub mir, ich bin kurz davor, meine Pläne umzuwerfen.«
»Nichts da! Sieh lieber zu, dass du einen früheren Flieger bekommst. Wenn ich dich in Sicherheit weiß, habe ich eine Sorge weniger. Und bis dahin: Dreh dich lieber zweimal um, wenn du das Haus verlässt.«
Durant ließ so lange nicht locker, bis Susanne Tomlin ihr all das versprochen hatte. Dann verabschiedete sie sich, auch wenn sie nur geringfügig erleichtert war.
Denn es gab noch weitere Personen, die sie warnen musste. Einer davon schrieb sie eine Textnachricht mit der eiligen Bitte um Rückmeldung. Doch anders als sonst blieb Peter Brandt ihr eine Antwort schuldig.
Nur mit einiger Überwindung verkniff sie sich eine weitere Zigarette, bevor sie wieder nach oben ging. Sie verfluchte den Vorabend, die Tankstelle und das Bier. Und sie verfluchte Stephan, der sie nach Jahren des eisernen Durchhaltens wieder zurück an die Glimmstängel gebracht hatte. Das alles hatte mit seiner Trauerfeier seinen Lauf genommen. Ihre geballte Faust traf so hart auf die Tür, dass ihre Knöchel schmerzten.

14:10 UHR

Er lauerte hinter einer Litfaßsäule.
Beobachtete jede seiner Bewegungen mit voller Aufmerksamkeit. Dabei störten ihn weder zwei kläffende Hunde, die ihrem Besitzerpärchen einiges an Kraft abverlangten, noch das Schreien eines Kindes. Von dem anfänglichen Entsetzen, trotz eindringlicher Warnung der Mutter die Balance verloren zu haben, hatte der Klang sich längst über Schmerzensschreie hinweg in Richtung Wut gefärbt. Und nicht nur er hatte das Kind bemerkt. Auch der Mann, den er im Fokus hatte, war dem grellen Geräusch gefolgt. Für den Bruchteil einer Sekunde waren ihre Blicke sich begegnet. Für alle anderen eine Nichtigkeit, doch für einen der beiden Männer bedeutete der Moment alles. Die Welt blieb stehen, etwa zehn Meter trennten die beiden, und doch glaubte der Beobachter, dem anderen bis auf den Grund seiner Seele zu schauen.
Bereit, sich in den Schutz der Säule zurückzuziehen oder auf die andere Seite des Platzes zu wechseln, harrte er aus.
Hatte er etwas bemerkt?
Wie sollte er.
Seine Weltkugel nahm wieder Fahrt auf. Der Mann drehte den Kopf weiter, er hatte nicht einmal innegehalten. Erleichterung.
Wie hatte er all diese Geräusche vermisst. Die Farben, das bunte Treiben, das Lachen und das Schreien. Ja, es gab eine Welt, die aus Sonnenschein und Freude bestand. Er kannte sie, er kannte sie sogar sehr gut. Doch zwischen jedem Lachen, jeder Freude und darüber, dahinter und darunter wartete eine allumfassende Finsternis. Eine Zeit ewiger Nacht, ewiger Stille, ewiger Kälte. Alles andere waren Geschenke, und sie waren nur einem Teil der Menschheit vergönnt. Menschen, die diese Gaben nicht verdienten. Sie nicht zu schätzen wussten.
Julia Durant.

Jener Mensch, der sich auf die Fahnen geschrieben hatte, einen Dienst für das Gute zu tun.
Polizeikommissarin.
Ehefrau.
Seine Miene wurde zur Fratze, und er spuckte auf den Boden.
Höchste Zeit, dass jemand ihr dieses selbstgefällige Lächeln aus der Visage schnitt. Dass jemand ihr so viel nahm, bis sie nie wieder lachen konnte. Freude empfinden. Dass jemand sie hinabstieß in die ewige Finsternis.
Er würde dort auf sie warten.

Er verbrachte fünf weitere Minuten im Halbschatten der Litfaßsäule, beobachtete den anderen, der in aller Ruhe einen Kaffee trank und in einer Zeitung blätterte.
Welche Leichtigkeit in seinen Bewegungen lag. Welche Lebendigkeit.
Er würde sie ihm nehmen.

15:20 UHR

Julia Durant warf einen Blick auf ihr Smartphone. So ungeduldig kannte sie sich nicht, aber zurzeit herrschten besondere Umstände. Und noch immer zeigte sich keine Reaktion auf ihre Nachrichten.
Vor gut zwanzig Minuten hatte ein Anruf aus der IT-Abteilung sie in den Keller beordert. Michael Schreck hatte eine Liste erstellt, und wie zu erwarten, sah diese völlig anders aus als ihre eigene. An oberster Stelle stand nicht Hochgräbe, sondern Hellmer. Danach Doris Seidel und auf Platz drei ein Name, den Durant die ganze Zeit über völlig außer Acht gelassen hatte.
Peter Brandt.
»Ernsthaft?«, erkundigte sie sich mit einem Stirnrunzeln. Mit dem alten Kommissariatsleiter Berger hätte sie ja noch gerechnet, ande-

rerseits war dieser stets darauf bedacht gewesen, seinen Namen aus dem Internet rauszuhalten. Deshalb, trotz engster Zusammenarbeit und einer gewissen Freundschaft, die bis heute bestand, schien er hier keine Rolle zu spielen.

»Ich habe zwei Listen«, hatte Schreck ihr weiter erklärt. Auf der ersten Version, einer längeren Liste, gab es Elisa und auch Tanja und Alina noch. Er habe sie jedoch aussortiert. »Aus Gründen.« Durant überhörte dies, um nicht erneut in trauernde Verzweiflung zu verfallen. Gerade hatte sie ihr Innenleben halbwegs im Griff.

»Von den übrigen Personen sind das hier diejenigen, mit denen du am häufigsten in Verbindung gebracht wirst. Elisa war übrigens die Einzige, die über eine Fotogalerie zu finden war. Dein Name plus dem von Doris und dann zweimal um die Ecke, um in den Fotostream der Fotografin zu gelangen. Aber das nur am Rande.« Mike hatte die Arme verschränkt und gönnerhaft hinzugefügt: »Generell muss ich sagen, dass ihr mit euren Daten halbwegs vernünftig umgeht. Selbst Hellmers Tochter hält sich an die Spielregeln.«

»Kein Wunder«, murmelte Durant. Denn sie wusste, wie sehr Frank und Nadine ihr diesbezüglich immer wieder auf die Pelle rückten. Steffi war vor Jahren Mobbingopfer gewesen, ein prägendes Erlebnis. Und vielleicht rettete ihr dieser Umstand jetzt das Leben, weil sie nirgendwo mit der Kommissarin in Verbindung gebracht wurde. Die Schutzpolizei sollte dennoch ein Auge auf das Haus in der Okriftel haben.

Ein weiterer Check ergab, dass Brandt seine Nachricht zwar gelesen zu haben schien. Allein eine Antwort blieb er schuldig. Dabei hatte sie es dringend gemacht. So etwas konnte sie maßlos ärgern. Wegen jedem Unsinn sendete man sich rund um die Uhr Nachrichten. Aber wenn es mal wirklich von Bedeutung war …

Elvira Klein, die Staatsanwältin, kam ihr in den Sinn. Sie war mit Brandt verlobt, es war eine dieser Formen von Verlobung, in der man sich sicher war, irgendwann zu heiraten, es dann aber jahrelang nicht

tat. Durant erinnerte sich, dass die Verlobung fast zeitgleich mit der von Seidel und Kullmer stattgefunden hatte. Doch anders als bei ihren Kollegen hatte sie es von Brandt und Klein mehr durch Zufall erfahren, weil die beiden es nicht an die große Glocke hängen wollten.
Gehörte Elvira auch zum Kreis der gefährdeten Personen? Die Kommissarin spürte, wie es ihr sauer aufstieß. Sollte sie nicht vielmehr fragen, wer *nicht* dazugehörte? Was, wenn Stephan sich all diese Mühe gar nicht machte und einfach querbeet aus den Treffern der Suchmaschine wählte?
Durant rief kurzerhand bei Elvira an, nur um zu erfahren, dass sie gerade außer Haus sei und man sie selbst nicht erreichen könne. Der Vorzimmerdrache wirkte ziemlich aufgebracht, dass sie nicht zu erreichen war.
Aber hieß das gleich das Schlimmste?
Es war zum Mäusemelken. *Du siehst Gespenster,* mahnte sie sich.
Dabei war es nur eines. Es war überall dasselbe Gespenst. Und es war allgegenwärtig.
Höchste Zeit, etwas dagegen zu unternehmen!
Als Nächstes wählte sie die Nummer der Rechtsmedizin. Andrea Sievers schien in Griffweite des Telefons zu sitzen, was selten vorkam. Jedenfalls nahm sie schon nach dem ersten Freizeichen ab.
»Ich hatte mich schon gefragt, wann du anrufst«, begrüßte sie die Kommissarin mit einem hochdramatischen Stöhnen. »Hach, wo sind sie nur geblieben, die guten alten Zeiten? In denen man einfach nur seine Arbeit machen konnte und hinterher nicht dafür bestraft wurde.«
»Andrea, ich verstehe nur Bahnhof!«, antwortete Durant. »Wer bestraft dich? Und weshalb sollte ich dich anrufen?«
»Na, das wird ja immer schöner! Wolltest du etwa nicht?«
»Andrea!«
»Sorry. Du weißt ja, wie ich manchmal drauf bin. Diese Ermittlung ist nicht gerade einfach für mich. Und dann auch noch die Romanows!«

»Welche Romanows denn?« Julia Durant versuchte, ihre gereizte Ungeduld zu unterdrücken, aber manchmal machte die Rechtsmedizinerin es ihr wirklich nicht leicht damit.
»Na *die* Romanows. Russische Zaren, sieben Personen, hundert Jahre her. Du kennst doch wohl deren Schicksal!«
»Sie wurden ermordet. *Angeblich,* müsste ich als Ermittlerin nun betonen. Man hat sie nie gefunden – oder? Aber es gab eine Unmenge an Legenden und Verschwörungstheorien.«
»Man hat sie gefunden«, korrigierte die Rechtsmedizinerin. »Jedenfalls teilweise. Zwei Kinder, Maria und Alexei, wurden 2007 in einem Grab gefunden. Zerteilt, verätzt, verbrannt, verstreut – was hat man nicht alles versucht, um sie für immer verschwinden zu lassen. Und trotzdem konnte man die DNA der beiden extrahieren und abgleichen. Die Lorbeeren gehen nach Österreich. Innsbruck, um genau zu sein. Eine Wahnsinnsgeschichte. Die Proben waren winzig!« Ein neuer Seufzer. »Und damit haben die Kollegen eine unschöne Lawine losgetreten.«
»Heißt?«
»Heißt, dass es kam, wie es kommen musste. Presse, Fernsehen, Internet. Und seither erwartet jeder Krethi und Plethi von uns Rechtsmedizinern, dass wir aus ein paar Aschekrümeln die DNA entnehmen können, auch wenn das nach landläufiger Meinung nicht möglich ist.«
Durant schluckte, während Andrea weitersprach: »Gib's doch zu: Deshalb rufst du an. Ich kenne dich mittlerweile einfach gut genug, zu gut, deshalb rate ich mal: Du willst, dass dein Verflossener – ich könnte auch *Verflüchtigter* sagen – exhumiert wird, stimmt's? Und du willst, dass ich dabei mitmache.«
»Scheiße, ja. Was bleibt mir denn anderes übrig?« Andrea kannte sie wirklich gut. Aber dass sie auf so etwas gekommen war …
»Ich versteh's ja.« Die Erklärung kam postwendend. »Claus hat mich heute früh dasselbe gefragt.«
»Claus? Wann?«

»Weiß nicht mehr genau. Vor ein paar Stunden. Seitdem sitze ich jedenfalls hier und befasse mich mit der Materie. Oder glaubst du, ich hätte all die Details von den Romanows in meinem Langzeitgedächtnis gespeichert?« Andrea lachte.
Durant überging das. Aber warum, fragte sie sich, hatte Claus sie nicht viel früher über seinen Verdacht informiert?
»Was hast du denn herausgefunden?«, erkundigte sie sich nach einem Moment des Schweigens.
»Dass es ein Glücksspiel ist«, antwortete Andrea Sievers. »Und dass ich das nicht alleine durchziehen kann. Beziehungsweise die Kollegen in Bayern, es ist ja deren Asche. Gib mir also bitte noch ein bisschen Zeit, um mich damit auseinanderzusetzen.«
Julia Durant bedankte sich und schwor sich eines: Sollte jemand versuchen, sich der Exhumierung in den Weg zu stellen, so würde er sich mit der Falschen anlegen!

15:40 UHR

Durant ging zur Kaffeemaschine. Wie so häufig verlangte der Automat nach frischem Wasser, einer Entkalkung und beschwerte sich zeitgleich über einen vollen Kaffeesatzbehälter. Mit angewinkelten Fingern drückte sie die verbrauchten Tabs aus kaltfeuchtem Pulver zusammen, denn es war, wie sie fand, noch Platz genug für einige mehr in dem großbauchigen Behälter. Zwei Knopfdrücke, dann verrichtete die Maschine mit wütendem Brummen ihr Werk.
Entkalken, notierte sich die Kommissarin im Kopf, wohl wissend, dass sie es ohnehin wieder vergessen würde. In ihrer momentanen Verfassung gab es einfach zu viele andere, wichtigere Dinge ...
Das Handy gab Laut. Schrill, mit dem eindeutigen Klingelton, den sie all ihren Kollegen und bedeutenden Mitmenschen zugewiesen hatte, bestand kein Zweifel darüber, dass der Anruf (sowie der

Anrufende) von Bedeutung war. Doch kaum, dass Durant das Display zu Gesicht bekam, schlug ihr Herz höher. Peter Brandt! *Endlich.*

Umso irritierter war sie, als sich eine weibliche Stimme meldete, auch wenn es keine Unbekannte war. Doch anders als sonst klang die Staatsanwältin nicht kühl und energisch, sondern aufgebracht, fast schon ängstlich.

»Julia«, keuchte sie. Die beiden hatten Jahre gebraucht, um das Sie gegen ein Du zu tauschen. »Es ist etwas Schreckliches passiert!«

In losen, unzusammenhängenden Sätzen – ganz untypisch in Anbetracht der klaren und bedachten Wahl ihrer Worte, wie man sie sonst von einer Oberstaatsanwältin erwartete und auch bekam – berichtete Elvira Klein von einem schweren Autounfall, der sich vor fünfundzwanzig Minuten in der Großbaustelle am Kaiserleikreisel ereignet hatte. Im Grenzgebiet zwischen Frankfurt und Offenbach. Der Alfa Romeo von Kommissar Brandt musste einen Reifen verloren haben, er war daraufhin ins Schlingern geraten, über zwei Fahrstreifen gerutscht und von einem Lkw zerdrückt worden.

»Was ist mit Peter?«, fragte Durant angsterfüllt.

»Er kam gerade erst aus dem OP«, erklärte Klein mit einem Zittern in der Stimme. »Ich bin bei ihm, also in der Klinik, aber sie lassen mich noch nicht zu ihm.«

Was vollkommen normal war, wie Durant wusste. Es konnten Stunden vergehen, bis Elvira ihren Liebsten zu Gesicht bekam.

»Und die Ärzte?«

»Rennen herum wie aufgestachelt. Verdammt, Julia ...«

Die Kommissarin konnte sich nicht erinnern, Elvira Klein jemals derart aufgelöst erlebt zu haben. Doch sie konnte mit ihr fühlen, mehr, als die Staatsanwältin in diesem Moment auch nur ahnte.

»Soll ich rüberkommen?«, fragte sie, auch wenn sie insgeheim auf ein Nein hoffte.

Doch andererseits fühlte sie sich für Peters Schicksal verantwortlich.

Es war September. Die Zeit für Winterräder war noch längst nicht angebrochen, demnach fuhr der Kollege seit mindestens fünf Monaten mit denselben Reifen herum. Wenn Durant auch selbst nur selten Hand an ihren Wagen legte, so wusste sie eines ziemlich genau: Radschrauben lösten sich in der Regel nicht von selbst, und wenn, dann nicht alle auf einmal.
Ihr wurde schlecht.

Der Anruf von einer unbekannten Telefonnummer mit Münchner Vorwahl elektrisierte die ohnehin schon auf hundertachtzig laufende Kommissarin. Fast schon bellend rief sie ihren Namen ins Mikrofon ihres Smartphones und war zuerst enttäuscht, weil sich nur das Hotel meldete, in dem sie zuletzt genächtigt hatte.
»Spreche ich mit Frau Julia Durant?«, vergewisserte sich eine junge Frauenstimme, die sowohl die typisch bayerische Einfärbung hatte als auch eine dezent südländische Einmischung, was ihr einen besonderen Charme verlieh.
»Das sagte ich doch.«
»Wären Sie so nett, mir zum Datenabgleich noch Ihr Geburtsdatum zu nennen?«
»Fünfter Elfter.«
Das Jahr ließ sie unter den Tisch fallen. Offenbar genügte es, denn die Dame, sicher kaum über zwanzig, fragte weiter: »Danke. Und Ihre Straße und Postleitzahl?«
Durant seufzte und kam auch dieser Bitte nach. »Schuhgröße auch?«, fragte sie.
Die Dame am anderen Ende gluckste. Wie oft sie Kommentare wie diese wohl ertragen musste? Julia Durant schob eine hastige Entschuldigung hinterher, dann: »Normalerweise stelle ich die Fragen. Kriminalpolizei, Sie verstehen?«
»Ah. Okay. Wir sind dazu angehalten, diese Fragen zu stellen. Meldescheine sind oftmals fehlerhaft.«

»Wie auch immer. Was verschafft mir denn die Ehre? Hoffentlich keine dieser Bewertungsbefragungen, denn dafür habe ich wirklich keine Zeit.«
»Nein. Es ist etwas Erfreulicheres«, versicherte die Stimme und klang dabei so, als würde sie die Freude mit ihr teilen. »Ihre Tasche ist abgegeben worden. Wir wollten Sie nur darüber informieren, dass wir sie Ihnen zusenden. Es sei denn, Sie möchten …«
»Meine *was*?«
»Ihr verlorenes Gepäckstück.«
Durant schluckte. »Können Sie es bitte beschreiben?«
»Natürlich. Eine weinrote Reisetasche mit Gurt. Handgepäcksgröße, circa sechzig mal vierzig mal zwanzig Zentimeter.« Das Mädchen stutzte. »Stimmt etwas nicht? Normalerweise stellen wir solche Fragen, wenn die Besitzerfrage nicht eindeutig ist.«
»Wie kommen Sie darauf, dass etwas nicht stimmen könnte?«, wunderte sich die Kommissarin. »Liegt es daran, dass ich mich vorhin als Kripobeamtin ausgegeben habe?«
»Nein.« Noch immer war die Irritation unüberhörbar. »Ich nahm an, Sie wissen, wie die Tasche aussieht. Es befindet sich doch Ihr Namensschild dran. Also …«
Julia Durant schnappte nach Luft. Weder besaß sie eine weinrote Reisetasche mit diesen Maßen, noch hatte sie es jemals für nötig befunden, diese ständig im Weg herumbaumelnden Namensschilder auszufüllen.
»Frau Durant? Sind Sie noch da?«
»Ja. Verzeihung. Ich habe mich nur gewundert … Haben Sie die Tasche geöffnet?«
»Nein. Aber wenn Sie möchten …«
»Bloß nicht! Rühren Sie das Ding keinesfalls an!«
Ein lang gezogenes »Okay« ließ Durant nicht gerade ruhiger werden. Wie musste das Ganze auf die junge Frau wirken? Würde sie den Rest ihrer Schicht neben der Tasche sitzen, in der ständigen Angst,

dass am Ende eine Bombe darin tickte? Heutzutage musste man ja mit allem rechnen. Die Kommissarin entschied sich daher zu absoluter Offenheit: »Passen Sie auf. Diese Tasche ist vielleicht *für* mich, aber sie gehört mir nicht. Ich kann das jetzt nicht lange und breit erklären, aber womöglich befinden sich Fingerabdrücke oder andere Spuren daran. Deshalb wäre es besser, sie so wenig wie möglich zu berühren.«
»Das klingt mir jetzt nicht besonders vertrauenswürdig.«
»Sorry. Ich schicke Ihnen meine Kollegen vorbei, dann haben Sie das gute Stück vom Hals. Aber – *bitte* – tun Sie bis dahin, als wäre die Tasche nicht da. Es ist keine Bombe drin, kein Gift, keine Waffen. Mehr kann ich Ihnen auch nicht sagen, aber dessen bin ich mir schon mal sicher.«
»Aha.«
»Suchen Sie meinen Namen im Internet. Ich bin wirklich bei der Kripo in Frankfurt, das können Sie nachprüfen. Und mein Aufenthalt in München war beruflicher Natur. Ich komme von da.«
»Hört man gar nicht«, sagte das Mädchen. Etwas, was sie sicher sonst nicht zu Gästen sagte. Sagen durfte.
»Ist lange her. Eine Frage noch: Wie genau kam diese Tasche zu Ihnen?«
»Das muss während einer anderen Schicht passiert sein. Mehr weiß ich nicht, aber ich kann gerne versuchen, etwas darüber in Erfahrung zu bringen.«
»Ja, das wäre wichtig. Vielen Dank. Melden Sie sich jederzeit bei mir, auch spätabends. Ich informiere jetzt meine Kollegen, und dann haben Sie das Ding vom Hals.«
»Danke. Ich muss zugeben – so etwas hatte ich auch noch nicht. In welcher Abteilung arbeiten Sie denn?«
»Mordkommission.«
Durant konnte die Schweißperlen förmlich sehen, die der Ärmsten nun auf die Stirn schießen durften. Sie musste an den Film *Sieben*

denken, und auch wenn dieser vermutlich vor der Geburt der jungen Frau in den Kinos gelaufen war, versicherte sie ihr, dass sich auch kein abgetrennter Kopf in der Tasche befinden dürfte.

Was sie der Angestellten verschwieg, war die Tatsache, dass sie sich mittlerweile selbst nicht mehr sicher war, ob diese Vermutung wirklich stimmte. Nach allem, was bisher geschehen war, schien *alles* möglich zu sein.

Durant verabschiedete sich und informierte Marcus Mohr.

Danach sprintete sie durchs Treppenhaus und nahm sich einen Dienstwagen. Den Opel hatte sie am Holzhausenpark stehen gelassen, und in diesem Augenblick war sie gar nicht böse darum. Denn an die Autos auf dem Innenhof kam kein Außenstehender heran.

Begleitet von einer unangenehmen Enge, die sich um ihren Brustkorb spannte, jagte die Kommissarin in Richtung Osten.

15:57 UHR

Claus Hochgräbe nahm den Telefonhörer ab, um ein wenig erfreuliches Telefonat mit Andrea Sievers zu führen. Die Quintessenz war in einem Satz zusammenzufassen: »Wenn sich keine Knochenfragmente in der Asche finden, sieht die Sache ziemlich mau aus.«

Am liebsten hätte er lautstark widersprochen, doch dann hätte die Rechtsmedizinerin ihm einen langen Vortrag über die Gestalt eines DNA-Strangs und die damit verbundene Wahrscheinlichkeitsrechnung gehalten. Der einzige Lichtblick bestand darin, dass sie die Sache nicht von vornherein ausgeschlossen hatte – ja, sogar mehr als das: Andrea Sievers hatte sich dazu bereit erklärt, nach München zu reisen, um bei der Untersuchung der Asche zu assistieren. Ihre einzige Bedingung war, dass jemand anders sich um die notwendigen Formalitäten kümmerte.

»Das habe ich bereits erledigt«, verkündete Hochgräbe zufrieden. Erst vor wenigen Minuten war die Bestätigung eingetroffen, dass einer Exhumierung nichts im Wege stand. Gut zu wissen, dachte er, dass man meinen Namen in München noch nicht ganz vergessen hat. Er wollte gerade ein weiteres Telefonat führen, da meldete sich die Mordkommission der Bayernmetropole bei ihm.

»Das war Gedankenübertragung«, sagte er, nachdem Marcus Mohr sich zu erkennen gegeben hatte.

»Sag bloß nicht, du wolltest mich antreiben!«, drohte Mohr scherzhaft. »Wir haben die Tasche doch gerade erst in die Forensik gegeben.«

»Welche Tasche? Es geht um die Urne!«, betonte der Kommissariatsleiter. Dann erst kam ihm Julias angeblich vergessene Reisetasche in den Sinn. Es hatte sich herausgestellt, dass ein Mann sie an der Rezeption abgegeben hatte. Er hatte sich eine belebte Zeit in den Morgenstunden ausgesucht, in der der Nachtportier übernächtigt und die Menschen hektisch waren. Mit den Worten »Meine Frau holt sie gleich ab, Namensschild hängt ja dran« hatte der Gast, über den es keinerlei Aufzeichnungen gab, die Tasche über den Tresen geschoben und verschwand durch die Eingangstür auf Nimmerwiedersehen. Der Angestellte hatte sie beiseitegeräumt, weil, wie er ausgesagt hatte, eine Gruppe Japaner zum Flughafen aufbrechen wollte. Alle mit dem Taxi. Und am besten sofort. Es sei schlicht keine Zeit gewesen, um sich um ein verlorenes Gepäckstück zu kümmern.

»M-hm. Also haben wir mal wieder nichts«, knurrte Hochgräbe.

»Wir haben die Tasche«, gab Mohr zurück.

»Was ist drin?«

»Ich sagte doch ... na, egal. Bisher kenne ich nur das, was obenauf liegt. Und das waren Kosmetikartikel und die obligatorische Kassette. Gepolstert mit einem geklauten Handtuch aus dem Hotel«, Mohr hüstelte, »aber, na ja, darüber darfst du dann gerne selbst mit deiner Holden sprechen.«

»Als ob sie das selbst gewesen wäre! Was sind das für Kosmetikartikel?«

»Lippenstift und so, glaube ich. Und eine Haartönung.«
Hochgräbe japste nach Luft.
»Schickt mir bitte Fotos davon. Jetzt! Und prüft die Sachen millimeterweise auf Spuren.«
»Sowieso. Erklärst du mir, warum dieses Zeugs so wichtig ist?«
»Wir haben einen Mord. Gestern Abend«, berichtete Hochgräbe. »Dem Opfer wurde Lippenstift aufgetragen, und die Haare wurden gefärbt, damit sie aussieht wie Julia.«
Es dauerte einige Sekunden, bis Kommissar Mohr ein ausgedehntes »Scheiße« äußerte.
»Das kannst du laut sagen.« Hochgräbe verabschiedete sich.

16:20 UHR

Der Geruch von Krankenhaus hing ihr selbst auf dem Vorplatz noch in der Nase, und das, obwohl ringsherum Patienten auf Bänken, Mäuerchen oder in ihren Rollstühlen hockten und ihrer Tabaksucht nachgingen. Selbst ein Mann in bis zum Hals hinauf eingegipstem Arm, der wie eine Antenne von ihm abstand, schien nichts Wichtigeres zu tun zu haben, als sich Rauch in die Lunge zu saugen. Für eine Sekunde fühlte Julia Durant sich mies. Der schale Geschmack auf der Zunge, die neuen Gerüche. Wollte sie so enden? Oder, was noch schlimmer war, so wie ihre Mutter? Die – hätte man es ihr erlaubt – auch noch den allerletzten Atemzug in blauen Dunst gehüllt hätte.
Vor zehn Minuten hatte man Peter Brandt aus dem OP auf die Intensivstation gebracht. Die Airbags hatten ihn zwar vor schweren Trümmerbrüchen bewahrt, doch es gab drei verletzte Rippen und eine bedrohliche Anschwellung im Schädel, deren wahre Ausmaße sich erst im Laufe der nächsten Stunden oder Tage zeigen würden. In Elviras Augen flammten bereits die schlimmsten Phantasien. Amne-

sie, Verlust von Sehkraft, Sprache oder Motorik. Pflegefall. Nichts von alldem musste eintreten, doch Durant konnte ihre Ängste nur zu gut verstehen. Brandt hatte zwei erwachsene Töchter, zu denen er zwar ein inniges Verhältnis pflegte, die aber beide im Ausland waren. Ebenso seine Ex-Frau, für die sein Leben als Kriminalbeamter nicht aufregend genug gewesen war und die ihn einst mit den Mädchen hatte sitzen lassen. Außer dieser Familie gab es niemanden mehr in Brandts Leben, bis auf Elvira Klein. Was würde ein pflegebedürftiger Partner für sie und ihre Karriere bedeuten?

»Die Ärzte können noch keine Prognose abgeben.« Durant hatte versucht, sie etwas zu beruhigen. »Je weniger sie jetzt sagen, desto besser. Es kann alles wieder in Ordnung kommen, und nur daran solltest du denken.«

»Leichter gesagt als getan.«

Niemand hatte der Kommissarin weitere Details über den Hergang oder die Ursache des Unfalls sagen können, und Durant hatte sich vorgenommen, mit den hiesigen Beamten zu sprechen, die das Ganze aufgenommen hatten. Stattdessen erwarteten sie, sobald sie das Telefon aus dem Flugzeugmodus geholt hatte, gleich mehrere Nachrichten von Claus Hochgräbe. Zwei Anrufe und eine Textnachricht, was unterm Strich nur eines bedeuten konnte: Zurückrufen. Dringend! Leider verriet ihr das Display noch eine weitere Info: Der Akku neigte sich dem Ende seiner Kapazität entgegen.

Sie trat einige Meter von den Rauchern weg und wartete ungeduldig, bis die Verbindung aufgebaut war. Dann brachten sie einander auf den neuesten Stand, Hochgräbe war offenkundig erschüttert über den mutmaßlich fingierten Unfall des Offenbacher Kollegen. Nicht minder schockiert war die Kommissarin über den Inhalt der Reisetasche.

»Sind es dieselben Produkte wie bei Alina?«

Hochgräbe nannte ihr die Marken und die Farbbezeichnungen von Lippenstift und Haartönung. Und auch wenn sie ihren Lippenstift zuweilen wechselte, war es ein Treffer. Ebenso wie das Kastanienbraun, zu dem sie immer wieder griff.

»Dann war also er es«, konstatierte sie, beinahe tonlos.

»Diesbezüglich ...« Hochgräbe hielt inne, um schließlich einzuwenden: »Also Folgendes. Ich telefoniere hin und her wegen dieser Exhumierung, aber mir geht da eine Sache nicht aus dem Kopf.«

»Aha. Und die wäre?«

»Was, wenn wir einem gigantischen Denkfehler unterliegen? Ich meine, bevor es zu einer Verbrennung kommen kann – und bei einem Gewaltverbrechen gilt das ganz besonders –, wird eine zweite Leichenschau vorgenommen. Notarzt, Rechtsmedizin.«

»Erzähl mir was Neues.«

»Würde ich ja, wenn du mich nicht unterbrichst.«

»Entschuldigung.«

»Dem Bericht nach wurde Stephan eindeutig identifiziert, oder etwa nicht? Er starb in seiner Wohnung, umgeben von seinen persönlichen Gegenständen, und wurde dort auch aufgefunden.«

Durant erinnerte sich. Der Hausmeister hatte aufgrund einer Meldung über üble Gerüche die Tür geöffnet. Die Verwesung hatte also bereits eingesetzt.

»Wie kann es dann also sein – wenn eine Identifizierung nach äußeren Merkmalen erfolgte *und* Fingerabdrücke und DNA vorliegen *und* es eine zweite Leichenschau gab –, dass sich jemand anders als dein Ex auf dem Seziertisch befunden hat?«

»Darf ich jetzt?«, fragte Durant, nachdem er einige Sekunden lang nichts mehr gesagt hatte. Sekunden zuvor hatte sie das Gerät vom Ohr genommen, um die Batterieanzeige zu checken. »Mein Akku hält nicht mehr lange durch.«

»Klar.«

»Was ist mit seiner Handschrift, den Dingen, die nur er wissen kann, und mit diesen verdammten Botschaften? Was ist mit der Akte in Alinas Schrank? Mensch, Claus, ich würde auch gerne jemand anderen jagen, aber das Ganze ist so verdammt auf mich gemünzt, dass ich überhaupt nicht mehr weiß, was ich glauben soll und was nicht! Und eines ist sonnenklar: Wenn jemand wie Stephan seinen eigenen Tod fingiert hat – ob ich ihm das nun zutraue oder nicht –, dann würde er das auch *richtig* angegangen haben. Mit einer Leiche, die seiner Statur entspricht, wobei da so ziemlich jeder dritte Mann in München infrage käme. Er konnte ihre Abdrücke überall in der Wohnung platzieren, ebenso eine Haarbürste und Schuhe et cetera präparieren. *Wenn* er das so wollte. Denn halbe Sachen waren definitiv nicht sein Ding.«

Plötzlich durchzuckte es Julia Durant derart heftig, dass ihr das Telefon aus der Hand glitt und auf den betonierten Untergrund knallte. »Verdammt«, stieß sie hervor, während sie in dem Rauschen der vorbeifahrenden Autos und entfernten Stimmen ein Rufen vernahm. War es Claus? War die Verbindung noch aktiv? Doch als sie das Smartphone vom Boden aufnahm, registrierte sie nichts als tiefe Schwärze. Trotz mehrmaliger Versuche ließ sich das Gerät nicht mehr einschalten. Wenigstens ist das Display nicht gebrochen, kreuzte es ihre Gedanken, bevor sie sich wieder darauf besann, *was* ihr einen solchen Schrecken eingejagt hatte.

Die Zehen. Irgendwo in der Wohnung musste sich ein Schuhregal befinden. Und wenn Stephan ein Gewohnheitstier geblieben war, zog er es noch immer vor, barfuß in diesen Adiletten herumzuschlappen, die sie schon in den Achtzigern ganz furchtbar gefunden hatte. Wenn man dort suchte, müssten sich entsprechende Abdrücke finden lassen.

Das Blöde dabei: Die Wohnung lag fast vierhundert Kilometer entfernt, und sie konnte niemanden anrufen.

Sie eilte ins Innere der Klinik, um sich von Elvira Klein zu verabschieden, und empfahl ihr, für ein paar Stunden nach Hause zu fahren, auch wenn ihr klar war, dass die Staatsanwältin das nicht tun würde. Durant selbst hätte genauso gehandelt, wäre sie in ihrer Situation gewesen. Vorher bat Durant darum, ein kurzes Telefonat mit Hochgräbe führen zu dürfen. Dann machte sie sich auf den Weg zum Parkhaus. Während sie mit strammen Schritten durch Gänge und über Treppen hetzte, rief sie sich noch einmal in Erinnerung, was genau bei einer Leichenverbrennung geschah. Der Tod ihres Vaters hatte die Kommissarin mit diesem Vorgang vertraut gemacht, und es tat noch immer weh, an diesen schweren Verlust und das damit verbundene Prozedere zu denken. Viel mehr, als der Tod von Stephan sie getroffen hatte, aber das konnte man wohl auch nicht miteinander vergleichen.

Aufgrund der zunehmenden Nachfrage an Urnenbestattungen liefen viele Krematorien im wahrsten Sinne des Wortes heiß. In der Regel wurde der Tote in einen schmucklosen Verbrennungssarg gebettet, vorzugsweise in einem Totenhemd, das nicht aus Kunstfasern bestand. Um Verwechslungen zu vermeiden, legte man einen feuerfesten Schamottestein mit fortlaufender Nummer zu dem Leichnam, sodass das viel gefürchtete Vertauschen der Asche praktisch ausgeschlossen war. Die Starttemperatur des Ofens lag bei neunhundert Grad, was meist dazu führte, dass der Sarg binnen Sekunden zu Asche zerfiel. Im Lauf der nächsten Stunde wurde dann eine Temperatur von rund zwölfhundert Grad erreicht, die alles bis auf die Zähne, bestimmte Knochenteile und Implantate vollständig einäscherte. Manchmal dauerte es auch eineinhalb Stunden, das Ergebnis blieb dasselbe: rund zwei Kilogramm Asche, die mitsamt Zähnen und Knochenfragmenten zu einem feinen Staub zermahlen wurde, bevor sie in der Urne endete.

Durant nickte, während sie ihren Roadster entriegelte und sich auf den Sitz fallen ließ. Es mochte Unterschiede zwischen den einzelnen Krematorien geben, aber im Großen und Ganzen lief es überall nach diesem Schema ab. Sie startete den Motor und dachte an die Schritte, die zwischen dem Totenschein und der Einäscherung lagen. Die zweite Leichenschau. Wo genau sollte der Denkfehler liegen?

Laut Ermittlungsakte hatte der Notarzt Stephans Tod festgestellt. Aufgrund der Gerüche zwar eine Offensichtlichkeit, aber rechtlich galt es, eine gewisse Schrittfolge einzuhalten. Todesbescheinigung. Todesart ungeklärt. Auch der Zeitpunkt des Ablebens ließ sich nur schwer schätzen. Danach die Spurensicherung, Unmengen an Fotos, auch die Identifizierung Stephans hatte noch in seiner Wohnung stattgefunden. Irgendwann hatten zwei Bestatter den Toten in einen Sarg gehoben und zur Rechtsmedizin verbracht, wo die innere Leichenschau auf dem Programm stand.
Hier wurde eine Leiche auf aufwendigste Weise auseinandergenommen und untersucht, denn immerhin lag ein Gewaltverbrechen zugrunde. Aber stellte der Rechtsmediziner die Personenangaben des vorläufigen Totenscheins infrage?
»Nein«, schnaubte die Kommissarin, als sie die Schranke des Parkhauses durchfuhr.
Es *gab* keinen Denkfehler. Wenn eine andere Leiche als Stephan identifiziert worden war, änderte die Obduktion der Rechtsmedizin rein gar nichts daran. Die Lösung lag nach wie vor in Fingerabdrücken, DNA oder notfalls auch in seiner Blutgruppe. Doch mit welchem Material sollte sie das abgleichen? Zähneknirschend musste Durant sich eingestehen, dass auch eine Exhumierung der Asche nicht zwangsläufig Antworten liefern würde.
Sie setzte den Blinker und steuerte in Richtung Kaiserlei.

16:35 UHR

Kommissariatsleiter Hochgräbe fuhr sich mit dem Handrücken über die Stirn. Für einen Augenblick hatte er sich ernste Sorgen gemacht. Das Gespräch mit Julia war einfach abgebrochen. Im Normalfall hätte er nicht weiter darüber nachgedacht, denn man konnte sich eine ganze Reihe banaler Gründe vorstellen. Aber gerade jetzt trieben ihm solche Dinge sofort die Sorgenfalten in das sonst so sonnige Gesicht. Andererseits: Was sollte in einer Klinik, im Beisein von Staatsanwältin Klein, schon passieren? Eine ganze Menge, dachte er weiter. Wenn es eine Gewissheit gab, dann war es jene, dass man nirgendwo mehr sicher war.

Doch er war zu besonnen, um sich von Panik leiten zu lassen. Hochgräbe hatte also entschieden, eine Weile zu warten, damit sich seine Sorge in Wohlgefallen auflösen konnte. Er hatte gerade zur Tagesordnung übergehen und mit der Mordkommission München telefonieren wollen, als sich sein iPhone meldete. Es war die Nummer von Elvira Klein, aber am Ende der Verbindung meldete sich Julia. Der Akku. Tatsächlich. Der banalste Grund von allen. Erleichterung breitete sich in ihm aus wie ein warmer Schauer. Hochgräbes Sorge war wohl weitaus größer gewesen, als er es sich hatte eingestehen wollen. Er lauschte ihren Worten, es ging noch mal um die Abdrücke der Zehen. Danach telefonierte er mit München, wo ihm nur wenige Minuten später von den dortigen Kollegen versichert wurde, dass die Spurensicherung sich noch heute um die Wohnung kümmern würde. Über die Badelatschen amüsierte man sich hörbar, aber die Logik, die Durants Gedanken zugrunde lag, stellte niemand infrage. Man äußerte sogar die Idee, den Boden der Dusche und den Bereich vor dem Bett zu untersuchen. Eben dort, wo man in der Regel barfuß stand. Hochgräbe meinte fast, einen Hauch von Unterwürfigkeit zu hören, dabei machte er keinem seiner ehemaligen Kollegen einen Vorwurf, weil man nicht sofort nach der Auffindung nach Zehenabdrücken gesucht hatte.

»Willst du die Kassette aus der Reisetasche hören?«, erkundigte sich Marcus Mohr im weiteren Verlauf des Gesprächs.

»Jetzt? Direkt?«

»Nein. Ich schicke dir eine Audiodatei. Warte …«, es klapperte auf der Tastatur, »… ist unterwegs.«

Hochgräbe bedankte sich und unterbrach die Verbindung. Als Nächstes öffnete er den Posteingang und fand die angekündigte

E-Mail. Er zog den Anhang auf den Desktop und klickte doppelt darauf. Ein Fenster öffnete sich, doch es herrschte Totenstille. Sein Herz begann zu pochen. Dann aber stellte er fest, dass er den Ton – wie meistens – auf stumm stehen hatte, denn Claus hasste es, wenn jede seiner Aktivitäten am Bildschirm von einer klickenden und piependen Geräuschkulisse untermalt wurde.
Eilig drückte er eine Tastenkombination und startete die Datei erneut.
Schon die ersten Sätze trieben ihm den Schweiß zurück auf die Stirn.

*

Etwas später – Julia Durant war gerade aus Offenbach zurückgekehrt – hockte sie neben Claus, der die Aufnahme zum zweiten Mal abspielen ließ. Zuerst kam ein Knacken, dann das übliche Rauschen, was sowohl von dem Tonband als auch dem Tonkopf des Abspielgerätes herrühren konnte. Und dann diese unangenehme, heisere Stimme, die zu ihr sprach:

»Hallo, Chérie,
ich habe dir so vieles genommen, aber noch nicht alles.
So wie du mir alles genommen hast, so werde ich auch mit dir verfahren.
Alle Menschen, die dir wichtig sind. Dein Leben, was dich umgibt, das, was du liebst.
Stück für Stück, hier und da, und dabei werde ich dich beobachten. Werde zusehen, wie der Verfall an dir nagt, wie es dich auffrisst und innerlich zerreißt. Deine Machtlosigkeit. Meine Willkür. Das kleine Sterben, wie auf Raten, Tag für Tag, Stunde für Stunde. Und irgendwann – wenn du mit den Füßen schon längst über dem Abgrund stehst – werde ich derjenige sein, der dir den Todesstoß gibt.
Du hast mich zerstört.
Du bist einfach gegangen und hast mich vergessen.

Ich habe nichts vergessen.
Und jetzt komme ich – ich bin näher, als du denkst.
Und ich werde dich zerstören.«

Der Boss stoppte mit einem Klick und sah ihr in die Augen. »Noch mal?«
»Nein danke. Ich habe genug gehört.«
»Ist er es?«
Julia Durant nickte. Selbst nach all den Jahren und trotz der belegten Stimme hatte sie keinen Zweifel: Es war derselbe Mann, der einmal vor dem Traualtar Ja zu ihr gesagt hatte. Der ihr versprochen hatte, ihr treu zu sein, bis dass der Tod sie scheide. War es das, worauf Stephan in seiner Botschaft anspielte? Fühlte er sich – nach all den Affären – tatsächlich als das verlassene Opfer? Aber wie konnte das sein? Er war ihre erste große Liebe gewesen. Spielte im Verein, war in der Gemeinde aktiv, sah gut aus. Ein Blender? Möglicherweise. Hieß es nicht, Liebe mache blind? Aber so blind? Natürlich, er hatte sich im Laufe der Jahre verändert. Der gemeinsame Umzug nach München, die Brücken nach Hause weitgehend abgebrochen. Das Thema Kinder, das er immer wieder überging. Teure Geschenke. Leidenschaftlicher Sex. Ein Mann voller Widersprüche oder die normale Entwicklung eines jungen Mannes, der sich seine Visionen von Geld und Erfolg erfüllte? Erfolgscharakter oder Psychopath?
»Nein!«, zischte sie, was Claus offenbar verunsicherte.
»Ich dachte, du hast genickt? Ist er es jetzt oder nicht?«
»Nein. Ja. Er ist es«, reagierte sie etwas zu hastig, woraufhin sie ihm erklärte, dass ihr Nein das Ergebnis verwirrender Gedanken gewesen war.
»M-hm. Wie beruhigend, dass wir alle einigermaßen verwirrt dastehen«, brummte Claus mit einem schiefen Lächeln.
»Hat *er* das Band schon gehört?«, wollte Julia nach einem großen Schluck aus der Wasserflasche wissen. Sie meinte Hallmann, das war

unmissverständlich, und während sie auf Claus' Reaktion wartete, sah sie sich um und fragte sich, wo der hochgelobte Doktor Freud eigentlich steckte.

»Josef ist etwas essen gegangen. Und einen Tee trinken. Du hast ja mitbekommen, wie er geklungen hat.«

»Allerdings. Wie eine Stimme aus einem Hitchcock-Film.«

Hochgräbe ignorierte diese Spitze. Er verfügte über die beneidenswerte Eigenschaft, Dinge ausblenden zu können. »Er hat sich aber bereits mit den Akten auseinandergesetzt«, erklärte er, und er klang so defensiv, als wolle er Hallmanns Anwesenheit verteidigen. »Sobald er zurückkommt, reden wir. Magst du mir derweil etwas von Brandt erzählen? Wie sieht es am Kaiserleikreisel aus?«

»Das Auto ist hin«, begann die Kommissarin mit einem weitgehend nüchternen Bericht. »Der Lkw hat nur einen Blechschaden. Von den Radschrauben auf der Beifahrerseite wurde noch keine gefunden. Also nichts von wegen abgerissenem Gewinde, Materialermüdung oder sonst was. Die hat jemand losgeschraubt! Und so wie es aussieht, hat er dasselbe auch an der Fahrerseite gemacht. Der Wagen wird heute noch untersucht, egal, wie lange es dauert. Wer weiß, ob auch noch an den Bremsen oder der Lenkung herumgepfuscht wurde.« Ihre Stimme war zittrig geworden. Umso heftiger war die Explosion, als sie hervorstieß: »Aber eines ist sonnenklar! *Er* war das. Immer wieder er, er, er!«

Sie drehte sich abrupt um, fuhr mit den Handrücken in die Augenwinkel und spürte die Tränen, die schon den ganzen Tag über immer wieder von dort hervortraten. Mussten sie nicht bald aufgebraucht sein? Versiegt?

»Er war es sicher«, röhrte eine unerwartet kräftige Stimme in den Raum hinein. Durant fuhr herum. Hallmann. Wie lange er wohl schon hinter der Tür gestanden hatte?

Hallmann schob sich ins Zimmer und zog einen Stuhl heran, den er ein Stück weg von Durant und dem Schreibtisch seines Freundes

platzierte. Er schlug ein Bein übers andere und räusperte sich. »Gute Kantine.« Er klopfte sich auf den Bauch, danach tippte er sich an die Stirn. »Je besser die Verpflegung, desto besser funktioniert es hier oben.«
In der anderen Hand hielt er einen Schreibblock, aus dem einzelne Seiten hervorlugten.
»Verraten Sie uns auch das Ergebnis?«, fragte Durant kühl. Sie wusste selbst nicht, warum der Professor ihr so unheimlich war, und legte es daher unter der Rubrik »Bauchgefühl« ab. Irgendwann würde sie dahinterkommen.
»Sie arbeiten lieber alleine und lassen sich nicht reinreden«, lächelte Hallmann und spreizte entwaffnend die Finger. »Aber um das zu erkennen, braucht man kein Psychologiestudium. Ich bin es gewohnt, dass man meine Anwesenheit als bedrohlich empfindet, doch keine Sorge, mein Interesse gilt ausschließlich dem Profil unseres Mörders.«
»Der nur leider ziemlich eng mit meinem eigenen verwoben ist«, wandte Julia Durant ein.
»Dessen sind Sie sich ziemlich sicher, oder?«
»Sie haben sich doch mit meiner Vita befasst, oder nicht?«, erwiderte sie. »Stephan ist mein Ex-Mann. Er kennt mich und meine Gewohnheiten – manches davon habe ich schon damals so gemacht wie heute. Diese Dinge, die er da von sich gibt, mein Kosename von früher, die Verwendung von Kassetten, wie sie damals, auch zur Zeit unserer Trennung, noch Standard waren ... ja, um Himmels willen, wer sollte denn sonst hinter alldem stecken?«
Anstelle einer Antwort stellte Hallmann wieder eine Gegenfrage: »Ungeachtet der Tatsache, dass Ihr geschiedener Mann ermordet und begraben wurde?«
Julia Durant biss sich schmerzhaft auf die Zunge. Innerlich kochte sie, weil sie sich – wie befürchtet – zu einem Seelenstriptease genötigt fühlte. So wie immer, wenn sie einem dieser Psychofritzen ausgelie-

fert war. Die einzige Ausnahme – und die Erinnerung stach wie ein Stachel voll brennenden Gifts in ihre Seele – war Alina Cornelius. Mit ihr war alles anders ... gewesen.
Hilfe suchend blickte sie zu Claus, der die Lippen aufeinanderpresste und ein Schulterzucken andeutete. Unerwartet ergriff er dann doch das Wort: »Josef, wir sind uns beide einig, dass Stephan sein Ableben fingiert haben könnte. Und ich war es, der Julia diesen Floh ins Ohr gesetzt hat, nicht umgekehrt. Von einer Art schrägen Wunschdenkens ihrerseits kann also keine Rede sein.«
Durant neigte den Kopf und schenkte ihrem Liebsten ein Lächeln. Doch diese Wortwahl! Schräges Wunschdenken. Was meinte er damit? Glaubte Claus, dieser Hallmann unterstelle ihr eine Art unterdrückte Sehnsucht nach Stephan? Nach einem Stephan, der sie nicht betrogen hatte und mit dem sie heute zwei bis sechs unglaublich tolle Kinder haben könnte? Und vor allem: Glaubte Hallmann das auch?
»Im Gegenteil«, platzte es aus ihr heraus. »Stephan war schon lange vor seinem vermeintlichen Tod Geschichte für mich. Alles, was gerade passiert, habe ich mir nicht ausgesucht und schon gar nicht herbeigewünscht!«
»In Ordnung.« Hallmann nickte und blätterte in seinem Block, bis er gefunden hatte, wonach er suchte. Er überflog mit dem Finger einige handschriftliche Notizen, dann sagte er: »Für mich sieht das Ganze nach einer pathologischen Geltungssucht aus. Und zwar nicht wie häufig, wenn Serienmörder einen Lustgewinn daraus erzielen, dass die Medien über sie berichten. Das kennt man. In vielen bekannten Fällen fand man Alben, manchmal wie Tagebücher geführt, in denen jeder Fitzel aus Tageszeitungen eingeklebt war.«
Durant schluckte. Sie musste an die Sammlung von Zeitungsausschnitten denken, die auf Stephans Schreibtisch gelegen hatte. Ihr Vater hatte das meiste davon ausgeschnitten, und plötzlich schämte sie sich, dass sie dieses Andenken damals einfach zurückgelassen hatte.

Hallmann musterte sie kurz, wie um sich zu vergewissern, dass sie seinen Worten folgte. Dann sprach er weiter: »Für manche Täter waren diese Artikel – dieses öffentliche Vermächtnis, um es mal so zu nennen – wichtiger als eine Sammlung von Trophäen ihrer Opfer. Aber das wissen Sie sicher alles selbst. In unserem Fall jedoch liegt das Ganze anders.« Ihm schien ein Gedanke zu kommen, und er wechselte einen Blick mit den beiden. »Ich wundere mich, warum die Presse aktuell so leise ist. Hat das einen speziellen Grund?«
»Niemand setzt die Morde an Laura Schrieber und Tanja Wegner in Verbindung«, erklärte Hochgräbe. Leise ergänzte er: »Und Alina Cornelius ist noch nicht lange genug her.«
»Verstehe. Also eine Frage der Zeit. Danke.« Hallmann machte sich eine eilige Notiz, dann fuhr er fort: »Der Täter – und bitte lassen Sie uns versuchen, dieser Person nicht schon eine bestimmte Identität zuzuschreiben – wählt seine Opfer also offenbar gezielt aus, um sich Ihnen, Frau Durant, zu nähern. Oder, besser ausgedrückt, er bewegt sich mit einer gewissen Willkür durch ein Umfeld, von dem er zu wissen glaubt, dass es Ihnen nahesteht.«
»Auf Laura Schrieber trifft das aber nicht zu«, wehrte Durant ungeduldig ab.
»Der Täter benötigte, um Ihren ersten Mordfall hier in Frankfurt zu kopieren, aber ein passendes Opfer. Mal andersherum gefragt: Wie viele junge, blonde Mädchen gibt es in Ihrem direkten Umfeld?«
Julia musste an Steffi Hellmer denken, aber diese verbrachte die meiste Zeit im Internat und war vermutlich deshalb nicht infrage gekommen. Ein erleichternder Gedanke. Auch wenn sie nicht vergessen hatte, dass die Ferien unmittelbar vor der Tür standen. Mädchen wie Laura Schrieber, die zu hundert Prozent in das Opferprofil von damals passten, gab es viele in der Stadt. Tatsächlich kannte sie keine Einzige davon näher. Kein Wunder, wenn man mehr als doppelt so alt war …

»Ja, okay, also sagen wir, dass er Laura nach all den Merkmalen ausgewählt hat, die von damals bekannt sind. Steht das wirklich *alles* noch im Internet?«

»Das Internet vergisst nichts. Damit kommen wir zum nächsten Punkt. Wie lange, sagten Sie, ist der Kontakt zu Frau Wegner schon nicht mehr aktuell?«

Durant antwortete, und Hallmann hob die Augenbrauen. »Sehen Sie. Er weiß vielleicht vieles, aber er kann nicht alles einordnen. Die Qualität Ihrer Beziehungen kann das Internet nämlich nicht abbilden. Nur Momentaufnahmen.«

»Und das bedeutet?«

»Der Täter kennt Ihr Umfeld nicht persönlich. Er ist darauf angewiesen, sich Informationen aus dritter Hand zu besorgen, und das Internet scheint dabei die bestmögliche Quelle. Keine verdächtigen Gespräche, keine persönlichen Kontakte, das geht alles anonym.« Hallmann hustete in seinen Ellbogen und bat um Verzeihung.

»Schon in Ordnung. Ihre Stimme hält sich übrigens erstaunlich gut, wie kommt's?«

»Salbei und Honig.« Der Professor lächelte. »Eigener Anbau. Beides.«

Durant nickte und versuchte sich Hallmann unter einer Imkermaske vorzustellen und wie er mit einer rauchenden Pfeife zwischen Bienenstöcken stand. Doch sosehr er sich auch zu bemühen schien: Sie mochte ihn nicht. Die Frage war nur, ob er sich tatsächlich bemühte oder ob er einfach er selbst war. Und ob es ihm überhaupt etwas bedeutete, was andere von ihm hielten. Sie warf einen verstohlenen Blick zu Claus Hochgräbe, den sie ebenfalls als guten Menschenkenner erlebt hatte. Er hatte offensichtlich nicht das geringste Problem mit dem Professor.

»Was denken denn Sie als Experte?«, lenkte die Kommissarin offensiv aufs Thema zurück. Zuckte Hallmann etwa kurz zusammen, oder bildete sie sich das ein?

Dieser fuhr sich durchs Haar.

Durant spitzte die Frage zu: »Glauben Sie nicht auch, dass alle Hinweise auf meinen Verflossenen hindeuten? Oder haben Sie eine bessere Theorie?«
»Wir sollten andere Optionen nicht ausschließen.«
»Und die wären?«
»Wäre es nicht möglich, dass jemand Ihren verstorbenen Ehemann ...«
»Ex-Ehemann.«
»... Ihren verstorbenen Ex-Mann ... hm, nur *benutzt?* Dass er seinen Tod zum Anlass nahm, ein perfides Spiel mit Ihnen zu spielen. Wer weiß, vielleicht hat er den Tod ja sogar selbst herbeigeführt ...«
»Moment mal. Bis jetzt war von Raubmord die Rede, also sollte Selbstmord doch ausgeschlossen sein.«
»So lautet der vorläufige Abschlussbericht«, korrigierte Hochgräbe. »Allerdings wusste man zum Zeitpunkt dieses Berichts weder von den Kassetten, noch gab es eine Verbindung zu dir, und die Mordserie spielte sich auch erst hinterher ab.«
»Und das alles war volle Absicht«, warf Hallmann ein. »Niemand konnte von den Ermittlungsbeamten erwarten, dass sie ein Bild von der Wand nehmen und den Rahmen auf eine verborgene Kassette überprüfen. Das alles würde erst in Bewegung geraten, wenn Sie selbst in die Wohnung zurückkehren würden. Es mag sein, dass der Täter damit gerechnet hat, dass das früher geschieht. Dass man Sie hinzuzieht, vielleicht, weil man sich daran erinnert, dass Sie einmal verheiratet waren. Oder weil Ihre Fotografie neben der Leiche stand. Das alles spricht doch dafür – egal, wer dahintersteckt –, dass schon zum Zeitpunkt des Ablebens Ihres Ex-Gatten alles bis ins kleinste Detail geplant gewesen war. Der Anruf bei dem Pfarrer. Die Briefe ...«
»Ja. Eben!«, unterbrach Durant ihn energisch. »Und alles, alles trägt Stephans Handschrift. Sogar im eigentlichen Wortsinne. Es ist *seine* Stimme auf dem Tonband. Und einiges, was er mir zukommen

ließ, entspricht durchaus einer Seite von ihm, an die ich mich erinnere.«

»Egoistisch und selbstverliebt!«, kommentierte Hochgräbe frostig.

»Ich rede von seinem Abschiedsbrief. Von Reue und von Schuldgefühlen«, konterte die Kommissarin im selben eisigen Tonfall. Doch dann dachte sie an all das, was hinterher gekommen war. Zu welchem Stephan passte das? Und sie wusste außerdem, dass sie Claus unrecht tat, wenn sie ihn angiftete. Denn wie musste es für ihn sein, rund um die Uhr mit Julias Ehe konfrontiert zu sein? Wissend, dass die beiden – zumindest für eine Weile – glücklich verheiratet gewesen waren, während er nur ein besserer Mitbewohner war. Durant schluckte. Interpretierte sie das in seinen Kommentar hinein? Oder hatte er am Ende recht? Wie oft hatte sie sich – bevor die Morde geschehen waren – an die guten, an die glücklichen Momente dieser Ehe erinnert? An das Cabrio. Die Alpen. Die Mixtapes.

Verdammt! Wann und warum sollte Stephan zu einem Monster geworden sein?

Und wer bitte verfügte sonst über das ganze Wissen, wenn nicht er? Er würde wohl kaum einem seiner Betthäschen von seiner kastanienbraunen *Chérie* mit dem klangvollen französischen Nachnamen vorgeschwärmt haben. Und selbst wenn: Keines dieser Bunnys würde daraufhin zu einer Mörderin werden. Schon gar nicht, wenn es darum ging, einer Frau die Gebärmutter herauszuschneiden.

Julia Durant schluckte. Um derart Abscheuliches zu tun, musste man mehr sein als nur egoistisch und selbstverliebt. Ein Soziopath, ein Psychopath. Vielleicht hatte Hallmann ja recht mit seinen Zweifeln?

»Julia?«

Claus' Stimme holte die Kommissarin zurück aus dem Grübeln.

»Bist du noch da?«

»Sorry.«

»Es ging um die Frage, ob Stephan in das Profil eines Serienkillers passt.«

»Dachte ich auch gerade«, murmelte sie. »Der Stephan, den ich kannte, passt da überhaupt nicht ins Bild – jedenfalls nicht auf den ersten Blick. Aber die berühmtesten Serienkiller der Geschichte sind bekannt dafür, dass sie ein völlig normales Privatleben führten. Mit Job und teilweise sogar mit Familie. Dazu kommt, dass wir uns schon seit so vielen Jahren nicht mehr gesehen haben. Ich weiß praktisch *nichts* über das Leben, das Stephan seit der Scheidung führte. Wie er war, was ihn antrieb, was ihn ausmachte. Deshalb müssen wir unbedingt mehr über ihn herausfinden. Nur wenn wir den Stephan der Gegenwart kennenlernen – oder besser: den der jüngeren Vergangenheit –, können wir das Ganze irgendwie einordnen.«
»Und genau darin sehe ich ein Problem«, gab Hallmann zu bedenken.
»Worin genau?« Wollte er ihr jetzt auch noch direkt in ihre Arbeit hineinreden?
»Wer auch immer hinter alldem steckt, dessen stärkster Trumpf ist, dass Sie – verzeihen Sie mir die Wortwahl – nicht klar denken können. Nicht …«
»Ich glaub, ich hör nicht richtig!«
»Julia!« Hochgräbe trat neben sie und legte ihr beschwichtigend die Hände auf ihre Schultern. »Lass Josef bitte ausreden.«
Sie biss sich auf die Zunge.
»Jedes Tonband, jede Botschaft, jede Bluttat zielt direkt auf Ihr emotionales Geflecht«, erörterte Hallmann. »Der Täter möchte Sie angreifen und gleichzeitig lähmen. Er trifft Sie immer genau auf dem Fuß, mit dem Sie Ihren nächsten Schritt tun. Sie kochen innerlich, Sie sind verzweifelt, Sie haben Angst um Ihre Liebsten. Das ist eine normale und vorhersehbare Reaktion. Er steuert Sie, ob Sie wollen oder nicht, und mit einer Person wie Stephan, die wie ein Anker an Ihnen zieht, hat er den richtigen Ansatzpunkt gefunden. Das meinte ich mit Denken. Sie können nicht anders, als alles aus einer sehr

persönlichen Perspektive zu beurteilen. Und worauf es mir ankommt, ist, dass der Täter ganz genau darauf abzielt.«
Ihr Herzschlag wurde etwas ruhiger, und noch immer spürte Julia die großen, warmen Hände, die ihre Schultern umspannten. Sie gab es ungern zu, aber Hallmann hatte in allem recht. Es war kaum zu ertragen, derart die Kontrolle verloren zu haben, insbesondere über ein Spiel, das perverser nicht hätte sein können.
»Also. Wie lange habe ich noch?«, platzte es aus ihr heraus.
»Wie meinen …«
»Wann bin ich an der Reihe? Wann nimmt diese Drecksau mich selbst ins Visier, und wann sind meine Freunde und meine Familie endlich in Sicherheit?«
Bei dem Wort Familie legte Durant ihre Hände auf die von Claus. Eine Geste, die er mit einem sanften Druck quittierte.
Josef Hallmann machte ein bedröppeltes Gesicht. Zum ersten Mal, wie die Kommissarin fand, ließ er eine Emotion erkennen. Gab er sich wie ein normaler Mensch und nicht wie ein Studierter, der immer wie von oben herab wirkte. Und er brauchte ihre Frage nicht einmal mehr mit Worten zu beantworten, denn sie verstand es auch so:
Er konnte es nicht sagen. Niemand konnte das.
Außer dem Mörder selbst.

16:57 UHR

Es klopfte an der Tür, und ohne auf ein Herein zu warten, erschien Frank Hellmers Kopf. Seine Miene hätte kaum sorgenvoller sein können. Er nickte in Hallmanns Richtung, murmelte eine Begrüßung und trat bis auf eine Armlänge an die Kommissarin heran, die noch immer gegenüber Claus' Schreibtisch saß.
»Was gibt es, Frank? Vermisst du mich?« Die beiden teilten seit Langem ein Büro, saßen an gegenüberliegenden Schreibtischen und

kannten einander wie Bruder und Schwester. Manchmal verhielten sie sich auch so. Flapsig, schroff, trotzdem war ihre innige Verbindung stets zu spüren. Insgeheim wartete die Kommissarin seit Alinas Ermordung darauf, dass Claus die Leitung der Ermittlung an Hellmer übertrug. Sie konnte – *durfte* – es ihm nicht verübeln, auch wenn allen hier klar war, dass sie sich weiter in die Sache verbeißen würde. Notfalls auf eigene Faust.

Der Kommissarin fiel erst jetzt das Papier auf, an das Hellmer sich zu klammern schien, als würde er mit einem Zeugnis voller Sechser vor seinen Eltern stehen. Als habe er soeben die Diagnose einer tödlichen Krankheit erhalten. Ist es also so weit, dachte Durant, als Frank Hochgräbes Blick suchte. Hatten sich die Männer gegen sie verschworen? Überbrachte Frank ihr – wie in alten Piratengeschichten – den »schwarzen Fleck«, ein Zeichen dafür, dass die Crew gegen ihren Kapitän stand und ihn absetzte? Meuterei? Doch es kam viel schlimmer.

»Du solltest das hier lesen«, presste Hellmer zwischen den Zähnen hervor. »Aber bitte«, er hielt ihr den Zettel entgegen, sie griff danach, doch es verstrichen mehrere Sekunden, bis er ihn losließ, »bitte nimm das nicht ernst, okay? Es ist bestimmt nur …«

»Ein schlechter Scherz?«

Julia Durant erkannte auf den ersten Blick, was sich auf dem Computerausdruck befand. Mittig auf der Seite, offenbar in doppelter Größe, vermutlich eine Art digitale Druckvorlage. Der schwarze Rahmen, eine Doppellinie, außen dick, innen dünn, sowie das deutlich hervorstechende Johanniter- oder Malteserkreuz: ein Pfeilspitzenkreuz mit jeweils doppelten Spitzen an den vier Enden; hier hatte man den Senkrechtbalken nach unten hin lang gezogen und eine herabschwebende Taube dazu platziert. Es war eine Todesanzeige.

Und der Name der Person lautete Julia Durant.

Die Kommissarin atmete schwer, als sie die wenigen Zeilen las, die der Verfasser ihr vergönnt hatte. Oben links, in der Ecke oberhalb des Kreuzes, ein Vers:

Wenn Ihr mich sucht, fragt jene, an denen ich gewirkt habe.

Mittig, einer Art Überschrift gleichend, ein weiterer Spruch – der Durant bekannt vorkam, sie hatte ihn jedoch länger in Erinnerung:

Der Tod bringt Hoffnung, wenn er eine Wende ist.

Danach ihr Vor- und Zuname, so groß, dass er die Anzeige dominierte. Und darunter, nach dem Geburts- und Sterbejahr (es waren weder Tage noch Monate angegeben), folgten vier relativ klein gedruckte Zeilen. Keine Auflistung von Namen, wie man sie im Normalfall erwartet hätte. Eher eine Art persönlicher Nachruf, den sie mehrfach lesen musste, um es wahrhaftig zu glauben:

Ehefrau, Tante, Freundin und Kollegin.
Wir vertrauen auf ein Wiedersehen.
Im Namen aller Hinterbliebenen,
Stephan

»Ehefrau? Stephan?«, schäumte sie und begann, mit dem Blatt in Richtung Hellmer zu wedeln. »Woher hast du das?«
»Es kam eine E-Mail.«
»An dich?«
»M-hm. Jemand erkundigte sich, ob mit dieser Anzeige alles rechtens sei.«
Durant sog jedes Wort in sich auf und überlegte fieberhaft. Bedeutete das …
»Wer hat sich erkundigt?«

Hellmer nannte einen Namen und eine Zeitung, von der sie wusste, dass sie in und um Frankfurt auflagenstark vertreten war. Der Name sagte ihr nichts. »Muss in der Anzeigenredaktion sitzen«, fuhr Hellmer fort, »jedenfalls wandte er sich an mich, um zu überprüfen, ob das alles stimmt.«
»Ist ja auch keine übliche Anzeige«, murmelte Claus Hochgräbe, der längst hinter Durants Stuhl stand, um ebenfalls einen Blick auf das Papier zu werfen.
»Das bedeutet, die Anzeige ist noch nicht gedruckt?«, fragte Durant.
»Jedenfalls nicht in dieser Zeitung«, bestätigte Hellmer.
»Da kann einer über die Presse sagen, was er will – aber ein Lob auf diesen ... wie hieß er noch mal?«
Hellmer wiederholte den Namen. Diesmal hatte Durant das Gefühl, als habe sie ihn schon einmal gehört.
»Ein kräftiges Lob auf diesen Niels Schumann!«, sagte Hochgräbe. »Als Nächstes sollten wir herausfinden, wo und von wem sie aufgegeben wurde. Online oder persönlich. Bezahlwege. Das muss ja alles irgendwie abgewickelt werden. Vielleicht bringt uns das weiter.«
»Und wir sollten auch über den Inhalt reden«, warf Hallmann ein. »Die Wahl der Verse und die gesamte Aufmachung müssen von Bedeutung sein.«
»Später.« Die Kommissarin bestand darauf, selbst mit dem Zeitungsmitarbeiter in Kontakt zu treten. Alles andere musste warten.
Vor allem aber hatte sie keine Lust darauf, sich noch eine Sekunde länger mit dieser Anzeige zu befassen. Eine kalte Hand umklammerte ihr Herz. Fühlte es sich so an, wenn man starb? Jeden Tag, jede Stunde ein wenig mehr? Und wie würde die echte Anzeige einmal aussehen? Ehefrau. Da war es wieder.
Wollte sie sterben – natürlich erst in ferner Zukunft – in der Gewissheit, nur einer einzigen Person derart nahegestanden zu haben? Tochter konnte man nur einmal sein, aber wenigstens für zwei Personen. Beide waren tot. Gestorben ohne Enkel, denn das hatte sich

nie ergeben. Mutter schied also aus. Freundin, Tante, Kollegin. Da gab es einige. Eine Freundin, so stach es ihr kalt in die Seele, musste auch eine solche Anzeige bekommen. War sie es, die sich dieser Sache annehmen sollte? War es nicht bei ihrem eigenen Vater schon so unendlich schwer gewesen?
»Schumann hier.«
Eigentlich war verwunderlich, dass sie ihn um diese Zeit noch im Büro antraf. Julia Durant räusperte sich und nannte ihren Namen.
»Ach, schau an. Das ging ja schnell.«
»Wundert Sie das?«
»Nein, eigentlich nicht. Aber schön zu hören, dass Sie immer noch quicklebendig sind.«
Quicklebendig. Das entsprach sicherlich nicht dem Gefühl, mit dem Durant ihre momentane Verfassung beschreiben würde. Dennoch: In der Theorie hatte Schumann recht. Aber was meinte er mit »immer noch«?
»Sie scheinen ja ein großes Interesse an meinem Wohlbefinden zu haben. Das ist zwar nett, aber ich würde gerne wissen, woher das kommt.«
Die Stimme auf der anderen Seite lachte auf. »Genauso kenne ich Sie! Na ja. Ich wollte meiner Zeitung die Blamage einer Ente ersparen. Und in der Regel bekommen wir es mit, wenn Polizeibeamte ihr Leben lassen. Außerdem«, ein zufriedenes Glucksen, »glaube ich an das Prinzip ›Eine Hand wäscht die andere‹. Wer auch immer sich da einen makabren Spaß auf Ihre Kosten erlauben wollte ... Da steckt doch was dahinter. Ich hoffe auf weiterführende Informationen.«
»Dann wollen wir dasselbe«, erwiderte Durant.
»Berufskrankheit, nicht wahr?«
»M-hm. Sie zuerst. Wer hat die Anzeige in Auftrag gegeben?«
»Das weiß ich noch nicht genau. Aber ich weiß, dass das Ganze persönlich gemacht wurde. Barzahlung.«
»Bei Ihnen?«

»Nein, da sitze ich dann mittlerweile doch ein wenig höher.«

Schon wieder eine Anspielung. Oder doch nicht? Durant tappte noch immer im Dunkeln, woher ihr Niels Schumann bekannt vorkam. Auch diese Stimme. Es klingelte zwar, aber noch immer nicht so laut, dass sie dem Schall folgen konnte.

»Sagen Sie – *kennen* wir uns?«, fragte sie daher direkt.

»Ist das Ihr Ernst?« Schumann wirkte enttäuscht. »Ich dachte …«

»Bitte. Keine Spielchen. Danach steht mir weiß Gott nicht der Kopf.«

»Okay. Ist auch lange her und im Grunde ganz unspektakulär.«

Schumann nannte Details. Es lag ein paar Jahre zurück. Der Fall mit einer misshandelten Prostituierten, die in der Neujahrsnacht in einem Abfallcontainer entsorgt worden war. Wie ein Stück Müll. Jetzt fiel es ihr wieder ein. Niels Schumann war ihnen damals als zwielichtiger Journalist begegnet, und der Kontakt war nicht unbedingt angenehm gewesen. Offenbar hatte er etwas aus sich gemacht. Und er hegte eine weitaus positivere Erinnerung an ihre damaligen Begegnungen, was Durant unter anderen Umständen vielleicht sogar geschmeichelt hätte.

»Das hier hat jedenfalls nichts mit damals zu tun«, beteuerte er. »Aber da wir uns schon mal kannten, kam mir das Ganze einfach spanisch vor. Julia Durants gibt es ja jetzt nicht *so* viele in der Stadt. Und vor allem konnte ich mich nicht an einen Ehering erinnern.«

»Das war auch damals schon Vergangenheit«, wich die Kommissarin aus. »Jedenfalls danke fürs Nachhaken.«

»Ich nehme also an, dass die Anzeige nicht erscheinen soll«, sagte Schumann.

»Da liegen Sie verdammt richtig.«

»Gecancelt. Obwohl wir dann natürlich ein ethisches Problem bekommen.«

»Und das wäre?«

»Wem erstatten wir das Geld zurück? Die Anzeige ist sowohl für Online als auch für Print gebucht und bezahlt worden.«

»Gehen Sie dem bitte nach«, bat Durant, »und am besten so schnell wie möglich. Wann wurde sie aufgegeben, wo und von wem? Wie kam das Bild hinein? So ein Kreuz ist ja nicht alltäglich. E-Mail? Datenträger? Jede Info kann helfen, ich schicke Ihnen auch gerne jemanden vorbei.« Sie überlegte kurz. »Ach ja: wann sollte sie denn erscheinen? Heute? Morgen?«
»Nein, wir haben längst Redaktionsschluss. Freitag wäre der nächstmögliche Termin. Übermorgen. Das hat mich ein wenig gewundert, weil die meisten Leute schalten gerne samstags, da die Zeitungen am Wochenende aufmerksamer gelesen werden. Haben Sie eigentlich ein Abonnement?«
»Danke. Und bevor Sie fragen: Kein Bedarf.«
Julia Durant wollte das Gespräch beenden, doch Schumann blieb hartnäckig. »Kommen Sie. Ein bisschen was müssen Sie mir jetzt aber verraten. Haben Sie einen Verdacht, wer dahinterstecken könnte?«
»Das wollten *Sie* doch herausfinden«, konterte sie. »Investigativer Journalismus, das ist *Ihre* Chance. Wenn Sie was herausfinden, was wir noch nicht wissen, dann revanchiere ich mich. Versprochen.«

17:20 UHR

Frank Hellmer spielte mit seinen Fingern, während er darauf wartete, dass seine Kollegin ihm etwas von ihrem soeben geführten Telefonat berichtete.
»Adiletten?« Er grinste. »Ich wusste nicht einmal, dass dieses Wort noch *irgendwer* kennt, geschweige denn benutzt.«
»Laut Internet ist es die gebräuchliche Bezeichnung«, erwiderte Durant, »und die Kids von heute stehen doch auf diesen Achtzigerkram.«
»Schlimm genug. Und?«

»Man hat tatsächlich welche gefunden. Im Schrank, genau dort, wo sie früher schon standen.«
»Shit. Und jetzt?«
»Die Abdrücke stimmen überein«, antwortete die Kommissarin, doch sie wirkte sehr viel unbeteiligter, als Frank es erwartet hätte. War das nicht das Puzzlestückchen, nach dem sie sich gesehnt hatte? Offenbar war es nicht so.
»Na und jetzt? Ist das nicht genau das, was du wolltest? Derselbe Zehenabdruck in den Schuhen und auf der Karte. Also muss es sich um Stephan handeln – das war es doch, worum es hier ging, oder nicht?«
Doch Julia Durant schüttelte den Kopf. »Die Spusi untersucht noch den Boden. Überall dort, wo Barfußabdrücke entstehen könnten, also eine ziemlich große Fläche.« Sie seufzte. »Und selbst das bringt uns nur Indizien, keine Beweise. Dem Täter kommen wir damit auch nicht näher.«
»Zweifelst du etwa, dass es sich um diesen Stephan handelt?«
»Ach, ich weiß auch nicht. Der Täter gibt sich so viel Mühe, so viel Detailarbeit ... selbst wenn es sich um einen anderen handelt, könnte dieser Typ mit nackten Füßen durch die Wohnung marschiert sein und seine Füße auch in Stephans Badeschlappen gesteckt haben.«
Hellmer unterdrückte ein Gähnen und fragte mit zusammengekniffenen Augen: »Ist das nicht ziemlich weit hergeholt?«
»Weiter hergeholt, als einen Zehenabdruck mit der Post zu verschicken?«
»Auch wieder wahr.« Er stand auf und griff nach seiner Jacke, die über der Stuhllehne hing. »Ich gehe mal eine rauchen, wenn's recht ist. Zum Abendessen schaffe ich's wohl wieder nicht nach Hause.«
»Ich komme mit«, entschied Durant, was ihr einen zweifelnden Blick einbrachte, verbunden mit einem ungläubigen »Hä?«.
Sie begleitete Frank nie auf den Hof, und er verdrückte sich auch nicht allzu oft nach unten. Da es sie mittlerweile nicht mehr störte,

wenn er neben ihr im Wagen quarzte, war das Rauchen über die Jahre zu einer Nebensächlichkeit geworden.
Ohne weitere Erklärung begab sich die Kommissarin auf den Weg nach unten. Die Gauloises noch in der Tasche, auch wenn sie seit vier Stunden keinen Gedanken daran verschwendet hatte. Früher waren solche Pausen undenkbar gewesen.

»Finde ich nicht gut«, kommentierte Frank Hellmer, nachdem er sich eine angesteckt und genüsslich die ersten Züge inhaliert hatte.
»Ist aber nicht dein Bier«, gab Julia Durant zurück, während weiße Schwaden aus ihrem Mund und den Nasenlöchern strömten. Sie schob den Filter erneut zwischen die Lippen und schloss die Augen, sodass für zwei Sekunden nur das leise Knistern des aufglühenden Tabaks zu hören war. Ihr Oberschenkel begann zu kribbeln, erst ganz sanft, dann strahlte es weiter Richtung Knie. Ein Schlaganfall? Für einen Bruchteil durchzuckte Panik ihren Körper, sie wollte die Zigarette schon wegwerfen, dann fiel ihr das Handy ein, welches sich in ihrer Gesäßtasche befand. Mit einem Grinsen, dessen Ursprung Hellmer nicht verstehen konnte, zog sie das Gerät hervor und hielt ihm das Display vor die Nase. Andrea Sievers.
»Hi, Andrea. Was liegt an?«
»Ich packe meine Koffer«, erklärte die Rechtsmedizinerin und führte in wenigen Sätzen aus, dass sie noch heute in den Zug nach München steigen würde, um sich am nächsten Vormittag mit den dortigen Kollegen der Rechtsmedizin zu treffen. »Ich habe mit so einem jungen Kerl gesprochen«, sprach sie weiter und nannte den Namen des Rechtsmediziners, »kennst du den?«
»Ein komischer Kauz«, erinnerte sich die Kommissarin. »Aber scheint sehr kompetent zu sein.«
Andrea lachte auf. »So sind wir. Berufskrankheit.«
»Ist die Urne schon … draußen?«

»Ebenfalls morgen, soweit ich weiß. Das geht in solchen Fällen ja recht schnell. Wurde er eingegraben oder bloß in einen dieser Schränke gestellt?«
»Letzteres. Man sagt übrigens Stele.«
»Das ist mir so was von egal. Jedenfalls hoffe ich auf Unterstützung aus Österreich, sollte sich tatsächlich etwas Verwertbares finden lassen.« Andrea machte eine kurze Pause, bevor sie weitersprach: »Aber vergiss bitte eines nie: Die Chancen stehen schlecht, um nicht zu sagen beschissen. Ich gebe alles, kann jedoch nicht hexen, okay?«
»Ist in Ordnung.« Die Kommissarin nahm einen weiteren Zug aus ihrer Zigarette.
»Sag mal – *rauchst* du?«
»Scheiße. Bitte nicht auch noch du!«

*

Als Hellmer und Durant zurück ins Büro kamen und ihre Jacken wie einstudiert über die jeweiligen Stuhllehnen warfen, war eine neue E-Mail in Julias Posteingang. Niels Schumann. Während sie nach der Maus griff, fragte sie ihren Kollegen: »Weshalb hat Schumann eigentlich zuerst dir geschrieben und nicht direkt an mich?«
»Vielleicht fand er es komisch. Was hätte er dir denn schreiben sollen? ›Hallo, Frau Durant, lange nichts gehört, ich wollte nur mal nachfragen, ob Sie noch am Leben sind‹?«
»Blödmann.« Mit einem unwillkürlichen Grinsen widmete sie sich der Mail. Es waren nur wenige Sätze, die zu einem Namen, einer Mailadresse und einer Handynummer führten. Schumann hatte den Mitarbeiter der Anzeigenannahme in Erfahrung gebracht, bei dem die Todesanzeige aufgegeben worden war. Ein gewisser Lars Rüttlich konnte bestätigen, dass die Person, die hinter der Traueranzeige steckte, zielstrebig in das Zeitungsbüro marschiert war. Ohne Berüh-

rungsängste habe der Mann sich an seinen Tisch begeben und hatte am Ende bar bezahlt.
Bargeld, dachte die Kommissarin. Keine digitalen Spuren.
Sie griff zum Telefonhörer und tippte Rüttlichs Nummer in den Apparat. Nach viermaligem Tuten meldete sich eine gehetzt klingende Stimme: »Hallo?«
»Julia Durant. Kriminalpolizei.«
»Ist gerade ungünstig. Moment: *wer?*«
»Julia Durant«, wiederholte sie deutlich. »*Quicklebendig.*« Sie konnte es sich nicht verkneifen.
»Äh ja, warten Sie. Ich bin gerade laufen.« Ein paar Sekunden verstrichen, dann: »Okay. Jetzt geht es. Hören Sie, das Ganze tut mir leid, aber …«
»Schon in Ordnung. Sie können ja nicht alles einzeln nachprüfen, das verstehe ich. Schumann hat mich über die Anzeige informiert und sie rechtzeitig gestoppt. Von ihm habe ich auch Ihre Nummer.«
»Ja, er hat Sie angekündigt. Sie brauchen eine Personenbeschreibung, sagte er.«
»Genau. So detailliert wie möglich. Können wir uns vielleicht treffen?«
Der Mann ließ sich Zeit mit der Antwort. »Wann denn?«
»Je schneller, desto besser.«
»Hm. Ich würde gerne noch duschen. Bin querfeldein unterwegs. Sagen wir in einer Stunde bei mir?«
»Wo ist denn ›bei Ihnen‹?«
Der Mann nannte eine Adresse in Sachsenhausen, und Julia Durant notierte sie sich. Es war ganz in der Nähe ihrer alten Wohnung, glaubte sie, kaum drei Straßen entfernt. Erinnerungen stiegen in ihr auf. Sie beendete das Telefonat, vergewisserte sich, dass Hellmer alles mitbekommen hatte, was von Bedeutung war, und machte sich daran, einen Polizeizeichner zu organisieren, der sie begleiten sollte.

18:15 UHR

Lars Rüttlich erwartete sie mit einem Handtuch um Nacken. Die Haare noch feucht und nur per Hand in eine grobe Ordnung gebracht. Die fünfzig Quadratmeter Wohnraum lagen im seifigen Dunst einer ausgiebigen heißen Dusche.
»Sie haben es wirklich eilig, hm?«, sagte er mit einem Blick auf die etwas überdimensionierte Uhr, die sein Handgelenk zierte. Durant fragte sich, wie er damit eine Tastatur bedienen wollte, geschweige denn ohne gehörige Schieflage querfeldein joggen. Andererseits war das weder ihr Problem noch von gesteigertem Interesse.
»Glauben Sie mir, es ist sehr, sehr wichtig«, sagte sie nur.
Prompt bekräftigte der Zeichner, mit dem sie sich wenige Minuten zuvor vor dem dreistöckigen Mehrfamilienhaus getroffen hatte: »Je frischer eine Erinnerung, desto besser. Es mag wie eine Plattitüde klingen, aber tatsächlich ...«
»Ist schon in Ordnung.« Rüttlich trat mit einer einladenden Geste beiseite. »Bitte.«
Die drei platzierten sich im Wohnzimmer, nachdem der Zeichner den Küchentisch abgelehnt hatte. Er brauche keine feste Unterlage, die ersten Skizzen fertige er auf seiner Kladde. »Ganz old school«, wie er betonte.
Mit gezwungener Geduld wartete die Kommissarin das Prozedere ab. Augen, Nase, Mund. Stirn und Kinnpartie. Welche Frisur? Sie verkniff es sich, verstohlene Blicke auf die entstehende Skizze zu werfen, denn sie wusste, dass sie damit sowohl den Zeichner als auch den Augenzeugen beeinflussen würde. Aus demselben Grund war es ihr auch nicht möglich, das zu tun, worauf sie seit einer Stunde brannte. Mit einem gezückten Foto von Stephan vor Rüttlichs Nase zu wedeln und die ihr alles bedeutende Frage zu stellen: »Erkennen Sie diesen Mann?«
Ist das der Mann, der meine Todesanzeige aufgegeben hat?

Doch der Zeichner hatte mit Engelszungen auf sie eingeredet, diesen Schritt zu unterlassen.
»Wenn Sie das machen, verderben wir die Erinnerung, und zwar irreparabel«, hatte er ausgeführt. »Alles, was er danach tun würde, wäre, das Bild seines Gegenübers mit dem Foto zu überlagern. Damit folgt sein Unterbewusstsein Ihrem Wunsch nach einem Treffer.«
»Warum sollte er das tun?«, zweifelte Durant. »Er muss mir schließlich nicht gefallen.«
»Aber darauf läuft es hinaus. Wenn Sie ihm ein Foto zeigen, erhoffen Sie sich, damit einen Treffer zu erzielen. Ob er will oder nicht – glauben Sie mir, es wird ihn beeinflussen. Geben Sie mir diesen einen Versuch, bitte, danach können Sie ihm gerne das gesamte Familienalbum zeigen.«
Mürrisch hatte Durant das Ganze abgenickt. Ihr schlug es weniger auf die Laune, dass sie bevormundet wurde (und sie nahm es auch nicht wirklich als Bevormundung wahr), vielmehr stieß ihr der Begriff Familienalbum bitter auf.
Familie. Das hätte aus ihrer Ehe werden können. Stephan hatte das zerstört. Nicht sie. Und er hatte weder einen Grund noch das Recht, sich an ihr zu rächen.
Es dauerte eine gute Viertelstunde, in der die Kommissarin sich die Frage verkniff, ob sie rauchen dürfe. Der Flur wurde dominiert von Laufschuhen, eine Hantelbank füllte das kleine Wohnzimmer, sodass man zwischen Sitzecke und Bücherregal auf Umwegen manövrieren musste. Offensichtlich ein Sportfreak. Vermutlich würde ihn die Frage nach einer Zigarettenpause derart empören, dass er infolgedessen das Konterfei des Marlboro-Mannes über seine Erinnerung legen würde.
Also starrte sie grübelnd aus dem Fenster der mittleren Etage. Irgendwo dort hinten, dachte sie. Irgendwo dort um die Ecke. Wie es in der alten Wohnung wohl aussah? Ob sie vermietet war? Und wer wohl darin lebte?
»Frau Durant?«

Der Zeichner nickte ihr zu, und Lars Rüttlich hockte mit zufriedener Miene neben ihm. Er schaute auf das Bild, zog die Augenbrauen zusammen, aber wirkte nicht, als kämen ihm Zweifel.
Julia Durant nahm die Skizze zur Hand und musterte sie. Im Kopf hallten die Echos von gängigen Personenbeschreibungen hin und her. »Männlich – Ende fünfzig – sportliche Figur – ist bekleidet mit ...«
Sie drückte einen schmerzhaften Kloß hinunter. »*So* hat der Mann also ausgesehen?«
»M-hm. Ich bin mir ziemlich sicher.«
Verdammt. Natürlich wusste die Kommissarin, dass zwischen damals und heute viele Jahre vergangen waren. Und dass sie mit einem der digital aufbereiteten Fotos von Stephans angeblicher Leiche nicht viel erreichen würde. Sie musste zugeben: Das Konterfei weckte Erinnerungen an damals. Aber handelte es sich dabei um eine ältere Ausgabe ihres Ex-Manns?
Zögernd holte sie zwei Aufnahmen hervor. Die eine zeigte Stephan aus Zeiten ihrer Ehe, das andere war die Aufnahme der Leiche, die man in seiner Wohnung aufgefunden hatte. Aufgrund der eingesetzten Verwesung hatte man Weichzeichner und andere digitale Hilfsmittel eingesetzt, um dem Ganzen einen halbwegs lebendigen Touch zu verleihen. Das Ergebnis erinnerte an alles, nur nicht an das Leben. Mehr eine Schaufensterpuppe. Mehr Mannequin als Mann.
Mit ausgestreckten Armen, in jeder Hand eines der Bilder, trat sie an Rüttlich heran. »Erkennen Sie in diesen Fotos *irgendeine* Form der Übereinstimmung?«
»Wer sind die beiden?«, wollte der Mann wissen.
»Es handelt sich um ein und dieselbe Person. Zwischen beiden Aufnahmen liegen viele Jahre. Und Sie sehen ja selbst, wie sehr man sich verändern kann. Uns geht es darum, ob der Mann, der die Anzeige aufgegeben hat, Ähnlichkeiten aufweist. Die Augen, der Gesichts-

ausdruck, was auch immer. Manche Dinge bleiben ja auch über die Jahre erhalten.«
»Hm ja. Trotzdem ... ich weiß nicht ...«
»Der Linke vielleicht? Das Bild ist aus den Neunzigern.«
»Ich bin mir nicht sicher. Aber ich finde nicht, dass die beiden einander ähnlich sehen.«
»Das sagt man über Sylvester Stallone auch«, erwiderte die Kommissarin spitz, und sofort erklang ein scharfes Räuspern des Polizeizeichners.
»Darf ich mal sehen?«, bat er, etwas lauter, als es notwendig gewesen wäre.
Durant reichte ihm die Fotos.
»Mmh. Ist schwer zu sagen. Die neue Aufnahme ist bearbeitet, und die Augenpartie nicht zu erkennen.«
»Kunststück. Er ist ja auch tot.« Durant hätte sich am liebsten auf die Lippe gebissen, doch es war zu spät. Gesagt war gesagt, und es hatte seine Wirkung nicht verfehlt. Rüttlich zuckte zusammen. »Wie kann denn ein Toter ...«, stammelte er, bevor ihm die Kommissarin das Wort abschnitt: »Fragen Sie nicht. Aber genau deshalb ist es so wichtig, dass wir hier ein eindeutiges Ergebnis erzielen.«
»Tut mir leid. Aber ich kann weder das eine noch das andere Foto bejahen. Dafür bin ich mir bei der Zeichnung sicher. So hat der Mann ausgesehen, *genau* so.«

Zehn Minuten später, als Durant und ihr Kollege wieder auf der Straße standen, griff dieser noch einmal auf, was gegen Ende des Besuchs passiert war: »Sehen Sie, das meinte ich. Rüttlich war sich vorher, als ich meine Skizze fertig hatte, relativ sicher. Mit Zweifeln, das ist normal, aber im Großen und Ganzen war das Bild stimmig. Nach der Sache mit den Fotos wurde er unsicher. Und anstatt sich der Möglichkeit zu stellen, dass es Abweichungen geben könnte, suchte er nun die absolute Sicherheit in diesem Phantombild. Ich

hätte ihm heimlich eine Hakennase oder Segelohren verpassen können, das wäre ihm egal gewesen. Wann immer sich Rüttlich an den Fremden in seinem Büro erinnern wird, es wird niemals mehr der Mensch sein, sondern bloß noch dieses Bild, das ich gezeichnet habe.«
»Ist doch gut«, entgegnete Durant schnippisch. »Dann kleistern wir die Stadt und das Internet damit zu, und bis zum Wochenende haben wir einen Deckel drauf.«
»Genau das wird nicht passieren. Haben Sie das Bild nicht betrachtet? Dieses Gesicht ist so dermaßen alltäglich, das könnte jeder dritte, vierte Mann hier sein.«
»Also sind wir genauso schlau wie vorher.«
Julia Durant verabschiedete sich. Ihr war kalt. Sie war müde. Sie hatte keine Kraft, keine Lust mehr. Zum ersten Mal zog sie ernsthaft in Erwägung, die gesamte Ermittlung wegen Befangenheit in den Wind zu schießen. Die Kanaren. Siebenundzwanzig Grad. Eine salzige Brise. Susanne.
Sie kauerte sich in den Sitz des Roadsters und schaltete das Radio ein.

*

Zwei Autos hinter ihr tat ein Mann dasselbe.
Ein muskulöser, aber nicht auffallend kräftiger Fremder. Einer jener Typen, an die man sich aufgrund ihres alltäglichen Gesichts nicht erinnerte.
Mit einem zufriedenen Lächeln folgte er dem knallroten Opel, während dieser am Ufer entlangfuhr, dann auf die Untermainbrücke abbog und der Neuen Mainzer Straße durch das Bankenviertel folgte, vorbei am Maintower und der weltweit bekannten, gelb erleuchteten Spitze des Commerzbank-Hochhauses. Wie einer Sightseeing-Tour folgend, flankierten die beiden Fahrzeuge kurz darauf die Alte Oper,

wenn auch nur in den Augenwinkeln zu erkennen, und passierten anschließend, unmittelbar bevor der Weg stark nach Norden abknickte, den Eschenheimer Turm. Eines der wenigen erhaltenen Stadttore, die einst die Außengrenze Frankfurts gebildet hatten.
Julia Durants Ziel war das Holzhausenviertel, welches sie keine fünf Minuten später erreichte. Und noch immer hielt sich der Unbekannte hinter ihr. Denn ihr Ziel war auch sein Ziel.
Nur dass Julia Durant das nicht im Leisesten ahnte.

18:30 UHR

Während seine Liebste sich noch in Sachsenhausen befand, schaltete Claus Hochgräbe seinen Computer aus und entschied, den Tag zu beenden. Er machte sich zu Fuß auf den Heimweg, wenn er sich sportlich bewegte, konnte er die Strecke in unter zehn Minuten schaffen. Stattdessen fiel er in ein Schlendern, denn er wollte seine Gedanken möglichst nicht mit ins Haus nehmen, und er nutzte jeden Schritt, um den Tag Revue passieren zu lassen. Was war geschehen? Was stand als Nächstes auf dem Programm? Worüber würde man morgen früh in der Dienstbesprechung diskutieren?
Die Obduktion von Alina Cornelius war abgeschlossen. Lippenstift und Haartönung entsprachen denselben Produkten, die Julia verwendete. Laut Professor Hallmann ein Hinweis, der etwas in der Art sagen wollte wie: »Das sollst *du* sein« oder »Du bist auch bald dran« oder – was am allerschlimmsten war – »Du bist die Nächste«.
Hatte der Mörder sich nach der Tat nach München begeben, nur um die Tasche im Hotel abzugeben? Oder hatte er einen Komplizen? Was, wenn es sich schon die ganze Zeit über um zwei Täter handelte?
Andrea Sievers war auf dem Weg nach München. Sie würde sich morgen sicher melden, obwohl man da noch nicht mit Ergebnissen

rechnen konnte. Bestenfalls zwei Tage, schlimmstenfalls eine Woche. So viel Zeit würde das Ganze in Anspruch nehmen, das hatte sie deutlich wissen lassen. Sie stündlich mit Nachfragen zu bombardieren, dürfte kontraproduktiv sein. Es hieß also warten.
Und warten hieß grübeln. Soweit Hochgräbe wusste, war Alina Cornelius eine alleinstehende Frau ohne familiäre Bindungen. Etwas, was in der heutigen Zeit immer häufiger vorkam und spätestens, wenn es um Beisetzungen oder Erbschaften ging, zu einem Problem wurde. Etwas, was in Alinas Fall womöglich an ihrer besten Freundin hängen blieb, und Hochgräbe machte sich größte Sorgen, ob Julia dem gewachsen war. Er schob den Gedanken beiseite, doch da wartete auch schon der nächste. Stephan.
Er spürte, wie sein Magen sich verkrampfte. Er machte gute Miene zum bösen Spiel, so gut es ihm gelang, aber in seinem Inneren loderte ein kaltes Feuer. Jede Erwähnung seines Namens, jede Erinnerung, jeder Gedanke, dass seine Liebste einmal mit diesem Arschloch verheiratet gewesen war – und das auch noch, zumindest zeitweise, sehr glücklich! –, machte ihn fertig. Das war keine Eifersucht. Denn er musste nicht fürchten, dass Julia ihn wegen einer alten Liebschaft verlassen würde. Doch wie auch immer sich der Fall entwickeln würde: Stephan hatte ihm etwas weggenommen. Etwas zerstört, was nicht mehr zu reparieren war. So jedenfalls fühlte es sich in Hochgräbes Magengrube an.
Gemächlich schloss er die Haustür auf und trat in den Flur, der sofort in helles Licht getaucht wurde. Die Installation des Bewegungsmelders war kein Fehler gewesen, ging es ihm durch den Kopf, als er ein Stapfen auf den Außenstufen vernahm. Und schon schwang die Tür nach innen.
»Guten Abend, dürfte ich mal vorbei?«, grüßte der hauptsächlich in Weiß gekleidete Mann. Er mochte Mitte zwanzig sein, etwa eins sechzig groß und asiatischer Herkunft. Seiner Aussprache nach hatte er aber kaum etwas anderes gesehen als Frankfurt. In seinen Armen

lag ein Thermobehälter, Claus trat beiseite und murmelte: »Klar. Verzeihung.«

Er trat an die Treppe, die zur Wohnung hinaufführte. Auch das Treppenhaus nach oben war von warmweißem Licht durchflutet.

»Keine Pizza, vermute ich«, lächelte er müde, als der Essenslieferant die Box vor Frau Holdschicks Tür absetzte und mit dem Zeigefinger auf die Klingel drückte. Ein dumpfes, entferntes Schrillen erklang.

»Nein. Kartoffelbrei, Braten und irgendein Kohl, glaube ich.« Dann schien ihm ein Geistesblitz zu kommen, und er trat von der Tür weg in Richtung Treppe. »Sagen Sie, sind Sie vielleicht Herr Durant oder so?«

Claus Hochgräbe schüttelte den Kopf, lächelte jedoch. »Nein. Nur halb richtig. Frau Durant ist meine Lebensgefährtin.«

Lebensgefährtin. Es gab wohl kaum einen emotionsloseren Begriff, mit dem man die große Liebe seines Lebens beschreiben konnte. Die zweite große Liebe, dachte er mit einem Hauch von schlechtem Gewissen. Auch Hochgräbe hatte ein Leben vor Julia Durant geführt. Er hatte seine Frau vor vielen Jahren verloren und hätte niemals geglaubt, dass er sich noch einmal verlieben würde. Dann hatte er Julia getroffen.

Er besann sich auf sein Gegenüber und fragte sich, was der junge Mann wohl gedacht hätte, wenn er statt Lebensgefährtin Schatz oder Liebste gesagt hätte. Vermutlich hätte er sich fremdgeschämt.

»Aha. Okay, gut. Weil Frau Holdschick redet seit Tagen, wenn nicht Wochen davon, dass sie wieder einmal für Frau Durant kochen möchte. So wie früher. Wissen Sie, was das bedeutet?«

»Ich glaube, das war vor meiner Zeit. Als die Dame noch besser beieinander war. Soweit ich mich erinnere, hat sie sich gesorgt, ob Julia auch ordentlich isst. Irgendwann hat sie ihr wohl mal Gulasch oder Sauerbraten zukommen lassen. Aber wie gesagt, das ist lange her.«

»Hm. Dann spielt ihr das Gedächtnis wohl Streiche. Ich kann mich jedenfalls nicht daran erinnern, aber ich dachte mir schon so etwas. Die Arme.«

»Sie ist ganz alleine, stimmt's?«

Der Essenslieferant nickte. Dann zog er einen Schlüsselbund aus seiner Tasche und deutete zur Wohnungstür. »Sieht und hört kaum mehr etwas. Wenn Sie mich fragen, wäre da ein Altenheim die bessere Option. Aber das möchte sie nicht.«
»Kann ich verstehen.«
»Na ja. Ich muss dann auch mal.«

Während Claus nach oben ging, hörte er, wie der junge Mann die Tür öffnete, noch einmal den Namen der alten Dame rief, dann wurde es still.
Und dieselbe Stille erwartete auch ihn, als er den Flur betrat und seine Schuhe abstreifte. Eine leere Wohnung in einer noch immer befremdlichen Stadt. Ein Blick auf die Uhr verriet ihm, dass es sicher noch eine halbe Stunde dauern würde, bis Julia von ihrem Termin mit dem Polizeizeichner kam.
Seine *Lebensgefährtin*.
Hochgräbe ließ sich eine Badewanne einlaufen. Zum Kochen fehlte ihm der Elan, auch wenn der Gedanke an Gulasch und Sauerbraten ihm den Mund wässrig gemacht hatte. Stattdessen holte er sich ein Weißbier aus dem Kühlschrank, füllte es mit gekonnten Bewegungen in ein Glas und versenkte den Körper in einem nach Lavendel riechenden Schaumberg.

DONNERSTAG

DONNERSTAG, 19. SEPTEMBER, 10:02 UHR

Die Dienstbesprechung begann mit einem Bericht darüber, was Lars Rüttlich am Vorabend über den großen Unbekannten ausgesagt hatte.

Groß, aber kein Riese. Schlank, aber muskulös. Grau meliert, aber nicht alt, wobei diese Einschätzung wohl im Auge des Betrachters lag. Julia Durant hatte es nicht selten erlebt, dass in den Gesichtern herumlungernder Jugendlicher, deren Blicke sie manchmal einfing, ohne dabei rügend wirken zu wollen, der Begriff »Oma« zu lesen war. Bestenfalls »Alte«. Hier und da vielleicht auch »MILF« – freilich eine fragwürdige Ehre, aber vielleicht das Beste, was man einem wildfremden Vierzehnjährigen an Wertschätzung entlocken konnte.

Das Markanteste an dem Mann, der die Anzeige aufgegeben hatte, sei seine Stimme gewesen. Heiser, aber nicht krächzend. Kein Hilfsmittel wie etwa jene Mikrofone, die schlimmstenfalls nach Kehlkopfoperationen eingesetzt wurden. Rauchig. Eine Art Belag, der wie ein Dämpfer über den Stimmbändern zu hängen schien.

Durant hatte den ganzen Abend über die blumigen Beschreibungsversuche nachdenken müssen, zu denen Rüttlich sich hatte hinreißen lassen. Zugegeben: Sie hatte immer und immer wieder nachgebohrt.

Ein *Flüsterer* also. Sie wollte das nicht, doch sie kam auch nicht dagegen an. Glücklicherweise hatte die Presse keinen Wind davon bekommen, und auch von Lars Rüttlich sowie von Niels Schumann hatte sie das Versprechen eingeholt, vorerst kein Sterbenswort über die Sache zu verlieren. Der Preis: eine Exklusivstory. Durant widerstrebte es zwar zutiefst, wenn sie daran dachte, wie die Morde an Tanja und Alina in den Medien ausgebreitet werden würden, aber so lief es nun mal.

»Er hatte einen Datenträger bei sich«, berichtete sie weiter, »mit einer JPG-Datei des Kreuzes. Sonst befand sich nichts darauf, kein Ordner, kein gar nichts. Rüttlich hat standardmäßig das Virenprogramm drüberlaufen lassen, bevor er den Inhalt öffnete, deshalb ist er sich sicher, dass nur eine einzige Datei gespeichert war.«

»Wäre gut, diese Datei zu untersuchen«, meldete sich Schreck zu Wort.

»Was glaubst du denn darin zu finden?«, fragte Hellmer skeptisch.

»Metadaten, Hinweise auf ein Programm oder eine IP-Adresse«, zählte der IT-Experte auf. »Vielleicht sogar Steganografie, also ein Bild im Bild. Wäre ja nicht das erste Mal in diesem Fall ...«

Durant nickte. »Ich kümmere mich darum, dass du eine Kopie erhältst. Aber nach allem, was sich bisher zugetragen hat, ist der Täter doch vor allem eines: altmodisch. Stego-*was?* Das passt doch überhaupt nicht.«

»Steganografie«, wiederholte Schreck achselzuckend. »Trotzdem. Sicher ist sicher.«

»Um noch mal auf dieses Kreuz zurückzukommen«, forderte Claus Hochgräbe, um das Ganze abzukürzen.

»Ja.« Durant fuhr sich durchs Haar. »Also es handelt sich zwar nicht um ein richtiges Hugenottenkreuz, aber laut Rüttlichs Aussage soll es das darstellen. Sein Gegenüber betonte mindestens dreimal, dass er die Grafik selbst erstellt habe. Dass es nicht einfach eine Kopie aus dem Internet sein sollte und dass es persönlich für mich – also für die Verstorbene – sei.« Durant hielt inne und schluckte. Wie sich das anfühlte.

Die Kommissarin hatte den Tag vor drei Stunden begonnen. Mit einem ausgiebigen Frühstück mit Rührei, Toast und Müsli, auch wenn ihr sowohl die Ruhe als auch der Appetit dafür fehlten. Genau aus diesem Grund aber hatte Claus Hochgräbe darauf bestanden und ihr als Krönung noch ein Glas frisch gepressten Orangensaft aufs Auge gedrückt. Dieser machte sich nun per leichtem Sodbrennen bemerkbar, wobei der säuerliche Geschmack in Durants Mund auch von der Vorstellung herrühren konnte, dass jemand ihren Tod – und das offenbar auf penibelste Art und Weise – geplant hatte. Die Frage, die ihr in den Eingeweiden brannte, war, wie der Täter reagieren würde, wenn die Anzeige *nicht* in der Zeitung erscheinen würde. Lange hatte sie am Vorabend mit Hochgräbe darüber diskutiert, welcher Weg wohl der beste sei. Während Durant sich impulsiv dafür entschieden hätte, das Ganze in die Zeitung zu bringen, hatte ihr Partner für das Gegenteil plädiert. Und – schlimmer noch – er holte sich dazu auch noch die Unterstützung von Hallmann ein.
»Klar, dass dein Freund dir nicht in den Rücken fällt«, hatte die Kommissarin bissig angemerkt, auch wenn sie sich eingestehen musste, dass Josef Hallmann nicht ganz unrecht hatte: Der einzige Grund, die Anzeige zu drucken, wäre, den Täter in Sicherheit zu wiegen. Aber das brachte nur etwas, wenn man ihm auf den Fersen war, wenn man das Netz gespannt und die Fallen gestellt hatte. Doch davon waren sie weit entfernt.
»Zeigen Sie ihm, dass Sie nicht machtlos sind«, so Hallmanns Rat. »Er wird die Zeitung aufschlagen und sehen, dass Sie die Anzeige verhindert haben. Egal, ob sie ihm nun wichtig war oder nicht: Er wird erkennen, dass er nicht alles kontrollieren kann. Und genau das wird ihn irritieren, wird sein Ego ankratzen, wenn auch nur minimal.«
Letzten Endes hatte Durant ihm recht geben müssen. Und sosehr sie sich auch darüber ärgern wollte, stieg ihr ein neuer Gedanke in den Kopf. Wie hätte es ihr Paps gefunden, wenn sie ihre eigene Sterbean-

zeige zugelassen hätte – wenn auch nur aus taktischen Gründen? Er hätte sich ein verständnisvolles Nicken abgerungen, doch in seinen Augen und in seiner Stimme hätte eine klare Botschaft gelegen: »Julia, mit dem eigenen Tod spielt man nicht. Das ist Gottes Aufgabe. Der Tod ist das Letzte – das *Einzige,* wie es manchmal scheint –, das ihm der Mensch nicht wegnehmen kann. Das solltest du respektieren und nicht leichtfertig damit umgehen.«
Angesichts all der Kriege, der Frauen- und Kindermorde und all der Massaker, die sich – nicht zuletzt im Namen Gottes – praktisch rund um den Planeten ereigneten, war es allerdings schwer, dem nicht zu widersprechen. Vor allem, weil ihr Paps nicht mehr antworten, nicht mehr leibhaftig mit ihr diskutieren konnte. Das machte Julia traurig, schwermütig, aber gab ihr letztlich auch wieder Zuversicht: Gott allein würde einmal über ihren eigenen Tod bestimmen. Kein Stephan, kein Flüsterer, kein Messer und kein Projektil.

»Sehen wir uns zum Mittagessen?«, fragte Durant nach der Besprechung.
Claus warf einen Blick auf seine Armbanduhr. »Bedaure. Zwei Termine, das wird sicher nach ein Uhr.«
»Na, macht nichts.« Die Kommissarin rieb sich den Bauch. »Ich bin eh noch pappsatt.«
»Es geht eben nichts über ein gutes Frühstück. Das nächste Mal besorge ich noch Weißwurst und Brezen.«
Durant riss die Augen auf. Allein der Gedanke daran verursachte einen neuen Schub Sodbrennen.
»Plan B«, sagte Hochgräbe lächelnd. »Abendessen so gegen halb sieben?«
»Gerne. Wenn nichts dazwischenkommt.«
Wenn nicht wieder jemand von meinen Freunden draufgeht.
Der saure Geschmack blieb.

Julia Durant ging zu ihrem Schreibtisch zurück. Dabei fiel ihr Blick auf die Landkarte, die den Zuständigkeitsbereich des Frankfurter Polizeipräsidiums und dessen Nachbarbezirke zeigte. Spontan kam ihr Peter Brandt in den Sinn, der sich von seiner OP erholte. Möglicherweise würde man ihn schon zum Wochenende entlassen können. Wann er wohl wieder an seinen Schreibtisch zurückkehren durfte? Wie zufällig sprang Durants Gedanke zu Andrea Sievers. Sie musste schmunzeln, denn so kurz Brandts Liaison mit der Rechtsmedizinerin auch gewesen war, so hohe Wellen hatte sie doch geschlagen. Es lag zwar viele Jahre zurück, aber noch immer traf man bei Brandt damit einen Nerv.
Durant tippte eine Kurznachricht. Wartete, ob Andrea online ging und sie gleich las. Tatsächlich. Binnen Sekunden öffnete sich eine neue Sprechblase:

Hi, Julia. Ich sag nur eines: 🦷

Durant schüttelte sich.
Sie verließ die Messenger-App und rief Sievers an.
»Na? Sitzt ihr noch zusammen?«, fragte diese.
»Nein. Was bedeutet dieser Zahn?«
»Wir haben ihn aus der Asche gesiebt. Oder besser gesagt: Bruchstücke davon. So ganz schlau werden wir noch nicht daraus.«
»Ein *ganzer* Zahn?«, unterbrach die Kommissarin sie ungläubig, während ihr das diffuse Bild einer Knochenmühle durch den Kopf zuckte.
»Ich sagte Bruchstücke«, betonte die Rechtsmedizinerin. »Und je schneller du mich weiterarbeiten lässt, desto eher kann ich dir Antworten liefern.«
»Ich wundere mich ja nur. Ich dachte, bei einer Verbrennung kommt am Ende lediglich feiner Staub in die Urne.«
Andrea Sievers schnaubte. »Ein bisschen mehr freuen könntest du dich ja schon, finde ich. Immerhin bin ich extra deshalb hierhergefahren. Weil du hofftest, dass es eben nicht nur feiner Staub ist.«

»Tut mir leid, ich weiß im Moment irgendwie überhaupt nichts mehr«, entschuldigte sich Durant.
»Schon okay, Frau Sokrates«, flachste Andrea und verabschiedete sich.
Julia griff nach ihren Zigaretten und sah sich nach dem Autoschlüssel um, bevor ihr einfiel, dass sie zu Fuß gekommen war. Dann eben ein Dienstwagen, beschloss Julia, die nun ihren Besuch bei Peter Brandt abhaken wollte. Vielleicht würde ihr die Autofahrt helfen, den Kopf freizubekommen.
Die Kommissarin betrat den Innenhof des Präsidiums und zündete sich sofort eine Zigarette an. Die Griffe gingen ihr wie automatisch von der Hand, eine Routine, die sie vor einigen Jahren zwar abgelegt hatte, die man aber ähnlich dem Fahrradfahren offenbar nicht verlernte. Kaum dass sie die ersten Züge in ihre Lungen gezogen hatte, meldete sich das Telefon in ihrer Tasche. Es war Butz Mayer, wie die Anruferkennung verriet. Durant hatte seine Nummer eingespeichert, auch wenn sie im Grunde keine neuen Brücken in ihre Vergangenheit schlagen wollte. Doch vielleicht war es kein Fehler, jemanden in der Stadt zu haben, noch dazu beim Landeskriminalamt.
»Boots, was liegt an? Ich bin auf dem Sprung.«
»Das scheinst du irgendwie immer zu sein … Hör mal. Ich sitze gerade bei Mohr und Co. Die Ergebnisse der Forensik sind da.«
Die Reisetasche, kombinierte Durant im Stillen. Oder die Tüte mit den Kirschen?
»Okay, schieß los!« Julia wunderte sich nicht darüber, dass Butz Mayer bei den Kollegen der Mordkommission saß, auch wenn er längst woanders tätig war. Sie hätte wohl genauso gehandelt.
»Wir sind auf Lautsprecher«, meldete sich nun Marcus Mohr. »Die Spusi ist so weit durch mit deiner Reisetasche. Wir haben erwartungsgemäß …«
»Es ist nicht *meine* Tasche!«, unterbrach Durant kühl.
»Ja, sorry, nicht so gemeint. Wie gesagt: Es gibt nichts, jedenfalls nichts, was wir nicht finden sollten. An der Unterseite des Lippen-

stifts und im Karton der Tönung war jeweils ein Zehenabdruck. Bisschen verschmiert, aber eindeutig. Beide Produkte wurden benutzt, aber es gibt keine Hinweise auf DNA. Vielleicht sollen sie nur gebraucht wirken.«
»Was ist das mit dem Zeh?«, quakte Butz viel zu laut ins Mikrofon. »Eine Art Fußfetisch?«
»Er will uns damit beweisen, dass *er* es ist«, erwiderte die Kommissarin. »Jedenfalls glaube ich das. Zehenabdrücke sind genauso einzigartig wie Fingerabdrücke, nur im Gegensatz zu diesen und auch zur DNA befinden sie sich in keinem System.«
»Also eher ein Machtfetisch.«
»Fetisch hin oder her, das kann meinetwegen Hallmann analysieren. Für mich zählt, dass dieser Bastard meine beste Freundin ermordet hat. Und er hat sie genauso geschminkt und hergerichtet, wie ich aussehe. Inklusive Haartönung.«
Betretenes Schweigen. Es knackte in der Leitung, dann meldete sich Boots mit gedämpfter Stimme. »Was hast du da gerade gesagt?«
»Was meinst du?«
»Hallmann. Doch nicht etwas Josef Hallmann?«
»Genau der. Claus, mein Partner – und ich meine damit nicht den Beruf –, kennt ihn von früher.«
»Aha. Und wie lange ist dein Claus schon in Frankfurt?«
»Endgültig seit 2015«, antwortete Durant und legte die Stirn in Falten. Die Zigarette lag längst zertreten auf dem Pflaster, und sie dachte daran, sich gleich noch eine anzustecken, tat es aber nicht. Stattdessen drängte sie: »Wieso denn? Komm auf den Punkt!«
»Josef Hallmann hat hier keinen allzu guten Namen mehr«, erklärte Mayer. »Er hatte hier eine Menge einflussreicher Freunde, auch beim LKA, aber unterm Strich hat er uns eine ganze Menge Arbeit aufgehalst. Viel mehr, als er uns je von Nutzen war.«
»Ich hab's eilig und verstehe kein Wort von dem, was du mir vielleicht sagen willst. Klartext bitte, Boots, und keine Romane!«

»Gott, du bist immer noch genauso anstrengend wie früher! Also, dann die Kurzform. Hallmann hatte einen Lehrstuhl an der Uni, hat Täterprofile für die Polizei erstellt und auch Gutachten für Gerichte. Zuerst war es nur eine ehemalige Studentin, die ihm vorwarf, er habe sie seinerzeit geschwängert, ihr Geld für die Abtreibung gegeben, und der Eingriff sei am Ende derart schiefgegangen, dass sie keine Kinder mehr bekommen konnte. Nie wieder. Das muss um die Jahrtausendwende gewesen sein, vielleicht auch früher. Herausgekommen ist das aber erst kürzlich, als sie ein Foto Hallmanns in den Medien gesehen hat. Vielleicht fand sie erst dann den Mut dazu.«
So wie viele andere Frauen auch, dachte Durant. Me too, die Skandale um zahlreiche Hollywood-Prominente und die anstehenden Gerichtsverhandlungen, von denen regelmäßig zu lesen war, hatten einiges bewirkt. Plötzlich fühlten sich Opfer stark genug, über Dinge zu reden, die sie seit Jahren oder gar seit Jahrzehnten niemandem anvertraut hatten. Und wieder einmal wurde das hässliche Gesicht einer Welt sichtbar, in der reiche Männer viel zu lange alles hatten tun und lassen können. Für die meisten Opfer würden auch diese neuen Entwicklungen keine Verbesserung bringen.
Julia schluckte. »Und weiter?«
»Hallmann hat geleugnet. Aber dann traten zwei weitere Frauen auf die Bildfläche. Eine davon musste sich ihm sexuell gefällig erweisen, es ging um ein Gutachten für ihren Bruder, dem eine hohe Haftstrafe drohte. Und als diese Geschichte bekannt zu werden drohte, knallte ihm eine ehemalige Sekretärin einen Vaterschaftstest auf den Schreibtisch. Er hatte auch sie geschwängert und mit einem hohen Geldbetrag zwecks Abtreibung ruhiggestellt. Nur dass sie das Kind bekommen hat, vermutlich ohne sein Wissen. Der Sohn ist mittlerweile volljährig.« Mayer schnaufte. »Hallmanns Name tauchte kein einziges Mal in den Medien auf – Stichwort Amigos. Die haben ihn aus der Berichterstattung rausgehalten, aber natürlich wusste jeder, der mit ihm zu tun hatte, auch so, dass nur er gemeint sein konnte.

Er legte sämtliche Tätigkeiten nieder und verschwand vom Radar. An Geld und Immobilien mangelt es ihm ja nicht. Nur hätte ich ihn in der Schweiz oder in der Südsee vermutet, aber sicher nicht bei euch in Frankfurt.«

»Scheiße.« Konnte es sein, dass Claus von alldem nichts mitbekommen hatte? Dass er sich an Hallmann gewandt hatte, völlig ahnungslos, und dass Hallmann keinerlei Anlass sah, ihn über alles zu informieren? »Du, ich muss auflegen. Ich fürchte, mein Liebster hat von alldem genauso wenig Ahnung wie ich.«

»Na dann. Gib ihm meine Nummer, wenn er dir nicht glaubt. Dank Hallmann fliegen uns hier gleich mehrere Fälle um die Ohren, in denen er als Gutachter tätig war. Ich erzähle ihm gerne die Langversion über seinen Freund.«

Julia Durant verabschiedete sich und nahm nun doch eine zweite Zigarette aus der Packung. Sie rollte den Filter in den Mundwinkel, während sie auf eine Verbindung zu Hochgräbes Handy wartete. Doch der ging nicht ran. Bevor sie sich darüber ärgern konnte, kam ihr in den Sinn, dass er einen Gerichtstermin erwähnt hatte. Nichts Weltbewegendes, aber eine der wenigen Situationen, in denen es verzeihlich war, sein Telefon nicht nur stumm, sondern in den Flugzeugmodus zu versetzen. Durant entschied sich gegen eine Textnachricht, sie würde es später noch einmal versuchen. Für den Moment blieb ihr nichts anderes übrig, als nach Offenbach zu fahren, denn auf einen Anruf bei Josef Hallmann hatte sie nicht die geringste Lust. Darum durfte Claus sich selbst kümmern, dachte sie nicht ohne eine Prise Trotz.

11:40 UHR

Peter Kullmer fuhr vor die Halle der Fahrzeugaufbereitung, die in einem Mischgebiet am Ortsrand von Frankfurt lag. Eine Selbstbedienungswaschanlage, ein Teppich-Outlet und einen Bäcker mit Auto-

schalter gab es hier, außerdem einen Flachbau mit Mietgaragen. Die hellen Schwaden des Industriegebiets Frankfurt-Höchst trieben in den wolkenlosen Himmel, und ab und an zog eine Düsenmaschine vorbei. Doris Seidel kümmerte sich zu Hause um Elisa, denn sie wollte Nadine Hellmers Hilfsbereitschaft nicht überstrapazieren. Außerdem war sie von einem starken Impuls mütterlicher Fürsorge übermannt worden. Sosehr sie Nadine auch vertrauen konnte, es blieb stets eine Angst in ihrem Innersten, die nur wegging, wenn sie sich selbst bei ihrer Tochter befand.
Bei so mancher Person hätte dies womöglich einen bitteren Beigeschmack hinterlassen, aber nicht bei Franks Frau Nadine. Sie verstand das allzu gut.
»Ich bin ja froh, dass die sich überhaupt gemeldet haben«, brummte Hellmer, der neben Kullmer auf dem Beifahrersitz hockte. Den 911er hatte er auf dem Hof des Präsidiums gelassen, wo er, von oben bis unten gereinigt und spezialversiegelt, in der Sonne glänzen durfte.
Neben der Sauerei mit den Kirschen, der die erste Aufmerksamkeit gegolten hatte, hatte man im Fußraum des Porsche außerdem eine Notiz gefunden. Der Inhalt war seltsam genug gewesen, um das Aufsehen des Aufbereiters zu erwecken.
»Aber nach drei Tagen?« Kullmer zog den Schlüssel aus dem Zündschloss.
Die beiden stiegen aus und näherten sich einem Container, in dem sich so etwas wie die Annahme befand. Schreibtisch, Telefon und Flachbildschirme. Dazu eine Sitzecke mit Ledercouch und Sessel, Wasserspender und Kaffeeautomat. Ein bärtiger Südländer – Hellmer wusste, dass er Portugiese war – grinste von Wandplakaten mit den neuesten Top-Angeboten. Immer den Daumen nach oben, denn das gehörte zum Logo der Autoaufbereitung. Derselbe Mann, den muskulösen Körper in ein rosa Poloshirt gezwängt, trat soeben durch eine zweite Tür in der schmalen Seite des Containers und zeigte dasselbe Lächeln, als er die beiden Männer erblickte.

Hellmer stellte ihm seinen Kollegen vor, Kullmer wehrte das Angebot einer Tasse Kaffee ab und verneinte gleichzeitig die Frage, ob er den Kuga direkt in die Halle geben wolle. Zum Sonderpreis natürlich. »Rabatt für meine Freunde von der Polizei.«
»Wir kommen wegen des Zettels.«
»Na gut. Moment.« Der Mann eilte hinter den Schreibtisch und zog eine Schublade auf. Zu Hellmers Verwunderung hielt er statt einem verknüllten Papier eine Plastiktüte nach oben.
»Wegen Spuren. Habe ich doch richtig gemacht so, oder?« Er kehrte zurück und drückte dem Kommissar die knisternde Folie in die Hand. Sie glich dem Innenleben eines Polsterumschlages.
»Ja, danke, sehr gut.« Hellmer lächelte anerkennend.
»Wir fragten uns nur gerade, warum dieser Zettel erst jetzt aufgefallen ist«, sagte Kullmer.
»Der Kollege war krank. Kam erst heute wieder, und dann fiel ihm ein, dass er den Zettel gefunden hat. Ich habe ihn direkt zur Schnecke gemacht, aber er hat's ja nicht böse gemeint.«
»Schon gut.« Hellmer deutete fragend auf den Glastisch vor der Sitzecke. Der Chef nickte. Sie nahmen alle drei Platz, Hellmer zog behutsam die Plastikfolie auseinander, und dann lag der Papierbogen auch schon vor ihnen.

Mon Chéri wären wohl zu geistreich gewesen,
Mon cher ...
Bis ganz bald!

»Ist das irgendein abgedrehter Witz, den ich nicht verstehe?«
Frank Hellmer fand das alles andere als komisch. Spielte der Täter mit »geistreich« auf den Inhalt jener Likörpralinen an, wissend, dass Hellmer ein trockener Alkoholiker war? Und was sollten seine unheilvollen Grußworte bedeuten?
Ganz bald.

Die Warnung war seit dem Wochenende praktisch unbeachtet geblieben. Hellmer zog es die Magengegend zusammen, und er rief Nadine an. Sie war wachsam, das wusste er. Aber sie musste noch wachsamer sein. Und auf alles vorbereitet.

*

Ungefähr zur gleichen Zeit kehrte Julia Durant in die Stadt zurück. Im Gespräch mit Peter Brandt hatte dieser sehr viel mehr Neues erfahren als sie, denn er hatte noch nicht gewusst, dass Alina Cornelius tot war und seine Ex-Freundin Andrea Sievers DNA aus einem Aschehaufen zu gewinnen hoffte. Er hatte den Namen Stephan sicherlich schon aus ihrem Munde gehört, aber konnte kaum glauben, dass der Anschlag gegen ihn aus einem Rachefeldzug gegen Julia Durant herrührte.
»Da muss noch mehr dahinterstecken«, hatte Brandt mehr als ein Mal wiederholt.
Und so langsam glaubte auch Julia Durant daran.
Nur ... was übersah sie?
Oder wen?

12:02 UHR

Die Sonne stand hoch am Himmel, als er den Holzhausenpark erreichte. Vögel glitten durch die kaum bewegte Luft auf der Suche nach Insekten. Kinderlachen klang aus weiter Ferne.
Für einen Augenblick erhellte sich die Miene des Kommissariatsleiters. Er hatte einen Gerichtstermin hinter sich gebracht und mehrere Telefonate führen müssen, davon nicht wenige mit unerfreulichem Inhalt. Man stand ihm auf den Zehenspitzen, weil der Mord an Tanja Wegner mittlerweile weite Kreise gezogen hatte. Sowohl die Tatsa-

che, dass es sich um eine Polizistin handelte, als auch die bestialische Art und Weise ihres Ablebens. Und dann, immer wieder, die Tatsache, dass er Julia Durant noch nicht von den Ermittlungen abgezogen hatte. Der Deal, das LKA bis zum Ende der Woche auf Abstand zu halten, hatte Wellen geschlagen. Im Grunde konnte die Brandung ihn den Kopf kosten. Denn sofort wurden eine ganze Reihe an bisher unausgesprochenen Fragen aufgewirbelt. Dinge, die bislang nur hinter vorgehaltener Hand geäußert worden waren: War es eine gute Idee gewesen, einen landesfremden Kollegen an die Spitze der Mordkommission zu setzen? Ausgerechnet in Frankfurt, ausgerechnet im *Königskommissariat,* wie sich das K11 gerne selbst bezeichnete? Ausgerechnet dort, wo eine – häufig viel zu – regsame Kommissarin die Zügel in den Händen hielt, mit der er auch noch liiert war?

Am Ende fragte sich Hochgräbe, ob man in Wirklichkeit nicht eher ihn selbst für befangen hielt. Und obwohl er sich sonst vehement gegen sogenannte Amigo- oder Spezl-Wirtschaft wehrte, hatte er nun seinem Vorgänger Berger einen Besuch angekündigt. Zum einen, um ihn über den Fall ins Bild zu setzen, denn immerhin gehörte auch Berger zum gefährdeten Personenkreis, zum anderen, damit dieser hier und da ein versöhnliches Wort einlegen konnte. Eine Ermittlung ohne Julia Durant war sinnlos und – jedenfalls ohne sie wie Hannibal Lecter gefesselt in ein anderes Land zu verbringen – auch nicht in die Realität umzusetzen.

Nur ein schnelles Käsebrot daheim, dachte Hochgräbe, als er den roten Opel Roadster unter einem Baum parken sah. Vielleicht war seine Liebste ja doch zu Hause, und ihnen war ein kleines Zeitfenster an Zweisamkeit vergönnt. Dann aber fiel ihm ein, dass sie am Morgen entschieden hatten, zum Präsidium zu laufen. Der Wagen parkte hier also schon seit gestern.

Als Hochgräbe, zwei Stufen auf einmal nehmend, das Parterre erreichte, sah er gerade den leuchtenden Stoffzipfel der Montur des Essenslieferanten in Frau Holdschicks Tür verschwinden. Der Geruch nach

Essen war süßlich, aber undefinierbar. Hochgräbe eilte mit ungebremstem Elan bis in den ersten Stock hinauf. Die Wohnung war leer und er enttäuscht, auch wenn er es nicht anders erwartet hatte. Er schmierte sich zwei Brote, schälte ein Ei und langte mit den Fingern in das beinahe leere Gurkenglas. Pfeffer, Salz und Paprika, zusätzlich eine Prise Muskat auf das zerschnittene Ei, dazu ein alkoholfreies Weißbier. Plötzlich hatte er es nicht mehr eilig. Das gute Wetter lud dazu ein, nachher das Fahrrad für die Fahrt zu Bergers Haus zu nehmen. Und auf dem Nachhauseweg konnte er dann ein wenig einkaufen.
Während er kaute, dachte Hochgräbe zwangsläufig darüber nach, ob es angemessen war, den Tag derart leichtfüßig zu planen. Doch andererseits war es genau das, was man der Bevölkerung in harten Zeiten riet: Lassen Sie sich nicht einschränken, denn dann hat das Böse gewonnen. Machen Sie weiter, führen Sie Ihr Leben so normal wie möglich, lachen Sie, feiern Sie, gehen Sie aus!
Und für alle anderen, die während genau dieser Tätigkeiten ihr Leben gelassen hatten, gab es Schweigeminuten.
Mit einem Mal verging ihm den Appetit.
Er trug die Reste in die Küche, zog sich ein anderes Shirt an und suchte seine bequemen Schuhe. Erfolglos. Trotzdem griff der Kommissariatsleiter im Hinausgehen zum Fahrradschlüssel, der säuberlich mit einem separaten Anhänger am Schlüsselbrett baumelte. Jenem Brett, das nur er benutzte. Julia ließ ihren klimpernden Bund immer gerade dort fallen, wo es ihr in den Sinn kam, panische Momente, wenn sie ihn bei nächster Gelegenheit suchte, vorprogrammiert.
Als Hochgräbe die Treppe hinabschlenderte, klickte erneut die Tür im Parterre.

Fünf Minuten später hatte er das Rad, welches er mangels Garage im Keller aufbewahren musste, weil es zu teuer war, um im Hausflur herumzustehen, auf den Gehweg bugsiert. Er wollte sich auf den

Sattel schwingen, als er am Ende der Straße einen weißen Kastenwagen erblickte.
Moment mal, dachte er. Er kniff die Augen zusammen. Zweifelsfrei handelte es sich um das Auto des jungen Essenslieferanten, mit dem er am Vortag erst gesprochen hatte. Hochgräbes Gedanken rasten. Wenn Frau Holdschick nicht aufstehen konnte, wer hatte dann ihre Tür bewegt? Ein Notfall vielleicht? Hatte sie sich durch die Wohnung gequält, um kurz vor dem Ziel aufzugeben? Oder hatte der junge Mann keinen näheren Parkplatz gefunden? Dabei hielt der doch sonst auch meistens direkt am Bordstein. Die Essenboxen mussten höllisch schwer sein. Oder war er bereits weitergefahren und war nun zum zweiten Mal gekommen? Hatte er etwas vergessen? Wie viel Zeit war seitdem verstrichen? Nicht genug, um den inneren Kriminalbeamten in Aufruhr zu versetzen, entschied Hochgräbe. Dennoch prüfte er die Umgebung auf zwielichtig erscheinende Gestalten (von denen sich nur selten welche hierher verirrten) und verzichtete daraufhin auf den Aufwand, das Fahrrad irgendwo anzuketten. Er tappte bedächtig ins Haus zurück, überquerte das Fliesenmuster und hielt Sekunden später das Ohr an die Wohnungstür im Parterre.
Stille.
Hochgräbe machte eine Faust und pochte gegen das Holz. Noch immer regte sich nichts. Er sah sich um, kam sich ein wenig blöd vor, den Namen seiner Nachbarin in die hallende Leere zu rufen. Sie würde ihn nach allem, woran er sich erinnerte, doch ohnehin nicht hören können. Er hämmerte erneut, diesmal fester.
»Hallo?«
Auch dieser Versuch brachte keine Veränderung. Kein Rascheln, kein Rufen, kein Schaben. Totenstille, dachte er. Biss sich auf die Unterlippe, denn der Gedanke kam ihm unangemessen vor. Andererseits ... wie alt war die Dame noch mal?
Ein letztes Mal, dann wandte er sich ab. Überlegte kurz, ob sich irgendwo in der oberen Wohnung ein Zweitschlüssel befand. Frau

Holdschick, so glaubte er, besaß einen von ihnen – oder hatte zumindest einen besessen. Auch wenn es nur wenige Blumen zu gießen gab. Aber das war eine andere Geschichte.

Er wählte Julias Nummer, doch bekam nur die Mailbox. Also trat er wieder ins Freie, wo der Drahtesel wartete. Auch der Kastenwagen parkte noch immer am Ende der Straße.

Hochgräbe lenkte auf den Asphalt und trat kräftig in die Pedale. Noch bevor er die Kreuzung erreichte, erblickte er einen glatten, schwarzen Haarschopf, der in der Sonne glänzte. Dazu ein Paar Schultern, die mit der passenden Farbkombination gekleidet waren. Der Mann verfiel in einen Trab, als er die Grundstücksmauern des Hauses verließ, aus dem er Sekunden zuvor gekommen war. Schon Sekunden später schwang die Autotür auf.

»Halt!«, keuchte Hochgräbe, und der Junge fuhr erschrocken herum, als das Vorderrad nur eine Armlänge von ihm entfernt zum Stehen kam.

»Geht's noch?«, blaffte er und nahm sofort eine Verteidigungshaltung ein. Die Sonne blendete ihn, offenbar hatte er Schwierigkeiten, sein Gegenüber zu erkennen. Als der Groschen fiel, rang er sich ein versöhnliches Lächeln ab. »Ach ... Sie sind es.«

»Dachten Sie etwa, ich sei ein Räuber? Sie fahren ja nicht gerade einen Geldtransporter.«

»Man weiß ja nie. Was gibt's denn so Eiliges, dass Sie mir fast in die Tür rasen?«

»Waren Sie eben bei uns im Haus?«

»Ja. Bei Frau Holdschick. Weshalb fragen Sie?«

»Ein- oder zweimal?«

»Einmal natürlich. Essensbehälter rein, Essensbehälter raus.« Tiefer Seufzer. »Für mehr ist ja meistens leider keine Zeit.«

»Hmm. Hat sie Besuch?«

»Nein. Ihre Kinder leben weit weg, soweit ich weiß. Sie ist eigentlich immer alleine.«

»Kann sie laufen?«

»Kaum. Können Sie mir vielleicht mal sagen, was diese ganze Fragerei soll?«
»Als ich eben aus dem Haus ging, fiel ihre Tür ins Schloss«, erklärte Hochgräbe.
»Unmöglich. Man muss die Tür selbst zudrücken, die hat keinen Mechanismus. Geht ziemlich schwer, manchmal klemmt der Schnapper. Aber ich war seitdem eine rauchen und dann hier hinten, in dem Haus, aus dem ich gerade kam.«
»Ohne Essensbehälter«, folgerte Hochgräbe.
»Der steht schon im Auto. Ich war nur noch mal drinnen«, zwinkerte der Mann. »Für kleine Jungs.«
Hochgräbe wusste, dass er eigentlich auf dem Weg zu Berger sein sollte, aber die Sache mit der Wohnungstür ging ihm nicht aus dem Kopf. Insbesondere jetzt, da die einzige plausible Erklärung dafür flöten gegangen war.
»Sie haben doch den Schlüssel«, begann er gedehnt.
»Ich habe vor allem eines«, kam es zurück, »keine Zeit.«
»Für ein Kippchen hat's doch auch gereicht«, konterte Hochgräbe. »Kommen Sie, ich mache mir ernsthaft Sorgen um die alte Dame. Nicht, dass es hinterher heißt: ›Ach, hätten wir doch bloß nachgesehen.‹«
»Ist ja schon gut. Aber auf Ihre Verantwortung. Was genau bei der Polizei machen Sie noch mal?«
»Chef der Mordkommission«, grinste der Kommissariatsleiter entwaffnend.

Drei Minuten später schob der junge Mann seinen Schlüssel in Frau Holdschicks Tür, nachdem sich Hochgräbe noch einmal durch Klopfen und Rufen angekündigt hatte.
»Ich lasse Sie aber nur rein«, beteuerte er, »danach bin ich weg! Mein nächster Termin war ein hohes Tier bei der Bundeswehr. Er ist schon ziemlich verpeilt. Schimpft ständig, wenn er mich sieht,

dass er keinen Chinafraß essen würde. Dann hebe ich den Deckel hoch und bete ihm vor, dass ich es nur liefere und nicht selbst koche. Mal abgesehen davon, dass ich aus Bruchköbel stamme. Wenn ich mich jetzt auch noch verspäte, rastet der Gute total aus. Denn sein Zeitgefühl funktioniert noch mit militärischer Präzision.«

»Schon gut«, raunte Hochgräbe in dem Moment, als die Tür mit einem Ächzen aufschwang. »Sie können gehen. Tausend Dank für Ihre Hilfe.«

Er drückte die Tür weiter auf. Der süßliche Geruch war wieder da. Apfelpfannkuchen. Konnte das sein? Dazwischen der muffige Geruch nach alten Möbeln, Kleidern und Mottenkugeln.

»Frau Holdschick?«

Claus Hochgräbe betrat den schmalen Flur. Die Wohnung war vollkommen anders geschnitten als ihr darüberliegendes Pendant. Unüblich, dachte er, für ein Haus dieses Alters. Da hatte sich jemand seinen Individualismus viel Geld kosten lassen. Dann fiel ihm ein, dass Susanne Tomlin die obere Wohnung nach ihrem Geschmack umgestaltet hatte. So viel zum Thema Geld. Susanne besaß davon eine ganze Menge.

Ein Geräusch ließ Hochgräbe zusammenfahren. Schlafzimmer?

»Frau Holdschick?« Er kam sich komisch vor, aber was sollte er machen. »Nicht erschrecken. Ich bin Ihr Nachbar, von oben.«

Den Blick nach rechts gerichtet, wo helles Licht aus einer angelehnten Tür fiel, schritt der Kommissar voran. Die Hand legte sich auf die Türklinke.

Und während der Spalt sich vergrößerte und das Licht ihn überflutete, sauste ein Schlag auf seinen Nacken, und die Finsternis verschlang ihn.

13:50 UHR

Julia Durant hatte das Telefonat mit ihrem ehemaligen Kommissariatsleiter beendet und verharrte mit zittrigen Händen auf ihrem Bürostuhl. Der Grund dafür war nicht etwa Bergers Stimme, wenngleich diese noch immer eine gewisse Wirkung auf sie hatte. Sie atmete durch und rief ein paar Erinnerungen ab. Es war eine Mischung aus Ehrfurcht und Respekt, aber auch eine Art väterliche Vertrautheit, wie sie es sonst nur von ihrem eigenen Vater kannte. Immerhin war Berger über viele Jahre hinweg ihr Vorgesetzter gewesen, und er hatte ihr alles sein müssen: Lehrer, Vertrauter und Freund, aber auch scharfer Kritiker und Advocatus Diaboli. Als Chef hatte er im Zweifel das entscheidende letzte Wort gehabt, was nicht bedeutete, dass Durant sich nicht gelegentlich darüber hinweggesetzt hätte und stattdessen ihrem Bauchgefühl gefolgt war. Ebendieses Bauchgefühl rumorte auch jetzt, aber noch nicht so, dass sie sich alarmiert fühlte. Berger hatte sich bei ihr gemeldet, weil Hochgräbe ihn nicht zur vereinbarten Zeit aufgesucht hatte.
»Vermutlich ist ihm was dazwischengekommen«, war Durants erster Gedanke gewesen. Eine spontane Schutzreaktion, immerhin konnte das viele banale Gründe haben.
»Aber hätte er dann nicht angerufen?« Da mochte Berger recht haben. Bei ihr hatte Claus es ja auch versucht, aber seitdem war er nicht mehr erreichbar. Vielleicht schlicht ein leerer Akku. Solche Dinge passierten nicht nur ihr. Die Zeiten, in denen ein Handy mit einer Akkuladung tagelang auf Stand-by sein konnte, waren seit WLAN und Bluetooth längst Geschichte. Doch etwas in Bergers Tonfall hatte der Kommissarin verraten, dass er einen Gedanken zu haben schien. Einen, den sie sich selbst, vermutlich unterbewusst, strikt verboten hatte zu denken. Claus würde nichts zustoßen, Claus war doch vorsichtig. Claus ...
»Scheiße. Sie glauben doch nicht etwa ...«

»Nach allem, was ich bis jetzt gehört habe.«

»Warten Sie.« Julia Durant hatte das Smartphone vom Ohr genommen, um ihre Finger über das Display huschen zu lassen. Doch anstelle den alten Chef in die Warteschleife zu legen, hatte sie ihn plötzlich aus der Leitung gekickt. Darum, entschied sie eilig, kümmere ich mich später.

Stattdessen ein Versuch bei Claus. Sie lauschte dem Tuten. Sieben, acht, neun, zehn. Nichts.

Claus Hochgräbe hatte sich stets gegen eine Mailbox gewehrt. Wozu gab es Rufumleitungen ins Büro oder nach Hause, wo jeweils Anrufbeantworter an den Telefonen hingen? Vermutlich konnte man sein iPhone bis zum Sankt-Nimmerleins-Tag klingeln lassen. Also tippte Durant auf den roten Hörer und versuchte es erneut. Wieder das Freizeichen, wieder ging niemand ran.

»Wo bist du?«, textete sie daraufhin. Und: »Melde dich bitte.«

Danach begann das Zittern.

Als eine Viertelstunde später ihre Nachrichten, die sie im Minutentakt überprüfte, zwar als zugestellt angezeigt wurden, aber unbeantwortet blieben, war das Bauchgefühl bereits so quälend, dass die Kommissarin den Hörer in die Hand nahm und in der IT-Abteilung anrief.

»Ihr könntet das alles so einfach haben«, war Schrecks Kommentar, während er alles für eine Ortung vorbereitete. Durant hatte sich zu ihm in den Keller begeben, wo sie auf dem Monitor den Ergebnissen seiner Handbewegungen folgte.

»Es gibt Apps, die das prima erledigen«, fuhr er fort. »Oder ihr gönnt euch endlich mal ein paar iPhones, dann könnt ihr die Standorte eurer Geräte jederzeit überprüfen.«

»Wer will das denn?«, erwiderte Durant unwirsch. Einmal ganz abgesehen davon, dass Claus ein solches Gerät besaß.

»Du«, konterte Michael Schreck. »Zumindest gerade jetzt, in diesem Augenblick.«

Julia Durant hätte ihm am liebsten einen saftigen Kommentar entgegengeschmettert, in dem ein Serienmörder vorkam, der solche Schritte in diesem Augenblick notwendig machte.

»Hilft es dir denn, dass er eins hat?«, fragte sie stattdessen.

»Werden wir sehen.«

Etwas tat sich auf Schrecks Bildschirm.

»Bingo.« Er rieb die Hände ineinander.

»Was ist das?«

»Frankfurt. Nordend. Nordend-West, um genau zu sein.« Schreck zoomte den Kartenausschnitt auf den gigantischen Monitor. Tatsächlich dauerte es noch einige Sekunden, bis Durant sich in dem Spinnennetz von Straßen zurechtfand. Viele Häuserblöcke waren rechteckig angelegt, der Rest meist dreieckig oder rautenförmig. In der Mitte der Karte klappten einige Straßenzüge ab der Wolfgangstraße deutlich nach unten weg. Als müssten die Straßen jenem grünen Fleck Platz machen, der wie nachträglich hineingeschleudert wirkte. Der sich oberhalb der Fürstenbergerstraße breitmachte und im Norden von der Holzhausenstraße begrenzt wurde.

Holzhausenviertel.

Durants Kopf schnellte nach vorn. Das war *ihr* Viertel – ihre Gegend!

Sie war beileibe kein Ass darin, Satellitenaufnahmen zu lesen, doch sie schämte sich beinahe, dass sie es nicht eher begriffen hatte. Wie auf Kommando zoomte Schreck auf maximale Vergrößerung, und Julia Durant erkannte das Dach und sogar einen Teil der Fassade ihres Hauses. Und neben dem Kamin, der einen langen Schatten zog, blinkte der Cursor, der die Position von Claus' Telefon anzeigte. Dann versetzte ihr ein Anruf einen derartigen Schreck, dass es ihr wie feine Stiche den Nacken hinabrann. Butz Mayer. Ausgerechnet jetzt.

»Kann es sein, dass ich dich immer auf dem falschen Fuß erwische?«, ulkte er.

Doch Julia Durant war nicht in der Stimmung für Scherze. Mit dem Telefon am Ohr war sie längst auf dem Weg in Richtung Treppenhaus. Boots berichtete von einem Foto von ihr, das man in der Reisetasche gefunden habe. Eingenäht, gerade so diskret, dass man nicht beim ersten Blick darauf stieß, es aber trotzdem finden konnte. Boots versprach, ihr das Bild zu mailen.
Eine weitere Botschaft?
Julias Kopf war nur leider gerade überhaupt nicht empfänglich, um sich damit auseinanderzusetzen.

14:43 UHR

Im Laufschritt erreichte die Kommissarin ihr Zuhause. Ausgerechnet heute hatte sie den Roadster stehen lassen und sich zu Fuß zum Präsidium begeben. Fitness, dachte sie bitter, während sie zwei Stufen auf einmal nahm, bekam sie nun also mehr als gewollt. Wenigstens trug sie bequeme Schuhe.
Was, wenn Claus sich ein Mittagsschläfchen gönnte?
Was, wenn er sein Handy schlicht vergessen hatte und auf dem Weg zu Berger irgendwo falsch abgebogen war?
Hochgräbe war längst noch nicht so firm, wenn es darum ging, sich in der Stadt zu orientieren. Andererseits war er auch nicht so hilflos, wie sie in diesem Moment dachte.
»Nein!«, sagte Durant laut, während sie die Wohnungstür entriegelte. Er hätte sich längst bei ihr melden müssen. Gerade jetzt, wo sich alle in höchster Alarmbereitschaft befanden.
Noch während die Tür nach innen aufschwang, bereute sie es, keine Verstärkung mitgenommen zu haben.
Durant hielt in letzter Sekunde inne, um nicht dem Reflex nachzugeben, die Tür mit der Ferse zuzukicken. Stattdessen tastete sie nach ihrer Dienstwaffe, die sie in den letzten Tagen durchgehend bei sich

trug. Mit der Pistole im Anschlag trat sie aus dem Flur ins Wohnzimmer und fragte sich, wie ihr Liebster wohl reagieren würde, wenn er in dieser Sekunde splitterfasernackt aus dem Bad treten würde.
Wie war das noch gleich mit den kotzenden Pferden?, dachte sie, während sie den Raum scannte. Doch weder hier noch in den anderen Zimmern gab es irgendeinen Hinweis auf Claus Hochgräbe. Allerdings auch kein Handy. Mit der wieder gesicherten Waffe im Holster schritt die Kommissarin sämtliche Räume erneut ab. Küchentheke, Couchtisch, Matratze. Nirgendwo befand sich das Mobiltelefon.
Sie zog ihr eigenes hervor und trat auf den Teppich, um möglichst wenig Nebengeräusche zu produzieren. Dann wählte sie ihn an. Erst einmal, es verstrichen ein halbes Dutzend blecherne Freizeichen, dann noch einmal. Dieses Mal hielt Durant den Daumen auf den Lautsprecher, um das Tuten abzudecken. Angestrengt lauschte sie, ob nicht doch irgendwo ein Läuten zu hören war.
Fehlanzeige.

»Er ist nicht hier!«, berichtete sie Michael Schreck, der sich daraufhin noch einmal die Positionsbestimmung vornahm.
»Der Sendemast ist noch immer derselbe«, erklärte er nach wenigen Augenblicken, »und auch die Position ist unverändert.«
»Aber ich stehe doch mitten in der Wohnung!«, rief Durant in einem Anflug von Verzweiflung. »Er wird ja wohl kaum aufs Dach geklettert sein.«
»Diese Ortungen haben einen gewissen Spielraum, aber das weißt du ja.«
»Und?«
»Vielleicht ist es ihm aus der Tasche gefallen? Vielleicht liegt es irgendwo drunter ...«
»Das ist mir keine große Hilfe«, murrte Durant und unterbrach die Verbindung.

Auf Knien rutschte sie um Bett und Sofa herum. Öffnete sogar den Klodeckel, auch wenn es ihr höchst unwahrscheinlich schien, dass das Gerät unter Wasser noch funktionieren würde.
Anschließend untersuchte sie die Schuhe und Jacken an der Garderobe. Erfolglos. Kurz darauf befand sich die Kommissarin wieder vor dem Haus. Noch immer ohne Fund.
Sie hatte in ihrer Verzweiflung sogar den Briefkasten aufgeschlossen und bei Frau Holdschick – vergeblich – geläutet. Beides Optionen, die höchst unwahrscheinlich waren.
Auch draußen gab es nichts weiter zu sehen. Das Haus verfügte über keine Grünfläche, und sowohl das Abtretgitter vor der Tür als auch die beiden Topfpflanzen waren schnell durchsucht.
Ratlos wollte Durant in Richtung Park aufbrechen, an dessen Rand ihr Auto parkte. Doch dann fiel ihr etwas ein. Hatte er nicht erwähnt, dass er das Fahrrad nehmen wollte? Der Keller!
Durant sprintete zurück und nahm sich den Weg zum Treppenabgang vor. Ausgetretene Stufen führten steil hinab in ein modriges Loch, das so gar nicht zu dem ansonsten so gepflegten Haus passte. Und sie wusste nur zu gut, wie sehr sich Claus stets abmühte, das schwere Vehikel hinauf und hinunter zu bugsieren.
»Training«, sagte er immer. Stets der Optimist mit dem sonnigen Gemüt.
Wo zum Teufel steckst du?
Weitere Minuten verstrichen, und außer einer staubigen Hose brachte die Suche keine Ergebnis. Auch das Fahrrad lehnte an der Wand, wo es hingehörte. Niemand benutzte den Keller, also stellte Claus es häufig direkt am unteren Ende der Treppe ab. Nur anlehnen, dachte die Kommissarin, davon hielt er nichts. Feuchte Wände und der teure Lederlenker ... aber sie dachte nicht weiter darüber nach.
Wenn das E-Bike hier stand, war ihr Gedanke mit dem Auto nicht verkehrt gewesen. Doch dann musste Durant an Schrecks letzte Aussage denken. Eine kleine Ungenauigkeit war normal. Aber bis zum

Parkplatz war es ein halber Häuserblock. Selbst wenn ihm das Telefon auf dem Weg dorthin verloren gegangen war ... konnte das wirklich sein?

Julia Durant schloss die Kellertür ab und wählte erneut die Nummer der IT.

Mike Schreck meldete sich sofort, allerdings klang er ein wenig frostig. »Na, bin ich doch nicht so nutzlos wie angenommen?«

»Sorry, Mike, ich hab's nicht so gemeint.«

»Ist schon okay. Kein Treffer, vermute ich.«

»Leider richtig.«

»Das verstehe ich nicht. Das Signal bewegt sich keinen Millimeter.«

Zehn Minuten später bog der silberne 911er um die Ecke. Julia hatte mittlerweile sogar die Mülleimer des Nachbargrundstücks begutachtet; ergebnislos. Da sie wusste, dass Claus' Mobiltelefon entweder lautstark schellte oder keinen Piep von sich gab (er benutzte praktisch nie den Vibrationsalarm), hatte sie nach einem weiteren Anruf auf dem Apparat zwischen klebrigem Altpapier herumwühlen müssen. Auch wenn sie selbst nicht daran glauben wollte, dass sich das Telefon ausgerechnet hier befand. Wer sollte es hineingeworfen haben? Kinder? Würden Kinder das tun?

Erleichtert, nicht mehr alleine zu sein, trat die Kommissarin auf die Straße.

»Ich such mir noch schnell einen Parkplatz.« Hellmer hatte das Beifahrerfenster herabgelassen, damit Durant den Kopf in den Wagen stecken konnte.

»Puh. Wie riecht es denn hier?«

»Ich hatte die Wahl zwischen Reinigungsmittelgestank oder gammelnden Kirschen. Ich habe mich für Ersteres entschieden.«

»Sorry, nicht dran gedacht«, brummte sie.

»Noch immer kein Erfolg bei der Suche, hm?«

Durant verneinte.

»Na, ich helf dir gleich. Kann ja nicht sein. Lass mich nur das Auto abstellen.«

Der Motor dröhnte auf, als Hellmer dem Porsche die Sporen gab. Julia Durant blickte die Straße hinab. Viel Glück, dachte sie. Um diese Zeit findet er nie einen Parkplatz. Tatsächlich sah sie Hellmer um die Ecke biegen, wartete einen Moment, um ihn schließlich ein weiteres Mal in die Straße einfahren zu sehen. Nun quetschte er den Wagen in eine schmale Lücke, so eng, dass das Heck ein ganzes Stück auf die Straße ragte.

»Höhere Gewalt.« Er stieg aus und umarmte Julia lange und innig. Danach fingerte er eine Zigarette aus der Schachtel und verharrte unschlüssig, bevor er seiner Kollegin einen fragenden Blick schenkte. »Du auch, oder?«

Durant griff sich eine und wartete, bis er beide entflammte. Sie nahm einen tiefen Zug, hustete und wedelte sich den Rauch aus dem Gesicht.

»Du solltest das besser wieder lassen.«

»Mag sein. Aber nicht jetzt.«

»In Ordnung. Wie kann ich dir helfen?«

Julia Durant erklärte, wo sie schon überall gesucht hatte. Dass das Telefon hier sei, *genau hier*. Selbst mit einer Ungenauigkeit von zehn oder zwanzig Metern gab es nicht mehr viele Möglichkeiten. Und keine davon erschien auch nur im Geringsten plausibel.

»Was ist mit dem Speicher oder dieser alten Frau unter euch?«

»Es gibt keinen Dachboden, nur so eine Kriechkonstruktion. Da waren wir noch nie. Und bei Frau Holdschick macht keiner auf.«

»Was nichts bedeuten muss.«

»Doch«, antwortete die Kommissarin spitz. »Denn sie ist steinalt, fast taub und blind und bettlägerig. Dass sie nicht aufmachen kann, ist also völlig normal.«

»Okay, eins zu null für dich«, verteidigte sich Hellmer, die Hände vor sich gehoben. »Dann bleibt eigentlich nur noch der Gully. Oder wir müssen Platzeck anfordern, damit er eure Wohnung auseinandernimmt.«

»Das kann er gerne tun. Doch ich habe selbst schon unter die Möbel geleuchtet. Sogar im Kühlschrank und im Klo habe ich nachgesehen. Und im Gegensatz zu mir verlegt Claus sein Handy nie.«

Ein Hupen ließ die beiden aufschrecken.

»Hee!« Ein gelber Kastenwagen mit dem Logo der Post stand plötzlich neben ihnen. Der Fahrer hatte die Fenster geöffnet und deutete in Richtung Porsche. »Sind Sie das?«

»Ja. Warum?«

»Das fragen Sie noch?«

»Der kommt ja wohl noch durch!«, rief Hellmer und breitete demonstrativ die Arme aus.

»Ich riskiere doch keinen Lackschaden! Hinterher hetzen Sie mir Ihre Anwälte auf den Pelz. Außerdem muss ich genau dorthin. Würden Sie also bitte …«

Frank Hellmer hatte längst seinen Dienstausweis aus der Tasche gezogen. »Ich bin beruflich hier.«

»Schön für Sie. Ich auch.«

Julia stieß Frank sanft in die Seite. »Fahr doch einfach noch mal um den Block«, raunte sie ihm zu.

Widerwillig stieg der Kommissar ein und rangierte aus der Lücke. Während er um die Ecke verschwand, beobachtete Durant den Postboten, wie er sich am Briefkasten zu schaffen machte. Dann drehte sie sich um, in der Erwartung, dass Hellmer jede Sekunde wieder in ihr Blickfeld einbiegen musste. Doch auch als der Postwagen sich in Bewegung setzte, war von ihm weder etwas zu hören noch zu sehen.

»So ein Scheißdreck, diese Parkerei hier«, schnaufte er, als er um die entgegengesetzte Ecke des Häuserblocks gebogen kam und in Hörweite war.

»Was glaubst du, weshalb ich so oft zu Fuß zur Arbeit komme. Wenn man mal einen Platz gefunden hat, gibt man ihn nicht gerne her.«

Wieder lief sie im Kopf den Weg vom Präsidium hierher ab. Sie konnte sich nicht daran erinnern, den Opel auf seinem Parkplatz stehen gesehen zu haben. Doch andersherum gedacht: Nahm sie ihr Auto tatsächlich jeden Tag bewusst wahr? Galt da nicht dasselbe wie für alle anderen Gegenstände, die sich immer wieder am selben Ort befanden und an die man sich einfach derart gewöhnt hatte, dass man sie schlicht übersah? Immerhin war sie heute abgelenkt und in Eile gewesen. Ja, das musste es sein. Bevor sie weiter darüber nachsinnen konnte, meldete sich Durants Telefon.

Mike Schreck aus der IT.

»Hast du es, ja?«, wollte er wissen, er klang erregt.

»Was meinst du?«

»Na, was wohl? Das Handy, nach dem wir die ganze Zeit suchen!« Diesmal klang die Stimme empört.

Julia schenkte Hellmer einen hilflosen Blick, deutete auf das Telefon und formte Schrecks Namen mit den Lippen.

»Wir haben gar nichts. Wie kommst du darauf?«

»Weil sich das Gerät soeben in Bewegung gesetzt hat. Komm schon, Julia, verkauf mich jetzt bitte nicht für …«

»Es hat was?«, schrie die Kommissarin.

»Scheiße. Du hast es wirklich nicht gefunden, oder? Es bewegt sich – da! – jetzt schon wieder.«

Schreck nannte den Straßennamen. Dort war Frank mit dem Porsche abgebogen.

»Warte mal bitte – Frank ist hier.« Julia Durant schaltete den Lautsprecher ein. »Mike meint, dass das Handy sich von uns wegbewegt.«

»Ja, und das tut es noch immer. Jetzt biegt es wieder um die Ecke. Die Parallelstraße zu eurer.«

»Das kann doch nicht sein«, keuchte der Kommissar.
»Wo parkst du?«, wollte Durant wissen.
»Genau dort. Komm!« Hellmer schnappte sie am Arm. »Wenn wir so herum laufen, müssten wir deinem Telefon direkt begegnen.«
»Grüßt es schön von mir«, erklang es lakonisch aus dem Lautsprecher. »Und bedankt euch recht herzlich für die verlorene Zeit!«
»Nichts da, du bleibst dran«, stieß Durant hervor, die längst in einen Laufschritt verfallen war. Hellmer war ihr zwei Schrittlängen voraus. Als sie die Einmündung erreichten und er abrupt stehen blieb, wäre sie ihm um ein Haar ins Kreuz gelaufen.
»Hoppla! Was ist jetzt?«
Frank trat ein Stück zur Seite und deutete nach links. »Ich will nicht schon wieder mit diesem netten Postboten kollidieren.«
»Noch dreißig Meter. Höchstens«, ließ Schreck verlauten.
Und dann wurde Julia Durant vom Blitz der Erkenntnis getroffen. Bevor Frank Hellmer sie stoppen konnte, sprang sie auf die Straße und baute sich vor dem abbremsend an die Kreuzung rollenden Kastenwagen auf.
»Sie schon wieder!«, rief es nach einem wütenden Hupen.
Durant trat an das Fahrerfenster. »Ja. Wir schon wieder. Die Kriminalpolizei. Was haben Sie eben gemacht? Den Briefkasten geleert?«
»Natürlich, was denn sonst? Und ich habe auch noch ein paar davon vor mir. Wenn ich also …«
»Wir müssen den Inhalt untersuchen!«
Entgeistert sah der junge Mann sie an. Er war hager, trug ein halbes Dutzend Piercings im Gesicht, vier davon in den Augenbrauen und zwei in der Lippe, und die Kommissarin war sich sicher, dass er zu Zeiten der alten Bundespost sicher kein Beamter geworden wäre. Das Postgeheimnis indes war ihm durchaus geläufig. Es brauchte ein Weilchen, bis Durant und Hellmer ihn davon überzeugt hatten, dass sich wichtiges Beweismaterial unter den Briefen befinden könne. Dass sie auch die Spurensicherung verständigen und den Wagen be-

schlagnahmen könnten, wenn es darauf ankäme, womit sicher keinem geholfen sei. Schlussendlich gab der Mann mit dem Bürstenhaarschnitt nach, fuhr den Wagen von der Kreuzung und öffnete den Laderaum. Er stieg hinein und zog eine Kiste hervor. Darin befänden sich sämtliche Sendungen aus besagtem Briefkasten.
»Woher wissen Sie das so genau?«, hakte Hellmer nach. »Sieht doch alles gleich aus.«
»Für Sie vielleicht. Aber für mich nicht. – Müssen Sie die Post denn auch öffnen?«
»Nein, jedenfalls nicht willkürlich. Keine Sorge, wir gehen so behutsam wie möglich vor.«
Argwöhnisch beäugte der Postangestellte jeden Handgriff der beiden.
Zuerst bat Julia Durant um Stille. Dann nahm sie ihr Telefon zur Hand, auf dem sie das Gespräch mit Schreck mittlerweile abgewürgt hatte. Sie würde ihm alles in Ruhe erklären, hatte sie versprochen. Zum x-ten Mal rief sie Claus' Nummer an. Das Freizeichen tutete, aber es klingelte nirgendwo, und auch eine Vibration war nicht zu vernehmen. Stattdessen donnerte ein Lieferwagen mit rumpelnder Ladung vorbei.
»Mann! Immer dann, wenn man's nicht gebrauchen kann«, schimpfte Hellmer und ließ die geballte Faust durch die Luft sausen.
»Scht!«, zischte Durant. *Da war doch etwas!*
Sie trat noch näher an den Poststapel, und auch Hellmer näherte sich mit angestrengter Miene. Durant formte eine Muschel ans rechte Ohr – und tatsächlich: Gedämpft und wie aus weiter Ferne waren künstliche Glockenklänge zu hören, einer der simpelsten und unaufdringlichsten Standardtöne, die Hochgräbes iPhone zu bieten hatte.
»Das ist es!«, rief sie, drückte Hellmer ihr Telefon in die Hand und wies ihn an, den Ruf noch einmal zu wiederholen und einige Schritte nach hinten zu gehen.

»Ein Handy im Briefumschlag?«, wunderte sich der Postler und kräuselte die Stirn. »Das sollte man aber nicht riskieren.«
»Bitte absolute Stille«, forderte die Kommissarin, die sich nun auf die Ladefläche gekniet hatte und mit beiden Unterarmen in der Kiste steckte. Das Klingeln wurde lauter. Und nachdem sie einen ganzen Stapel dünner Briefumschläge beiseitegeschaufelt hatte, hielt sie einen A5-großen Polsterumschlag in den Händen. Das synthetische Glockenspiel verstummte in dieser Sekunde, doch es stammte eindeutig von dieser Quelle.
Ohne sich auch nur eine Sekunde um eventuelle Spuren zu kümmern, riss sie das Kuvert auf und brachte den Inhalt zum Vorschein. Das Display schimmerte noch. Es verzeichnete eine Menge verpasster Anrufe. Durant wühlte, dann legte sie den Umschlag beiseite. Keine Notiz, kein Brief, keine Karte. Nur das Telefon und eine Tonbandkassette. Sie trug einen Aufkleber, der zwei Kirschen zeigte. Doppelkirschen, wie sie sie und die anderen Mädchen sich an die Ohren gehängt hatten, lange bevor sie ihre ersten richtigen Ohrringe bekamen. In einer Zeit, in der es nichts als das unbeschwerte Leben für sie gegeben hatte.
All das war lange vorbei.
»Er ist an dich adressiert«, stellte Hellmer fest. »Keine Frankierung, kein Absender, aber es ist dein Name und die Adresse des Präsidiums angegeben.«
Er hielt den Umschlag hoch, sodass Durant es sehen konnte. Dicke, schwarze Druckbuchstaben, vermutlich mit einem Edding aufgebracht.
»Was machen Sie mit Briefen, die weder Porto noch Absenderadresse tragen?«, wandte Durant sich an den Postboten.
»Normalerweise zahlt der Empfänger dann nach. Schwierig wird es, wenn der Empfänger sich weigert. Dann müssen wir Sendungen im Notfall öffnen, um auf den Absender schließen zu können. Der Brief käme dann retour. In diesem Fall allerdings hätten wir es Ihnen ver-

mutlich auch so zugestellt.« Er grinste schief. »Keiner verscherzt es sich gerne mit der Polizei.«
»Vielleicht hätte ich mir vorhin das Blaulicht auf den Porsche heften sollen«, entgegnete Hellmer spitz, aber mit einem Augenzwinkern. »Darf ich meine Tour denn jetzt fortsetzen?«
Die beiden Kommissare wechselten einen Blick, bedankten sich bei dem Mann, notierten noch rasch seine Personalien und ließen ihn ziehen.

*

Frank Hellmer spurtete zu seinem Porsche. Sehr verwundert darüber, weshalb Julia Durant es vorzog, den Fußweg zu nehmen. Doch wie so oft hatte sie nichts erklärt, sondern ihn dahingehend abgespeist, dass die Zeit dränge.
»Wir haben keine Zeit zu verlieren.« Ihre Stimme war zittrig, aber gefasst. »Warte an der Kreuzung Holzhausenstraße und Eschersheimer Landstraße. Da, wo der Glaskasten zur U-Bahn runterführt.« Sie meinte den Aufzug, der neben dem Treppenaufgang errichtet worden war. »Ich muss noch etwas überprüfen, und ich bete zu Gott, dass ich mich irre.«
Hellmer brauchte vier Minuten, bis er den Wagen auf das neue Gehwegpflaster bugsierte. Er passte gerade so zwischen den Aufzug und den ersten Baum und zog prompt einen wütenden Kommentar von zwei Radfahrern auf sich, der an ihm abperlte.
»Die mit ihren dicken 911ern!«
»Kleiner Penis, dicke Karre.«
Er würde den Porsche früher oder später verkaufen. Im Grunde wollte er das schon seit Jahren, aber irgendwie hatte ihn immer wieder etwas daran gehindert.
Kaum zwei Minuten verstrichen, da wurde auch schon die Beifahrertür aufgerissen, und Julia fiel auf den Sitz.

»Fahr los«, keuchte sie nur und wischte sich den Schweiß aus der Stirn. Waren da Tränen in ihren Augen?
Hellmer sah sich um, rollte auf die Straße und beschleunigte. Der Ruck ging ihnen beiden durch und durch.
»Kannst du mir jetzt mal sagen, was du noch prüfen wolltest?«, fragte er.
»Der Opel. Er ist weg«, antwortete Durant.
»Weg? Im Sinne von …«
»Weg. Punkt. Ich stelle ihn immer irgendwo am Rand des Parks ab. Auf dem Hinweg habe ich nicht darauf geachtet, weil ich so in Eile war und ständig an Claus und das Handy denken musste. Aber jetzt habe ich Gewissheit. Er steht nicht mehr an seinem Patz.«
»Also ist Claus damit unterwegs?«
»Kann ja nur so sein! Jeder von uns hat einen Schlüssel, wobei er ihn praktisch nie benutzt. Das bedeutet also, Claus ist in seiner Gewalt – und sie könnten mittlerweile sonst wo sein!« Sie wimmerte beinahe, als sie weitersprach: »Frank, ich habe eine Heidenangst. Bitte hilf mir.«
Soeben querten sie die Kreuzung, wo die Miquelallee in die Adickesallee überging. Das Präsidium baute sich rechts vor ihnen auf.
»Was sollen wir tun?«, fragte Hellmer unsicher, denn ihm fehlte jede Idee. Das iPhone und die Kassette lagen bei ihm im Auto. Die Wohnung war leer, im Präsidium war Hochgräbe auch nicht. Im Umkehrschluss hieß das, dass er überall sein konnte. Nur war das leider nichts, was sie in irgendeiner Form weiterbrachte.
»Wir hören uns zuerst das Band an«, antwortete die Kommissarin leise.
Doch in ihrer Stimme lag kaum mehr Hoffnung.

16:20 UHR

Zufrieden betrachtete er sein Werk. Er hatte dieses idyllische Plätzchen beinahe zufällig entdeckt, auf einer seiner ausgedehnten Touren ins Frankfurter Umland. Trotz des schönen Wetters war außer ein paar Gassigängern und einer Joggerin, die ihm zweimal gefährlich nahe gekommen war, kaum jemand unterwegs. Natürlich, es war ein normaler Werktag, und der Feierabend ließ noch ein wenig auf sich warten. Aber bald würde sich das ändern. Ein, zwei Stunden, und die Menschen würden aus ihren Hamsterrädern ausbrechen, jedenfalls bildeten sie sich das ein, und womöglich würde es dann auch hier draußen lebendiger werden.

»Soll es nur«, grinste er, als er die Tore des Schrottplatzes passierte, wo in dieser Sekunde ein metallisches Kreischen und Knacken darauf schließen ließ, dass einem Pkw von der Hydraulikpresse der Garaus gemacht wurde.

Einige Hundert Meter weiter erreichte er den Bahnhof und nahm die Regionalbahn in Richtung Friedberg, von wo aus er zurück nach Frankfurt reiste.

Während er die sanften Erhebungen der Wetterau durchquerte, deren Felder und Waldstücke sich links und rechts bis in weite Ferne erstreckten, fühlte er zum ersten Mal seit langer Zeit eine Art innere Ruhe, die einer sonderbaren Befriedigung glich.

Der letzte Akt seines diabolischen Spiels konnte beginnen.

Er hatte bereits begonnen.

16:30 UHR

Das Band leierte. Michael Schreck hatte die Vermutung geäußert, dass es mit einem Batteriegerät aufgenommen worden war. Für seinen Geschmack klang die Stimme außerdem etwas zu hell, was da-

durch zustande gekommen sein mochte, dass sich der Antrieb in dem Kassettenrekorder verlangsamte.
Eines allerdings stand völlig außer Frage: Die Stimme, die dort ins Mikro krächzte, gehörte niemand anderem als Stephan!

»Chérie, jetzt ist es endlich so weit.
Wenn du diese Nachricht erhältst, neigt sich unser Spiel dem Ende zu. Du hast einen Teil deiner Schulden beglichen, aber noch nicht alle. Ich habe es genossen, dich dabei zu beobachten, wie dein Leben in Splitter zu zerfallen begann. Wie eine Porzellanvase, die man mit dem Hammer bearbeitet. Zuerst habe ich sie umgestoßen, und sie bekam einen Riss. Dann habe ich sie in zwei Teile zerschlagen und damit begonnen, die Scherben zu zertrümmern. Immer kleiner, immer mehr. So, dass am Ende nichts mehr übrig bleibt, was man mit Kleber wieder zu einer Vase richten kann.
Doch ich werde erst dann fertig sein, wenn nichts als feiner Sand mehr übrig ist. Wenn sich dieser Sand, nicht mehr wissend, ob er einmal eine Vase oder ein Teller war, nur noch danach sehnt, in der Unendlichkeit zu verschwinden. Im Dunkel, im Nichts, aus dem er einst gekommen ist.
Dann, liebe Julia, wird deine Rechnung beglichen sein.«

»Jetzt ist es also amtlich«, hauchte sie. »Diese Bestie hat Claus!«
Und es brauchte keine Textanalyse von Josef Hallmann, um zu verstehen, was als Nächstes geschehen würde.
Er würde – und bei dem Gedanken daran, dass das längst passiert sein konnte, ergriff sie die nackte Panik – zuerst Claus Hochgräbe töten und dann, am Ende, sie selbst.

Beim erneuten Gedanken an Hallmann durchzuckte Durant ein Schauer. Neben ihren unzähligen Anrufen auf dem Gerät war auch ein erfolgloser Versuch von seiner Nummer gelistet gewesen, wie sie sich erinnerte. Vielleicht war es ja wichtig, auch wenn sie dem Mann nun erst recht kein Vertrauen mehr entgegenbringen konnte. Sie griff Hochgräbes iPhone und entsperrte es mit dem vierstelligen Code, den er im Andenken an ihren Kennenlerntag gewählt hatte. Nach kurzem Scrollen in der Kontaktliste fand sie den entsprechenden Eintrag, wählte ihn an und drückte auf Anrufen.

»Hallo?«, fragte es lang gezogen. Im Hintergrund rauschte es. Es erinnerte Durant an etwas, aber ihr Denken war viel zu blockiert, um es zuzuordnen.

»Julia Durant hier.«

»Oh.« Pause. »Schön, Sie zu hören. Wo ist Claus?«

»Das wüsste ich auch gerne.«

»Ist er denn nicht bei Ihnen?«

»Nur sein Telefon.«

»Seltsam.«

»Warum?«

»Ach ... Er wollte sich melden. Aber irgendwie scheint er es vergessen zu haben.«

»Weshalb wollte er sich denn melden?«

»Das w... ich leid... auch ...« Störgeräusche hackten die Worte ab.

»Sorry. Ich verstehe Sie kaum.«

»Schlechter Empfang.«

Dann fiel es der Kommissarin wie Schuppen von den Augen. »Sind Sie in der Bahn?«

»Ja! Warten Sie. Jetzt wird's gl... besser.«

Julia Durant war sich nicht sicher, ob sie ihm gegenüber das neu aufgetauchte Tonband erwähnen sollte. Hochgräbe vertraute ihm, das hatte er mehrfach betont. Aber wusste er auch über die jüngsten Umstände Bescheid, die zur Ächtung Hallmanns geführt hatten? Sie hatte noch keine Gelegenheit gefunden, um mit ihrem Liebsten darüber zu sprechen. Vielleicht dachte er danach ja anders über seinen alten Freund?

»Claus ist verschwunden.« Das würde er ohnehin herausfinden.
»Sind Sie auf dem Weg hierher?«
»So in etwa. Soll ich?«
»Ich bin mir nicht sicher. Wissen Sie etwas, was mit Claus' Verschwinden zu tun haben könnte?«
Hallmann lachte heiser, was zu einem Hustenanfall führte. »Verzeihung. Aber das klang gerade so, als wäre ich ein Verdächtiger.«
»Wie auch immer. Vielleicht sollten Sie besser ins Präsidium kommen. Es gibt Neues von unserem Killer.«
Sollte er es doch wissen. Was änderte das schon? Julia Durant hatte keine Kraft mehr für Spielchen. Hier, im Polizeipräsidium, war Josef Hallmann am besten aufgehoben, so oder so. Und falls er doch etwas Sinnvolles beitragen konnte – oder wollte …
Verzweifelt vergrub sie den Kopf zwischen den Händen, als sie das Gespräch beendet hatte. Irgendwann spürte sie eine Hand auf der Schulter. Frank Hellmer. Dann die zweite, auf der anderen Seite. Er suchte, hörbar verzweifelt, nach hilfreichen Floskeln, doch sie wussten beide, dass es keine gab.
Wo war Claus?
Wo war der knallrote Roadster, den man doch praktisch nirgendwo übersehen konnte?
Als Julia Durant nach oben schnellte, taumelte ihr Kollege erschrocken zurück.
»Holla! Was ist los?«
»Mike!«, keuchte die Kommissarin. »Mir fällt da gerade etwas ein.«
Dann, an Hellmer gewandt: »Frank! Wir brauchen vielleicht den Porsche. Hast du wirklich noch das Blaulicht drinnen rumliegen?«
Die beiden Männer wechselten irritierte Blicke und schenkten ihr die volle Aufmerksamkeit, als sie von ihrer Autoversicherung erzählte und von jenem nervigen Gerät, welches irgendwelche Telemetrie übermitteln konnte, um Beiträge zu sparen.
»Jedenfalls habe ich einen solchen Tracker«, endete sie gehetzt und

hatte längst Claus' iPhone wieder in der Hand, »und auf unseren Handys ist die zugehörige App.«

Schreck hatte es längst kapiert, während Hellmer noch ein Fragezeichen im Gesicht trug.

»Und du kannst damit eventuell den Standort des Wagens orten«, beendete der ITler Durants Schilderungen. »Glückwunsch! Um welchen Sensor handelt es sich denn?«

»Das weiß ich doch nicht«, erwiderte Durant. Statt weiterer Worte streckte sie ihm das Telefon entgegen, wo sich das entsprechende Symbol befand.

»Ganz oben links.«

Schreck tippte darauf. »Glück im Unglück«, murmelte er. »Manche Sensoren orten dich nämlich nur, wenn das Handy gekoppelt ist. Aber ihr habt da einen ...«

»Bitte. Erspar uns die Details«, unterbrach ihn Durant. »Können wir den Wagen orten oder nicht?«

Schreck lächelte noch immer. Es war keine Zufriedenheit, kein Hohn, sondern einer dieser Ausdrücke von Zuversicht, die einen Funken Hoffnung in Julia entzündeten. Er tippte und wischte ein wenig, dann hielt er ihr das Gerät hin.

»Eine Reise in die schöne Wetterau gefällig?«

16:40 UHR

Wie gut, dass Frank Hellmer seine PS-Schleuder unmittelbar hatte reinigen lassen. Jedes Mehr an Leistung, jeder Stundenkilometer nahm Julia Durant ein wenig Druck von der Brust. Auch wenn ihr das Atmen trotzdem schwerfiel.

»Hast du deine Waffe dabei?«, war ihre erste Frage gewesen, während sie sich anschnallte und dabei das Schulterholster unter ihrer Jacke zurechtrückte.

Hellmer hatte den Kopf stumm in Richtung Handschuhfach bewegt, während er den Motor startete. Dort lagerte er sie gern, wie Durant wusste, denn der Anschnallgurt und das Schulterholster waren eine äußerst unbequeme Kombination. Dann hatte die Beschleunigung ihre Oberkörper auch schon in das dunkle Leder der Sitze gedrückt, und sämtliche störenden Gedanken verflogen.

Hochgräbes iPhone vor sich gerichtet, zoomte Durant den Kartenausschnitt hin und her.

»Da ist nichts«, sagte sie bereits zum dritten Mal. »Was soll diese Scheiße?«

Hellmer hatte soeben die Eschersheimer Landstraße verlassen, um scharf nach rechts in die Hügelstraße abzubiegen. Schon näherte sich die nächste große Ampelkreuzung, rechter Hand kam das Gelände der Waldorfschule mitsamt seinem Gebäudekomplex in der typischen Bauweise in Sicht. Anstatt auf dem Dach blitzten achtundvierzig Power-LEDs in grellem Polizeiblau auf einer Art Tablett, das der Kommissar mit Klettband hinter der heruntergeklappten Sonnenblende befestigt hatte. Das neueste Spielzeug aus dem Fundus an Polizeibedarf. Außer zur Probe hatte er es noch nie benutzt.

»Siehst du, wie sie auseinanderfliegen?«, stellte er zufrieden fest, als er in einem waghalsigen Tempo auf die Kreuzung zupreschte.

»Sieh mal lieber zu, dass wir nicht selbst von der Fahrbahn fliegen«, murrte Durant, mit der freien Hand nach Halt hangelnd. Die Kurve kam unaufhaltsam näher, Hellmer tippte ruckartig auf die Bremse und rollte anschließend mit zuckelnden Lenkbewegungen auf die Doppelspur Richtung Norden. Irgendwo hupte es, und ein Lichtreflex flammte auf. Julia Durant dachte an das Blaulicht. Von hinten war es dem Porsche aber nicht anzusehen, dass er in diesem Augenblick als ziviles Einsatzfahrzeug diente.

Doch mit solchen Gedanken hielt sie sich nicht weiter auf. Hauptsache, man machte die Fahrbahn *vor* ihnen frei.

Der nächste Aussetzer ihres beschleunigten Herzrhythmus kam prompt. Anstelle unter der A661 hindurchzufahren und die Auffahrt Eckenheim Richtung Westen zu nehmen, drückte Hellmer den 911er auf die Rechtsabbiegerspur. Der Wagen schoss bergan, und Julia schimpfte: »Mensch, Frank! Wo fährst du denn hin?«
»Du glaubst doch nicht im Ernst, dass ich mich um diese Zeit auf die A5 begebe.« Er riss die Augen auf. »Ich sag nur Feierabendverkehr und Rettungsgasse.«
»Und wo willst du stattdessen langfahren?«
»Die neue B3, wenn's genehm ist.«
Julia Durant betete, dass ihr Partner sich damit nicht auf dem Holzweg befand.
Wieder blickte sie auf das Smartphone. Der Bildschirm hatte sich verdunkelt.
»Was will er dort? Das ist doch nichts«, wiederholte sie nach einer Weile des angespannten Schweigens. Und tatsächlich wusste die Karten-App nichts weiter dazu beizutragen, als dass der Punkt der letzten Position ihres Wagens auf einem Feldweg lag. Mitten im Nirgendwo, unweit einer Kreuzung. Und auch beim Darauftippen verriet die rote Stecknadel nicht viel mehr als die Postleitzahl und den Ort.

61203 Reichelsheim (Wetterau)

Reichelsheim.
Julia Durant zermarterte sich das Gehirn. Da war etwas. Doch es lag im Nebel längst vergangener Tage, zumindest so lange, bis sie den Kartenausschnitt wieder verkleinerte. Dann fiel ihr etwas ein, und auch wenn alles in ihr sich dagegen wehrte, huschte ein Grinsen über ihre Mundwinkel. Reichelsheim in der Wetterau! Der kleine Flugplatz inmitten von Feldern und Auen, an dem sie sich vor vielen Jahren einmal als reiche Gräfin ausgegeben hatte.

»Gräfin Sophie Mathilde Durant«, sagte sie leise, während das Lächeln wieder verschwand.
»Wie bitte?«
»Ich denke an früher. An eine Beerdigung, auf der eine Menge hoher Tiere anwesend waren.«
»Ich verstehe überhaupt nichts.«
»Ist egal. Ewig her. Aber ich war schon mal in dieser Gegend.« Julia suchte den Flugplatz und den Friedhof, zunächst erfolglos, denn sie wusste nicht, wie man auf eine detailliertere Ansicht umschaltete. Die Straßenkarte zeigte nur ein Spinnennetz unzähliger Wege.
»Meinst du, ich soll deshalb hierhergelotst werden?«, sagte sie irgendwann. »Wieder eine Verbindung zu früher, so wie bei Laura Schrieber und Tanja Wegner?« Sie schauderte bei dem Gedanken, was das für Hochgräbe bedeuten könnte.
»Beruhige dich erst mal«, reagierte Hellmer etwas unbeholfen. »Vorläufig suchen wir nur dein Auto, sonst nichts. Spekulationen bringen uns nicht weiter.«
»Das sagst du so einfach.«

Die Bundesstraße war brandneu, wie es schien. Hellmers Entscheidung war die richtige gewesen. Während die Staumeldungen der A5 aus dem Radio kamen, rasten die Äcker und immer kleiner werdende Dörfer an ihnen vorbei. Alle paar Minuten prüfte die Kommissarin die Karten-App. Sie näherten sich der Position. Und der Opel stand still.
Als sie das Ortsschild Assenheim passierten, stöhnte sie auf.
»Assenheim, Ossenheim, Dorn-Assenheim … hier heißt ja alles gleich!«
Nicht, dass Julia Durant sich beschweren durfte. Als Kind eines kleinen Dorfes in Oberbayern kannte sie die eintönig wirkende Namensgebung im ländlichen Raum, in ihrer Heimat war es die immer wiederkehrende Schlusssilbe -ing.

»Und sieht auch alles gleich aus«, keuchte Hellmer mit zusammengekniffenen Augen, als sie durch eine enge Bahnunterführung schnellten und einen Getränkelaster auf der Gegenfahrbahn zum scharfen Bremsen zwangen.

Die Gegend war hügelig geworden, hier und da ein paar bewaldete Kuppen, in weiter Ferne kam die Kuppe des Hoherodskopfs mit seinem unübersehbaren Funkturm in Sicht. Der Porsche ließ ein Pferdegestüt links liegen, während sich kurz darauf in einer Senke auf der anderen Seite ein kleines Dorf abzeichnete.

Dann breitete sich das ebene Becken der Wetterau vor ihnen aus. Felder, wohin man sah. Zu dieser Jahreszeit lange abgeerntet und gepflügt, hier und da lagen Rübenhaufen, an anderer Stelle stach das grüne Kraut noch ins Auge.

»Gleich geschafft«, murmelte der Kommissar, beide Hände ums Lenkrad gekrampft, weil er konstant mit hoher Geschwindigkeit fuhr. Schweißspuren verrieten, wie angespannt er war, sowohl auf dem Leder als auch auf der Stirn. Doch ein Blick auf die Uhr verriet, dass er die etwa dreißig Kilometer lange Strecke in deutlich weniger als einer halben Stunde geschafft hatte. Laut Smartphone wären es mindestens sechsunddreißig Minuten gewesen.

Nach einer weiteren Kreuzung, an der Hellmer scharf bremsen musste, weil ein Bus das Blaulicht versehentlich oder bewusst übersehen hatte, näherten sie sich weiteren Höfen und schließlich einem Dorf.

»Wir sind da«, sagte Durant.

»Navigierst du mich?«

Die Häuser rasten an ihnen vorbei. An den Straßenlaternen warnten bunt bemalte Pressspankonturen vor spielenden Kindern. Einige Häuser schienen leer zu stehen, an anderen wurde gearbeitet.

»Ist das die Landflucht?«, fragte Hellmer angestrengt, während er die enge Straße fokussierte.

»Hier doch noch nicht.«

»Aber hier gibt's ja *nichts*«, stellte er fest.

Durant stand nicht der Sinn nach Diskussionen, sie dachte nur an Claus. Trotzdem widersprach sie: »Wieso? Da ist schon mal ein Imbiss. Und eine Mehrzweckhalle ist auch ausgeschildert.«
Und als wollte der Ort ihre Aussage bestätigen, kam eine goldene Bierreklame in Sicht, und am Straßenrand tauchte ein grauer Kombi mit Tupperware-Beschriftung auf. Auch wenn sie den größten Teil ihres Lebens in der Großstadt verbracht hatte, hatte Julia das Dorfleben nicht vergessen. Es gab weitaus trostlosere Gegenden, so viel war jedenfalls sicher.

Am Ende des Dorfes knickte die Ortsdurchfahrt scharf nach rechts ab.
Während Durant mit dem Finger zoomte, schlug sie ihrem Partner vor, der Straße zu folgen. Doch just in dem Augenblick, als sie ansetzte, schoss der Porsche auch schon geradeaus.
»Nein!«, rief sie.
»Schau doch«, widersprach Frank. »Es ist direkt geradeaus.«
»Aber da vorne ist gesperrt!«
Hellmer ließ den Wagen langsamer werden, bis auch er erkannte, dass es zwischen den besprühten Betonpfosten und dem Schlagbaum kein Durchkommen gab.
»Verdammt! Wie weit noch?«
»Paar Hundert Meter.«
Hellmer sprang aus dem Wagen. Julia Durant folgte ihm.
»Da ist ein See!«, rief er fassungslos. Sie schloss zu ihm auf, dann sah sie es auch.
Eine gigantische Senke, über die sich eine graublaue Wasseroberfläche erstreckte. Der Wind trieb Wellen über den See, am anderen Ufer standen Kinder mit Lenkdrachen, zwei Gleitschirm-Surfer schnitten mit spritzender Gischt durch die Fluten.
Julia Durants Blick wechselte ungläubig zwischen dem iPhone und dem Landschaftspanorama. Unter anderen Umständen wäre es ein Sinnbild des Friedens gewesen, romantisch und wunderschön. Vögel

zogen ihre Bahnen, in der Luft wie auf dem Wasser, und mittendrin erkannte sie eine kleine Schafherde, die sich durch kniehohen Bewuchs arbeitete. Doch es waren keine anderen Umstände.
Der Punkt, die Stecknadel auf der App, der Feldweg …
»Er ist hier nicht drauf!«, schimpfte sie. »Dieser verdammte See! Hier ist *nichts* verzeichnet. Wie kann das denn sein?«
»Hast du keine Satellitenaufnahme?«, wollte Hellmer wissen.
»Weiß ich nicht. Ich kann mit diesem Gerät nichts anfangen, alles ist ganz anders. Außerdem bringt uns das jetzt auch nichts.« Julia ging zurück zum Porsche und setzte sich hinters Lenkrad. Noch immer blitzten die LEDs.
Hellmer näherte sich. »Was wird das, wenn's fertig wird?«
Sie ließ den Motor aufheulen. »Komm mit oder bleib hier«, forderte sie. »Wir müssen auf die andere Seite!«
Kopfschüttelnd stieg er ein, aber er sagte keinen Piep. Frank Hellmer wusste aus langjähriger Erfahrung, wann man gegenüber einer Julia Durant besser schwieg. Stattdessen schenkte er ihr ein Lächeln und nahm das iPhone an sich, während sie auf der schmalen Straße wendete. Dabei fielen ihm erstmals die alten Streifen der Fahrbahnmarkierung auf.
»Ein Bergwerkssee«, brummte er nachdenklich. Im Fernsehen war unlängst über den Braunkohletagebau in der Wetterau berichtet worden. Mit wenigen Fingertipps war die Darstellung der Karte auf Hybridmodus umgestellt. Ein Satellitenbild, kombiniert mit Straßennamen.
An seiner Miene erkannte Durant es zuerst, dann warf sie selbst einen Blick auf das Display.
Der Pinn befand sich noch immer an derselben Position. Nur dass diese nicht mehr an einer Wegkreuzung im Nirgendwo lag, sondern mitten auf jenem türkisblauen Fleck, der das Seegebiet in seiner ganzen Ausbreitung darstellte.
Julia Durant unterdrückte einen Aufschrei und gab Gas.

17:15 UHR

Der Duft von rheinischem Sauerbraten durchzog sämtliche Räume der Wohnung.
Es war ganz einfach gewesen – und wesentlich einfacher als Rouladen.
Ein bereits eingelegtes Stück Fleisch, eine Gewürzmischung, eine Dose Rotkraut. Selbst Serviettenknödel konnte man heutzutage, vorgegart und in Plastikfolie gepresst, fertig kaufen. Es war eine verrückte Welt geworden, doch sie bot auch manche Vorzüge, wie er sinnierte, während er sich den Holzlöffel mit Soße in den Mund schob, um das Ganze abzuschmecken.
Er hatte das Kochen gelernt, war zum Technikfreak geworden, hatte seine gesamte Lebenszeit der vergangenen Jahre dafür gewidmet, um bereit zu sein. Bereit für sein mörderisches Spiel, das so viel mehr für ihn war als bloßer Zeitvertreib.
Es war alles.
Und alles lief genau nach Plan.
»Salz«, flüsterte er mit einem schaurigen Lächeln und griff nach der Holzmühle.
Frau Holdschicks Küche war so ausgestattet, wie man sich die Utensilien einer Großmutter vorstellte, bei der es jeden Tag nach einem Festtagsessen roch. Eine alte Emailleschüssel, um Eier zu verquirlen oder geriebene Kartoffeln zu vermengen. Allerlei Töpfe. Hölzerne Rührlöffel mit blank gegriffenen Stielen und einer Patina vergangener Leckereien. Ein schwerer, hölzerner Nudelwalker.
Ein verstohlener Blick auf die Seite der Arbeitsfläche. Da lag er. Er hatte ihn abgewischt, doch einiges von Hochgräbes Blut hatte sich bereits ins Holz gesaugt.
Gleichgültig spannte er die Schultern an. Die alte Frau würde ihn nicht mehr brauchen.
Durch das Blubbern der Soße drang ein Geräusch.

Er legte den Löffel neben das Kochfeld und schlich durch die Zimmer, um die Lage zu überprüfen. Alles war in bester Ordnung.
Zurück am Herd, regelte er die Hitze auf ein Minimum und prüfte die Wanduhr.
Circa dreißig Minuten, bis der Asiate mit dem Abendessen kam, im besten Fall vierzig.
Der Geruch nach der Bratensoße war wirklich aufdringlich.
Gemächlich schritt er in die Besenkammer, holte eine Reisetasche, die er hoch oben im Regal verborgen hielt, und trug sie ins Wohnzimmer. Er platzierte sie zwischen Fernsehzeitungen und farbenfrohen Illustrierten, die hier überall herumlagen.
Neben ihm atmete es ruhig.
Mit ein paar Handgriffen befreite er verschiedenes Equipment aus der Tasche und reihte es fein säuberlich auf. Sein Hauptaugenmerk galt einer fliederfarbenen Kassettenbox, die er behutsam in den Händen wog, bevor er sie öffnete. Sie bot Platz für insgesamt ein Dutzend Bänder.
Manche davon würde er niemals wieder abspielen. Andere hatten ihren Zweck bereits erfüllt.
Er lächelte, als er zu einer der letzten Kassetten griff. Sie hatte bis zum Schluss auf ihn gewartet. Besser gesagt: auf *sie*.
Eine letzte Aufnahme.

17:22 UHR

Außer Atem erreichten Durant und Hellmer das Steilufer.
Sie hatten zurückgesetzt und waren der L3187 gefolgt, die östlich um den Baggersee herumführte. Das dichte Buschwerk verdeckte die Sicht, bis es Äckern wich, durch die ein asphaltierter Weg führte. Durant schlug das Lenkrad scharf ein, Erdklumpen prasselten in die Radkästen, und sie ahnte, das Hellmer in dieser Sekunde an die teu-

re Reinigung seines geliebten Wagens dachte. Alles für die Katz. Aber weder er noch sie hatten etwas gesagt. Viel zu schmerzhaft hämmerte die Angst in der Brust. Angst vor dem, was in diesen Augenblicken zur Gewissheit wurde.

Der Porsche bog noch zwei weitere Male ab, bis er schließlich vor einem weiteren Schlagbaum zum Stehen kam. Doch dieser bestand nur aus einem alten, rot gepinselten Lichtmast, den jemand aus seiner Verankerung gerissen hatte. Tiefe Furchen deuteten darauf hin, dass hier regelmäßig Lkw verkehrten. Womöglich eine Abraumhalde. Für die Kommissare wiederum war die filigrane Doppelspur viel interessanter, die sich nach ein paar Dutzend Metern aus dem festgefahrenen Boden gelöst zu haben schien und durch das Ufergras und über zwei frische Maulwurfshügel führte. Bis hin zu einem steilen, von Gestrüpp und versunkenen Bäumen verwucherten Abschnitt des Ufers, das so aussah, als brächen hier regelmäßig Schollen der lehmigen Erde ab. Die Spuren führten zu einem hölzernen Tor, das inmitten eines mehrfach durchbrochenen Zaunes überflüssig wirkte. Unter dem Tor hindurch führten die Furchen weiter bis hin zur Kante. Geknicktes Astwerk und Grasfetzen sprachen Bände.

»Geh nicht so nah ran!«, hörte Durant ihren Partner sagen.

Doch sie nahm es nur wie unter einer Glocke wahr. Die Spuren. Die Positionierung.

Es war eindeutig. An dieser Stelle hatte man ihren geliebten Opel GT Roadster über die Böschung gesteuert.

Aber wer, fragte sie sich, während sie von einem heftigen Tränenkrampf geschüttelt wurde – wer hatte sich zu diesem Zeitpunkt noch in dem Wagen befunden?

Hellmer trat neben Durant und sagte ihr, dass er alle nötigen Stellen informiert habe. Innerhalb der nächsten Stunde würden Polizeitaucher, Feuerwehr und DLRG eintreffen.

»Sie setzen alles Menschenmögliche in Bewegung«, sicherte Hellmer ihr zu, den Arm auf ihren Rücken legend.

Doch beide wussten, dass eine Stunde verdammt viel Zeit war. Und dass der Opel *wer weiß wie lange* schon unter Wasser lag. Falls tatsächlich jemand – *Claus!?* – darin eingeschlossen war, käme jede Hilfe zu spät.

»Wir müssen das Ufer absuchen«, flehte die Kommissarin. »Du da, ich dort lang.«

»Einer von uns sollte hier auf die Kollegen warten.«

»Dann du«, entschied Durant, die allein den Gedanken, nutzlos in der Gegend herumzustehen, unerträglich fand.

»Pass auf dich auf!«, mahnte Hellmer und deutete auf ein dreckverschmiertes Schild, das, noch an seinem abgebrochenen Holzpfahl befestigt, im Gras lag. Vermutlich umgetreten von Personen, die nicht viel auf Warnhinweise gaben.

»Was meinst du?«

»Es ist ein Bergwerkssee. Das Schild warnt vor Uferabbrüchen und dergleichen. Eigentlich ist hier alles lebensgefährlich und verboten. Geh also nicht zu weit runter.«

»Sag das denen da«, kommentierte Julia Durant mit einem Blick auf die Surfer und folgte einem der unzähligen Trampelpfade in Richtung Wasser.

Immer wieder taxierte sie die Oberfläche, die in diesem Bereich beinahe spiegelglatt dalag. Sie suchte nach Luftblasen, nach einem Ölfilm, nach irgendwas. Doch außer einer Schar von Nilgänsen, die sich demnach nicht nur im Frankfurter Brentanobad breitmachten, war nichts zu erkennen.

Nach einer Viertelstunde erreichte Durant das Lager der Surfer.

»Wie lange sind Sie schon hier?«, erkundigte sie sich bei einem jungen Mann mit ledriger Haut, die darauf hindeutete, dass er sich hauptsächlich im Freien aufhielt. Er war athletisch gebaut und hatte

seine blonde Mähne mit einem Bandana in Form gezwungen. Kurz zuvor war er an Land gekommen und hatte sich abgerubbelt. Die Ankunft der Kommissarin schien ihn in keiner Weise zu stören. Er zeigte seine Zähne in einem breiten Lächeln. »Warum? Sind Sie von der Polizei?«
»Tatsächlich ... ja.«
»Oh.«
In nahezu jeder anderen Situation hätte sie es in vollen Zügen ausgekostet, den Endzwanziger sprachlos zu sehen. Doch gerade jetzt war das völlig unwichtig.
»Hören Sie, das ist ein Notfall. Ist mir scheißegal, ob Sie hier surfen dürfen oder nicht. Aber dort drüben, wo ich herkomme«, sie zeigte auf das Steilufer, »wurde im Laufe des Nachmittags ein Auto über die Böschung gefahren.«
»Holy Shit!«
»Allerdings. Haben Sie irgendwas davon mitbekommen?«
»Sorry.« Der zweite Surfer schien das Gespräch bemerkt zu haben, wendete sein Board und preschte ebenfalls auf das Ufer zu.
»Wir sind erst seit 'ner halben Stunde hier oder so«, fuhr ihr Gegenüber fort. »Ist unsere erste Runde, wir haben ja immer 'ne Ecke zu fahren, bis wir hier sind.«
Durant hatte sich bereits gewundert, denn der Akzent des Mannes, wenn auch nur sehr unterschwellig vorhanden, passte nicht zum Sprachbild der Wetterau.
»Nilkheim. Bei Aschaffenburg.«
»Aha. Und Sie fahren hierher?«
Ein dritte Person trat aus dem Wasser, eine Frau, wie Durant jetzt erkannte. Ein argwöhnischer Blickwechsel, dann trat sie zu dem Mann, küsste ihn und fuhr sich anschließend mit dem Handtuch über Gesicht und Haare. Er raunte ihr ein paar Sätze zu.
»Die Fallwinde hier sind der Hammer«, erklärte sie. »Definitiv jede Fahrstrecke wert. Hierher kommen Leute von Wiesbaden, Würzburg

und Bad Hersfeld.« Sie stockte. »Aber ein Auto? Das ist ja megablöd. Hätte man doch auch zum Schrottplatz bringen können.«
»Schrottplatz?«
»Na, direkt dahinten. Großes Metalltor. Riesige Lkw. Müssten Sie eigentlich gesehen haben.«
Julia Durant folgte dem Zeigefinger des Mädchens. Sie trug schulterlange Dreadlocks, Filzlocken und war im Gesicht und an den Oberarmen mit Sommersprossen übersät. Tatsächlich waren sie aus dieser Richtung herangerast, aber ihre Augen hatten einzig und allein dem Dickicht gegolten, welches das alte Baggerloch umgab.
Außerdem ... der Sensor konnte sich doch nicht um so viel irren. Oder doch?
Die Kommissarin entfernte sich einige Schritte von den beiden und wählte Michael Schrecks Nummer.
»Julia! Wo seid ihr?«, fragte er gehetzt. »Habt ihr ihn?«
»Die Koordinaten liegen in einem Baggersee«, sagte Durant zerknirscht.
»Verdammt. Ich meine ... tut mir leid. Ist Claus ...«
»Wir wissen noch gar nichts. Nur eine Frage: Wie groß kann die Abweichung der Ortung sein? Hundert, zweihundert Meter werden es ja wohl nicht sein, oder?«
»Ausgeschlossen«, sagte Schreck. »Warum fragst du?«
»Weil es nicht weit von hier eine Schrottpresse gibt.«
Schreck schluckte. Dann fing er sich und sagte hastig: »Eigentlich kann das nicht sein. *Wirklich* nicht.«
Doch Julia glaubte ihm das nicht so recht. Schon meldete sich ihr Telefon erneut. Andrea Sievers.
»Andrea«, sagte Durant keuchend, »versteh das bitte nicht falsch, aber ...«
»Du möchtest also keine Ergebnisse hören?«
»Wie? Doch, natürlich. Aber Claus ist verschwunden. Ich bin kurz vorm Durchdrehen, verstehst du?«

Die Rechtsmedizinerin stellte ein paar Fragen, die Julia Durant ihr ungeduldig beantwortete, dann reagierte sie mitfühlend: »Mensch, Julia, das tut mir leid! Und ich bin ausgerechnet jetzt so weit weg. Aber auch wenn's im Moment nicht viel bringen mag, wir haben erste Ergebnisse in Sachen DNA. Der Zahn, du weißt schon.«
»Und?«
»Der Zahn stammt von Stephan. Wir haben eine Menge Vergleichsproben, die alle übereinstimmen. Zahnbürste, Haare und Hautschuppen.«
»Könnte alles Fake sein«, wandte die Kommissarin ein, doch Dr. Sievers verneinte. »Dafür ist es zu viel. Glaub mir, so akribisch arbeitet niemand.«
Julia Durant ließ den Gedanken sacken. Der Kampf in ihrem Inneren war unerträglich, und sie spürte, dass sie längst nicht mehr in der Lage dazu war, objektiv zu urteilen. Hätte sie die Ermittlung besser anderen überlassen? Nein! Denn wie auch immer sich das Ganze auflösen würde: Stephan spielte eine tragende Rolle in dem Fall, und sie war die Einzige, die ihn persönlich gekannt hatte. Außerdem: Was sollte sie sonst machen? Zu Hause sitzen und darauf warten, wer ihr als Nächstes genommen würde? Sicherlich nicht. Es gab keinen anderen Ort, an dem sie jetzt sein durfte. Auch wenn die Ungewissheit und die Angst sie auffraßen.
Durant spürte ein Zupfen am Ärmel. Frank Hellmer.

17:55 UHR

Er hätte den Asiaten einfach umbringen können.
Stattdessen war ihm ein anderer Gedanke gekommen.
»Meine Mutter benötigt heute nichts.« Die Tür nur einen Spalt weit geöffnet, den verunsicherten Blick des jungen Mannes, der die Box mit dem Abendbrot umklammert hielt, im Visier. Er war nicht nur

älter, sondern auch einen ganzen Kopf größer, was ihm einen Vorsprung an Autorität verlieh.
»Aber ...«
»Ich komme dafür auf. Es ist mein Fehler, dass wir Sie nicht rechtzeitig informiert haben. Sie können das Essen hierlassen oder auch jemand anderem geben.«
Falls es überhaupt jemanden gab, der so einen Fraß wollte.
»Okaaay«, kam es wie zäher Kaugummi.
»Ich wünsche Ihnen einen schönen Abend. Ich melde mich rechtzeitig, bevor ich abreise. Bis dahin brauchen wir nichts.«
Bevor der Essenslieferant etwas erwidern konnte, legte er einen Zwanzigeuroschein auf den blaugrauen Deckel der Box.
»Auf Wiedersehen!«
Er drückte die Tür ins Schloss und lauschte. Nach ein paar Atemzügen räusperte sich der junge Mann und entfernte sich mit schlurfenden Schritten. Dann die Haustüre, ein Motor.
Geschafft.
Ein Grinsen legte sich über sein Gesicht, während er in Richtung Schlafzimmer tappte, aus dem grunzende Geräusche zu hören waren.
»Zeit für dich, zu gehen«, flüsterte er, während sich seine Hände um ein Kissen schlossen, das er auf dem Stuhl bereitgelegt hatte.
Frau Holdschick schlief so tief, dass sie es nicht einmal mitbekam, wie ihr der gepolsterte Stoff die Atemluft abschnitt. Noch bevor sie aus ihrer Traumwelt zurückkehrte, um einen kurzen Todeskampf zu führen, trat sie auch schon über in das helle Licht, das ihr ihren Mann wiederbrachte. Und ihren Bruder, den der Krieg ihr viel zu jung genommen hatte.
Und es roch wunderbar nach Braten und Rotkohl.

18:02 UHR

Obwohl man die Zufahrten abgesperrt hatte und Schutzpolizisten sich alle Mühe gaben, Schaulustige fernzuhalten, war das Seegebiet nur schwer zu kontrollieren. Überall am gegenüberliegenden Ufer tauchten Menschen auf, einige mit angeleinten Hunden, andere noch in Anzug und Krawatte. Sogar eine Handvoll Kinder lief herum. Ein Fernglas wurde herumgereicht.

Als die ersten Streifenwagen eintrafen, hatten Durant und Hellmer die Gelegenheit genutzt, um bei dem Schrottplatz nachzufragen. Doch niemand konnte sich dort an einen GT Roadster erinnern. Außerdem, versicherte man ihnen, hätte man einen solchen Wagen zuerst einmal ausgeschlachtet, bevor man ihn in die Presse geschickt hätte. Viel zu schade um die ganzen Ersatzteile, hieß es weiter. Und falls sie den Wagen tatsächlich aus dem See bergen würden, dürften sie sich gerne noch mal melden.

In diesem Augenblick machten sich zwei Taucher fertig, um einen ersten Gang in den See zu wagen. Der ausklingende Sommer hatte das Wasser in einer halbwegs erträglichen Temperatur belassen, und den Rest kompensierte die Neoprenhaut. Durant nickte ihnen auffordernd zu, als aus dem Hintergrund eine Stimme rief: »Passen Sie bloß auf!«

Julias Kopf flog herum. Ein beleibter Mann in Grüntönen mit kräftigem Schnauzbart hüpfte ziemlich ungalant den abschüssigen Weg hinab. Winkend, die andere Hand ruderte, um die Balance zu halten, und Durant hatte Sorge, ob es ihm gelingen würde, rechtzeitig abzubremsen. Als er keuchend zum Stehen kam, wallte ihr eine Brise von Baumharz und Schweiß entgegen.

Die beiden Taucher verharrten am Uferrand, wo das Wasser seicht war und die Einzäunung endete.

»Wer soll aufpassen?«, fragte Durant gereizt. »Und wer hat Sie überhaupt durchgelassen?«

Der Fremde stellte sich vor. Nicht als Jäger oder Förster, was ihr erster Gedanke gewesen war, sondern als Naturfreund, der sich um den

See kümmere. Er spulte eine Litanei von Vereinstätigkeiten ab, Obst- und Gartenbau, Angler, Hundesport – alles Dinge, die sich draußen abspielten oder damit in Verbindung standen –, dann kam er zum Punkt: »Einige von uns gehen hier auf Kontrolle. Immer wieder wird randaliert, Bänke brennen, Schilder werden umgetreten, und die ganzen Fremden, die hier zum Surfen herkommen, parken die Feldwege zu. Es ist zum Mäusemelken.«

»Wir tauchen hier nicht zum Spaß«, erwiderte Durant, und ihr Daumen huschte in Richtung Steilufer. »Hier wurde vermutlich ein Auto reingefahren.«

»Habe ich schon gehört.«

»Na also.«

»Sie werden es nicht finden. Eher verlieren Sie Ihre Taucher auch noch.«

»Wie meinen Sie das?«

»Diese Schilder sind kein Spaß! Dieser Tagebau war in den Neunzigern aktiv, das heißt, der See läuft noch immer voll, wenn auch nur sehr langsam. Wir reden hier von zwanzig, dreißig Metern Tiefe, und das gesamte Ufer besteht aus überflutetem Gras in lehmigem Boden. Vollgesogen wie ein Schwamm. Glitschig und lebensgefährlich. Was auch immer hier reinfällt: Es wird vom See verschluckt. Entweder weil es einsinkt, bis zum tiefsten Punkt gleitet oder aber – und das ist das Heimtückischste von allem – weil eine riesige Scholle Erdreich abbricht und der Sog alles mit sich nach unten reißt. Wenn Sie mich also fragen: Lassen Sie es besser sein.«

»Ist keine Option«, widersprach die Kommissarin, nachdem sie das Gesagte einen kurzen Moment lang hatte sacken lassen. »Der Wagen gehört mir. Außerdem ist er ein Beweisstück.«

Sie bedankte sich knapp, ließ den Mann stehen und näherte sich den beiden Tauchern. »Bitte passen Sie gut auf. Es heißt, das Ufer ist nicht besonders stabil.«

»Schon gut, ich kenne den See.« Der größere der beiden Froschmänner winkte ab. »Das meiste sind Schauermärchen, um die Leute vom Baden abzuhalten. Hier gibt es weder Strudel noch alte Maschinen oder gar ein versunkenes Dorf. Einfach bloß Wasser.«
Und einen Opel Roadster, dachte Durant mit Magenschmerzen, während die Männer ins Wasser stiegen.
Wenn der Kollege im Neoprenanzug mal bloß recht hatte.
Es piepte in ihrer Gesäßtasche, und parallel dazu vibrierte es oberhalb des Beckens. Durant zog zuerst das iPhone hervor, welches sie in die Hose hatte gleiten lassen. Eine Nachricht für Claus. Sie angelte mit der anderen Hand nach ihrem eigenen Smartphone, welches links in der Jacke steckte. Eine Nachricht für sie.
Vermutlich Doris oder Peter, dachte sie, während sie beide Bildschirme entsperrte. Es konnte ja nur etwas Dienstliches sein, wenn es an sie beide gerichtet war. Andrea Sievers textete nur selten, sie rief lieber an, und Hellmer befand sich in Sichtweite. Von ihm konnte es also nicht kommen. Doris und Peter wussten vermutlich noch nichts von all dem, was sich gerade hier …

Huhu, Chérie

Julia Durant zuckte zusammen. Und obwohl das Korsett um ihren Brustkorb schon bis aufs Äußerste gespannt war, schien es sich noch ein Stückchen mehr zusammenzuziehen. *Nein!*
Bevor sie prüfen konnte, ob die Nachricht auch auf Claus' Gerät eingegangen war, ertönte ihr Klingelton. Anruf von einer unbekannten Nummer, vermutlich ein Prepaid-Handy.
Die Stimme hatte denselben gepressten Ausdruck wie schon zuvor, nur dass Durant sich diesmal sofort fragte, welche Rolle Stephans Kehlkopf dabei spielte.

»Na, meine Liebe«, flüsterte er. »Wie fühlt es sich an, wenn das Leben so richtig baden gegangen ist? Wenn man dasteht und weiß, dass man nichts mehr tun kann? Wenn man gefangen ist ...«
Julia schrie so laut, dass es ihr die Tränen in die Augen trieb: »Was willst du denn, du Schwein? Hast du mir nicht schon genug angetan?«
Doch er sprach einfach weiter. Laberte und leierte seinen selbstgefälligen Dreck hinunter, als glaubte er, dass es sie auch nur im Entferntesten interessieren würde.
»Eingesperrt in seiner Haut, in einem Leben, das man nicht führen möchte. Verlassen. Vergessen. Ob es sich so anfühlt, wenn man dasitzt, angeschnallt in einer Blechbüchse, während das Wasser in den Fußraum dringt? Wenn es durch sämtliche Ritzen drückt und an der Scheibe vorbeisteigt, während man sich nicht befreien, nicht bewegen kann?«
»Bla, bla, bla!«, rief die Kommissarin. Ein Bild stieg in ihr auf. Ihr Fuß, der sich tief in Stephans Weichteile grub. Sein Gesichtsausdruck. War es das, was sie tun würde, wenn ...
Längst stand Hellmer neben ihr, ziemlich ratlos wirkend. Schreck von der IT war nicht greifbar; wie sollte er aus seinem Keller heraus ein Telefonat verfolgen, welches auf Durants Handy eingegangen war? Verdammt!
»Was ich von dir will?«
Durant erschrak. Die Stimme klang plötzlich anders – viel klarer. Das Flüstern war geblieben, aber das Leiern war verschwunden. Hatte er ihr bis eben ein Band vorgespielt und sprach jetzt direkt mit ihr? Klang deshalb die Stimme so anders?
»Ja ...« Sie nahm alle Kraft zusammen, die sie noch hatte. »Du willst Rache? Meinetwegen! Dann komm her, verdammt noch mal, aber hör damit auf, meine Freunde umzubringen.«
Das Lachen hätte unheimlicher nicht sein können. Es weckte ungute Erinnerungen, die Durant nicht näher analysieren konnte, denn der

Flüsterer wechselte wieder zu seinem leiernden Ton: »*Alles* habe ich dir genommen, so wie du mir. *Fast* alles. Du hast mein Leben zerstört, und ich werde dir deins nehmen.«
»Komm nach Hause, *Chérie*«, die Stimme hatte sich wieder aufgeklart, »komm schnell. Und komm alleine. Vielleicht stimmt mich das gnädig.« Wieder ein heiseres Lachen, welches direkt aus der Hölle zu kommen schien. »Einer von euch darf am Leben bleiben. Was meinst du? Wir spielen eine Partie Romeo und Julia. Aber ich warne dich! Kommst du nicht allein, sterben alle.«
Bevor Durant noch etwas sagen konnte, wurde die Verbindung unterbrochen.
Hellmer, den sie über Lautsprecher hatte mithören lassen, war kreidebleich.
»Einen tollen Ex-Mann hast du dir da angelacht«, murmelte er. »Und glaub mir, ich kenne mich da ziemlich gut aus.«
Julia Durant hörte ihn kaum. Ihre Gedanken drehten sich um das, was die Stimme in den letzten Sätzen angedeutet hatte. Romeo und Julia.
»Was bedeutet das?« Wirre Bilder schossen ihr durch den Kopf. Ein Mann, der mit einem Sauerstoffgerät in einem Sarg lag. Vergraben. Bloß eine Krimi-Episode im Abendprogramm, aber eine, die ihr tagelang Alpträume bereitet hatte. Hatte er das mit Claus gemacht? War Claus am Leben, irgendwo dort, unter der Wasseroberfläche, aus der soeben der Kopf eines der Taucher herausbrach? Hockte er, das Druckmanometer vor Augen, da, wartend, ob ihn vor dem letzten Atemzug jemand aus der stummen Finsternis befreite?
Der Froschmann schüttelte den Kopf und zeigte den Daumen nach unten. Weiter oben, am Steilufer, traf ein weiteres Team ein. Vier Personen, zwei Frauen, zwei Männer.
»Sie sollen sich beeilen«, drängte Durant.
Hellmer verstand. »Glaubst du … Claus ist da unten? Am Leben?« Er schüttelte den Kopf. »Stephan sagte doch: ›Komm nach Hause.‹ Und dass du es schnell tun sollst.«

»Ich kann jetzt nicht hier weg!«, zischte die Kommissarin.

»Doch!« Ihr Partner ergriff ihre Arme und blickte sie fest an. Er musste es ihr nicht erklären, sie verstand es auch so. Der Opel lag seit mindestens eineinhalb Stunden im Wasser, wahrscheinlich sogar länger.

Sie ließ Hellmer stehen und eilte zu dem Taucher, der sich soeben von der Maske befreite.

»Verdammt kalt da unten«, sagte er. »Keine Bewegung im Wasser. Ab drei Metern Tiefe spürt man einen massiven Temperatursturz. Dafür sieht man recht gut. Leider konnten wir noch nichts ausmachen, aber ich gehe gleich direkt unter dem Steilufer noch mal rein. Bedauerlicherweise ist dort Erdreich abgeschüttet worden, und wir müssen höllisch aufpassen, dass wir keinen weiteren Abbruch auslösen.«

»Wie lange hält so eine Sauerstoffflasche?«

»Das ist schwer zu beantworten. Kommt auf die Art des Tauchgangs, das Atemminutenvolumen und die Flaschengröße an. Ich habe hier eine 12-Liter-Flasche, mit der ich schon zwei Stunden unter Wasser gewesen bin, und sie hatte immer noch Restdruck. Aber ich bin auch gut im Training. Für andere könnte schon nach der Hälfte der Zeit Schluss sein.«

Durant schluckte. Zwei Stunden. Sie wusste nicht, warum sie überhaupt auf diesen Gedanken gekommen war. Zu viele abgedrehte Fernsehserien? Doch das Demaskieren des Tauchers hatte ihr ein Bild vor die Augen getrieben, ein Bild, das ihr Angst machte, aber auch einen Strohhalm an Hoffnung bereithielt. Eine letzte Möglichkeit, an die sie sich klammern wollte. Doch leider war da noch etwas anderes.

»Wie ist denn die Temperatur weiter unten?«

»Schätze, viel mehr als acht Grad dürften es nicht sein. Wieso fragen Sie?« Der Taucher patschte mit der flachen Hand auf seine Neoprenhülle. »Keine Sorge. Ich bin gut gepolstert.«

Doch darum ging es ihr nicht. Julia Durant rief sich alles an Wissen ins Gedächtnis, was sie im Laufe ihrer Dienstzeit angesammelt hatte. Schon bei einer Wassertemperatur von zehn Grad Celsius würde ein Körper, selbst bei allerbestem Immunsystem, nach einer Viertelstunde an Kerntemperatur verlieren. Was an den Extremitäten begonnen hatte, würde sich ins Innerste ausbreiten. Zuerst würde ein heftiger Zitterkrampf einsetzen, danach folgten Halluzinationen und anschließend der Verlust des Bewusstseins. Das Herz schlug immer langsamer, bis es am Ende nur noch alle zwanzig bis dreißig Sekunden zuckte. Und sobald die Körpertemperatur die Zwanzig-Grad-Marke erreichte, trat der Tod ein.
Sie rechnete nach. Kein Sauerstoff und kein Neopren der Welt konnten Claus da unten retten, wenn er bewegungslos im Wagen saß.
Das iPhone piepte. Und parallel meldete sich ihr eigenes.
Da wollte wohl jemand auf Nummer sicher gehen.

Allez vite, Chérie!
Meine Geduld ist am Ende. Ich habe lange genug gewartet.
Dein Romeo hat nicht mehr viel Zeit.

Romeo.
Wer sollte das sein? Stephan? Oder Claus?
Die Kommissarin warf einen letzten Blick auf den Baggersee. Was für ein wundervolles Fleckchen Erde, dachte sie. Unter anderen Umständen.
Sie wandte sich an Hellmer und brauchte nichts zu sagen.
»Ich fahre dich. Außerdem lasse ich dich nicht ohne Verstärkung dahin.«
»Auf keinen Fall«, wehrte die Kommissarin ab, und sie tat das mit einer Schärfe, die keinen Raum für weitere Diskussionen eröffnete.

Fünf Minuten später schoss der silberne Sportwagen über die alte Straße nach Weckesheim hinein und bog nach ein paar Hundert Metern hinter dem Bahnübergang, parallel der Gleise, in Richtung Friedberg ab.

18:10 UHR

»Keine anderen Bullen, keine Kollegen, keine Freunde!«, sagte die Stimme bereits zum vierten Mal. Doch es klang nicht so, wie es sollte, daher folgte Versuch Nummer fünf. Diesmal gefiel es ihm besser, er hatte auch alles dafür gegeben. Das heiser-gepresste Sprechen, mit der Hand auf dem Adamsapfel, als könne der Druck die Stimme herabtönen. »Hörst du, *Chérie*«, sprach er weiter und hob die Mundwinkel. »Ich sehe alles. Es darf niemand kommen, außer dir. Ansonsten kannst du dir einen weiteren Toten auf die Fahne schreiben. Und du solltest mir mittlerweile glauben, dass ich vor nichts zurückschrecke.« Er hielt für zwei Sekunden inne, dann noch einmal, mit markanter Betonung: »Also ... nur du und ich. Wie in alten Zeiten. – Und fahr vorsichtig!«
Er hörte sich die Nachricht an, nickte und drückte auf Senden. Beobachtete, wie die Audiodatei hochgeladen wurde, und leitete sie danach auch an die andere Mobilfunknummer weiter, obwohl er wusste, dass sich beide Geräte im Besitz derselben Person befanden.
Kommissarin Julia Durant.
Der Heldin von München, wie sie es einst in den Medien geschrieben hatten.
Wütend ließ er die Knöchel seiner Finger knacken.
Helden sterben Heldentode, dachte er und zwang sich wieder zur Konzentration. Er schritt zu einer Kamera, deren Bild er auf einem Tablet verfolgen konnte. Prüfte sie. Schaltete um zu zwei weiteren Aufnahmegeräten, die ihre Signale kabellos übertrugen. Eine hing im

Treppenhaus, die andere scannte die Straße. Sollte sich eine Streife hierher verirren oder ein Spezialkommando oder auch nur die Kollegen Kullmer, Hellmer oder Seidel in Zivil, er würde es bemerken.
Sein Herz begann zu pochen. Nach Monaten der absoluten Kontrolle war dies der entscheidende Moment. Eine Gleichung, die er nicht kontrollieren konnte, von der er hoffen musste, dass sie aufging. Dass ihre Variablen sich den Erwartungen gemäß verhielten. Dass das Ego einer Julia Durant noch immer ausgeprägt genug war, um tatsächlich alleine hier aufzukreuzen. Und wenn es nicht ihr Ego war, dann die Sorge um diesen Kasper, den sie in ihr Bett gelassen hatte. Vielleicht sollte ich ihr zur Sicherheit noch ein Foto von ihm schicken, dachte er. Am besten mit einer Waffe an seiner Schläfe.

*

Julia Durant hörte sich die Sprachnachricht gleich zweimal an. Nach allem, was geschehen war, konnte sie nicht riskieren, dass es sich um zwei unterschiedliche Inhalte handelte. Sie fuhr in diesen Minuten über ein brandneues Stück Umgehungsstraße in Richtung der Autobahnauffahrt zur A5.
Allez vite.
Beeil dich.
Hellmers Navi zeigte eine verbleibende Fahrzeit von siebenundzwanzig Minuten an.
Das Blaulicht hinter der Sonnenblende versprach, diese Angabe zu unterbieten. Nur um wie viele Minuten?
Das Telefon klingelte. Hellmer wollte wissen, wo sie sich befand.
»Gleich in Rosbach«, rief Durant, die das Telefon auf Freisprechfunktion geschaltet und zur Hälfte in die Ritze des Beifahrersitzes geklemmt hatte.
»Wann bist du da?«
»Kurz nach halb, hoffe ich.«

»Und ich soll wirklich niemanden hinschicken?«
»Nein«, sagte Durant scharf. »Ich kümmere mich selbst darum, Ende der Diskussion. Es steht zu viel auf dem Spiel.«
Sie verabschiedete sich mit dem Hinweis, sich auf die Straße konzentrieren zu müssen.

*

»Viel Glück«, wisperte Hellmer, während sein Blick auf der Wasseroberfläche des Sees ruhte, unter der nunmehr sechs Taucher am Werk waren, um den versunkenen Wagen zu finden.
Warum ausgerechnet hier?, dachte der Kommissar. Natürlich kannte man in Frankfurt die Seenplatte in der Wetterau. Für einen Münchner indes – wenn diese Theorie überhaupt noch stimmte – verfügte der Täter über eine beeindruckende Ortskenntnis.

18:32 UHR

Julia Durant hielt ihre Waffe vor sich, während sie sich der Haustür näherte. Gottlob waren keine Passanten in unmittelbarer Nähe, als sie mit dem 911er die Bordsteinkante hochgeknallt und aus dem Wagen gesprungen war. Sie sah sich um, taxierte die Gegend. Keine Kollegen. Keine Freunde. Hellmer hatte sich daran gehalten.
So weit, so gut.
Sie sollte nach Hause kommen. Das hatte er von ihr verlangt.
Nach Hause.
Dieses Gefühl brannte seit gut einer halben Stunde in ihren Eingeweiden. Er war bei ihr eingedrungen. In ihre Privatsphäre, in ihr Eigentum, in ihre kleine, heile Welt. Vermutlich hatte er Claus' Schlüssel, also war die Sicherheitstür, die sie vor ein paar Jahren hatte einbauen lassen, zwecklos.

Wartete er auf sie?
Romeo.
Das Atmen fiel Julia so schwer, dass sie die Stufen nach oben nur langsam nehmen konnte.
Zeit genug für wirre Gedanken. Und auch für ein paar klare.

Vor einer Viertelstunde hatte Butz Mayer sich gemeldet. Er entschuldigte sich vielmals, weil er sie nach Feierabend störe.
»Du störst mich nur beim Fahren«, rief Durant in Richtung Beifahrersitz.
Feierabend. Ein Begriff, den Butz schon früher viel zu wichtig genommen hatte, wenn sie sich recht erinnerte.
»Ach so. Es geht noch mal um das Foto aus der Reisetasche aus dem Hotel. Hast du die Mail nicht bekommen?«
»Ich kam noch nicht dazu. Was ist damit?«
»Es ist ein Original«, betonte Mayer und beschrieb im Folgenden das Foto. Es handelte sich um eine Aufnahme, die ihren Weg in eine lokale Zeitung gefunden hatte. Das erste Foto von ihr in einer Zeitung. Das Foto von ihr und Stephan, fein säuberlich mit der Schere aus dem Blättchen getrennt. Auf der Rückseite klebte ein Teil eines anderen Artikels, es ging laut Mayer um den großen Fall von damals.
»Moment mal«, sagte sie. Vor ihren Augen kam die Frankfurter Skyline in Sicht, die eine beeindruckende Kulisse zeichnete. Und gleichzeitig stand sie mit den Beinen in Stephans Wohnung, den Schreibtisch mit ihrem Foto und der Papiersammlung vor Augen. Artikel, in denen sie plötzlich blättern wollte, weil ihr etwas Schreckliches schwante.
Der Groschen fiel erst, nachdem Durant ihren Fuß vom Gas genommen hatte und von der Überholspur auf den Mittelstreifen gewechselt war. Wie viele Originale mochte es nach so vielen Jahren noch geben? Neben ihrem Vater waren Stephan und sie im Besitz einer

Ausgabe gewesen. Paps ebenfalls. Und Pastor Aumüller hatte ebenfalls eine.
Während Taunus und Wetterau auf beiden Seiten der Autobahn vorbeijagten, erlangte Julia Durant eine Gewissheit, die sie in Todesangst versetzte. Nicht allein um ihretwillen. Alles schien plötzlich einen Sinn zu ergeben. Und in dieser Sekunde war ihr klar geworden, dass es kein Zurück gab.
Und sie hatte gewusst, was zu tun war.
»Boots, wir müssen aufhören«, sagte sie. »Aber du musst etwas für mich tun. Und du musst dich beeilen.«
Sie ließ ihm ein paar Anweisungen zukommen, legte auf und beschleunigte wieder.

18:34 UHR

Leer.
Flur, Wohnzimmer, Badezimmer. Keine Spur von Claus. Keine weiteren Hinweise. Keine Wandschmierereien, keine durchwühlten Schränke. Mit pochendem Herzen schritt die Kommissarin Richtung Schlafzimmer. Den leblosen Körper bereits vor ihrem inneren Auge sehend, schob sie die Tür auf. Doch auch das Bett war leer. Es lag genauso da wie am Morgen, halb zerwühlt und nur halbherzig aufgeschlagen. Weder Claus noch sie waren besonders begabt im Bettenmachen, und sie waren sich stets darüber einig gewesen, dass es Wichtigeres im Leben gab.
Ebenso wie in allen anderen Räumen gab es auch bei näherer Betrachtung keine Spur eines Eindringlings. Die kleine Kamera, die Wohnzimmer und Flur fokussierte, entdeckte Durant nicht.
Wie auf Kommando meldete sich ihr Telefon. Diesmal klingelte es nur bei ihr, Hochgräbes Gerät blieb stumm. Die Nummer war eine andere, vermutlich hatte er das Gerät gewechselt, um nicht ortbar zu sein.

»Wo bist du?«, presste sie wütend heraus und erntete ein schallendes Lachen.
»Ich musste doch sichergehen, dass du dich an unsere Spielregeln hältst – *Chérie*.«
»Spar dir das! Ich weiß …«
Wieder ein Lachen. »Du weißt gar nichts. Und ich rate dir, spiel dich bloß nicht so auf! Dein Arsch gehört mir, genau wie der deines Lovers. Nennt er dich auch *Chérie*, wenn ihr es miteinander treibt? Oh, ich habe diesen Namen so oft auf den Lippen gehabt, wenn …«
Durants Zeigefinger landete unsanft auf dem Display. Viel lieber hätte sie das Gerät an die Wand geworfen, als würde er darin sitzen, und sie würde ihn mit dieser Geste zerschmettern können. Doch stattdessen unterbrach sie die Verbindung, ein Impuls, gegen den sie nicht angekommen war und den sie schon eine Sekunde danach bereute.
»Was machst du da?«, wimmerte sie tonlos und mit zitternden Händen.
Doch schon erschien die Nummer erneut auf dem Bildschirm.
»Wage es nicht, mich noch einmal zu unterbrechen!«
Julia Durant schwieg. Sie hatte es mit einem Mann zu tun, der es gewohnt war, die Kontrolle zu behalten. Mit einem grimmigen Lächeln drückte die Kommissarin ein zweites Mal auf das rote Auflegesymbol.
Ob sie das Richtige tat? Sie wusste es nicht. Aber sie wusste eines: Schlimmer konnte es kaum kommen. Ein Täter, der durch Ungehorsam aus der Fassung zu bringen war, war ein verletzlicher Gegner. Und ein gefährlicher noch dazu, doch das war nichts Neues.
Durant zählte die Sekunden. Von irgendwoher erklang ein dumpfer Aufschlag. Doch das bedeutete inmitten Frankfurts recht wenig, sie war es gewohnt, Tag und Nacht einer Geräuschkulisse aus teils undefinierbaren Tönen ausgesetzt zu sein. Sie dachte an Frau Holdschick. Es hatte so gut gerochen im Flur. Ob das ein Essen des Pflegedienstes

war oder ob sie sich selbst an den Herd gewagt hatte? War sie womöglich gestürzt?

Bevor sie zu Ende denken konnte, flammte die Displaybeleuchtung auf und verriet einen weiteren eingehenden Anruf.

»Wenn ...« Es atmete, doch die Kommissarin schnitt ihm das Wort ab: »Wenn ich nicht sofort erfahre, wo wir uns treffen, lege ich wieder auf.« Stille. Sie überlegte, ob sie ihn auszählen sollte, da meldete sich das Flüstern in seiner gewohnt angespannten Bedächtigkeit: »Ich wollte zuerst prüfen, ob du dich an unsere Vereinbarung hältst. Hier deine nächste Aufgabe. Gehe ins Wohnzimmer, platziere dich zwischen Sofa und Badezimmertür. Jacke und Bluse ausziehen. Die Waffe auf den Couchtisch legen. Die Handys auch. Die Telefonverbindung bleibt aktiv und auf Lautsprecher. Ich warne dich ...«

»Ja ja, ist ja schon gut. Bevor ich mich auch nur einen Zentimeter bewege, will ich wissen, was mit Claus ist.«

»Romeo!«, säuselte es höhnisch. »Noch ist er warm. Beeil dich also besser.«

Noch immer zittrig, trat Julia an den vorgeschriebenen Platz. Sie bewegte sich langsam, um Zeit zu gewinnen. Er konnte sie sehen. Der erste Blick galt dem Fenster, doch die milchigen Vorhänge erlaubten keinen Einblick von außen. Zumal es in dieser Richtung kein direktes Nachbarfenster gab, sondern nur die Straße. Noch während sie über die technischen Raffinessen nachdachte, die es gab, Infrarot, Röntgen, Drucksensoren, machten ihre Augen das winzige Objekt aus, das sich im Bücherregal befand. Ganz oben, zwischen zwei Einbänden, kaum zu sehen. Genau dort hätte sie selbst es wohl auch platziert. So gerne sie einen näheren Blick riskiert hätte, sie drehte den Kopf unbeirrt weiter und hoffte, dass er das kurze Aufflammen ihrer Pupillen nicht bemerkt hatte.

»Tick, tack, tick, tack!«, drang die Stimme aus dem Lautsprecher. »Falls ich es noch nicht erwähnt habe: Ich kann dich sehen. Trödel also nicht rum.«

Falls du es noch nicht bemerkt hast: Ich weiß, dachte die Kommissarin grimmig und legte die beiden Telefone auf den Couchtisch. Danach zog sie ihre Bluse ab und nahm die Pistole aus dem nun frei liegenden Holster. Hielt kurz inne, widerstand dem Verlangen, ein Projektil in die Kameralinse zu jagen, und platzierte die Waffe ebenfalls auf dem Tisch. Wie zufällig tänzelte sie dabei und drehte sich, dann begann sie, die Bluse zu öffnen. Den Oberkörper in Richtung Fenster gewandt, er hatte von dieser Stripshow nur das Nötigste verdient.
»Brav«, kommentierte er. »Und jetzt einmal um die eigene Achse drehen.«
Durant gehorchte. Erleichtert, dass sie ein eng anliegendes Unterhemd trug und nicht im BH dastehen musste. Wie zufällig trafen ihre Finger, als sie die Arme vor der Brust kreuzte, das lange verheilte Gewebe oberhalb des Herzens.
War das ein leises Kichern, was dort vom Couchtisch her erklang?
»Fühlst du mich etwa immer noch?«, flüsterte es.
Und tatsächlich spürte Durant einen brennenden Stoß von kaltem Stahl unter ihrer Hand. Sie schmeckte Blut. Es quoll von überallher. Strömte unter ihre Zunge.
Der Atem setzte aus.

*

Wie nah sie ihm plötzlich war.
Nur ein paar Meter trennten sie voneinander, so nah waren sie sich seit damals nie wieder gewesen. Und in dieser Sekunde schien die Erkenntnis eingeschlagen zu haben wie ein Blitz, der endlich die ersehnte Ableitung gefunden hatte. Der sein Objekt derart heftig durchdrang, dass es jedes Atom zum Schmelzen zu bringen drohte, aber unbarmherzig weiterfuhr, ohne auch nur eine Sekunde zu verweilen. Ein Urknall der Erkenntnis, jedenfalls hoffte er dies.

Zufrieden nahm er das Telefon ganz nah vor den Mund. Tappte mit dem Finger ein letztes Mal über das Tablet, das vor ihm lag, nur um sicherzugehen, dass sich keine unerwünschten Besucher im Anmarsch befanden. Doch da war niemand.
»Bist du bereit für mich? Ich warte.«
»Wo denn, verdammt?« Julia Durant keuchte.
Wie gequält sie aussah. Und so verletzlich, wie sie in ihrem Wohnzimmer stand, die Arme vor den Brüsten verschränkt, als fürchte sie, er würde sich an ihr aufgeilen.
Heimlich richtete er seine Aufmerksamkeit in Richtung seiner Lenden. Tatsächlich regte sich da unten etwas, aber es lag nicht an den Rundungen dieser Kommissarin, nicht an ihrer sinnlichen Weiblichkeit, auch wenn diese noch immer überwältigend war.
Wenn man auf so etwas stand.
Was ihn erregte, war das Gefühl von Macht. Von Allmacht. Viel mächtiger als vor ein paar Tagen, als er über dieses nymphomane Miststück gekommen war. Als er entschieden hatte, Mia Emrich zu begnadigen. Als er sich als Patient bei der Cornelius eingeschlichen hatte, nur um darauf zu lauern, wann er sie kaltmachen konnte.
Er hatte Julia Durant in der Hand. Genau jetzt und genau so, wie er es sich immer ausgemalt hatte. *Julia Durant.*
Allein dieser Gedanke trieb ihm das heiße Blut in die Weichteile.

18:51 UHR

Runter und raus.
Das war das Extrakt seiner Worte. Julia Durant verstand es nicht, was das sollte.
Sie hatte soeben die nächsten Anweisungen empfangen, und das Aufeinandertreffen musste nun unmittelbar bevorstehen. Nicht wieder anziehen. Genau so bleiben. Die Waffe auf dem Tisch lassen und

die Handys ins Klo werfen. Er hatte eindringlich wiederholt, dass er jeden ihrer Schritte sehen könne und jedes Fehlverhalten fatale Folgen nach sich ziehe. *Runter und raus.* Was bedeutete das genau? Langsame Schritte. Ohne zu sprechen. Die Wohnungstür schließen. Am Treppenende angekommen in Richtung Eingangstür wenden.
Und dann? Julia Durant hatte soeben die Mitte der Treppe hinter sich gelassen. Betont langsam, um die Zeit zum Nachdenken zu nutzen, was ihr aber nichts brachte. Wie wollte er sie erreichen? Stand er am Ende draußen, und sie würde ihm praktisch in die Arme laufen?
Vom Duft nach Bratensoße getragen, tappte sie weiter. Verharrte auf den Bodenfliesen, mit einem verstohlenen Blick auf die Kellertür. Dann setzte sie den rechten Fuß in Richtung Ausgang, als im selben Augenblick die Tür zur Wohnung von Frau Holdschick aufgerissen wurde.
»Rein!«, stieß er hervor. Sie sah zuerst den Lauf der Waffe, dann erkannte sie das Gesicht. Zumindest glaubte sie, in den gealterten Zügen etwas wiederzuerkennen. Der andere Arm wedelte und drängte sie zur Eile. Eine neue Woge Essensduft überrollte sie.
Scheiße. Er hatte sich direkt unter ihr eingenistet! Der Gedankensturm brach aufs Neue los. Wo war Claus? Wo war die alte Dame?
»Los! Rein hier!«
Julia Durant tat, wie ihr geheißen, und begab sich in die Höhle des Löwen.
Sofort drückte er die Tür wieder zu, zwang sie auf die Knie, und kurz darauf spürte sie seine Hände überall. Handschellen rasteten ein und Tape ratschte. Binnen Sekunden war die Kommissarin gefesselt und geknebelt. Sie war wie gelähmt, doch sie wusste, dass sie keine Wahl hatte. Solange sie nicht wusste, was mit Claus und Frau Holdschick war ...
Er befahl ihr aufzustehen und griff ihr unsanft unter die Achseln. Dann stieß er sie in Richtung Wohnzimmer, wo sie in Richtung ei-

nes Sessels taumelte. Er drückte sie tief in das ausgesessene Polster. Durant hielt den Atem an, als er ihr das Klebeband um die Unterschenkel wand. Dann erblickte sie Claus, der regungslos auf dem Sofa lag. Seine Mundwinkel waren feucht, die Augenlider zuckten. Er lebte. Auch wenn seine Gesichtsfarbe alles andere als lebendig wirkte.
Ein gequältes Piepen war alles, was sie von sich geben konnte, denn schon reagierte der Mann mit einem schallenden Lachen. »Romeo, ach Romeo«, höhnte er lauthals. Von seinem Flüstern war keine Spur geblieben.
Erst jetzt gelang es der Kommissarin, seine Visage einer längeren Betrachtung zu unterziehen. Die tief liegenden Augen, aus denen das Böse blitzte. Quicklebendig wie eh und je. Alles andere an ihm war alt geworden, doch allein dieser Blick verriet, dass er genauso gefährlich war wie damals. Vielleicht sogar noch mehr.
Sie wusste nicht, wen sie in diesem Augenblick mehr hasste. Das Monster, das ihr da gegenüberstand – ihre personifizierte Nemesis – oder … sich selbst.
Warum war sie nicht viel eher daraufgekommen? Wie hatte sie ihrem Ex-Mann Stephan Derartiges zutrauen können? Warum hatte sie die Zeitungsberichte auf seinem Schreibtisch nicht genauer untersucht? Warum hatte es nicht sofort Klick gemacht? Pastor Durant hatte all diese Artikel zusammengetragen. Alles, was es über sie in den Medien zu lesen gab. Und Julia hatte die fein säuberlich ausgeschnittenen Papiere in einem Karton gestapelt, beinahe so wie das Poesiealbum eines selbstverliebten Teenie-Stars. Julia Durant, die selbstbewusste Schönheit vom Land, die ihre Traumhochzeit mit einem begehrten Junggesellen feierte. Vielleicht hatte sie es deshalb blockiert. Hatte nicht darüber nachdenken wollen, als sie es hatte vor sich liegen sehen. In derselben Wohnung, in der sie all diese Erinnerungen zusammengetragen hatte. Erinnerungen an ein anderes Leben, die sie nach ihrem Weggang verdrängt hatte.

Doch das war nur die eine Seite der Medaille. Neben der Ehefrau gab es auch noch Julia Durant, die toughe Kommissarin, der ein beeindruckender Ermittlungserfolg in der bayerischen Landeshauptstadt gelungen war.

Sascha Thibault. Es war der erste Tatort gewesen, den sie als leitende Ermittlerin der Mordkommission inspiziert hatte. Hans-Sachs-Straße, München. Thibault hatte sein Opfer in einer Szene-Bar angesprochen und auf bestialische Weise ermordet. Weitere Bluttaten folgten. Es hatte Monate gedauert, bis man die Ermittlungen ausreichend ernst nahm und erkannte, dass es sich um einen Serienmörder handelte. Damals tickten die Uhren noch anders, wenn es um Morde in diesem Milieu ging, und auch heute kannte Durant Kollegen, die sich nur nach außen hin tolerant gaben. Die obersten Stellen der Polizei hatten versucht, das Ganze herunterzuspielen, doch die Presse hatte sich wie ein Rudel hungriger Wölfe auf die Sache gestürzt. Thibault war aufgrund der besonderen Schwere seiner Taten zur Höchststrafe verurteilt worden, die, weil er keinerlei Reue zeigte, in Sicherheitsverwahrung übergehen sollte. Nie im Leben hätte sie sich ausgemalt, dass er noch einmal in Freiheit kommen würde. Bis zu ihrem Telefonat mit dem guten alten Boots.

»Du hast mich vergraben und vergessen«, sagte Thibault mit zornfunkelnden Augen. »Ich weiß nicht, wofür ich dich mehr hasse. Ich habe jeden einzelnen gottverdammten Tag an dich denken müssen. Ich habe mir ausgemalt, wie es sein wird, wenn wir uns wieder gegenüberstehen. Und ich hatte eine Menge Zeit, um es mir auszumalen, das kannst du mir glauben.«

Durant zeigte keinerlei Regung. Sie zwang sich, nur selten zu blinzeln und die Stirn nicht zu kräuseln. Kein Zucken mit den Augenbrauen, kein Kampf gegen das Klebeband, das er ihr um den Kopf geschlungen hatte.

Thibault redete sich in Rage. »Du hast keine Ahnung, wie es ist! Ich habe vier verschiedene Gefängnisse erlebt, und jedes davon war auf

seine Weise die Hölle. Die Stille, die einen geradezu anschreit. Der Lärm, den die immer wiederkehrenden Alltagsgeräusche verursachen, weil man jeden Ablauf, jeden Ton aus dem Effeff kennt und vorhersagen kann. Das Winseln, das Singen, die Prügeleien, der Arschfick. Alles, was man aus dem Fernsehen kennt. Und dazwischen die Sehnsucht nach den Sonnenstrahlen, die jeden Tag ein paar Minuten zeitversetzt an deinem Fenster vorbeiwandern. Du hast mir mein Leben geraubt!«
Die Kommissarin hatte mittlerweile die Augen geschlossen, als ermüde sie der Monolog. Thibault sprang mit einem Kreischen auf sie zu und riss ihr das Klebeband vom Gesicht. Während Durant noch den Schmerz spürte, als der Kleber gleich mehrere Dutzend Haare mit sich riss, landete auch schon seine Handfläche mit einem Klatschen auf ihrer Wange.
»Hör mir gefälligst zu!«, schäumte er.
Durant hustete benommen. »Mir bleibt ja nichts anderes übrig.«
»Und? Was sagst du dazu?«
»Sie haben jeden einzelnen Tag davon verdient«, antwortete sie, was ihr nichts als ein höhnisches Lachen einbrachte. Thibault zog sich einen Stuhl heran und nahm vor ihr Platz, kaum mehr als eine Armlänge entfernt.
Derweil grub die Kommissarin weiter in ihrer Erinnerung. Thibault hatte ein teuflisches Spiel mit seinen Opfern gespielt, begonnen mit einem Giftcocktail, der nur der Anfang einer Reihe von Perversitäten gewesen war. Ihr Blick flog hinüber in Richtung Sofa. Hochgräbes Brustkorb hob und senkte sich kaum merklich.
»Haben Sie ihn auch vergiftet?«
»Romeo?« Er grinste breit. »Vielleicht. Vielleicht auch nicht.«
»Machen Sie mit mir, was Sie wollen«, sagte Durant, »aber lassen Sie ihn da raus.«
»Das hättest du wohl gerne. Ich habe eine bessere Idee. Ich lasse dich hier sitzen, bis dein Liebster seinen letzten Furz gelassen hat. Und du

kannst nichts weiter tun, als dazuhocken und die Zeit verrinnen zu sehen. So wie ich es getan habe.«
»So wie Sie es zu Recht getan haben!«
»Ansichtssache. Ich habe die Welt damals von Krebsgeschwüren befreit, von krankem Bodensatz, wobei dies ja ein aussichtsloses Ansinnen war, wenn man sich die Medien heute so ansieht.« Thibault spie vor Ekel aus. »Es gab viele, die auf meiner Seite standen, das weiß ich genau.«
»Und was ist das Ehrbare daran, meine Freunde zu ermorden?«
»Rache. Egoismus.« Thibault verfiel in einen Singsang. »Frau Pfarrerin, ich habe gesündigt. Ich gebe zu, dass ich mein eigenes Verlangen in den Vordergrund gestellt habe.« Er klang nun wieder eiskalt. »Aber ich würde es wieder tun. Wieder und wieder, nur um dein Leben genauso zu zerstören, wie du meines zerstört hast. Damit, *Chérie,* habe ich mir meine Nächte vertrieben. Dieses Ziel war es, das mich auf meine Entlassung hinarbeiten ließ. Während meiner Haft wurden ein paar nützliche Dinge erfunden. Smartphones, Mikrotechnologie, das Internet. Ich habe dich studiert, denn dich zu finden war nicht schwer. Ich bin seit vierzehn Monaten draußen, und ich habe mir alle Zeit gelassen, um dich so hart wie möglich zu treffen. Begonnen mit Stephan«, er lachte bitter, »oh Gott. Was für ein Drama. Du hättest ihn sehen sollen, wie er winselnd vor mir saß. Jedes einzelne Tonband war eine Qual für ihn, jedes Mal fing er wieder an, sich zu wehren. Dieser Idiot. Wir haben über drei Wochen zusammengelebt, bis ich alles im Kasten hatte, denn ich musste mich ja auf alle Eventualitäten vorbereiten.«
Julia Durant konnte nur an eines denken, nämlich an Claus, aber es gelang ihr auch nicht, Thibaults Schilderung zu unterbrechen. Viel zu viele Fragen waren offen, doch so, wie er sich gab, hatte er tatsächlich jeden Schritt akribisch geplant. Monatelang. Jahrelang. Eine beängstigende Vorstellung.
»Was passiert denn mit mir, wenn Claus stirbt?«

Thibault kicherte erneut und tastete nach der Pistole, die er in seinen Hosenbund gesteckt hatte.
»Oh, das ist ja armselig«, bäumte Durant sich auf. »Ein kurzer Knall, und dann Schluss? Da hätte ich mir aber mehr erhofft!«
Sein Atem ging schneller, und er errötete. »Was denn zum Beispiel? Soll ich dich noch ficken? Glaub mir, ich habe darüber nachgedacht, und manchmal ging mir dabei sogar einer ab. Aber ich habe keine Lust. Ich will mich nicht mit dir vereinen, ich will, dass du kaputtgehst. Und zwar alleine.«
»Also töten Sie uns beide. Nacheinander.«
»Wer weiß. Wäre es dir lieber, du würdest gleichzeitig mit ihm abtreten?« Thibault schien ins Grübeln zu kommen. »In dem Bewusstsein, dass du nichts mehr für ihn tun konntest? Und in der Ungewissheit, ob es tatsächlich einen Himmel gibt?« Er winkte ab.
»Warum denn nicht? Es scheint ja keinen Sinn zu machen, um Claus' Leben zu flehen. Also könnten wir wenigstens gemeinsam sterben – oder nicht?«
Thibault lachte auf. »Also wirklich wie ein Romeo, was? Und du willst seine Julia sein.«
»Gift ist doch Ihre Spezialität, wenn ich mich recht erinnere.«
Thibault verengte die Augen zu Schlitzen. »Du möchtest freiwillig Gift schlucken?«
Durant hob die Schultern. »Ist Ihre Show. Aber wenn ich sowieso nichts dagegen tun kann, möchte ich wenigstens ein bisschen Pomp. Glauben Sie mir. Ich habe schon so viele Mörder verhaftet: Wenn das Ende nicht spektakulär ist, werden Sie's ewig bereuen. Da ist sonst mit einem Mal nichts mehr. Leere. Keine Aufgabe mehr. Und die Außenwelt wird es auch nicht kapieren. Wollen Sie etwa als *Niemand* in die Geschichte eingehen?«
Es war ihr selbst unheimlich, was sie da von sich gab. Aber sie kannte Thibault und seine verdrehte Persönlichkeit. Wusste, wie er tickte, und nutzte ihre Chancen bestmöglich. Zumindest hoffte sie das.

Und tatsächlich schien es zu funktionieren. Hinter den gefährlichen Augen spulte sich ein Film ab, dessen Bilder die Kommissarin zwar nicht sehen konnte, aber die Körpersprache Thibaults deutete darauf hin, dass er in die richtige Richtung ging.
»Wer hat eigentlich diesen leckeren Braten gemacht, nach dem es im ganzen Haus duftet?«, platzte es, scheinbar spontan, aus ihr heraus.
»Wie?« Thibault fing sich wieder. »Ach ja. Die alte Holdschick hat tagelang davon gefaselt, etwas für dich kochen zu wollen.« Er lachte auf, und der diabolische Klang ließ sie die traurige Wahrheit begreifen, noch bevor er hinzufügte: »Sie sitzt jetzt auf ihrer eigenen Duftwolke.«
»Das war unnötig.«
»Es war überfällig! In dieser Wohnung ist mehr als genügend Platz für eine vierköpfige junge Familie.«
Durant verkniff sich einen Kommentar. Stattdessen lenkte sie das Thema zurück: »Geben Sie mir eine Portion davon? Wenn nicht mir, dann Frau Holdschick zuliebe. Sie hat so gerne gekocht.«
»Mit oder ohne Gift?« Er grinste.
Sie zwang sich selbst zu einem Lächeln. »Das will ich gar nicht wissen. Aber wenn ich nicht bald etwas zu essen bekomme, sterbe ich an Unterzucker. Diabetes, das hat Ihnen das Internet sicher auch verraten, oder etwa nicht? Das wäre dann ein ziemlicher Reinfall nach all der Mühe, wenn ich von selbst krepiere.«
Mit einem Murmeln erhob sich Thibault. Er musterte sie. Tastete nach ihren Armen, die hinter dem Rücken lagen, und rieb anschließend über das Klebeband, das um Durants Schenkel geschlungen war. Dann baute er sich wieder vor ihr auf: »Ein Mucks, eine falsche Bewegung, und dein Lover kriegt eine Kugel in die Eier. Dann können wir Wetten abschließen, ob er zuerst an meinem Gift oder an seinem Blutverlust verreckt.«
»Ist ja schon gut. Ich habe doch bis jetzt auch keinen Ärger gemacht.«

Thibault verließ das Zimmer in Richtung Küche, wo er mit dem Geschirr zu klappern begann. Zweimal unterbrach er sich und reckte den Kopf in ihre Richtung.

*

Diabetes. Diese Info war ihm vollkommen entgangen. Hatte Stephan ihm das etwa bewusst verheimlicht? Oder band die Durant ihm einen Bären auf?
Thibault mahlte mit den Zähnen, als er Bratensoße, erkaltete Klöße und Rotkraut in einen tiefen Teller mischte. Dazu zwei Stücke Fleisch. Er hielt inne, dann griff er ein scharfes Messer und begann, die Scheiben so zu zerlegen, dass sie das Essen mit einem Löffel zu sich nehmen konnte. Alles andere war ein Risiko.
Insgeheim musste er sich eingestehen, dass er sich mehr erhofft hatte. Eine verzweifelte Frau, die um ihren Liebsten winselte und flehte. Die nicht derart gleichgültig mit ihrem eigenen Leben umging. Sie verhielt sich ja beinahe so, als wäre sie längst tot. Sie hatte aufgegeben. Lange bevor es so weit war.
Thibaults Faust ballte sich um den Griff des Messers. Hätte er auf diese Weise aufgegeben, hätte er es nicht bis hierher geschafft. Bis heute, bis zu diesem Showdown, auf den er so lange hingearbeitet hatte. Das Lächeln kehrte auf seine Lippen zurück.
Sie war eben nicht so stark wie er.
Er dachte an das Gift und lächelte noch breiter.
Sie *würde* winseln. Und auch flehen.

*

Julia Durant kannte nur noch einen Gedanken.
Sie musste sich aus ihrer Lage befreien. Doch wie sollte das gehen, wenn dieses Monster alle paar Sekunden hereinschaute? Verzweifelt

versuchte sie sich aus den viel zu weichen Polstern nach oben zu stemmen. Es gelang ihr nicht. Auch beim zweiten Versuch stellte sich kein Erfolg ein. Sie musste nach vorn, auf die Knie, doch wenn Thibault das mitbekam, würde er kurzen Prozess mit Claus machen.
Durant setzte ein Stoßgebet ab und dankte dem lieben Gott, dass Claus sich nicht in ihrem Wagen auf dem Grund des Baggerlochs befand. Doch war dieses Schicksal das bessere? Dann dachte sie an Hellmer. An den Porsche.
Als Thibault sich auch nach einer halben Minute nicht blicken ließ und intensiv damit beschäftigt schien, mit irgendeinem Besteck auf Porzellan zu klappern, setzte die Kommissarin alles auf eine Karte.
Sie begann laut zu husten.
Sofort erschien sein Kopf, beäugte sie mit Argwohn und verweilte für ein paar ewig erscheinende Sekunden, in denen sie erneut einen Hustenanfall vortäuschte.
»Etwas zu trinken wäre nett«, keuchte sie. Diesmal klang ihre eigene Stimme wie ein Flüstern.

*

Kopfschüttelnd beendete Thibault seine Tätigkeit. Danach griff er eines der ausgespülten Senfgläser, von denen die Alte ein halbes Dutzend im Schrank gehortet hatte. Ließ kaltes Leitungswasser hineinlaufen und trug das Glas ins Wohnzimmer.
»Hier. Trink aus.« Er hielt ihr das Glas an den Mund und kippte. Durant schluckte hastig, trotzdem ergoss sich ein Teil auf ihr Unterhemd. Schon wieder musste sie husten.
»Das genügt«, entschied Thibault genervt. Er stellte das Glas auf den Tisch und deutete hinter sich. »Ich komme jetzt mit dem Essen.«
»Danke.«

Vielleicht lag es am Klappern des Tabletts, auf das er den Teller und das Besteck platzierte. Vielleicht war es pure Nachlässigkeit. Doch für jemanden wie Thibault war es ohnehin schwer, einzugestehen, dass er jemanden unterschätzt hatte.

Als er mit dem Essen um die Ecke bog, noch immer darüber sinnierend, ob er Julia Durant die Handschellen lösen oder die Hände nur vor ihrem Oberkörper erneut fesseln sollte, erblickte er nur noch zwei Dinge.

Zuerst kam das Mündungsfeuer, unmittelbar gefolgt von einem Blutnebel, der aus ihm hervorbrach.

19:21 UHR

Der zuckende Schein des Blaulichts drang durch die offen stehenden Türen bis ins Wohnzimmer. Überall waren Stimmen und hektische Schritte zu hören, doch Julia Durants Aufmerksamkeit galt einzig und allein ihrem Liebsten.

»Claus«, wiederholte sie immer wieder, »hörst du mich?«

Für einen viel zu kurzen Moment hatten sich seine Lider geöffnet, nur einen Spaltbreit, aber was auch immer Thibault ihm verabreicht hatte, es war stärker. Der Brustkorb hob und senkte sich nur noch in Zeitlupe. Durant beugte sich vor, den Daumen oberhalb seines Lids angesetzt, und zog es nach oben. Sein Blick war leer. Doch war da nicht eine Reaktion der Pupillen auf das Licht? Oder bildete sie sich das ein?

»Verzeihung, Sie müssten …«

»Wie?«

Eine Notärztin, für Durants Geschmack viel zu jung, viel zu unerfahren, stand neben ihr und machte Anstalten, sie zur Seite zu schieben.

»Ich gehe hier nicht weg!«, rief Durant.

»Wir können ihm sonst nicht helfen.«
Doris Seidels Gesicht tauchte hinter ihr auf. Sie trat neben Julia, griff ihr sanft, aber bestimmt unter den Arm und zog sie fort. »Du musst sie ihre Arbeit machen lassen, hörst du?«
»Was ist, wenn er stirbt?«, hauchte die Kommissarin.
»Claus ist ein robuster Typ«, erwiderte Doris, auch wenn es viel zu besorgt klang, um glaubhaft zu wirken. »Du kannst ihn sicher begleiten. Aber er muss so schnell es geht in die Klinik.«
»Es ist Gift, hören Sie«, sagte Julia in Richtung der Ärztin. »Ein starkes Mittel, das ihn langsam von innen her auffrisst.« Das, was sie hinterherschob, ging in einem Schluchzen unter: »Er hat nicht mehr viel Zeit.«
Hinter einem Tränenschleier verborgen, sah sie, wie man Claus auf eine Trage bettete und allerlei routinierte Handgriffe vollzog.
Ob sie über das Gift Bescheid wisse, wollte man von ihr wissen.
Und: »Sind Sie mit ihm verwandt?«
Julia Durant schüttelte den Kopf, bevor sie in Tränen ausbrach.
Nein. Nicht einmal das war sie.

*

Peter Kullmer richtete sich auf. Der Teppichboden war blutgetränkt, doch es sah nach mehr aus, als es war. Die Blutmenge, die der Angeschossene verloren hatte, war nicht lebensbedrohlich. Ebenso wenig wie die Wunde. Julia Durant hatte den Schuss mit gefesselten Händen abgegeben, aus Hellmers Dienstwaffe, die sie, an ihrem linken Fußgelenk verborgen, in die Höhle des Löwen geschmuggelt hatte. Das Projektil war erstaunlich präzise in seinen Oberarm eingedrungen, hatte das Fleisch zerfetzt und vermutlich einen Teil des Knochens gestreift. Der Kommissar versuchte zu begreifen, was das Tablett mit dem noch immer dampfenden Essen für eine Rolle spielte. Der Mann musste in den Raum getreten sein, das Tablett auf den

angewinkelten Armen, und in diesem Augenblick hatte Julia den Abzug gedrückt. Sekunden später waren die Beamten mit gezückten Waffen durch die Tür gebrochen.
»Ganz kurz«, bat er die beiden Frauen, die sich ihm näherten. Sie folgten einem Zug von Personen, die Claus Hochgräbe nach draußen trugen. Er sah bedrohlich blass aus, und das machte Kullmer Angst. Hochgräbe war nicht nur ein guter Chef, er spielte auch für Julia eine unersetzliche Rolle. Umso fahriger wirkte sie in dieser Sekunde, als sie vor ihm stehen blieb und sich die Augenwinkel ausrieb.
»Ich möchte bei Claus bleiben«, flüsterte sie.
»Kein Problem. Aber was ist hier passiert?«
»Ich fahre mit ihr«, sagte Doris. »Dann kann sie es mir erzählen.«
Zwei Männer mit einer weiteren Trage schoben sich in den Flur und verfrachteten Thibault darauf. Er stöhnte auf, die Schmerzen seiner notdürftig verarzteten Wunde schienen heftig zu sein. Als sie ihn nach oben hievten, kippte sein Kopf in Durants Richtung.
»Warum hast du mich nicht abgeknallt?«, fragte er, und seine Stimme klang unerwartet kräftig. »Dann wäre es endlich vorbei.«
»Weil du den Tod nicht verdient hast«, erwiderte die Kommissarin grimmig. »Genauso wenig wie Alina oder Tanja oder irgendwer. Du wirst den Rest deines Lebens hinter Gittern sein, und ich bete zu Gott, dass es ein langes Leben sein wird.«

EPILOG

Für Julia Durant spielte sich das Leben wochenlang nicht so ab, wie es zuvor gewesen war. Zuerst wurde sie von einer schweren Bronchitis mit tagelangem hohem Fieber flachgelegt, und die vielen einsamen Stunden im Bett und auf dem Sofa machten ihre Situation nicht unbedingt besser. Im Gegensatz zu ihr erholte sich Claus Hochgräbe vergleichsweise schnell. Er hatte nur eine mittelschwere Gehirnerschütterung, und das einzige Gift in seinem Körper war ein hoch dosiertes Beruhigungsmittel gewesen. Durant hatte ihre liebe Mühe damit, ihn davon abzuhalten, sie die ganze Zeit über zu umsorgen, auch wenn sich diese Geborgenheit schön anfühlte.
Schön. War das das richtige Wort dafür? Wie konnte es je wieder schön werden? Thibault hatte so tief in ihr Leben eingegriffen wie kaum jemand zuvor. Ihre beste Freundin Alina: tot. Für immer verschwunden. Und um ein Haar hätte er sich auch Claus geholt und am Ende vielleicht noch Berger oder Hellmer oder jemanden aus dessen Familie. Wie – und vor allem mit wem – sollte Durant diese Bürde verarbeiten?
Susanne Tomlin meldete sich noch aus ihrem Urlaubsdomizil, um ein langes Telefonat mit ihr zu führen. Rücksicht auf Telefonkosten brauchte eine reiche Frau wie sie nicht zu nehmen, deshalb führte sie das Gespräch mit dem Handy von ihrem Zimmer aus anstatt über das Gratis-WLAN. Susannes Reichtum verdankte Julia Durant ihre Wohnung am Holzhausenpark, und hierum drehte sich ein wesentlicher Teil des Gesprächs.

»Ich weiß, dass ich mir das nicht leicht machen sollte«, quälte sich Julia, »und du musst mir glauben, das tue ich auch nicht ...«
»Es ist doch so was von egal«, versicherte ihre Freundin ihr zum wiederholten Mal. »Du musst dich damit wohlfühlen, und glaub mir, ich weiß, wovon ich rede! Ich bin doch selbst geflüchtet damals. Raus aus Frankfurt, raus aus Deutschland. Wenn du diesen Tapetenwechsel brauchst, dann zögere nicht. Nicht um meinetwillen jedenfalls.«
»Ich denke noch darüber nach«, murmelte Julia mit belegter Stimme. »Aber danke.«
»*De rien!* Du wirst mir nie etwas schuldig sein, und das weißt du auch. Du hast mich damals gerettet – jetzt geh und rette dich selbst.«
Doch Julia Durant konnte sich auch nach vielen schlaflosen Nächten nicht zu einer Entscheidung durchringen. Im Grunde war es ganz einfach: Sie wollte raus aus dem Haus. Raus aus einer Wohnung, in der man sie nun schon zum zweiten Mal heimgesucht hatte. In der so viele schmerzhafte Erinnerungen steckten, Gedanken, mit denen sie nicht tagein, tagaus leben konnte. Claus Hochgräbe sah das ähnlich, bestand aber darauf, dass sie die Entscheidung unabhängig von seiner Meinung traf. Zwischenzeitlich waren sie in Susannes Haus in der Provence eingeladen worden, und sobald hier alles Notwendige geregelt war, würden sie dorthin fliegen.

*

An einem trüben Herbsttag wurde Alina Cornelius zu Grabe getragen. Der Himmel war grau verhangen, und es regnete Bindfäden, als weinte die Welt um jene wundervolle Person, die ihr entrissen worden war. So zumindest empfand Julia Durant diesen Verlust. In der Trauerhalle sprach ein fremder Geistlicher, der Alina nie kennengelernt hatte, dem Julia aber die nötigen Infos hatte zukommen lassen. Sie wollte eine bessere, eine würdigere Rede hören als das, was sie bei Stephans Trauerfeier erlebt hatte. Die meisten Gäste waren aus den

Reihen des Präsidiums, dazu eine Handvoll fremder Gesichter, wahrscheinlich Patienten, wie die Kommissarin vermutete. Verstohlen um sich blickend, als wolle man nicht erkannt werden als jemand, der eine Psychologin aufsuchte. Alina Cornelius stammte aus Lüneburg und war vor über zwanzig Jahren nach Frankfurt gekommen. In all dieser Zeit hatte sie den Kontakt zu ihrer Heimat verloren, und es gab auch heute niemanden, der von dort angereist war. An wen ihre Besitztümer gehen würden – Durant wusste es nicht, und diese Ungewissheit versetzte sie in Unruhe. Dasselbe galt für Stephans Nachlass. Angeblich befasste sich das zuständige Gericht bereits mit der Angelegenheit. Sie jedenfalls würde sich heraushalten, so viel war sicher. Denn wie hätte Alina Cornelius ihr geraten: »Kümmere dich nicht darum, denn es betrifft dich nicht. Darüber dürfen sich andere ärgern. Also lass es einfach los.«
Genau das würde sie tun. Müssen.
Als sie die Urne zum letzten Mal sah, gingen ihr zwei Dinge durch den Kopf.
Einmal, wie unerträglich oft sie sich in der jüngeren Vergangenheit mit Bestattungen hatte auseinandersetzen müssen. Und immer wieder mit dieser neuen Form der Einäscherung, die von vielen allein deshalb gewählt wurde, weil sie keine riesige Grabfläche hinterlassen wollten, die am Ende jemand pflegen musste.
Und zum Zweiten, wie sie Alina Cornelius zum ersten Mal begegnet war. Diese junge, sinnliche Person in ihrem langen Kleid und mit dem roten Stoffschal. Die zierlichen Sommersprossen und die feingliedrigen Hände. Die einzige Frau, die jemals eine erotisierende Wirkung auf sie gehabt hatte. All das reduziert auf ein Häufchen Asche.
Nicht nur der Himmel weinte an diesem Tag.

*

»Und er hat das alles nur aus Rache getan?«
Peter Brandt ließ seinen Blick für einige Sekunden auf der Todesanzeige verweilen, die Durant ihm gezeigt hatte. Dann schüttelte er den Kopf, nippte an seinem Espresso und leckte sich anschließend über die Oberlippe. Von den Folgen seines Unfalls war nicht mehr viel zu sehen außer einem blauen Fleck über dem Auge, den er sich zugezogen hatte, als er, vom Aufprall benommen, seinen Anschnallgurt löste und daraufhin mit der Fahrertür kollidiert war.
Julia Durant hatte sich mit ihm in einem Café in Offenbach verabredet, es war einer der letzten milden Tage dieses Herbstes, an dem die Sonne sich noch einmal mächtig ins Zeug legte.
Langsam nickend antwortete sie: »*Nur* ist gut.«
Brandt tippte auf die Anzeige. »Du hast gesagt, das sei ein Hugenottenkreuz. Um ehrlich zu sein: Ich hätte das nicht auf Anhieb gewusst, auch wenn die Hugenotten gerade in meinem Bezirk ziemlich bedeutend gewirkt haben. Das heißt, der Täter hat sich intensiv mit dir beschäftigt.«
»Nicht nur mit mir«, antwortete Durant. »Er kannte meine Adresse, er kannte aber auch die Privatadressen von dir und von Frank und von vielen anderen. Vermutlich ist er jedem von uns systematisch vom Präsidium nach Hause gefolgt. Er hat sich in Frankfurt niedergelassen, monatelang hier im Verborgenen gelebt und alles in Erfahrung gebracht, was das Internet über mich und mein Umfeld hergab. Wir haben zwei Wohnungen und eine Ferienpension ausmachen können, eine Mietgarage, ein Langzeitgepäckfach und mehrere Fahrzeuge.«
»Das Ganze erinnert mich an die Achtziger«, sagte Brandt, und sein Blick verlor sich in der Ferne. »Das, was unsereins damals über die RAF oder andere Zellen gelernt hat. Aber noch mal: Nur aus Rache?«
»Ich habe ihn weggesperrt. Ich habe seit damals nie in Betracht gezogen, dass er je wieder auf freien Fuß kommen könnte. Um ehrlich zu sein, habe ich auch nie an ihn gedacht.«

»Weil du nicht an München denken wolltest.«
Durant lächelte. »Vermutlich.«
Brandt verstand das. Denn auch er hatte, wie sie wusste, eine äußerst unschöne Scheidung hinter sich gebracht.
»Thibault hat sich bei Stephan eingenistet, wie auch immer er das geschafft hat. Aber so habe ich ihn in Erinnerung. Ein Mensch, der über Charisma verfügt und dieses schamlos benutzt, um andere zu manipulieren. Um Personen zu quälen, ohne dabei selbst das Geringste zu empfinden. Genüsslich hat er eine Spur nach der anderen ins Nichts gelegt. Hat es geschafft, meinen Verdacht, so absurd es auch war, auf Stephan zu lenken. So weit, dass ich bereit war zu glauben, er habe seinen Tod nur vorgetäuscht. Und parallel dazu immer wieder diese Hinweise, die auf meine Vergangenheit in München zielten. Die mir ins Gesicht hätten springen müssen, es aber nicht taten. Denn immer dann, wenn ich Zweifel an der Stephan-Theorie bekam, tauchte ein neues Indiz auf. Dieser bescheuerte Zahn! Thibault hat ihm tatsächlich einen Zahn gezogen, nur, um ihn irgendwann zwischen Beisetzung und Exhumierung in die Urne zu schmuggeln. Was für ein Aufwand! Und was wollte er mir damit sagen? Dass die Asche tatsächlich von Stephan stammt, oder sollte ich den Zahn als kläglichen Versuch einordnen, mir Stephans Tod vorzugaukeln?
Wer weiß, wie viele Hinweise er noch platziert hatte. Er muss gewusst haben, dass nicht alle gefunden werden. Dass wir nicht alles erkennen. Aber das konnte er in Kauf nehmen, denn selbst wenn ich ihn frühzeitig als Hintermann erkannt hätte, wäre er noch immer ein Unsichtbarer geblieben. Es war ein Spiel, ein Todesspiel, in dem er die Kontrolle behielt. Er wusste, dass es von ihm keine DNA gibt, das haben wir damals noch nicht gemacht. Fingerabdrücke, sicher, aber stattdessen gab er uns einen Zehenabdruck. Er hat jede Sekunde seines Daseins damit verbracht, seinen Hass auf mich zu konzentrieren. Einzig und allein darauf ausgerichtet, mich zu zerstören, wenn

seine Zeit gekommen ist.« Durant atmete schwer und nahm einen Schluck aus ihrem Latte-macchiato-Glas. Rieb sich den Schaum vom Mund und fuhr fort: »Er hat seine verlorene Zeit, für die er mich verantwortlich machte, auf mich projiziert. Sie mit mir gefüllt. Um mich komplett zu zerstören, und ich sag's dir unter uns, Peter, er hat es beinahe geschafft. Allein die Sache mit Alina ...«
Julia brach ab und rieb sich die Tränen aus den Augenwinkeln.
Brandt legte ihr die Hände auf die Unterarme, als diese wieder hinabgesunken waren.
»Aber nur beinahe«, sagte er leise.
»Stell dir mal vor, er hätte Elisa erwischt.«
»Hat er aber nicht. Und mich auch nicht, jedenfalls nicht *so*. Wobei mein guter alter Alfa jetzt Geschichte ist. Da ist nichts mehr zu machen, und das nehme ich ihm übel. Aber viel wichtiger ist, dass der Rest von uns unverletzt ist. Dein Claus, Berger und natürlich auch Frank Hellmer.«
»Du hättest Franks Porsche sehen sollen«, erwiderte Durant mit dem Anflug eines matten Lächelns. Sie wollte sich nicht ausmalen, wie viel Schlimmeres Thibault der Familie Hellmer noch hätte antun können. Vielleicht hatte ihn das gut gesicherte Anwesen davon abgehalten. Vielleicht hatte Hellmer auch einfach nur Glück gehabt. So wie manch andere auch – und wieder andere leider nicht.
»Das Leder und der Fußraum«, fuhr sie hastig fort, um diese Gedanken nicht Oberhand gewinnen zu lassen, »völlig versaut mit Kirschsaft.«
»Das mit den Kirschen kapiere ich immer noch nicht«, gestand Brandt ein und löffelte sich etwas Schaum aus dem Glas.
»Tiefkühlkirschen. Thibault wollte Präsenz zeigen, an möglichst vielen Orten. Ein Ex-Kollege in München, bei Frank zu Hause und wer weiß, wo er die noch überall platziert hätte, nur um mir zu zeigen, dass er nicht aufzuhalten ist. In meiner alten Wohnung hing ein Stillleben mit Kirschen. Darunter hat er den blöden Kosenamen ge-

schmiert, den mein Ex damals verwendet hat. *Chérie*. Französisch. Du weißt schon.«

»*Ciliegia*«, murmelte ihr Gegenüber in klangvollem Italienisch und zwinkerte verschmitzt. »Das wäre dir mit einem italienischen Liebhaber jedenfalls nicht passiert. Wir mögen zwar ein Volk von Genießern sein, aber Früchte als Kosenamen fallen mir da keine ein.« Er griff nach Julias Hand. »Das Ganze ist jetzt vorbei, hörst du? Endgültig. So schrecklich es auch war, Thibault ist gefasst. Er wird dir nie wieder etwas antun, und irgendwann wirst du ihn vergessen können, auch wenn dir das im Augenblick noch unvorstellbar erscheint. Er allerdings wird sich für den Rest seiner Tage mit dir auseinandersetzen müssen, und zwar mit dir als freier und lebendiger Person.«

*

Damit sollte Brandt recht behalten.
Der Prozess gegen Sascha Thibault begann noch im Oktober. Die Beweislast war erdrückend, und er hatte, so gesehen, ein volles Geständnis abgelegt. Gegenüber ihr, gegenüber Claus. Außerdem die Identifizierung durch mehrere Zeugen, begonnen bei Lars Rüttlich von der Zeitung, wo er die Anzeige aufgegeben hatte, und nicht zuletzt durch Mia Emrich. Oberstaatsanwältin Elvira Klein, die den Fall zwar nur von außen verfolgte, aber stets über die neuesten Informationen verfügte, hatte keinen Zweifel daran, dass es am Ende zu einem klaren Urteil kommen würde, und damit behielt sie recht. Der Richter entschied auf das höchste Strafmaß und Sicherungsverwahrung.

»Thibault wird im Knast verrotten«, kommentierte Hellmer nach der Urteilsverkündung, und keiner von seinen Kollegen machte einen Hehl daraus, dass er genau das verdient hatte. Mit seinen einundsechzig Jahren und der Härte der aktuellen Verbrechen würde er jedenfalls kaum eine weitere Begnadigung erleben. Am Ende war seine

Rechnung, sich für die im Gefängnis vergeudeten Jahre zu rächen, nicht aufgegangen. Denn die Zeche für diesen Deckel kostete ihn sein restliches Leben.

*

Josef Hallmann kehrte zurück nach München, wo ihn die Verhandlung mehrerer Vorwürfe von sexueller Nötigung erwartete, außerdem eine nicht unwesentliche Forderung an ausstehendem Unterhalt. Doch schneller als erwartet stellte sich heraus, dass es im Rechtssystem eine ganze Reihe von Wegen gab, sich aus der Verantwortung zu ziehen. Man brauchte nur den richtigen Anwalt, und schon wurde den Klägerinnen das Wort derart im Munde umgedreht, dass es für den Richter am Ende so aussah, als seien sie es gewesen, die Hallmann mit sexuellen Angeboten bestochen hatten. Hallmann sei in unzähligen Fällen standhaft geblieben, aber eben auch nur ein Mann. Und er beharrte darauf, niemals Forderungen oder Versprechen an den Beischlaf geknüpft zu haben. Am Ende wurde er freigesprochen. So wie es immer wieder geschieht in einem System, in dem das eine Geschlecht das andere dominiert.

*

Die Urne mit Stephans Asche wurde zurück auf den Friedhof gebracht. Julia Durant und Pastor Aumüller trafen sich dort, im Hintergrund Claus Hochgräbe. In dreißig Metern Entfernung wartete eine blonde Frau in elegantem Mantel, in den Händen eine langstielige rote Rose. Auch im Schatten der Bäume und mit großer Sonnenbrille, die wie Insektenaugen wirkten, brauchte es nur einen kurzen Blick, um sie zu erkennen. Karin Forsbach. Julia Durant nickte ihr schweigend zu, als sie die Stele verließen.

Sie hatte viel zu lange dagegen angekämpft und es doch nicht gänzlich von der Hand weisen können, dass er zu solch bestialischen Taten fähig war. Thibault hatte aber wirklich alles dafür getan, um es danach aussehen zu lassen. Sie wusste nicht, wie er Stephan kennengelernt hatte. Doch er hatte sich sein Vertrauen erschlichen. Hatte gewartet, bis das Terrain sicher genug war, um ihn in seine Gewalt zu bringen. Die Anonymität des Hauses genutzt, um sich unerkannt bei ihm einzunisten und ihn zu all den Aufnahmen und Schriftstücken zu zwingen. Stephan hatte wohl keine andere Wahl gehabt, als sich Thibault zu fügen. Hatte seine Stimme auf den Bändern deshalb so gepresst gewirkt? Weil Thibault ihm eine Waffe in den Nacken gedrückt hatte? Hatte Stephan begriffen, dass es für ihn keinen Weg gab, lebend aus der Sache herauszukommen? Hatte er am Ende darauf gehofft, dass, wenn schon er das Ganze nicht überleben würde, wenigstens Julia eine Chance hatte? Er wusste doch um ihre Erfolge, jedenfalls damals, in München. Er wusste, dass sie Thibault schon einmal gestellt hatte. Waren Stephans letzte Stunden, Tage, vielleicht auch Wochen von einer Art banger Liebe erfüllt gewesen? Eine seltsame Form der Wiedergutmachung für das, womit er die Beziehung einst zerstört hatte. Wenn auch nicht so, wie man sich eine Wiedergutmachung vorstellte. Und auch wenn die Worte in dem Brief, der sie über Pastor Aumüller erreicht hatte, nicht von Stephan geschrieben waren: Für Julia würden sie für immer einen wahren Kern enthalten. Wenigstens eine kleine Gewissheit, dass Stephan bei all seinen Fehlern kein böser Mensch gewesen war.

Umso wichtiger war es Julia daher, ein letztes Mal – *richtig* – Abschied zu nehmen. Diesmal in einem viel tieferen Frieden als vorher und, vor allem, zum letzten Mal. Denn sie hatte sich geschworen, danach nie wieder hierher zurückzukehren.

Ihre Vergangenheit mit Stephan war nun endgültig begraben.

Und die Zukunft gehörte einem anderen.

Flughafen Frankfurt, Terminal 1

Julia Durant stand vor Claus Hochgräbe am Check-in, den Personalausweis und ihren Boardingpass in der Hand.
»Zwei Personen.« Die Brünette in der dunkelblauen Lufthansa-Tracht lächelte über den Tresen. »Herr Durant? Ich bräuchte auch Ihren.«
Hochgräbe schüttelte den Kopf und streckte ihr seinen Ausweis entgegen. »Hier, bitte. Nur der Name stimmt nicht.«
Eine Schrecksekunde und ein Aufflammen ihrer dunklen Kulleraugen später hatte die Dame sich wieder gefangen. Murmelte ein schnelles »Bitte entschuldigen Sie, da war ich wohl voreilig« und erledigte dann das weitere Prozedere.
»Wie viele Gepäckstücke möchten Sie aufgeben?«
»Zwei«, antwortete Julia, und noch bevor Claus reagieren konnte, wuchtete sie die erste der beiden Reisetaschen auf die Waage, die in das Laufband der Gepäckabfertigung mündete. Am Schalter war nicht viel Betrieb, denn die meisten Fluggäste nutzten heutzutage die Möglichkeit, alles online zu erledigen und sogar das Gepäck mit selbst gedruckten Aufklebern in einen Automaten zu schieben. Aber so modern war Julia Durant noch nicht. Wollte sie auch nicht sein. Sie blickte dem Koffer hinterher, bis das Band ihn verschluckt hatte.
Die Temperaturen an der Côte d'Azur lagen in diesem Jahr auch zu Beginn der Adventszeit noch weit über dem statistischen Mittelwert für diese Region. Doch Susanne Tomlin hatte die beiden gewarnt: »Sonne, Sturm, Regen, ja, selbst Nachtfrost ... Ihr solltet in puncto Kleidung auf alles vorbereitet sein.«
Das waren sie. Denn sie hatten sich eine Menge vorgenommen. Julia und Claus wollten das Hinterland der Provence erkunden, auf Picassos Spuren wandeln und (wieder einmal) nach Grasse fahren, jener Stadt, die spätestens seit der Verfilmung von Patrick

Süskinds Bestseller *Das Parfum* als Hauptstadt der Düfte bekannt wurde.

Nicht vorbereitet war Claus Hochgräbe hingegen auf eine Bemerkung, die ihn wie aus dem Nichts traf, während Durant auch die zweite Tasche in Richtung Gepäckannahme wuchtete.

Die Hand noch um die Schlaufen mit dem Namensschild geklammert, war es mehr ein gepresstes Keuchen, mit dem sie ihm ihren Vorschlag präsentierte:

»Eigentlich könnten wir doch heiraten.«

JULIA DURANTS GRAUSAMSTER FALL

Kalter Schnitt

Kriminalroman

Als die Frankfurter Kommissarin Julia Durant an den Tatort gerufen wird, stockt ihr der Atem: Sie trifft auf eine brutal verstümmelte Frauenleiche.
Ein Einzelfall? Julia Durant stößt bei ihren Recherchen schon bald auf ähnliche Fälle in der Vergangenheit. Handelt es sich bei dem Täter um einen Serienmörder? Und wann wird er wieder zuschlagen?

NEUE HOCHSPANNUNG
MIT DER TOUGHEN KOMMISSARIN JULIA DURANT

Blutwette

Kriminalroman

Frankfurt: Ein Sportler hat Selbstmord begangen. Er schien einen tadellosen Ruf zu genießen, doch hinter der glänzenden Fassade tut sich nach seinem Ableben ein Abgrund auf: Drogen, Glücksspiel, hohe Schulden und eine bevorstehende Trennung. Als Julia Durant diesen neuen Erkenntnissen auf den Grund gehen will, werden ihr immer wieder Steine in den Weg gelegt. Durch Zufall stößt sie bei ihren Ermittlungen auf einen Mord, der Jahre zuvor an einer Südeuropäerin begangen wurde, bei der Sein und äußerer Schein auch weit auseinanderklafften …

BIS DASS DER TOD SIE SCHEIDET …

DANIEL HOLBE

Der Panther

Kriminalroman

Er schlägt zu, sobald der Vollmond am Himmel steht: Ein ermordetes Pärchen im Frankfurter Stadtwald gibt Kommissarin Julia Durant und ihrem Team Rätsel auf. Handelt es sich um ein Sexualdelikt? Eine Beziehungstat? Oder um Raubmord? Die Spuren sind nicht eindeutig und führen letztlich ins Nichts. Erst als im selben Waldgebiet ein weiterer Doppelmord geschieht, ist klar: Frankfurt wird von einem Pärchenmörder heimgesucht. Die Öffentlichkeit gerät in Panik, eine Bürgerwehr formiert sich. Und Julia Durant läuft die Zeit davon, denn der nächste Vollmond steht unmittelbar bevor …